画眉奇缘

〈完结篇〉

4

童亮 —— 著

四川文艺出版社

目　录

目 录

第一章

小米归去

据说，骛江大陆上本来是没有时间的。骛江大陆上的生灵以自己的寿命为界限，划分出年月日时和一辈子。生灵们常常感慨时间流逝飞快，却不知道时间从未流逝，流逝的是他们自己。

第二天，大家都起得比较早。余游洋起得最早。她起来之后就一直忙忙碌碌。她要准备所有人的早餐。

只是隔了一个夜晚，小米再见到姥爹的时候眼神完全不一样了。大家都发现了这一点，但不知道她和姥爹之间到底发生了什么，迷惑不解。

赫连天、李晓成还有余游洋都偷偷问罗步斋。自从赵闲云病倒之后，平时只有罗步斋最清楚姥爹的事情。可是这回罗步斋也非常迷茫。

唯有子非除外。他既没有迷惑的表情，也不去问罗步斋。

早饭还没有吃完，又有一个人闯入马家老宅来。

"马秀才，这么重要的事情，为什么不邀请我来呢？"一个如铜铃一般悦耳的声音响起。

姥爹朝来者看去，来者居然是铁小姐。她身后跟着上次一起来的婢女。

罗步斋先于姥爹反应过来，他急忙放下碗筷迎了过去，大笑道：

"哎呀，铁小姐大驾光临，怎么不提前通知一声啊？"

姥爹也连忙起身迎接她，问道："看来你知道我们今天要做什么咯？"姥爹知道铁小姐耳目众多，以前就暗暗关注赫连天的行踪，这次必定是跟着赫连天来到这里的。

"无事不赶早，当然是知道你们要干什么了我才不请自来的！"铁小姐说道。

姥爹忙说道："快坐快坐。"

铁小姐也不客气，在桌边坐下，敲着桌子说道："马秀才也真是的，上次离开定州城都不跟我打个招呼，好像我身上有瘟疫，见了面就会传染一样。"

姥爹笑道："你事情忙，不是怕打扰到你吗？"

铁小姐一眼瞄到了小米，眼神中露出惊讶之色来，她起身走到小米身边，绕着小米走了一圈，说道："你不是小米吗？几年不见，居然出落得这么漂亮了！"

可能是由于昨晚的事情，姥爹在场的时候，小米还是有些扭捏不自然。她略微颔首，对铁小姐道："姐姐说笑了。"

铁小姐两眼一瞪，更加惊讶了。她将声音提高了一些，说道："哎哟，小米不但长漂亮了，性子也柔和了许多呢！以前莽莽撞撞的如同一个野姑娘，现在居然知道扭捏了！"说完，她偷偷看了一眼姥爹的表情。

姥爹拘谨地笑了笑。

小米低下了头。

余游洋的观察力远远不如经历了无数大风大浪的铁小姐，她没心没肺地说道："铁小姐的眼力真是好哇，小米昨天还是那样，今天一大早突然变了个人似的，我都有点不习惯呢。"

铁小姐立即转头盯着姥爹看了半天。

姥爹底气不足，被她看得心里发虚，说道："你盯着我这么看干什么？莫非我也有了什么变化？"

铁小姐一句话让在场的所有人浑身一颤。

"莫非你对小米做了什么？"铁小姐直言直语道。

气氛顿时变得有些古怪。

这里的人没有人不知道姥爹和小米之间的感情，但是他们见当事者如此拘谨避讳，所以从来没有当众正面提起过。

现在铁小姐快人快语，一下点中了众人避讳的话题，自然会让所有人感觉怪异。

姥爹一时语塞，不知该如何应答。

小米的头垂得更低了。

铁小姐忽然意识到自己说的话的力度了，她及时醒悟过来，忙走到小米身边，推了推小米的胳膊，打趣道："姐姐说笑话呢，马秀才敢欺负你，我们大家都是不依的。你们说是不是？"

众人连忙说是。

一场尴尬这才化解开来。

但铁小姐再看姥爹的时候眼神里多了些许落寞。

罗步斋窃窃地捅了捅子非，小声问道："子非，你认识她吗？是不是她前世也在马秀才的生活里出现过？"

子非摇头道："不认识。就像师父说的，有的是新缘，有的是旧缘，她应该属于新缘。"

罗步斋满意道："可算有一个跟我一样的了！"

铁小姐转身对她的贴身婢女说道："我准备的东西呢？"

那婢女急忙从腰间掏出一个绣花小锦囊，小心翼翼地递给铁小姐。

铁小姐拿了小锦囊，塞给小米，说道："这是我这几年新收集来的蠹丝儿，送给你。如果马秀才敢欺负你，你就拿这个对付他！刚才姐姐胡乱说话，多有得罪，也算是赔礼。"

小米摆手不要。

铁小姐非得要送。

赫连天在旁劝道："小米，你就收下吧。眼下刚好要对付弱郎大王，这蕈丝儿刚好可以派上用场。"

小米听了赫连天的话，这才收下蕈丝儿。

余游洋招呼大家道："来来来，大家继续吃饭吧。吃饱了才有力气对付弱郎大王嘛。铁小姐，你肯定还没有吃吧，没有吃的话跟我们一起吃，我这粗茶淡饭的，你不要嫌弃。"说完，她拿了两只新碗、两双新筷子来。

铁小姐和她的婢女欣然加入。

南方的早饭相对比较简单，不会特别丰盛。那天余游洋先将精肉斩细，做了一大碗臊子，然后煮了一大锅水，下了又窄又细的挂面，然后给每人盛了一碗面，在面上加一小勺臊子。吃完觉得少了的可以再盛。

由于早饭简单，所以即使那天早上的人数比头一天晚上还要多一个，姥爹还是觉得头一天晚上更为热闹。

姥爹在吃早饭的时候就想着晚上再来一次丰盛晚宴的。可是谁知那天晚上这些人就凑不齐了。

吃完早饭，姥爹便开始分配任务。李晓成和赫连天负责上山寻找弱郎大王，姥爹和子非负责引诱弱郎大王，罗步斋和小米负责在画眉村的老河边接应姥爹。一旦弱郎大王到了画眉村的池塘边，大家便齐心协力将弱郎大王弄到池塘里去。

赫连天给的建议跟姥爹将槐牛禁锢在池底的方法雷同，但赫连天的说法不一样，他认为他模仿的是姥爹前世用炼丹炉淬炼怨念的办法——将池塘变为淬炼压制弱郎大王的炼丹炉。

"我们不要想着置他于死地，这是之前次次都失败的原因。就像你有好的一面也有坏的一面，如果你想做个好人，不能因为自己有坏的一面而将自己杀死一样。你要认识到坏的一面是不可能彻底消失的，只能尽力去抑制坏的一面。"赫连天如此说道。

他的话获得了大家的认同。

那天早上有很大的雾，整个骛江大陆就如沉浸在浓稠的米汤里。大家早上起来的时候就发现外面的大雾了，铁小姐更是清楚。她从外面进来的时候，睫毛上都挑着雾气凝结而成的水珠。

有人认为大雾不好，这样寻找弱郎大王比较困难。

有人认为大雾很好，虽然自己看不太清楚，弱郎大王也看不太清楚，这样有利于姥爹顺利地将弱郎大王引入池塘中。毕竟姥爹的前世在熙沧的时候用过这一招了，弱郎大王或许已经有了这种防范。

罗步斋拿出了他的羊角卦，说道："是凶是吉，我占一卦不就知道了？"他的羊角卦是来画眉村之后做的，并不是曾在萝卜寨时用过的那一对。

他叫余游洋拿了一条扁担放在门槛处，然后走到堂屋中央，闭目祈祷片刻，将羊角卦撒在了地上。

姥爹上次看到他占卜之前先用兽骨封来排除外界干扰，但是这次他没有用兽骨封。

兽骨封顾名思义是用兽骨做成的，一般来说用的是虎骨、狼牙、犀牛角或者龟首。虎骨带有阳烈之气，据说带在身上还可以防止被狗咬，因为狗的嗅觉非常灵敏，能感觉到虎骨的气息。狼牙带有煞气，一般的邪秽之物都惧怕它，这也是有些人将它戴在胸前的原因之一。犀牛角向来被认为是通灵之物，也具有镇邪的功效，当然，它的镇邪效果不及前二者，但相对虎骨狼牙来说它更容易得到一些，所以也普遍使用。乌龟的头骨也是可以辟邪的，但其功效又弱于前三者。

罗步斋此时没有虎骨狼牙，也没有犀牛角龟首，所以用扁担代替。扁担是压人的东西，鬼魅为人时都害怕被它压制，死后依然。所以它可以勉强替代兽骨封的作用。关于这一点，罗步斋是从吴婆婆告诉别人防止采奶时想到的。扁担放在门槛边上，便可防止别人将产妇的奶带走，因此，它有一定的阻隔效果。

羊角卦刚落到地上，小米手中的白先生便一蹿而出，从羊角卦上踩过。

"白先生！"罗步斋大喊道，他想将白先生赶开，不让它踩到羊角卦，可是为时已晚。他本来用扁担是挡住门外邪物的干扰，屋里已经这么多人，且个个不是寻常之辈，他自然不用担心，却不料正是让他放心的地方出了问题。

羊角卦一面是平的，一面是凸的。白先生踩在上面之后，羊角卦便一翘，弹跳了起来，然后再次落地。

羊角卦的卦象已经受了严重干扰，是阴卦是阳卦还是圣卦已经完全没有了意义。

赫连天觉得有些奇怪，白先生怎么会在这个紧要关头蹦出来呢？他看了看小米，脸上疑云重重。

罗步斋看都没看地上的卦象就将羊角卦捡了起来，埋怨道："我还没有看到卦象呢，就被它踩坏了！"

小米道："占什么卦呢？不论是什么卦象，我们不都得去对付弱郎大王吗？难道卦象不好就不去了不成？好不容易才聚集这么多人，如果这次不去，下次人少了就更加不可能制伏弱郎大王了。"

李晓成抓了抓脸，哈哈大笑道："就是，就是！都要出发了，还占什么卦呢！"

余游洋却有点不放心，怯怯地问道："要不……你再占一卦？"

罗步斋摇头道："再占一卦就不灵了。"

李晓成爽快道："既然如此，那我们就出发吧。"

于是，他们几人走进了茫茫大雾之中。余游洋留在家里照顾赵闲云和孩子。

走到池塘边的时候，姥爹叫小米和罗步斋留了下来，等弱郎大王来到这里的时候协助将弱郎大王赶到池塘里去。

走到老河的时候，姥爹叫铁小姐和她的婢女留了下来，嘱托她保护好村里的其他人。

走到昨天来过的山脚下时，姥爹和子非留了下来，只有赫连天和李晓成上了山。姥爹担心自己上山后会看不清路，不但不能将弱郎大王带下山来，恐怕自己都会迷路。

姥爹和子非在山脚下等了许久，都不见赫连天和李晓成下山来。由于大雾笼罩，姥爹和子非根本看不到更远处的人影。不但看不到，他们也没有听到赫连天和李晓成的动静。

子非担心道："师父，弱郎大王不会已经离开这里了吧？"

姥爹心中一阵慌乱，但强作镇定道："如果弱郎大王不在这里了，他们会下山来告诉我们的。"

又等了一会儿，山上终于响起了沙沙沙的声音，是人碰到树枝草木的声音。

姥爹听了听，脸色不太好，说道："只有一个人回来了。"

子非连忙朝声音响起的地方走过去。

果不其然，下来的只有赫连天一个人。

"李晓成呢？他怎么没有下来？"姥爹急忙问道。

赫连天也惊讶不已，反问道："怎么？他还没有下山来吗？"

"你们不是一起的吗？"姥爹问道。

"开始我们是一起的，但是找了一会儿，我们就分散了。我把整个山头找了一遍，都没有找到弱郎大王。我还以为他先于我搜遍了山，已经下来跟你们汇合了呢。"赫连天说道。

子非焦急道："他不会是被弱郎大王抓住了吧？或者跟着弱郎大王跑到别的山头上去了？山上的露水大，他走过的地方能看出来的，我们快上去找一找吧！"确实，由于雾气的原因，山上的草木都蒙了一层白色的汽水，只要人走过的地方，草木上的汽水便会因为磨蹭而留下水渍。

姥爹一把拉住子非，说道："别急，我先算一算他的方位。"

子非道："他又不是丢失的东西，你能算到他的方位？"子非知道姥爹会掐算，画眉村有些人的东西丢失了，就会来找他算算方位，方便他们缩小范围去找。

姥爹道："我就把他当做丢失的东西，刚刚我们在一起，便算是还没有丢失的时辰。我们知道他是往那个方向去的，也就知道他丢失时的方位。有了丢失的大概时辰和大概方位，我就能算一算了。"

姥爹的大拇指跟其他四个手指的各个指节触碰，不一会儿，姥爹脸色更加难看了。

赫连天和子非看到姥爹的脸色变化，不知道他算到了什么，几乎是异口同声问道："怎么了？"

姥爹本来是面对那座山的，算完之后转了一个身，面对来时的路，指着来时的方向，惊恐地说道："完了完了，李晓成现在在这个方位！"

"他走了？"赫连天问道。

"不。我想他是发现弱郎大王的行踪，来不及告诉我们就追过去了！子非，你说得对，弱郎大王已经不在这里了！他往画眉村去了！"姥爹浑身一冷。他只留了铁小姐和小米还有罗步斋在画眉村，他们都不是弱郎大王的对手。

赫连天道："看来他也想到了利用大雾来隐藏自己！给我们来了一个调虎离山之计！"

姥爹他们几人急忙返回。

离老河还有两里路的时候，姥爹他们发现了李晓成。

李晓成躺在路边上，仿佛是一个被人推倒了的稻草人一般一动也不动。可是稻草人是不会口鼻流血的。血从李晓成的口鼻里淌了出来，流了一地。

姥爹急忙上前扶李晓成坐起。

李晓成费力地睁开了眼皮，嘴里喃喃道："小米……小米……快去救小米……"

子非一惊，说道："小米来这里了？不是叫她留在池塘边等着我们吗？"

赫连天道："看来她偷偷跟过来了，并且找到了弱郎大王。"

"她想干什么？"子非诧异道。

"我猜她是想一个人把弱郎大王引到池塘里去。早上出门的时候，罗步斋要用羊角卦占卜，却被白先生弄砸了。我想白先生应该是受了小米的指使才这样做的。她怕罗步斋测出主凶的卦。当时她就打算自己引诱弱郎大王了，自知凶多吉少，所以故意让白先生去踩羊角卦，让罗步斋占不出结果来。"赫连天说道。

姥爹叫子非留在这里照顾李晓成，自己和赫连天先走一步，继续往画眉村方向赶。

跑到老河的桥上时，姥爹发现铁小姐和她的婢女已经不见了踪影。

"她们应该是对付弱郎大王去了。"赫连天说道。

他们两人跑到池塘边的时候看到了一个诡异的场景。

小米正在绕着一个奇怪的人跑圈儿。那个人之所以奇怪，是因为他的脸看不清，他的衣服也看不清。那个人仿佛是"作茧自缚"的蚕一样浑身缠着白色的"蚕丝"。当然，他不是"作茧自缚"，因为这"蚕丝"并不是他自己缠上去的。

姥爹之所以认为那个人是"作茧自缚"，是因为他没看到小米手里的瞽丝儿。

铁小姐和她的婢女还有罗步斋都躺在那个奇怪的人的脚边，小米跑圈儿的时候要跳过他们。地上躺着的三个人也像李晓成一样口鼻流血。

不远处有几个村里人看到了这个诡异的场景，畏畏缩缩不敢过来。

瞽丝儿本来是细得几乎看不见的，可见那个人的身上被小米缠了多少圈。

"小米！"姥爹大喊一声。

小米扭过头来看了姥爹一眼，然后继续绕着那个奇怪的人跑圈儿。

不用多说，那个奇怪的人必定就是弱郎大王。小米为了限制他，用铁小姐送的蕈丝儿将他缠绕起来，就如蜘蛛用蛛丝缠绕猎物一般。

姥爹想要过去，却被赫连天一把拉住。

赫连天道："你先不要过去，别打扰小米。她要将弱郎大王缠绕起来，困住他。等他不能动弹的时候，我们只要将他推入池塘中就可以了。他无法挣脱蕈丝儿的束缚，就只能在池底接受淬炼了。如果不将他困住，我们是无法将他禁锢在池塘底下的。"

姥爹只好站住，看着小米一圈一圈地跑。她的头发在空中飞舞，仿佛是一片游走的乌云。

弱郎大王虽然被蕈丝儿捆住，但他还是能勉强跳跃。他艰难地朝小米跳出一小步，小米立即跟他拉开一小步的距离，然后继续绕圈儿。

白先生在旁边跳来跳去，无法施以援手，只能干着急。

姥爹后来才知道，他们几个人联手其实依然不是弱郎大王的对手。李晓成找到弱郎大王的时候，同时看到了小米。小米窃窃地跟在他们后面，他们一直没有发觉。由于那天的雾非常浓，小米的行踪没有被他们发现。她只需要找个借口离开罗步斋，然后绕过老河的桥，就能跟上姥爹他们。

小米的白先生是猫鬼，李晓成是拜月猫妖附身，他们利用的都是猫的嗅觉，所以几乎同时找到了弱郎大王。

弱郎大王一见小米就勃然大怒，舍下李晓成，朝小米追过去。

弱郎大王在李晓成和小米之间自然会选择小米。因为正是她将他的脊骨弄断的，让他许多年都无法出来，只能躲起来养伤。纵然养了这么多年，他还得靠背后一根木棍支撑整个身子，并用树藤将身体固定在木棍上。

李晓成担心弱郎大王伤害小米，于是一路追着弱郎大王，没有从原路下山。

李晓成在后面给弱郎大王制造各种麻烦。一路上看到石头便捡起来扔他，看到木棍就捡起来抽打他。

弱郎大王不胜其扰，突然杀了一个回马枪。他在李晓成不经意的时候转过身来，一掌直击李晓成的胸膛。

那一掌的力气实在太大了。李晓成感觉胸口一闷，紧接着嘴里尝到了腥甜的味道。那是他自己的血的味道。

至于弱郎大王为什么不摸李晓成的顶，姥爹和赫连天都明白。李晓成有拜月猫妖附身，而弱郎将猫视为同类，所以不会摸他的顶。

李晓成被击中后，一个趔趄倒在了路边。他眼睁睁看着弱郎大王在小米后面追赶而去。他想张开嘴喊一声，可是嘴一张开，血就喷了出来。

小米带着白先生奔跑到老河的桥上时，铁小姐和她的婢女大吃一惊。

铁小姐问小米道："马秀才不是叫你守在池塘边吗？你跑到哪里去了？又怎么慌慌张张的？"说这话的时候，铁小姐还没有看到小米身后的弱郎大王，浓浓的雾遮挡了她的视线。

小米大声喊道："快走！快走！"

铁小姐这才看到弱郎大王忽然从浓雾里蹿了出来。虽然弱郎大王的肢体比以前柔软了许多，但他走路的方式依然有蹦跳的痕迹，又蹦又跑又跳的，仿佛一只野鹿。

"马秀才呢？"铁小姐急忙问道。

"他们还不知道弱郎大王来这里了。"小米喊道，一手抓住了铁小姐的袖子，将她往池塘的方向拖。

"他们不知道？"铁小姐有点蒙了。

"没时间解释了，快跟我来！"小米拽着她跑起来。她的婢女见势不妙，也跟着跑。

罗步斋正绕着池塘寻找小米，见小米拉着铁小姐跑来，慌忙问道："你刚才去哪了？你把铁小姐拉来干什么？"

铁小姐气喘吁吁，指着身后说道："弱……弱……弱郎大王来了……"

罗步斋不明就里，欣喜道："马秀才他们把弱郎大王引来了？"

"不……是小米引来的……马秀才他们还不知道……"铁小姐说道。

小米将铁小姐赠送的覃丝儿掏了出来，每人给了一团，说道："我们没有地方可以跑了，等弱郎大王来了，我们要力争将覃丝儿缠在他身上，让他行动不便。"

铁小姐的婢女问道："为什么你找到弱郎大王的时候不用它来缠呢？"

小米道："如果早就缠住他，他怎么跑到这里来呢？再说了，我一个人缠不住他。我几年前试过一次，发现根本束缚不了他。"

那婢女又问道："既然你都试过了，知道不行，为什么还要我们试？"

小米道："自从那次之后，我想了很久，终于想出一个办法来。那就是要缠住他，至少需要两个以上的人相互配合。"

罗步斋非常意外，他没想到小米一直在思考对付弱郎大王的办法。

"怎么相互配合？"铁小姐问道。

"待会儿弱郎大王来了，如果他追着我跑，你们就绕着他跑，将覃丝儿缠在他身上。他发现你们在缠绕他的时候，如果又来追你们的话，我就绕着他跑，将覃丝儿缠在他身上。总之，我们几个人穿插着跑，要不让弱郎大王抓到，又能将覃丝儿缠到他身上去！"小米一手停住，一手绕着另外一只手绕圈，比画着将要进行的配合方式。

"我们不要想着杀死他，只要用覃丝儿将他困住就好。"小米不忘补充一句。

这时，弱郎大王已经从浓雾之中蹦跳出来了。

小米急忙继续往前逃跑。

罗步斋和铁小姐还有她的婢女则将各自的瞾丝儿连在了一起，然后躲在路的两边。罗步斋一人躲在左边，铁小姐她们两人躲在右边。瞾丝儿则拦在了路上。

弱郎大王没有看到瞾丝儿，他朝小米紧追而去。

弱郎大王撞上瞾丝儿之后，铁小姐立即朝罗步斋这边跑，罗步斋则朝铁小姐这边跑，他们成功地将瞾丝儿绕在了弱郎大王的身上。

弱郎大王发现身上多了束缚的丝线，看到线的一头是铁小姐，便暂且舍下小米，朝铁小姐蹦去。

铁小姐急忙后撤。

罗步斋则抓紧时间绕着弱郎大王跑。

弱郎大王发现罗步斋在缠绕他，又反过来追罗步斋。

于是，铁小姐和她的婢女绕着弱郎大王跑，将她们手中的瞾丝儿缠到弱郎大王身上。

弱郎大王跑这边也不是，跑那边也不是，身上的瞾丝儿却越来越多，越来越制约他的动作。他气得哇哇乱叫，大发雷霆。

池塘旁边拴了几头牛。那几头牛听到弱郎大王的吼叫声，吓得乱拽缰绳，拽得鼻子都流出了血。

弱郎大王意识到这几个人的计谋了，他停止了没有意义的追赶，突然站住了。

他大吼一声，嘴里冒出一阵烟雾来，仿佛肚子里着了火。然后他双手在身前一捞，将瞾丝儿抓住，接着他猛地一旋转，如同被小孩子抽动的陀螺。

罗步斋他们三人立即被弱郎大王的旋转之力带得飞了起来，摔落在他的脚边。这一摔的力量不弱于李晓成被掌击的力量。罗步斋他们几人也口鼻流血，铁小姐和她的婢女当场昏厥过去，罗步斋没有昏厥，但脑袋里嗡嗡作响，仿佛被敲过的锣还在发出余下的颤音，又仿佛无数只苍蝇在耳边飞来绕去。

躺在地上的罗步斋看到一道白光从眼前闪过。他以为自己被摔得头晕眼花了。可接着那道白光又闪了回去。罗步斋这才看清那是白先生。

白先生嘴里叼着他们几人放开的氄丝儿。氄丝儿被血染红，如同红色的绣花线。要不是被血浸染，罗步斋也看不到白先生在干什么。

罗步斋心中叹道，我们几个人都抵抗不住弱郎大王的蛮力，你一只轻得像蝴蝶一样的猫鬼还能拉住他不成？

白先生叼着氄丝儿跳跃到小米身边。

接着，罗步斋便看清了小米的意图。

在弱郎大王冒着烟吼出一声之后，池塘边的几头牛吓得绕着牛桩又跑又跳，都欲奋蹄奔跑。但是牛的鼻子上都有牛栓，牛栓又连着绳子，绳子系在牛桩上。牛一用力扯绳，鼻子就被扯痛，只好绕着牛桩乱跑。

牛桩上系牛的缰绳是有讲究的，不能像平时系绳子那样直接打活结或者死结。那样的话，牛都能想办法挣脱绳子，跑到外面去吃人家菜园里的菜或者水田里的稻子。

有经验的老人拴牛的时候会打一个活套结，那种活套结不拉则已，越拉越紧，并且取下的时候非常方便。

打活结容易松掉，打死结解开的时候麻烦。所以只有不懂事的小孩子帮家里放牛的时候才用这两种打结的方法。而往往是小孩子看牛的时候，牛不是踩踏了别人家的菜园，就是吃了别人水田里的秧苗。

小米先将白先生叼来的氄丝儿系在拴牛的绳子上，然后将绳子往活套结里一推，活套结的圈儿就大了一些。

绳子往外拉，活套结就越紧；绳子往里推，活套结就松一些。

牛虽然有力，但是不明白"退后一步是向前"的道理，所以很难化解活套结，很难逃出被人控制的命运。

活套结的圈儿大一些了，就容易从牛桩上取下来。

小米将绳子取下，然后放任几条壮实如山的牛狂奔。这是她第二次利用牛的力量来跟弱郎大王斗。

或许是由于这个原因，姥爹后来变得特别喜欢牛这种动物。他学会了看牛蹄和牛口来判断牛的性格和力气。

牛早已被弱郎大王的吼叫声吓得不行，见小米放开了绳子，立即撒腿狂奔。可是没跑出多远，绳子就被霉丝儿拽住了，而霉丝儿又缠在弱郎大王的身上。

牛被人控制得服服帖帖，就是因为牛的鼻子软弱怕疼。

所以当牛被霉丝儿拽住的时候，它们立即感觉到了鼻子上的疼痛。可是它们的蹄子已经放开来，不会轻易停下。于是，它们开始绕着弱郎大王奔跑。

霉丝儿又缠在了弱郎大王的身上。

弱郎大王力气再大，也无法将几条壮硕的牛摔倒。

牛绕着弱郎大王转了几圈之后，小米急忙再次抽出新的霉丝儿来，跟着牛一起奔跑，将更多的霉丝儿缠绕在弱郎大王的身上。

牛跑了十多圈之后，霉丝儿就不够了。不过此时弱郎大王的手脚已经被缠得不太灵便了。

于是，小米一边跟着牛奔跑，一边将牛的鼻栓解开，让牛跑掉。因为再跑下去，绕圈的半径越来越小，牛就会踩到躺在地上的罗步斋他们了。

解开牛的鼻栓也很简单。牛的鼻栓由一根横穿牛鼻的木棍和两根小木楔组成。只要将其中一个小木楔敲掉，就能将牛的鼻栓抽出来。而要拿掉小木楔并不难，只需用一块石头敲击一下即可。

小米以前跟姥爹在画眉村的农田边上看农人驱牛犁地的时候感

叹道:"牛是多么可怜可悲的动物啊,它忍受不了鼻子上的一点疼痛,就将它的一生赋予了他人。其实拴住它鼻子的鼻栓只要敲一下就会脱落,可是它天天面对这么轻易就能取下的'枷锁'却无能为力!还有什么比它更可怜可悲的生灵?"

姥爹道:"人哪。"

"人?"

"是啊。看看天下,人之熙熙,皆为利来;人之攘攘,皆为利往。人是最自由的,却又最不自由。虫鸟禽兽其实是自由的,只要它们不落在人的手里。"

小米敲开了牛的鼻栓,看着牛狂奔而去。虽然她知道最终牛的主人还是会把它们找回来,但是那一刻她体会到了解脱的快乐。

然后,她继续绕着弱郎大王跑,一圈又一圈。

弱郎大王意识到自己即将被小米困住,于是又像被抽动的陀螺一般旋转起来。他想将小米拽倒。

小米松开了手,但是没有让蚕茧一样的蓳丝儿脱手。

于是,弱郎大王就如纺织机上的线筒一般将自己缠上了更多的蓳丝儿。很快他就把自己缠成了一个蚕茧。

小米想要缠住他就更加容易了。

等到姥爹和赫连天来到池塘边的时候,他们就看到了那样一幅诡异的场景。

姥爹见蓳丝儿缠得差不多了,正要挣脱赫连天往小米的方向跑去,却听得小米大喊一声:"水客,水猴,该你们了!"

姥爹后来才得知,小米曾向水客和水猴许诺,只要他们救过一次马秀才,就还给他们自由。

一阵水声响起。

水里冒出两个头来,一个是女人头,一个是猴子头。

水客和水猴抓住了弱郎大王的脚,将弱郎大王拖入水中。

没想到原本打算好几个人一起努力做到的事情被小米一个人完成了。

姥爹感动得热泪盈眶。他知道小米这么做都是为了他，即使这样非常危险，她也在所不惜。

小米看着在水里扑腾的弱郎大王，终于吁了一口气，露出灿烂的笑容来，似乎那笑容能将这茫茫大雾蒸融。

可是小米的笑容很快就凝固了。

弱郎大王在水中一甩手，将瓕丝儿甩到了小米脚下。瓕丝儿缠在了小米的脚上。弱郎大王猛地一拉，小米顿时失去平衡，栽入水中！

小米落入水中之后，弱郎大王迅速用他身上的瓕丝儿缠绕住小米，使得小米在水中无法游动。虽然水客和水猴努力营救小米，可是他们两个被弱郎大王一脚就踢出两三米远。

姥爹立即跃入水中，可是也被弱郎大王一脚踢开。

白先生在岸边急得喵喵叫，它见姥爹被弱郎大王踢开，于是跟着一跃而下。

弱郎大王双手死死掐住小米，又一脚将白先生像绒线团一样踢开。它常年蹦跳着行走，其腿部的弹踢能力可想而知。

白先生的运气非常不好，它被弱郎大王踢得从水里飞起，落在岸边的一块石头上。那块石头像一个石墩，上头平整。一些在这个池塘洗衣服的妇女喜欢将衣服放在这块石头上，然后用衣槌捶打。所以这块石头是非常坚硬的。

白先生的脑袋磕在了上面，赫连天都听到了噗的一声。白先生打了一个滚，伏在石头边上一动不动了。

后来白先生再醒来之后，它已经将所有人忘记，看见人抬脚就吓得慌不择路地逃跑。它的脑袋上留下了一块疤痕，疤痕处没有毛。姥爹想将它接到马家老宅里去，可是它不去，却又常常在马家老宅附近转悠，像是要寻找什么人。姥爹知道它在寻找小米，可是那时候小米已经不在马家老宅了。

姥爹被弱郎大王踢到之后感觉肚子里的肠子都要吐出来。他依然强忍疼痛，划动双臂朝小米游去。

小米被她自己放出来的鼍丝儿缠住，又被弱郎大王死死往水下摁。她努力扑腾，可是水一口接一口地呛进了她的嘴里。

岸上躺着的罗步斋忍不住喊了起来："小米！小米！"

在姥爹即将碰触到小米的时候，弱郎大王突然双腿一蹬。他是头朝下脚朝上蹬动的。他带着小米朝水下游去。

姥爹一手抓去，却抓了一个空。

姥爹急忙也往下潜，紧追弱郎大王。

此时小米的动作已经缓慢了下来。她已经不行了。

"不要！"姥爹忍不住在水下张开嘴喊道，可是水立即涌进了他的嘴里，将他的声音淹没。

等到赫连天也跳进池塘的时候，小米和弱郎大王已经不见了踪影，而水面上连一个气泡都没有冒出来。

姥爹一次次潜下去，可是再也没有见到弱郎大王和小米的踪迹。

水客和水猴稍稍缓过来之后也潜入水中，虽然他们的水性远比常人要好，可是过了一炷香的时间后也没能找到弱郎大王和小米。

姥爹已经被水浸得嘴唇乌青，手指发皱，眼睛发红，脸色煞白，如鬼一般，可是他还在继续往下潜水，要寻找小米。

赫连天和村里几个人强行将他从水里拉上岸。

赫连天说道："已经这么久了，没有希望了……我听说水鬼能像泥鳅黄鳝一样潜到淤泥里面去，弱郎大王应该是钻到淤泥里去了。水里面是找不到的。不然水客和水猴早就找到她了。"

小米的尸体是第二天才浮起来的，身上其他地方没有淤泥，可能是被水洗掉了，但她的指甲缝里确实有黑色的淤泥。

姥爹是一直坐在池塘边等着小米浮出水面的。

他默默地坐在那里，谁也劝不走。他就像要等着跟小米再次见面一样等着她出现。

村里人帮忙将罗步斋和铁小姐等人抬到马家老宅，又叫来医生帮忙治疗。

子非也背着李晓成回到了马家老宅。

他们虽然都很心痛，但是都没有过来打扰姥爹。赵闲云听到这个消息，在病床上流泪不止。赫连天忙安慰她，叫她不要过于悲伤，注意自己的身子。

赵闲云哭泣道："我本想着我走了还有小米留下来陪他的，没想到小米先走了。"

罗步斋那时候还没有醒过来，听到这话，眼睛缝里却也流出泪水来。

最先醒来的是李晓成。李晓成醒来后的第一句话是："他走了。"

当时谁也不知道李晓成说的那个"他"是谁，但是不久之后大家就明白了，李晓成说的"他"是拜月猫妖。

谁也不敢问他"他走了"是说拜月猫妖走了还是死了。不过自那之后，李晓成再也没有像猫一样挠过脸，再也没有像猫一样笑过。

后来李晓成在家里养了许许多多猫。别人问他为什么养那么多猫，他说曾有一只猫用自己的命换过他的命。

铁小姐是五天之后才醒过来的。她的婢女就没有这么幸运了，她一直没有醒过来。

第二天，姥爹看见小米从水中缓缓升起的时候大呼小叫，这是他唯一一次在村里人面前失态。

他拍着巴掌大喊道："你们看，小米回来了！她回来了！"他以为小米只是潜了一下水，这次浮出水面是要吸一口新鲜空气。他的意识已经混沌不清了。他甚至面露喜色，高兴得手舞足蹈。

在别人帮忙将小米打捞上来之后，姥爹发现小米手上没有戴血丝玉镯子，他居然还问小米："小米呀，你的玉镯子呢？怎么不戴着？"他很认真地看着小米，似乎要等待她的回答。

在姥爹神志不清醒的时候，是赫连天帮忙将弱郎大王禁锢在池塘里的。他在池塘的四个方位各埋下了一枚铜钱，然后撒了许多糯米和竹叶在池塘里。糯米沉下去，竹叶漂浮在水面。

甚至在赫连天他们帮忙给小米办葬礼的时候，姥爹依然神志不清。

他呆呆地看着小米的还散发着新漆味的新棺材，跟着做水陆道场的道士一起唱哀歌。

让姥爹清醒过来的是小米的血丝玉手镯和她留下的纸条，那已经是小米丧礼的第七天了。第七天是出葬的日子。

余游洋找到了小米的血丝玉镯子。那是余游洋在翻找小米的遗物时发现的。在小米被人抬进马家老宅的时候，余游洋就发现小米手上没有戴血丝玉镯子。她还以为小米落水之后玉镯子脱落了。

余游洋不但找到了玉镯子，还发现了一张小米生前留下的纸条。

余游洋看都没看纸条，就拿着玉镯子和纸条跑到姥爹面前，在姥爹发呆的眼前挥舞着玉镯子和纸条，喊道："马秀才！马秀才！小米给你留了东西！"

姥爹的眼睛突然有了神，一把从余游洋手里夺过玉镯子和纸条，摸了摸玉镯子，急忙将纸条展开来。

纸条上的字不多，可是姥爹看了很久很久。

原来小米那晚听到姥爹和子非说的话之后就已经打算自己来对付弱郎大王了，她也预料到自己会遭遇不幸，所以提前写了那个纸条，请求姥爹原谅她没有按照计划行事。

她在纸条中再次央求姥爹娶尚若然，救赵姐一命。

纸条上的最后写着："既然我无法陪伴你，赵姐也无法陪伴你，那就让我的血丝玉镯子陪伴你吧，所以我留下了它。你可以让尚若然戴着它，那么我也算一直陪在你身边了。如果我死之后才摘下来，我担心她们不敢戴。"

姥爹的泪水滴在最后一句话上。已经干涸的墨再次变得湿润，在纸上浸染开来，如同开了一朵朵黑色的花。

后来姥爹没有让尚若然戴这个血丝玉镯子。

看完小米遗言的姥爹终于醒悟过来，一下扑到小米的棺材上，以手拍打厚重的棺材，哭号不已。

众人又拉又扯，劝说不停，一时间葬礼上混乱不堪。

不知是谁突然喊了一声："白先生来了！"

灵堂里的人都立即安静了下来。包括姥爹，他也突然静了下来，转头去看那只缓缓走来，略显痴呆的白先生。

在那几天，白先生一直没有出现。纵使赫连天还在这里，也无法将白先生召唤出来。赫连天猜测，它要不是太悲伤了，就是脑袋被撞坏了。

所以当白先生在小米葬礼的第七天出现的时候，赫连天忍不住开口道："白先生给小米送灵来了。"

当时姥爹他们都穿着素白的孝服，门口贴着素白的对联，地上撒落着圆形白纸。白先生身上的毛是白的，只有少许灰色，看起来也如穿了孝服一般。

它在门口外不远的地方站住，朝灵堂中漆黑如炭的棺材望着。它的白毛变长了一些，被风吹得起伏凌乱。

余游洋看到白先生，立即泪流满面，说道："它变傻了，不进这个家了，不认识我们了，可是它还知道来给小米送灵。它还是记得小米！"

姥爹听了这话，流下泪来。

村里帮忙的人见这猫如此有灵性，都自然而然地让开了一条路，让它进来。

白先生站了一会儿，又迈开步子，晃晃悠悠地朝灵堂走来。它的身体非常虚弱，好像随时会倒在地上。它其实已经瘦骨嶙峋了，长长的白毛遮掩了这一点，但是风吹动白毛的时候，那皮包骨的架势就能看得清清楚楚。它这些天在外面肯定没吃没喝才会这样的。

余游洋忍住泪水去厨房拿来一些猫爱吃的东西，可是白先生自始至终没去嗅一下，没有去吃一口。

白先生走到门槛处，没有像以前一样一跃而入，而是前腿先趴在门槛上，后腿用力地蹬地。它没有力气跳跃了，或者说它忘记怎么跳跃了。而姥爹家的门槛比别人家的要高很多，所以白先生爬起来非常费劲，完全没有了当初威风凛凛生龙活虎的样子。

爬到门槛上之后，它居然从门槛上摔了进来。它连落地的力气都没有。

众人见它走进灵堂来，纷纷侧目。

它是要拜祭小米吗？

它是要在这里哭灵吗？像小米的亲人一样？

众人都不知道这只猫要干什么，也不忍心打扰它做要做的事。姥爹和赫连天也不知道它要做什么，只是呆呆地看着它狼狈地从地上爬起来，继续往小米的棺材走。

姥爹突然想起猫鬼吸殃气的传说来。

可是姥爹对这种猜测表示怀疑。因为小米已经过世多日，估计殃气早已散去。

白先生走到了小米的棺材旁边。

小米的棺材是搁在两条长凳上的。棺材的正下方点着七星灯，一根芯分成七个小灯芯，分别点燃。

白先生顺着长凳的腿往上爬。这比过门槛还要艰难。它的猫爪子在长凳的腿上刮出嗤嗤嗤的声音，每刮一下都仿佛挠在姥爹心上，又痛又痒。

站在人群中的子非攥紧了拳头，浑身发抖，不知是因为听到猫爪挠长凳的声音感觉受不了，还是因为在努力抑制冲上去将白先生抱走的想法。

在这几天里，相对其他人来说，要属子非显得最为平静了。该吃饭的时候吃饭，该睡觉的时候睡觉，该帮忙干体力活儿的时候就帮忙干活儿。

这让余游洋迷惑，她偷偷地问赫连天："他等候了小米两千多年，虽然没能和小米在一起，但是此时看到她亡故，应该也会心肝俱碎吧？"因为罗步斋还没有醒过来，她只能跟赫连天说这些话。

赫连天摇头道："我也不知道他为什么这么平静。但他平静得让人害怕。"

余游洋不觉得子非平静得让她害怕，她倒是在心里有些埋怨子非，觉得他以前对小米的种种好都是假的。

可是过了几天，余游洋就不这么认为了。

在小米过世之后的几天里，子非突然老得很快。到了小米葬礼的第七天，余游洋发现两千多年没有变样子的子非眼角有了明显的鱼尾纹，头发里有了好多银丝。

余游洋终于理解了子非，他是要把所有的悲痛咽回去，咽进肚子里，然后自己消化。他应该知道，此时师父最得力的助手罗步斋倒下了，师父自己也变得疯疯癫癫了，赵闲云一个病人不能帮忙煮一锅饭，不能帮忙倒一杯茶，所有大事小事里里外外都由余游洋一个女子来操劳，虽然赫连天也帮忙，但毕竟精力有限，所以他不能倒下，他要站住，并且协助余游洋做好所有的事情。

他想让小米顺顺利利入土为安，不要最后连个葬礼都办得乱糟糟的。

不过那些悲痛虽然消化了，却如同催人老的毒药，让人朝如青丝暮成雪。

此时白先生的举动或许牵动了子非的心。兽犹如此，何况人乎？他掩饰多日的悲痛之情被白先生搅动翻腾，随时都有爆发的可能。

余游洋暗暗看了看浑身发抖的子非，心中为他担忧不已。

白先生终于爬上了长凳，它继续往棺材上爬。

嘎……

白先生的爪子将棺材上的漆刮出了几道印子。这棺材做得很急，上面的漆还没有干透，容易被刮坏。

旁边有人说道："马秀才，把猫赶走吧，不然棺材刮难看了。"

姥爹摇了摇头。

又有人窃窃提醒道："马秀才，死人身边是不能有猫的，小心诈尸！"

一时间众人议论纷纷，许多人都说要将猫抱走。

猫会引起诈尸，这也是当地许多人认为极有可能的事情。在此之前，附近村镇猫诈尸的事情发生过好几次。有些猫因为夜晚出游的原因可能带上一些不干净的东西，它们一旦接近魂魄消散的尸体，就很可能让尸体突然坐起来或者跳起来。诈尸的尸体甚至会见人就追，见人就掐，突然力气惊人。被掐住的人往往难以活命。但尸体的力气很快就会用完，然后保持僵硬的状态。

保持僵硬状态的尸体很难再放入棺材中，因为尸体的手脚不再是并拢的，棺材的空间就显得不够了。

所以众人看到白先生爬到小米的棺材上时，难免要议论，难免要惊慌。

姥爹也有这个担心，但是他知道小米和白先生之前的感情。此时要他同意将白先生赶开，那简直比登天还难。

嘎……

白先生的爪子又在小米的棺材上留下了几道刮痕。

棺材在出葬前是不会完全合盖钉钉的，这一程序要在棺材即将抬起送往坟地的时候才会做。

突然之间，棺材里"嘭"的一声响，如同哪个顽皮的孩子往里面丢了一个点燃的炮仗！

灵堂里的所有人都吃了一惊！

紧接着，棺材盖居然跳了起来，落在了地上。棺材底下七星灯的火焰摇曳不止。

然后，棺材里的小米居然在众目睽睽之下坐了起来！

"诈尸啦！"几个胆小的人大喊着跑了出去。

大部分见姥爹还在这里，虽然害怕，但还强忍着。姥爹连鬼神都不怕，自然不会怕这区区诈尸的尸体。别人大多也是依仗了姥爹才有胆量的。

子非的身子抖得更加厉害了。他见小米从棺材中坐了起来，兴奋地往前走，想要走到小米身边去。

这回姥爹不疯癫了。他立即一把抓住子非的衣服，不让他再靠近。

"不要过去！"姥爹喝道。

赫连天从后面一把抱住了子非。

余游洋又惊又喜，但她毕竟胆子小，不敢往前靠过去，只是嘴里结结巴巴道："小米……小米……活……活了？"说完，她望了望姥爹。

姥爹没有回答。

白先生见棺材盖落了地，似乎突然精神振奋起来！它不再软弱无力地挠棺材，而是后退一蹬，猛地跳到了小米的肩膀上。

小米坐起来之后再无动作，似乎在发愣，似乎在思考自己为什么突然坐了起来。

灵堂里寂静无声。众人也仿佛死了一般一动不动，连呼吸都暂时停止了。

就算有人身上痒痒，也不敢去挠一下，怕挠痒痒的声音打破这诡异的寂静。

可是白先生视若无人一般，懒洋洋地叫了一声。

喵呜……

小米似乎听到了白先生的叫声，居然像失望透顶的人叹气一样呼出一口气来。

"呵……"小米叹息一声，肩膀耷拉下来，头低了下来。

那股呼出的气是有颜色的，黑中带绿，像烟雾一样从小米的口鼻里冒出。

"殃气？"姥爹脸上露出惊讶之色。

赫连天也惊讶得松开了抱住子非的手。

子非不敢置信地看着前方，忘记了继续朝前迈进。

那黑中带绿的气息在空中蜿蜒飘浮，如同一只会飞的蜈蚣，又如一缕被吹起的纱巾。

姥爹瞬间想起了他今生第一次见到谢小米的时候。那时候，谢小米用尸气来暗算他和罗步斋。那时候她的种子识还没有苏醒，他的种子识也还没有苏醒。转眼之间，二十多年已经过去，两人之间发生了翻天覆地的变化。他还记得那时候谢小米暗算他们时得意扬扬的样子，暗算失败之后花容失色的样子。一颦一笑，一怒一羞，都历历在目，如同昨日发生。

二十多年前的情景如昨日一般，两千多年的情景是否也如昨日一般呢？

姥爹看了看子非，不知道他是否有如同昨日又恍如隔世的感觉。

子非后来说，当时他确实也有类似的感觉。在小米还是子鱼的时候，她常常等候师父归来等到深夜。师父或是跟友人闲聊修炼之法去了，或是跟蒙恬将军谈论兵法去了，常常很晚回来。子鱼常常等师父等得垂下头，耷拉下肩，昏昏欲睡却又不睡。

可是子非的错觉很快就被白先生惊醒了。

在小米肩头的白先生一跃而起，朝那黑中带绿的气息扑去。即将接触那气息的时候，白先生张开了嘴，居然将那气息吸了进去！

"这……"子非惊讶道，后面的话却说不出来。他自然也知道白先生和小米之间的关系密切，猜测白先生不可能害小米，但他又不明白白先生这么做的目的所在。所以他不知道怎么说。

赫连天也迷惑不已，自言自语道："人死之时殃气随之而出，不会留这么久啊。这气息到底是什么？"

姥爹却露出恍然大悟的表情来。

姥爹想起小米被弱郎大王溺死后赫连天说的话来，他说他听说水鬼能像泥鳅黄鳝一样潜到淤泥里面去，弱郎大王应该是钻到淤泥里去了。

既然小米被弱郎大王带进了淤泥里，那小米的口鼻都被淤泥堵住，临死之时的殃气自然无法泄出。

赫连天说了这些话，自己却未能想到淤泥会堵住殃气泄漏的通道。

白先生吸收殃气之后，从空中落了下来，落地时脚没站稳，就地打了一个滚。与此同时，坐起来的小米往后仰了下去，躺倒在棺材之中。

再看白先生，它的肚子已经鼓了起来，浑身滚圆滚圆的，如同一个从汤勺里滑落出来的煮熟的汤圆。

赫连天见白先生肚子滚圆，说道："果然是殃气！"他养了许多猫鬼，自然知道猫鬼吸了殃气之后的样子。猫鬼不是吸了亡者魂魄的话，肚子是绝对不会变成这样的。

白先生吸了小米的殃气之后立即原路返回，没人敢阻拦它，都像避瘟疫一般躲开它，生怕它身上粘带了亡人的尸气。

姥爹惊讶得忘记了叫人抓住它，等他回过神来的时候，白先生已经消失得无影无踪了。

众人围到小米的棺材前，见小米脸上比刚才青了一些。几人七手八脚将棺材盖重新盖上。

姥爹后来说，人将死之时，七魄先散，三魂再离。其实小米被弱郎大王摁在池塘里的时候，七魄已经走了。淤泥封住、殃气留存的只是小米的三魂。因此，白先生吸走的也只是小米的魂，而没有魄。

但是当时姥爹并不知道这些，还以为白先生把小米整个儿的魂魄吸走了。

他慌忙叫人到处寻找白先生，可是没人能找到它。

但是在别人没有找它的时候，它又会突然出现。有时候在田埂上，有时候在屋檐上，有时候在地坪里，有时候在山林里。

无意之时，哪里都有它的身影，刻意寻找，却哪里都找不到它。

小米的魂虽然被白先生吸走，但葬礼还是要进行。

马家老宅里继续吹吹打打，锣响鼓鸣。小米照常入土为安。

姥爹想让铁小姐的婢女也埋在画眉村的山林里。铁小姐拒绝了。她要将她的人带回她的地盘。小米入土后不久，铁小姐就带着她死去的婢女离开了画眉村。铁小姐的化妆术水平高超，死去的婢女在她的摆弄下变成了一个奄奄一息的病人，偶尔还会动动手臂，做个表情。不细看的话不知道是铁小姐在旁操控的。

铁小姐离开画眉村的时候，姥爹说道："我很想感谢你，但是不知道该如何感谢你。"

铁小姐扶着化过妆的婢女，说道："我很想帮你，但是不知道该如何帮你。"说完，她的眼角爬出了泪水。

姥爹本想送铁小姐的，可是罗步斋还没有醒来，赵闲云病倒在床，家里无人照应。姥爹只送了她一小段路程。

不久，赫连天和子非也相继说要走。

姥爹知道，赫连天在定州还有徐阿尼等着，留也留不住，但子非孤身一人，无牵无挂，不用特意回到哪里去。所以，姥爹一方面给赫连天准备旅途要用的东西，一方面苦苦挽留子非。

子非道："师父放心，我肯定要比赫连天走得晚。我的事情还没有办完呢。"

姥爹一时没有反应过来，问道："你的事情？什么事情？"

子非道："移花接木之事。"

姥爹默然。

子非又道："此事不仅仅是挽救师母之法，也是小米的遗愿。还请师父不要放弃。"

姥爹叹气道："我身边的人一个接一个走了，我想留也留不住，还不如放开一切算了。留有何用？不留又有何苦？"

子非无以应答。

赫连天临走前跟姥爹有一番推心置腹的谈话。

那天，赫连天和姥爹在画眉村的田埂上闲步。赫连天对姥爹说道："我们祖先向来有灵魂'嫁接'的转世投胎之法，等你抓到白先生，获得小米的魂魄，你就写信给我，我再来这里，帮助你让小米通过'嫁接'的方式重新投胎成人。本来这种方法是我们家族密不外传的，但我已经把小米算作是我们家族的人了，我是她娘家的人。"

姥爹无奈道："赫连兄的好意我心领了。但是你看看，我现在已经一把年纪了，即使白先生愿意将小米的魂魄送回来，即使小米转世投胎，那时候我已经白发苍苍了。在我与赵闲云拜堂的那天，我看到小米的时候就想了，我们年龄悬殊，此生恐怕是无缘了。那时候尚且如此，现在还能有什么念想？"

那一年，姥爹已经接近五十岁了。

赫连天道："只要是真心，年龄差再多也无妨。"

姥爹苦笑道："一生错过一个人一次就是一生的遗憾了。我一生已经错过她三次，哪里还敢期待？我原来有个朋友，他是大云山的道长。他曾错过一个人无数次，然后跟我说，你要在这一生里等待她的再次到来，就像两个人在一段路上走散之后，要有一个人守候在原路上等另一个人回来。他认为他错过那个人，是因为两个人都在投胎转世中，就如两个人都离开了原路，所以频频错过。可是你看看，我在我这条原路上等候已经够久了吧？还不是照样错过！这或许就是命吧。"

赫连天道："通晓命理的你居然认命了？"

姥爹看了看前方，前方是弯弯曲曲错综复杂的田埂。水田不是规则的，有大有小，有高有低。如果能够俯视水田的话，就能看到仿佛是树叶脉络一样的田埂。

姥爹指着田埂说道："命就是这七弯八拐的田埂小路。通晓命理，只是知道每条田埂的宽窄，知道每条田埂通向哪里而已。你并不能改变它的形状和走向，所以，你只能顺着这些田埂走过去。如果你说的认命是这个意思，那我确实认命了。"

赫连天道："我曾有过你这种感觉。当年我寻找徐阿尼而不得的时候，也认过命。我以为我这辈子不能再跟她相遇了。那时候委托泽盛去寻找，其实也没有抱多大希望，我也想过他是不是只是利用我，而没有真正去找她。但我还是要这么做。只要多一点希望，我就不会放弃。就像走在这田埂上一样，知道或许前面没有方向，但还是尽可能往觉得可能有奇迹的方向走。没想到，她原来一直在我身边。就连我几乎要放弃的时候，她其实都在我附近。现在小米的魂魄还在白先生那里，就像当初徐阿尼在我周围一样。但愿最后你能像我一样有个好的结局。那时候你就会明白，你认命了，但是只要还保留最后一线希望，最终你或许会发现，命不是你认为那样的。"

"你认命了，但命不一定是你认为那样？"

赫连天点头道："是啊，马秀才，你想想我们认识的所有人。泽盛以为自己是帝王命，一心培养阴兵，结果是黄粱一梦，流落到海外。子非原只是为了陪伴子鱼，甘愿加入五百童男，漂泊东海之上，结果偶遇仙长，意外获得长生。徐福苦心经营，到处寻觅，最后因为寻不到长生不老之药，只好躲在海岛，不敢回来。再说那坐贾，以为拥有一切别人期待的东西就能让心上人幸福，结果获得之后，那个为之努力的人却不在了。"

姥爹默默点头。

"每一个人都在为自己的命而奔波劳累，而花尽心思，以为自己可以踏上自己期待的那条路。可是结果往往都走上了一条完全不一样的路。"

"确实如此。"姥爹说道。

赫连天道："既然这样，何必执着于命？何必死盯着命？何必认命？"

姥爹问道："这么说来，命不命的，都是子虚乌有。那么，你到底是劝我保留一线希望，还是不要抱有任何希望？"

赫连天道："看来你还没有听懂我的意思。我的意思是，你不要对以后有预期，不要期待你七十多岁了，小米再次来到你身边；但你也不要自暴自弃，完全放弃与小米重逢的机会。你要保留一线希望，又不对这一线希望作任何期待。"

姥爹仔细品味赫连天的话。

赫连天又说道："保留一线希望，才不会绝望。不作任何期待，才不会痛苦。"

姥爹长叹一声。

在他们俩说话的时候，白先生又在远处出现了。它站在村前的那条大道上，一蓝一黄的眼睛远远地望着姥爹和赫连天。

姥爹问赫连天道："赫连兄，你说，它为什么不让我捉到它，却又常常远远看着我们？"

赫连天看了看远处的白先生，说道："我想这也是小米的意思吧。白先生只受小米的控制。"

"小米的意思？"

"是啊。"

姥爹问道："如果小米的魂魄在白先生的体内能用意念操控白

先生动作的话，她应该会让白先生回到家里来才对啊。"

赫连天道："我想，白先生吸走的应该只是小米的魂。人死之时，七魄先散，然后才是三魂。那天虽然白先生吸走了殃气，但是殃气里很可能只有小米的魂。当然了，之前我还不太确定。但是这些日子看到白先生的性情变化，我想小米善良的魂在白先生体内起作用了。魂太善良，她怕你眷恋她而任由赵闲云病亡，所以离开你；她又太挂念你，所以离开却不离去。"

赫连天熟知猫鬼性情，他看猫鬼，就如历经沧桑的老人看心思都写在脸上的小孩子一般。

姥爹经过赫连天点拨，终于明白了小米的魂的心思。小米是怕妨碍他移花接木，迎娶花姐尚若然。

几天之后，赫连天离开了画眉村。

赫连天一走，姥爹便开始给赵闲云准备后事了。

赫连天走后的第二天早晨。姥爹坐在堂屋里，对余游洋和子非说道："我昨晚掐算了一下，赵闲云的时日不多了。我们要尽早做准备，把坟地找好，棺材买好，白纸备好，其他需要的东西都要备下，免得到时候手忙脚乱。"

姥爹的话似乎在子非的意料之中。他没有多大反应，淡淡说道："是应该准备了。只是不要让她知道我们在准备这些事，不然她心里会不好受的。"

余游洋目瞪口呆，她怕赵闲云听到她的话，又对姥爹非常生气，情急道："你这是要放弃救赵姐的命了吗？她还没死呢，你就开始准备后事？"

不等姥爹解释，余游洋就冲出了堂屋，跑到外面去了。

一切准备妥当之后，赵闲云的葬礼就开始举行了。

余游洋没有看到赵闲云是如何去世的，就发现堂屋里多了一口漆黑的棺材。

姥爹和子非不让他们打开棺材来看，说赵闲云去世时模样可怖，免得看了做噩梦。

余游洋虽然觉得姥爹的做法和说法很怪异，但没有罗步斋在她旁边，她也没有人可以求助。

不等赵闲云的葬礼结束，子非就离开了画眉村。

子非离开画眉村之后，姥爹叫人带信去赵闲云的娘家。

赵云鹤听到女儿去世的消息，昏厥在地，几天起不了床，无法来画眉村，于是派了一个下人来了画眉村，代替他给赵闲云送葬。

出葬的前一天，有一个陌生人出现在灵堂。这个人引起了众多人的注意。

这个人非常矮，几乎只有正常人的一半那么高。但他双眼特别有神，步伐矫健，走路简直是一蹦一蹦的，像个跳跃的木头桩。他的脸泛着红光，见人就是一副笑眯眯的样子，似乎跟每一个人都很熟，就差要打招呼喊出对方的名字了。但是没有人认识他。

姥爹也不认识他。但是既然来到这里，就是客人，姥爹和本村的人不能赶他走。

有人认为那个人可能是跟着别的村的人一起来到这里"看老"的。

"看老"是这个地方的一种习俗。某个村里的人去世了，附近村的人都会组织起来，小村子派十多人，大村庄派二三十人，一批一批地去亡者家里"看老"。"看老"的人不用送礼，只需每人凑极少的钱，买一点鞭炮，就可以去亡者家里表示慰问。到了亡者家门前，"看老"的人点燃鞭炮，然后两个两个地去灵堂跪拜，磕三个头。

死者为大。"看老"的人无论年龄多少，到了灵堂都要下跪，都要磕头。亡者的家属会在棺材旁边摆一个草铺子，"看老"的人每磕一个头，亡者的家属便回一个礼。

"看老"的人放完炮，磕完头，出门的时候便会收到一包烟。这是亡者家属对前来"看老"的人所表示的感谢。毕竟人家看得起才会来。

"看老"的人不但有烟收，还可以在这里吃一餐饭。当然了，饭一般很简单，不会像招待其他客人那样丰盛。

姥爹在这方圆百里是有名声的，也从来没有跟人闹过什么不可开交的矛盾，所以很多人来画眉村"看老"。

"看老"的人一批紧接着一批，鞭炮的声响不断，来往的人络绎不绝。

因此，姥爹不知道这个只有正常人一半高的人到底是跟着哪个村的人来这里的。

"看老"的人跪拜之后，一般都会坐在地坪里等着吃饭。

办丧事的时候，地坪里都要搭棚。棚子入口的四周会绑上松树枝。"看老"的人大多坐在棚子里，在等吃饭的时候听一听灵堂里的道士念经或者唱哀歌。有的人喜欢听哀歌，就像有的人喜欢听戏一样，甚至会跟着道士唱一唱。

当时道士正在唱《过仙山》："送罢一台又一台，亡人送过刀光山，刀光山来不是山，神难走来鬼难翻；送罢一山又一山，亡人送到火焰山，火焰山来不是山，热浪滚滚扇子扇；送了一山又一山，亡人送到花钱山，孝子多烧钱和纸，超度亡人上西天；送了一山又一山，亡人送到扁人山，谁个进山都要钱，阴阳二人真难辩；送了一山又一山，亡人送到饿狗山，恶狗出来要馍吃，打狗饼子得过心；送了一山又一山，亡人送到棋盘山，棋盘山来是好山，一条大路通西天；送了一山又一山，亡人送到宝钱山，宝钱山上把宝用，有钱好过狼虎山，行善亡人过得去，行恶亡人难过关。"

那个矮人坐在长凳上听到道士唱到这里，笑道："这不是骗人的话吗？明明说的是死后也要钱财打通关系，哪里还有行善亡人过得去，行恶亡人难过关的道理？世人大多是欺善怕恶，人间阴间莫不如此。"

一同坐在地坪里听哀歌的人连忙制止他，说道："莫要乱说话，这哀歌嘛，当然是唱一唱哄哄活着的人的，当不得真。但你在亡者的灵前这么说，会让亡者家里人不高兴的。"

那个矮人不屑道："我讲的是实话。别人高兴不高兴，不过是愿意骗自己还是不愿意骗自己的差别而已，跟我说什么话没有多少关联。"

制止他的那个人不高兴道："你怎么就知道人死后不是哀歌里唱的那样呢？你又没死过！"

那个矮人笑道："人家死没死还不一定呢，她都不一定过仙山。"

制止他的那个人撇嘴道："你这话就更离谱了。谁没死就办葬礼？"

那个矮人从长凳上跳了下来，说道："死没死，我去敲一敲那个棺材就知道了。"然后，他果真进了灵堂，朝那口漆黑的棺材走去。

姥爹见那个矮人朝赵闲云的棺材走来，忙拦住他，问道："你跑到这里来干什么？"

那个矮人挤眉弄眼道："马秀才，我跟棺材里的人说说话。"

姥爹回答道："如今阴阳两隔，怎么说话？"

矮人道："我自有办法！"

这时，余游洋也凑了过来，她听那个矮人说可以跟亡者说话，急忙扯开姥爹，问道："你有什么办法？"她看出姥爹这么着急操办赵闲云的丧事肯定有猫腻，于是想借别人来看看这到底是怎么一回事。

"不能说出来。"矮人卖关子道。

姥爹不愿让他靠近赵闲云的棺材，于是说道："既然说不出来，那肯定是办不到。"

可是余游洋不听姥爹的话，她将姥爹拦开，对那个矮人说道："既然这样，那麻烦您来这边看一看。"

姥爹无奈，只好任由余游洋。

　　那个矮人移步往前，走到了赵闲云的棺材旁，然后踩上了一把椅子，伸出手来，在赵闲云的棺材上叩了叩。他叩得不轻不重，不紧不慢，仿佛是要叩开一个熟悉的朋友的家门。

　　姥爹注意到那个矮人的手非常粗糙，指甲有银元那么厚。

　　在那个矮人叩棺材的时候，姥爹恍惚间有种听到敲门的感觉。姥爹紧盯着那黝黑发亮的棺材，居然真的担心那块木板突然从里面打开来，就像打开一扇门一样。

　　叩完棺材，那个矮人又将耳朵贴到棺材上去，仿佛一个登门拜访却吃了闭门羹的人想要偷听屋里的动静，证实屋里到底有没有人一样。

　　听了一会儿，那个矮人脸上露出神秘的笑容来。

　　余游洋急忙问道："怎么啦？怎么啦？你听到什么声音了？"

　　那个矮人却保持神秘的笑容，点了点头，回到地坪里去了。

　　余游洋不甘心，她紧跟其后，也走到了地坪里。

　　可是走到地坪里之后，余游洋没有看到那个矮人。

　　倒是竹溜子一下子从她脚底下蹿了出去，一溜烟跑到棚子外面去了。

　　余游洋猜测竹溜子是追那个矮人去了。

　　在这段日子里，竹溜子很少出来，它常常躲到谁也找不到的地方，即使姥爹点了烟，它也没有像往常那样出现。

　　似乎它也非常悲伤，没有心情吸烟了。

　　姥爹见它不常出现，也不去找它。

　　倒是余游洋心里放不下，常常屋里屋外找个遍，有时候能找到它，有时候找不到它。找不到的时候，她就会在姥爹面前抱怨，责怪姥爹不去找它回来。责怪之后，她又于心不忍，毕竟最伤心的人还是姥爹。

　　余游洋知道竹溜子的直觉非常灵敏，它去追那个矮人必定有它的道理。于是，她紧跟着竹溜子后面追了过去。

　　家里正缺人手，她本是走不开的，但是此时顾不得那么多了。

她从棚子的入口跑出去的时候，脑袋碰在了挂在门口的松树枝上。松树枝上有很多松针。松针扎了她的额头。

她原本已经忙得晕头转向，脑袋有些蒙。刚才阻拦姥爹，让那个矮人去叩棺材，她也是在意识迷迷糊糊的状态下做出来的，像做梦一样。如果清醒的话，她知道姥爹是不会对赵闲云怎样的。他所做的一切都是为了赵闲云好，她绝对不会怀疑这一点。

松针一扎，她打了一个寒战，顿时感觉脑子变得清醒了不少。

她精神一振，急忙朝着竹溜子消失的方向跑去。

果然，没跑多远她就看到了那个矮人的背影。他刚刚走到池塘那里，然后顺着大道往老河方向走去。竹溜子跟在他后面不远。

这个时候已经是垂暮，过了黄昏但还算不上是夜晚，天色已经有些暗了。远处的房屋和山都看不太清又没有失去轮廓。月亮已经斜挂，发出不甚明亮的光。那个矮人身后留下一个淡又不淡、深又不深的影子，仿佛是地上湿了一块。

竹溜子就在那个矮人身后水印子一样的影子里奔跑。

当那个矮人即将走到老河桥上时，余游洋以为他会继续往前，一直离开画眉村。此时她还认为他是跟着别的村的人来这里"看老"的。

可是他在就要踏上老河桥的时候，突然往左一转，走到了老河的堤岸上，然后他顺着堤岸走去。

余游洋心中犯嘀咕：他这是要走到哪里去？

她回头看了看远处的马家老宅，那边的白灯笼的光比月光还明亮，道士唱哀歌的声音幽幽地传来。

再回过头来，那个矮人已经走出好远一截路了。那个矮人好像故意在她没有看到他的时候飞速前进。余游洋刚从屋里追出来的时候也是这样。刚刚明明还在眼前，稍微打岔，他便不见了。

她不管这么多了，急忙迈开步子追上去。

顺着老河的堤岸走了一段距离，她发现那个矮人忽然就不见了。

更奇怪的是，竹溜子也不见了。

余游洋原地转了一圈，没看见半个人影。堤岸的草丛里不知名的虫子开始叫了起来。月光稍稍亮了一些。

难道跳到老河里去了？余游洋心想道。她走到堤岸的边缘去看，没发现水里有什么东西。

难道钻到地下去了？余游洋又心想道。如果真是这样的话，我是没有办法钻到地下去看的。

她不知道该怎么办，在那里站了一会儿，既没听到脚步声，也没有听到竹溜子的叫声，于是只好作罢，准备原路返回。

在转身的时候，她忽然看到左边不远处有一棵高大的苦楝树，树下有一个小屋。那个屋不到一个成人那么高，但是有门有瓦。麻雀虽小，五脏俱全。

她这才意识到自己已经走到土地庙的位置来了。

这个地方每个村子都有一座土地庙。土地庙不是正常的庙，远远没有和尚住的庙那么宽大。土地庙很矮，比小孩子高一点，比成人矮一点。一方土地养一方人，土地能生五谷，是人的"衣食父母"，因而人们祭祀土地。

莫非那个人躲到土地庙里面去了？余游洋心中猜测。不过谁有这么大的胆子，敢占了土地神的地盘？

这么想着，她悄悄靠近土地庙。

土地庙的门口贴了一副对联。对联写的是："莫说是土偶木偶，须知能福人祸人。"对联上的字迹余游洋认得，那是村里照顾土地庙的老婆婆找马秀才写的。

她朝土地庙里面瞧去。这一瞧不要紧，里面的情景吓了她一跳！

那个矮人果真躲在土地庙里！不过他此时已经一动不动了，眼睛瞪着，神情似怒似喜，手里持着一个长方形的木牌。

原来他就是土地公公！

竹溜子正在他的脚下跑来跑去。或许它还在犯疑，这矮人怎么突然就变成了一尊纹丝不动的木偶呢？

余游洋倒抽了一口冷气。难怪他看到村里人的时候似乎熟悉得不得了，他是镇守在这一方土地上的土地公公，怎么可能不认识这一方土地上生活的人呢？也难怪村里没有人认识他，他从未跟村里人有过交往，谁又会认识他？

余游洋绕着土地庙走了一圈，心里迷惑不已。土地公公为什么要到赵闲云的灵堂里去？为什么要敲赵闲云的棺材？

她忍不住在土地庙前面跪下来，磕了三个头，然后对着那个纹丝不动的土地公公像问道："土地爷，你为什么去我家里？为什么敲赵姐的棺材？你是不是知道了什么事情？"

月光斜照在土地公公的身上。土地公公像月光一样宁静。

"既然劳你大驾来了我家一趟，为什么不给我一点指示？"余游洋问道。

土地公公一动不动。

竹溜子从土地庙里爬了出来，盯着余游洋看了半天。

余游洋叹了一声，双手将竹溜子捧住，然后站起身来，踏上归途。月光落在路上，就如结了一层白霜。余游洋知道那是月光给人的错觉，但还是感觉到了一阵阵的凉意。

赵闲云的棺材入土后，姥爹找到余游洋，说道："你看看家里还剩多少钱，我可能还要用一笔钱，如果钱不够，我就要卖一些田产凑钱。"

余游洋紧张道："怎么啦，你又要出远门吗？可是现在罗步斋还没有……"

姥爹摇摇手，说道："不是呢。我不是要出远门。现在弱郎大王被禁锢在池子底下了，我不用躲避。"

"那你是要……"

"准备聘礼。"姥爹预料到了余游洋的反应，说完就低下头。

"聘礼？你是要……"余游洋惊讶道。

姥爹点点头。

"可是赵姐才入土，你就不能等一段时间吗？"余游洋愤愤道。

"不能等了。"姥爹说完转身就走了。

余游洋愣愣地站在原地，看着姥爹越走越远。

第二天，姥爹去了尚若然的亲戚家。

尚若然在这里住了一段时间了。在姥爹接连操办小米和赵闲云的葬礼时，她去过马家老宅两次，一次是给小米磕头，一次是给赵闲云磕头。除了这两次外，她这段时间里没有再去马家老宅。

她好像预感到了什么，又或者她躲避着什么。

姥爹单独跟尚若然聊了一个上午。

他们到底说了些什么，没有人知道。

但是有人看到尚若然从屋里出来的时候脸上挂着泪水，却又喜笑颜开。而姥爹出来的时候一脸平静，似乎什么都没有发生。

还不等众人猜测他们俩之间发生了什么，他们的喜帖就发出来了。

余游洋等别人收到了喜帖才知道姥爹心意已决。她三番两次冲到尚若然的亲戚家，要将尚若然揪出来问话。

尚若然反锁了门，躲在屋里不出来。尚若然的亲戚拉扯余游洋，劝她不要这样。

"男人嘛，不都这样吗？哪里缺得了女人？"许多人这样劝余游洋。

认识姥爹的人大多也说姥爹续弦的速度太快了。

姥爹不作解释。

余游洋没有办法，每天给昏迷的罗步斋喂汤水时就在罗步斋面前念叨，责怪姥爹没有人情味儿，说自己看错了姥爹。她故意将话说得很大声，让屋里的姥爹也听到。

姥爹给了尚若然家里很多钱，除了赵闲云带到马家来的东西之外，姥爹几乎花光了家里所有积蓄，田产也卖了一大半。

姥爹摆喜宴的那天，在赵闲云的葬礼上唱哀歌的道士也来了。

他是不请自来的。

说他是道士，其实他算不得道士。在画眉村这一带，不少像他这样介于道士和农民身份之间的人。平时在家里干农活，偶尔拿起唢呐练习一下。这里的人将唢呐不叫唢呐，叫"号"。吹唢呐说成是"吹号"。闲时也看看道教经书。等哪家有人亡故了，自然有人来请他去吹号唱哀歌。虽然这种人算不上是道士，但是这里的人都习惯将他们叫做道士。

这种道士倒有点像是手艺人，跟打铁的、挖井的、补碗的没有什么区别。农时忙农活儿，闲时做艺。

这种道士有不同分工。有的擅长打鼓，有的擅长吹号，有的擅长敲木鱼，有的擅长唱哀歌，就像木匠有的擅长打造农具，有的擅长打造家具，有的擅长做棺材一样。道士里还有专门打锣的，不过由于打锣最没有什么技术含量，一般由村里上了年纪的老人负责，打锣的同时负责放鞭炮。因为道士每吹一段号，或者每唱一段哀歌就要歇息一会儿。道士歇息的时候灵堂就显得冷清了，胆小的就会害怕。所以打锣的人这个时候就放鞭炮，吵一吵，热闹一下。

那个不请自来的道士就是最擅长唱哀歌的人。在道士的分工里，要属唱哀歌最难。敲锣打鼓错了一点，外行人听不出来。唱哀歌好听不好听，内行外行都能听出来。唱到亡者刚刚得知自己去世时的惊慌，唱哀歌的人要从唱曲中表现出惊慌来；唱到亡者看见亲人为他哭泣而悲伤时，唱哀歌的人要唱得催人泪下；唱到亡者走过忘川河奈何桥时频频回首的不舍时，唱哀歌的人要唱出舍不得的味道。如果没有这点功夫，唱哀歌唱得干巴巴的，那就吃不了这碗饭。

因此，在所有的道士中，唱哀歌的道士最受重视，最受人尊敬。

能敲锣打鼓的道士几乎村村都有一两个。能唱哀歌的道士这方圆几十里却是一个巴掌数得过来。而这个不请自来的人算得上是首屈一指。

这人姓习，名鹊。据说他刚出生的时候，他的母亲听到窗外有喜鹊的叫声，于是给他取了这个名字。喜鹊是喜事的预兆，可是谁曾想到这个孩子长大后却成了唱哀歌的道士，不报喜专报丧。

姥爹娶尚若然的时候请的客人并不多，没有像娶赵闲云那样大宴宾客。加上此时姥爹家的积蓄已经不多了，不能像以前那样大手大脚，所以一切从简。

习鹊没有管这么多，在大家摆好酒席准备开餐的时候，他走了过来。

姥爹很意外，但没有多问，连忙邀请他入席就坐。

他不客气，选了个位置坐了下来。

众人正要开餐，他却拍了拍桌子，引得众人注目，然后大声说道："各位，今天难得是马秀才的大喜日子，风也和，日也丽，刚刚送亡又讨喜，我给大家唱一首助助兴，怎么样？"他习惯了唱曲子，说出话来也是一套一套的。

他话虽然说得好，可是谁敢让他来唱？

他是唱哀歌的道士，在这喜宴上唱算是怎么一回事？

众人听了，都愣住了，不敢回答。

余游洋虽然对姥爹有气，但见了这种情形还是要维护姥爹的。她听到习鹊说要唱一曲，急忙制止道："唱不得，唱不得！"

可是姥爹一挥手，大大方方说道："唱吧！"

姥爹近旁的几个人急忙劝道："马秀才，他虽然名叫习鹊，可不是报喜的喜鹊！他是给亡人唱哀歌的，你今天大喜日子让他来唱，恐怕不好吧？"

挨着姥爹坐着的尚若然露出不自然的表情，看了看姥爹，窃窃道："要不还是别唱了吧？"

姥爹不顾他们反对，对着习鹊的方向喊道："来，唱完了我们再吃饭！"

于是，习鹊清了清嗓子，开始唱了起来。

他用一如既往的哀怨曲调唱道："人在世上什么好……不如路边一棵草……十冬腊月霜打了……草死落叶根还在……哪有人死得转来。人死如灯灭……好似滚水来泼血……人死魂还转……海底捞明月……哪怕银钱雇骡车……千金难买阎王爷。"

在座的其他人越听越觉得不对劲，脸色都暗沉了下来。唯有姥爹听得津津有味，摇头晃脑。待习鹊一曲唱完，姥爹立即鼓掌，称赞道："唱得好！唱得好！"

习鹊鞠了一个躬，然后坐下。

姥爹站了起来，举起酒杯，对着所有人示意，然后说道："唱得好呀！人在世上有什么好？还不如路边的一棵草呢！草还能一岁一枯荣，春风吹又生。人说声死了就死了！想再见面难上加难！还不如做一棵草呢！"

余游洋知道，姥爹此时说的草就是小米。小米的前世就是一棵草。莫非小米是领悟了这个道理才转世成为一棵草的？奈何又从一棵草修炼成了人！

余游洋后来知道，习鹊确实是故意来砸场子的。他来过姥爹为小米和赵闲云举办的丧礼，听到这里的人说起了姥爹和小米还有赵闲云之间的事情。他颇为感动，所以那几天他唱得自己都声泪俱下。以前即使流下泪，也是装模作样给别人看的，这次他是动了真感情。

可是他回去之后不多久就听到姥爹要续弦的消息。他虽然身为局外人，但还是忍不住在心里责骂马秀才薄情寡义，色欲难填。

于是，他在没有收到请帖的情况下来到了画眉村，来到了马家老宅，并主动要求唱一首哀歌，借此来气一气马秀才。

马秀才不但没有生气，反而让他来唱，并夸奖他唱得好，这是他完全没有想到的。

他从马秀才的语气里听到了些许痛苦，些许无奈。马秀才似乎没有他想象中的那么迫不及待的想要一个新的女人，没有他想象中的那么薄情寡义。但是他想不明白，既然这样，马秀才为什么要这么急着续弦呢？

他忽然觉得自己做得有点过分了。

他正在冥思苦想的时候，旁边突然有个人拍了拍他的后背。那个人说道："你是看不过去吧？"

习鹊侧头一看，看到一张陌生的脸。习鹊虽然不是画眉村的人，但是每个村里都有亡故的人，所以他对这里的人还算熟悉，就算不知道对方叫什么名字，家住在哪里，但至少脸熟。

尚若然的娘家有人来。但新娘的娘家人是大客上宾，都坐在挨着新郎新娘的桌席上，总共也就两桌人。除此之外，其他桌席都是男方的亲戚。

而这个陌生人显然不是女方的亲戚，也不是男方的亲戚。桌上其他人没有一个跟他打招呼的。

习鹊心想，莫非这个人也是像自己一样不请自来的？

"是有点。毕竟才送走亡人，就迎来新人，这做得太明显了。"习鹊一边想一边回答道。

那个陌生人朝他招招手。

习鹊不知道他要干什么。

那个陌生人说道："你把耳朵凑过来。"

习鹊将信将疑地将耳朵凑了过去。

那个陌生人一只手护住嘴巴，在他耳边说道："马秀才算不得才送走亡人就迎来新人。赵闲云不是亡人，她没有死呢。"

习鹊一惊，怕别人听到了觉得奇怪，便也低声道："不是亡人？可我明明来这里唱过哀歌啊！"

"那是做给别人看的。不这么做的话，他就没办法今天娶花姐了！"那个陌生人说道。

"花姐？"

"是啊。你不知道？新娘就是花姐呢。要不是马秀才娶她，她这一辈子都没有姻缘。"

习鹊确实不知道今天的新娘是花姐。他见这个陌生人比他知道的还多，好奇地问道："我没见过你啊，你不是本地人，怎么知道的比我还多？你是从哪里知道这些的？"

那个陌生人说道："你真是贵人多忘事啊！我们明明见过一次的啊！"

习鹊想了想，没想起在哪里见过这个人。他摇摇头，说道："我什么时候在哪里见过你？"

那个陌生人说道："上次你在这里唱孝歌的时候啊，你再想想。"

经过他这一点拨，习鹊顿时想起来了。那天晚上他在这里唱《过仙山》的时候，听到有人对他唱的哀歌提出质疑，并走到赵闲云的棺材前面来，跟马秀才争执了几句之后敲了棺材。当时他唱得嗓子疼痛了，正在喝茶，那个人敲棺材的时候，他也只是斜眼瞥了一下，并未放在心上。虽然他没记住那个敲棺材的人的脸，但是他记得那个人很矮，只有正常人的一半高。

"你……"习鹊重新打量了一番坐在旁边的陌生人，后面的话又咽了回去。习鹊本来想问那晚他看起来不高，为什么今天看起来不一样。可是问题还没有问出来，习鹊就得到了答案。

那个陌生人是坐在了长凳上，所以显得跟正常人一样高。但是如果看到他腰身以下的话，就会发现他的脚还没够到地上。

那个陌生人点点头，说道："是的，就是我。"

"你上次敲了赵闲云的棺材。"习鹊小声道。

"我就想看看棺材里是不是空的。敲一敲我就能从声音里听出来。"他说道。

"那你听出什么来了？"习鹊问道。

"棺材是空的。赵闲云不在里面。"

习鹊大吃一惊。

"马秀才所做的这一切，都是为了顺利地移花接木。他不想让赵闲云死，所以转移了她，假报她已经死了，然后好娶这个花姐进来，达到移花接木的目的。这样的话，赵闲云就不会死了。"那个陌生人说道。

"移花接木？"习鹊不太明白。

那个陌生人又将赵闲云是木命，尚若然是花姐命等缘由一一说来。

习鹊这才明白马秀才的良苦用心，问那个陌生人道："我刚才是不是做得太过分了？我以为他是贪图女色，故意在他的喜宴上唱哀歌。"

那个陌生人摆摆手，说道："不过分不过分。"

习鹊问道："还不过分？"

"这都是命中注定啊。你既然觉得对不起他，就可以还他一个人情。"

"怎么还？"

"你只知道他家里有个小米去世了，却不知道小米到底怎么去世的吧？"

习鹊道："我知道啊，她不是为了对付一个从熙沧来的弱郎才掉进水里溺死的吗？"

那个陌生人点点头，说道："你只知其一不知其二。"

"这里面还有什么玄机不成？"

"小米溺死的时候，魄离开了躯体，但是因为七窍被池底的淤泥堵住，魂还留在了这里。她的尸体在灵堂里的时候被她曾经养过的一只名叫白先生的猫鬼诈了尸。她的尸体一下子从棺材里坐了起来。由于这动作太剧烈，被堵在体内的殃气就漏出来了。那殃气被白先生吸走，然后再也没有回来过。"那个陌生人说道。

这时候，酒席上的人都已经吃了起来，没有人关注他们俩。

喧闹的吃喝声遮掩了他们的声音，他们只有凑得更近才能听到彼此的说话声。

"猫鬼？我对猫倒是挺熟悉的。我唱哀歌，很多时候就是从夜猫叫唤学的。"习鹊说道。

那个陌生人说道："我能听出来。你每次唱哀歌，我都会来听一听。你的声音里确实有猫音。"

习鹊惊讶道："你经常来听我唱哀歌？"

他点头道："是啊。你能唱的，我都能背了。可是我没有你那一副猫嗓子。"

"可是我只见过你一次啊。"习鹊不知道该不该相信他的话。

他笑道："我平时很少露面，都是偷偷听的。所以你不知道我。但是我对你很熟悉。我对这里的每个人都很熟悉，但是他们都不熟悉我。这没什么大不了的。"说完，他放眼将所有酒席上的人看了一遍，好像一个农夫看自家水田里的稻子一样。

那陌生人看别人的表情让习鹊心中讶异。他从来没有见过一个人这样看别人。

"你不用为今天在马秀才的喜宴上唱了哀歌而内疚，你可以用你的猫嗓子帮忙把马秀才的小米叫回来。"陌生人说道。

"怎么叫？"习鹊虽然熟知猫音，但从来没有试过用这种方法把一只猫叫回来。

"还能怎么叫？用你的猫嗓子把它唱得动情呗。人和鬼你都可以唱得他们动情，何况一只小小的猫？"陌生人说道。

"人和鬼能听懂我的话，当然容易被我的哀歌打动。可是猫听不懂我的话，我虽然熟悉猫，但是不会用猫语说话，怎么能打动它呢？"习鹊没有什么信心。

陌生人道："不必懂猫语。感时花溅泪，恨别鸟惊心。只要你的情绪酝酿出来了，不管你唱的什么词，都能打动其他生灵。"

"是吗？"习鹊似乎有了一点点信心。

陌生人举起了筷子，夹了一口菜放在碗里，然后说道："当然，这样吧，今天晚上子时，你到老河桥上来，我带你去找白先生。你把白先生找回来了，就是把小米的魂找回来了。如果你能把小米的魂还给马秀才，就不用为今天唱哀歌的事情内疚了。"

"你带我去找？那你为什么不自己去找？"

陌生人道："欠人情才还人情嘛。第一，我没有欠马秀才的，我做不做无所谓。第二，我不懂猫语，更不会猫音，就算知道白先生躲在哪里，也没有办法把它引出来。"

"这么说来，我要欠你一个人情了。"

陌生人笑道："我之前听你唱哀歌听了那么多次，但是没有为你做过什么。这人情不是你欠我的，而是我还你的。"

习鹊道："你把欠人情还人情看得太重要了吧？"

陌生人道："人生在世，可不就是欠人情还人情嘛？你听说过那种说法没有，今生成为伴侣的人，都是因为上辈子他欠了你的或者你欠了他的，这辈子在一起就是还债来了，如果债没有还清，打打闹闹纠纠结结还是分不开；如果债还清了，想在一起都无法在一起了。很多人不就是这样嘛？明明两个人还互相有感情，明明还可以包容对方，明明还可以重来的，可偏偏就这样无疾而终了。就是这个道理！"

习鹊点头道："听说过这种说法，不是冤家不聚头。"

陌生人拍着巴掌笑道："就是嘛！有情人如此，其实普通人的交往也是如此。你欠我人情，我欠你人情，才有你来我往。"

习鹊想了想，说道："说的也是。不过你也许是为了让我不觉得亏欠你。那好吧，我今天晚上子时来老河找你。"

陌生人高兴道："不见不散。"

后来习鹊将他和这个陌生人的对话原模原样说给姥爹听了。

姥爹却不知道那个人来过自己的喜宴，完全没有印象。姥爹问余游洋，余游洋有点慌张，她说她那天也没有见到习鹊说的那个人。姥爹又问那天来了马家老宅的村里人，还是没有人见过习鹊说的那个人。

当天跟习鹊坐在一桌的人都说，那天习鹊旁边的位置是空着的，并没有什么人坐。

酒席的座位是一个桌子四条长凳，坐八个人。有人回忆说，那天习鹊那桌只坐了七个。

习鹊就不同意了，他说："那你们肯定是把人家忘记了！我坐在长凳的一头，如果那边没有人的话，肯定会翘起来啊！"

习鹊说得在理。坐长凳吃酒席的人在起来盛饭或者夹菜的时候，都会跟旁边的人说一下："你坐好，我要起来了。"让旁边的人注意长凳别翘了。翘了的话会摔着。

众人听习鹊这么说，再回想当日情形，习鹊确实坐在了长凳的半边，但是长凳没有翘掉，他没有摔倒。

这下大家就不知道该说什么好了。

有人问他："你不会是遇到鬼了吧？马秀才跟鬼神打交道多，想想有鬼来吃点东西也是情理之中的事情。"

余游洋连忙说道："怎么可能是鬼呢？"

姥爹瞥了余游洋一眼，问道："不是鬼是什么？"

余游洋却不说话了。

姥爹见她不愿说，虽然不明白原因，但也不再问她。

她不说话确实是有原因的。

马秀才举办喜宴的当天晚上，习鹊留宿在画眉村。等到将近子时的时候，他偷偷穿起衣服，走到了老河边上。他听着老河流水潺潺的声音，声音特别大，比白天听到的声音要大很多，几乎有点儿大河澎湃的意思了。他心想，原来老河也有这么磅礴的一面，只是白天被各种声音干扰遮掩，听不出来。

他等了不一会儿，那个陌生人就顺着老河的堤岸走过来了。他心中诧异，这人到底是村里的还是村外的？村里的话应该顺着那条大道走过来，村外的话应该从老河桥的对面走过来，怎么就从堤岸那边过来了呢？

稍稍靠近一些，习鹊就看出那个人走路的姿势不对劲儿，不是白天那样一蹦一蹦的，步子迈得大了很多，也僵硬了很多。

再近一些，习鹊差点以为自己看错了。这个陌生人比白天要高出一大截，虽然还是不到普通人的高度，但是差不太多了。

等他走到老河桥上时，习鹊没有听到脚步声，倒是听到什么东西撞在桥上的咚咚声。

那个陌生人笑了笑，说道："别惊讶，我踩了高跷。"

习鹊问道："大半夜的，你踩高跷干什么？"

他说道："就是因为大半夜的，我怕吓到晚上起夜的人。"

习鹊听了挺感动的。确实如此，如果不是早就有约在先，他自己看到一个半人高的人突然出现，也会被吓到。

"看不出来，你还挺为别人考虑的。"习鹊说道。

他回头看了看沉浸在夜色之中的画眉村，说道："他们都是我要保护的人啊。"

"你晚上踩高跷，不怕一脚没踩好摔着吗？"习鹊问道。

他仰起脖子笑道："这里的每一寸土地都像我手心的掌纹一样。"

"哦。"习鹊不太明白一个不是画眉村的人为什么对画眉村的每一寸土地都这么了如指掌。

他有些得意。

"我们接下来干什么呢?"习鹊问道。

"去找小米的魂魄啊,找那只名叫白先生的猫。"说完,他转身下桥,可是刚刚转过来迈出第一步的时候,他的脚下突然一晃,"嘭"的一声摔了个猪啃泥。

习鹊愣住了,哭笑不得。

他龇牙咧嘴却又不敢叫疼,拿了一只高跷砸地,骂道:"哪个缺心眼的把石头搬到桥上来了?"

"你不是说,这里的每一寸土地都像你的掌纹一样吗?"习鹊窃窃地问道。

他用高跷支撑着站起来,表情痛苦地说道:"我忘记告诉你了,人总是容易在熟悉的地方摔倒。"

"哦。"

"别这样啊!我是说真的。在不熟悉的地方时,你会时时小心,看清了才迈步,就不会摔倒。在熟悉的地方,你记得哪里能走哪里不能走,但是谁知道哪里会多一块石头,哪里会多一个坑?"他又踩到了高跷上,走路比刚才要小心多了。

习鹊在他身后将那块石头踢开。

他又补充道:"可是人不摔跤的时候想不起这句话。"

习鹊笑了。

他叫习鹊不要笑,说道:"你笑什么呢?笑不得!你要哭,学猫那样哭,唱哀歌的时候尽量用哭腔,把马秀才对她的思念唱出来,把她想回家又不敢回的思念也唱出来。唱得她被打动,我们才能把她带回马秀才家里去。"

"好。我学猫那样哭,什么时候开始哭?"

"现在就可以了。"

于是，习鹊用哭腔唱起了哀歌来。

他打断习鹊，说道："不是这样唱的。"

习鹊问道："我以前都是这么唱的啊，怎么就不是这样唱的呢？"

唱哀歌是有一定讲究的，一般分时间和丧事进入到某一实质阶段时，就唱某一段哀歌，并且每一段哀歌都有它的意义，有《落气》《赶信》《入棺》《献饭》《开路》《游城》《哭五更》等。顾名思义，就是在这些时间时要唱的歌词。

后来马岳云专门去习鹊家里请教过，习鹊告诉马岳云说，他之所以用哭腔唱哀歌，除了因为办的是哀事之外，还有更重要的原因。哭相当于阳间的人与阴间的人对话，阴阳两隔，语言不通，就用哭声来为亡者引路。

但那个陌生人不要他以这样的方式吸引白先生。

他说："你以前都是给亡者唱的，自然要有词，要说亡者的生前身后事。但白先生是只猫，你说这些它不会有触动的。"

"那怎么唱？"习鹊犯难了。

那个陌生人说道："不要用词语，只要有曲调。"

"只要曲调，不要词语？那怎么唱啊？"习鹊从来没有这么唱过。但也就是这一晚唱过之后，他的名气突飞猛涨，不止是方圆几十里了，方圆百里之外的人都来这里请他去唱。这得益于一个陌生人的指点。

"为什么要有词语呢？有词语反而束缚了要表达的意义。你试试。"

习鹊觉得他说的有道理，又一心想把小米的魂叫回来，便听了他的话，用手摸了摸喉结，然后清了清嗓子，发出一个古怪的叫声来。

这声音一发出来，他自己都浑身毫毛立起！这声音太阴森了！

那个陌生人惊喜道："对！对！就是这样！就是这样！可以时而高一点，时而低一点！"

于是，习鹊又将声音变得时高时低，仿佛是一只猫甩起的尾巴一般。

多少年后，画眉村的许多人仍然记得那段时间的夜晚里常常响起的幽怨的哭声，如幽怨的女人，如绝望的猫，又如迷路的小孩子。

其实要找到白先生没有那么容易。

那天晚上，那个陌生人带着习鹊绕着画眉村走了好几个圈，都没能看到白先生的踪影。

习鹊唱得喉咙有了腥甜味儿。

那个陌生人算了算，子时已过，便对习鹊说道："今晚看样子是找不到了，我们先回去吧。明天晚上再来。"

"你不是说你带我来找白先生吗？搞了半天你并不知道它在哪里啊？"习鹊失望道。

他赔笑道："我熟悉它的行踪，可是不知道这个时间它在哪里。就像老河桥上的那块石头一样，我平时知道那里是没有石头的，哪里料到今晚偏偏就有了！你知道的事情是过去，过去是不会变的。但你要了解的事情是现在，现在是会变的呀。"

"事情被你做了，道理还被你讲了。"习鹊掩饰不住失望地说道。

功夫不负有心人，习鹊哭了三个夜晚，终于有了收获。

第三个夜晚的丑时即将到来时，习鹊和那个陌生人在画眉村后山附近的刺丛里发现了白先生。

在漆黑的夜里，它那身白毛非常显眼，就如从某个缝隙里漏下来的一团月光。

习鹊和那个人几乎是同时发现它的。

习鹊继续唱着没有词语的哀歌，如怨如慕，如泣如诉，唱得画眉村里睡着了的人做起了前世分别的梦，唱得没有睡觉的人想起了过去的人。

但他不知道接下来该怎么办。

是那个已经不再陌生的陌生人偷偷扯了扯他的袖子，领着他往马秀才家的方向走。

习鹊回过神来，边唱边跟着那个人往回走。他们不敢走得太快，怕白先生不跟上来，他们又不敢走得太慢，怕子时过去。

好在白先生终于从刺丛中走了出来，它略微痴呆地看着唱哀歌的习鹊，眼睛里居然溢出了泪水。

习鹊听说过猫会哭，牛会哭。他只见过主人杀牛的时候牛哭的样子，却从未亲眼见过猫哭的样子。这回一见，他发现猫哭的样子比牛哭的样子更让人怜悯。牛哭的时候只是干巴巴地掉眼泪，牛的长脸没有任何表情。而猫哭的时候胡须颤动，嘴巴的形状如受了委屈的小孩子一般。

习鹊的哀歌就像一条无形的线，在夜空中跌宕起伏，挥来舞去。线的一头在习鹊这里，另一头在白先生那里。习鹊就这样"牵着"白先生一步一步往马家老宅走。

习鹊穿过小巷道，跳过小排水沟，绕过大石墩，终于来到了马家老宅前面。

那个陌生人生怕他断了，轻声催促道："继续唱，继续唱。"

半夜有人听到歌声越来越近，便亮起灯凑到窗户处往外看。

姥爹也是一样。

他听到习鹊的歌声进了村，便披了衣服来看。

"吱呀"一声，姥爹打开大门，将外面的月光放了进来。他忍不住轻轻抬起头，对着月亮深呼吸。那听不清词语的哀歌还在耳边萦绕，让他的心仿佛装满了水一般发胀。他想起好久没有吸食日光和月光了，便试着吸一吸。

这一吸，他尝到了月光的苦涩味儿，如苦瓜一般。

他没有因为尝到苦味而放弃吸食。他继续吮吸着，如饥饿的婴儿一般。

习鹊的歌声越来越近。

姥爹听着歌声，觉得苦味越来越浓。他心中突然清明了！月光本是没有苦味的，是这歌声里的苦味浸染了月光，让月光变苦。

习鹊的歌声已经到了近前。

姥爹突然睁开眼睛，看到前面站了一个人。

那个人他太熟悉了，熟悉得不能再熟悉。

姥爹的眼眶湿润了，泪水不由自主地溢了出来，如决堤的河，如喷涌的泉。

对面的那个人也眼眶湿润，而后盈满泪水。她看着姥爹，就像姥爹看着她一样。

"你终于回来了……"姥爹心里想说这句话，可是喉咙里仿佛被什么东西卡住了，一个字都说不出来。

他看到对面的人喉咙耸动，但是也没有说出一个字来。

而后，姥爹感觉耳边的歌声渐渐隐去了，月光也淡了，远处如剪纸一般的山和树融化在更远的夜幕里。头顶上的月亮却是更加清晰，如一个井口。那井口太高太高，无法企及。在那井口之外，应该是有着一个更加美好的世界的。

这个世界里，只剩下了他和那个人。

"小米……"姥爹终于从喉咙里挤出了两个字。

可是这两个字刚刚说出口，小米就不见了。对面只有一只白色的猫。

喵呜……

"原来是你，白先生。"姥爹揉了揉眼睛，刚刚他把白先生看成小米了。

与此同时，姥爹也看到了唱着没有词的哀歌的习鹊，还看到了踩着高跷的土地公公。

"谢谢你。"姥爹对习鹊说道。他知道习鹊唱这种古怪的哀歌是为了将白先生呼唤回来。

"也谢谢你。"姥爹朝土地公公鞠了一个躬。他当时还不知道对方是土地公公，但看见那人跟习鹊一起，便知道那人也付出了不少。虽然上次赵闲云的葬礼上，那人很不礼貌地上前敲了棺材，但姥爹并没有记恨他。

土地公公点点头，然后拉着习鹊离开了。

姥爹走到白先生身边，将它抱进了屋里。

进屋之后，尚若然看到姥爹抱着一只猫进来，知道那就是走失多日的白先生，急忙去衣柜里拿被子毯子出来，给白先生铺上。

刚刚过门的尚若然什么事情都抢着做，洗衣晾衣，淘米做饭，烧水洗碗，没有一样落下。她甚至比余游洋还做得多。外人看起来似乎余游洋才是这屋里的主人，她倒成用人了。

但余游洋并不高兴。她在昏迷不醒的罗步斋面前说："你看看这个花姐，她一过门就把自己当家里人了，一点儿都不生分。我还以为她要适应一段时间呢。"

这话恰好被姥爹和尚若然听到。

尚若然脸色一变，但立即又露出微笑来。

姥爹只好悄悄对尚若然道："她跟你赵姐关系太好，一时间还缓不过来，你不要往心里去。"

尚若然摇摇头，说道："不会往心里去的。我来这个家之前，你就都跟我说好了，我不只是'嫁'过来，还是'嫁接'过来。既然是'嫁接'的，这原木肯定需要一定的时间才能容纳我。何况我本身就是花姐命，要不是你给我这个机会，我这辈子也别想姻缘了。"

姥爹点头。

"赵姐现在还好吗？你在她的葬礼还没有办完的时候就让子非偷偷把她带走了，到现在也没见子非带一个信回来呢。"尚若然问道。

姥爹摆手道："以后别在家里说这个。之前我就跟你说过别提这个，你忘记了？"

尚若然就不说话了。

姥爹感觉到，尚若然这么问是害怕赵闲云再回到这里来。

姥爹还感觉到，尚若然也担心小米再回到这里来。

在习鹊绕着村子唱没有词的哀歌时，姥爹半夜醒来，坐起来说道："看来他是要帮我把小米的魂找回来。不过不知道是谁告诉他这么做的。"

一旁的尚若然也醒了，便说："小米自己要跑掉的，还会回来吗？这哀歌唱得一个字儿都听不清，小米能听清？"

姥爹叹了一口气，躺了下去，不再说话。

虽然如此，但当姥爹抱着白先生回来的时候，尚若然还是做出一副很高兴的样子。

姥爹将白先生交给尚若然，说道："你好好照顾它，我要出去一下。白先生是习鹊送来的，我一时太高兴，只道了谢，忘记叫他进来喝口茶了。"

姥爹当晚出去其实有两个目的，第一确实是觉得刚才怠慢了习鹊和那个人，第二是想看看他不在的时候尚若然会不会依然好好对待白先生。

姥爹放下白先生后出了门，直奔习鹊借宿的那户人家而去。

幸好月色尚可，路看起来像一个白条子，不至于完全看不清楚。

还没有走到那户人家，姥爹就碰到了习鹊和那个人。

姥爹连忙喊道："习鹊，多谢了！"

习鹊扭过头来，见是姥爹，忙说道："这么晚了，你还追出来干什么？"

姥爹道："你为我唱了几夜的哀歌，我都没有请你进屋喝一口茶润润嗓子，心里过意不去。"

习鹊笑道："在你喜宴上唱哀歌的也是我这个嗓子呢！那时候你没有怪罪我，我还过意不去呢。"

踩着高跷的那个人说道："好了，如今相互抵消了！谁也不用过意不去！"

姥爹忙拱手道："请问这位先生尊姓大名？"

"赵文佳。"那人爽快回答道。

"赵文佳？"姥爹细细咀嚼这个名字，似乎在哪里听到过，可是一时想不起来。

习鹊见了姥爹的表情，问道："莫非马秀才以前见过？"

姥爹吸了一口气，说道："我父亲在世时好像提到过这个名字，但时隔已久，不能确定了。"

那人笑而不语。

"家住哪里？"姥爹紧接着问道。

那人回答道："就在老河旁边。"

姥爹顿时心中了然！他早就听父亲说过一个名叫赵文佳的同僚，如今听这人说家住老河旁边，想想必定是老河旁边土地庙里的土地公公了。父亲去世后做了城隍，父亲的同僚去世后做土地公公也是情理之中的事情。姥爹甚至已经想到，上次他来灵堂敲棺材，也是出于关心；今晚习鹊将白先生送来，也应该是出自他的主意。并且，习鹊是唱了三夜的哀歌才将白先生找来，这也符合土地公公一向的作风。

如果有谁家的小孩子受了惊吓而来找姥爹，姥爹确定孩子是丢了魂的话一般会给出两个建议。第一个自然是喊魂。这是最常见最常用的办法。但这有一个前提，就是必须知道孩子白天都去哪里玩了。只有知道这个，大人才能在晚上顺着孩子白天走过的地方再走一遍，将孩子的魂喊回家来。因为孩子的魂魄很可能还在原来的路上游荡，忘记了回家。如果来找姥爹的人不知道孩子白天都去过哪里的话，姥爹便会给第二个建议。

第二个建议便是去土地庙求助。

去土地庙求助的话，要先准备一盅米，一块红布，三根香。到了土地庙之后，将一盅米用红布覆盖，手持三根香向土地公公祈祷，求土地公公帮忙将孩子的魂魄找回来。祈祷完了，将红布拿起来折叠好，然后将三根香插入米中。红布需要带回去，米和香就留在土地庙。

如果在回去的路上碰到了别人，千万不能说自己是在干什么。如果说了的话，土地公公就很可能找不回小孩的魂魄。其原因很简单，遇见的人可能是其他作祟的鬼怪精灵所化，如果将此事泄露出去，那祟物会在土地公公找到之前找到孩子的魂魄，并将孩子的魂魄骗走。

红布带回去之后，要放在孩子的脑袋下面枕着。等过了三天，孩子基本就会好起来。那便是土地公公帮忙把孩子的魂魄找来了。

姥爹心想，这次土地公公没有亲自出马，或许是从来没有找过藏在猫鬼体内的魂魄，只好借助习鹊的力量来找。

"你是隔壁村的？"习鹊还没有猜出赵文佳的身份。

赵文佳笑了笑，没有点头，也没有摇头。

姥爹先将习鹊送回借住的人家，然后又送赵文佳去老河那边。

到了老河边上，赵文佳邀请道："你既然走到这里来了，何不到我家里坐一坐？"

姥爹迟疑道："土地庙比我们住的房子要矮这么多，我恐怕走不进去啊。"

赵文佳说道："不会的。大和小都是相对的。"

姥爹不明白他说的什么意思，但决定先跟着他去土地庙看看。

两人走到了土地庙旁边，土地公公从高跷上走了下来，将土地庙的门打开，邀请姥爹进去。

姥爹见他没有恶意，便干脆低了头往里钻。

这一钻，居然真的钻进去了。

姥爹看了看四周，发现这里面非常宽大，完全不是在外面往里看时那种逼仄的感觉。庙里的东西也一应俱全，跟画眉村普通人家的房子差不多，没有很豪华，也没有很寒酸。

"没想到这里面这么宽敞！"姥爹赞叹道。

土地公公走到姥爹的身边，说道："你看看外面。"

姥爹转头朝门外看去，吃了一惊。

外面的树高耸入云，几乎看不到顶端。月亮大了好几倍，几乎盖住半边天。而那条老河简直毫不逊色于他曾经见过的大江大河，宽阔得令人难以置信！

"树变高了！月亮变大了！老河变宽了！"姥爹惊讶道。

土地公公哈哈大笑，说道："不是它们变大了，是我们变小了。"

姥爹看了看自己的手和脚，又摸了摸脸，然后说道："没有变小啊。"他还看了看赵文佳，他还是只有半人高。他也没有变大或者变小。

但是话说出口之后，姥爹立即明白了赵文佳说的意思。他们钻进了土地庙里，如果他们没有变小的话，土地庙是装不下的。正因为自己变小了，所以看其他的东西时觉得变大变高变宽了许多。姥爹也突然明白了他之前说的那句话的意思。

"原来土地庙里面是这样的！"姥爹惊讶道。姥爹心想，如果此时外面有人经过，又恰好看了土地庙一眼，不知道是否会看到一个缩小了的马秀才。

土地公公知道姥爹领悟了他的意思，点头微笑。他提起桌上的一个茶壶，给姥爹倒了一盏茶。

姥爹接过茶盏，随便找了一把椅子坐下，问道："冒昧问一下，你以前是我父亲的同僚吗？"

土地公公笑道："是啊。我来这里当土地之前路过哲江，你父亲在那边当城隍。他托我来这里之后多多关注你。不过你父亲也知道，身为一方土地，就毫无偏袒地保护一方土地上的人，没有亲疏远近之分。所以我去敲你夫人的棺材，唤回小米的魂，都是尽我自己的职责。"

"我父亲现在在哪里？我找过好多年，没有找到他。"姥爹急切问道。

土地公公说道："我离开那里的时候，他嘱托过我，叫我不要将他所在的地方泄露出来。实在抱歉！"

姥爹早就知道会是这个答案。

既然土地公公都这么说了，姥爹便不好再多追问。

姥爹看了看土地庙里的一物一什，问道："你作为土地爷，一天到晚都需要干些什么呢？"

土地公公说道："其实也没做什么，说起来跟你差不多。"

姥爹惊讶道："跟我差不多？"

"是啊。有时候别人家的小孩丢了魂，你不是叫他们来找我吗？有时候有人丢了东西，你不也是叫他们来找我吗？哈哈哈，好多事情还是接的你的呢。"土地公公笑道。

姥爹一想，确实如此。那些家里有小孩受了惊吓的，家里人又不知道孩子在哪里受了惊吓的，姥爹便劝他们去找老河边上的土地爷。有些人出门丢了东西，又不记得是什么时候丢掉的，姥爹也劝他们去找老河边上的土地爷。

孩子受了惊吓，解决的方法姥爹已经说过许多次。

有些人丢了东西来找姥爹，姥爹又无法掐算出方位的话，便会叫他们借罗步斋的羊角卦去土地庙求助。用羊角卦在土地庙前面占卜的话，其占卜方式是不同于一般占卜方式的。羊角卦要三个，祈祷完后对着土地庙撒下。如果三个卦都扑着，凸面朝上，平面朝下，那说明土地公公也没有办法把东西找回来。如果三个卦有扑着的，有仰着的，那说明东西还在，但暂时无法找到，过段时间可能找到。如果三个卦都仰着，那说明东西还在某个位置，而三个卦的角指着的大概方向，就是东西所在的方位。当然了，三个卦不可能都完全指着一个方向，这样的话三个方向都可以找一找。

姥爹抱歉道："真不好意思，原来我给你带来过这么多麻烦！"

土地公公摇头道："不麻烦，不麻烦。我的能力也有限，有些东西我也没有办法找到。"

姥爹问道："除了这些，你还有什么事情可做呢？"

土地公公道："我还教刚出生不久的小孩子笑。"

"教小孩子笑？"

"是啊。小孩子刚出生的话，是不会笑的。他们没有经历过任何事情，也就没有任何喜悦。所以我要去每个新添了人口的人家里教刚出生的孩子笑。"

"没想到土地爷还有这个事情要做呢。"姥爹说道。

土地公公顺势邀请道："你有兴趣吗？有兴趣的话，明天跟我一起去一户人家看看我是怎么教孩子笑的。"

姥爹求之不得，说道："好啊。当然有兴趣。"

"那明天你吃完早饭来这里找我。"土地公公说道。

"嗯。"姥爹点头。过了一会儿，姥爹又问："你只教小孩子笑，不教小孩子哭吗？"

土地公公哈哈大笑，说道："马秀才也问出这种问题？每一个人都是哭着来到这个世界的，还用得着学吗？"

姥爹拍了一下后脑勺，自嘲道："对哦，我光想着既然教笑那就要教哭了，忘记人一生下来就是哇哇哇地哭的。"

姥爹又跟土地公公聊了一会儿，然后告辞回家。

他站在土地庙的门槛内时，外面的月亮，树，老河都很大。当跨出土地庙的门槛之后，姥爹发现月亮还是那个月亮，树还是那棵树，老河还是那条老河。

土地公公将姥爹送到老河桥边上，便没再送。

姥爹回到家门口，发现大门没有闩，但是一把椅子靠在门后。只要轻轻一推，椅子就会往后退，门就能打开。

姥爹回到屋里，发现尚若然已经睡熟了，躺在地铺上的白先生也睡熟了。姥爹轻手轻脚地躺回床上，和衣而睡。他怕脱衣服的声音会将白先生惊醒。

这个夜晚，姥爹一直没有睡好。每次刚刚入睡，他就听到小米轻微打呼噜的声音。他以为小米来了，便睁开眼睛来看，一看便看到闭着眼睛打呼噜的白先生。

在去定州又回画眉村的路上，姥爹常常跟小米共处一室。小米在白天比较劳累的情况下，晚上偶尔会有轻微的呼噜声。那时候姥爹也经常醒来，看到小米蜷缩得像只小猫一样，鼻孔里的气息吹得发梢一动一动，颇为可爱。

如今姥爹看到睡在地铺上的白先生，又不禁想到以前，顿时心中感慨万千。

他在心中问道，小米呀小米，你的魂也在白先生的体内睡觉了吗？是不是发梢还被气息吹动？就像那时候我看到的样子？还是你一直没有睡着，在白先生的体内偷偷看着我？我刚看到白先生的时候先看到了你的样子，那是我看到了你的魂吧？

如此想了一番，再看窗外，已经有了一些光亮，都快到黎明了。

姥爹想着想着，又要入睡。可是刚刚进入浅睡眠，耳边响起了无数的声音。声音全部是小米的声音，又不全部是小米的声音。

有子鱼的声音，有谢小米的声音。这些声音混杂在小米的声音里。她们的声音略有不同，但大同小异，一听就能听出是她的声音。

子鱼说着两千年前的话，温文尔雅，羞涩含蓄。谢小米说着二十多年前的话，稍有自卑，却又倔强。小米说着刚来画眉村时说的那些充满戾气的话，也说着后来充满关切的话。

但是那些话交织在一起，就听不清子鱼和谢小米还有小米到底说的是什么了。

还有一个相对陌生的小女孩的影像在姥爹的脑海里浮现。姥爹知道，那是谢小米第一次转世之后的样子。姥爹没有见过，但以前经常想象她到底是什么样子。他按照自己的想象描绘出了她的样子。

那个陌生的小女孩不说话，低着头，似乎很委屈。她的身上还是湿哒哒的，头发和衣服都紧贴着身子。

紧接着，子鱼和谢小米还有小米的身上居然也湿透了，也哒哒地往下滴水。

姥爹心中酸楚。

想着想着，姥爹忍不住流下了眼泪，嘴里连连叹息。

尚若然听到姥爹连连叹息，于是醒来。她轻轻推醒姥爹，问道："你怎么在梦里哭了？"

姥爹感觉到枕头湿了一块，勉强笑道："你别吵我，让我多睡一会儿吧。"

第二天，余游洋看到白先生的时候惊喜得叫了起来。

她像是第一个知道白先生回来了的人一样大喊大叫道："它回来了！她回来了！"

她的叫喊声又将刚刚入眠的姥爹吵醒。

余游洋不顾一切地冲到姥爹床边，拼命摇晃姥爹，喊道："马秀才！它回来啦！"

姥爹努力睁开眼睛，窗外的阳光让他觉得有点花眼。昨晚几乎没有睡觉，眼睛有点怕光。姥爹点头道："我知道，我知道，昨晚我把它抱进来的。多亏了习鹊和……多亏了习鹊唱了三夜的歌。"

余游洋惊讶道："你抱进来的？我还以为你不知道呢。"

姥爹眯着眼睛去看白先生睡觉的地方，白先生已经不在那里了。姥爹问道："它去哪了？"姥爹有点担心它又跑掉。

余游洋看穿了姥爹的心思，说道："你别担心啦。它不会再跑掉了，现在正在堂屋的门槛上晒太阳呢。"

姥爹放下心来。能在家里的门槛上晒太阳，说明它已经愿意留在这里了。

余游洋脸上的惊喜之色还没有消去，她喜滋滋地对姥爹说："这个好消息我得告诉罗步斋去！"

姥爹点头道："是的，应该告诉他。他虽然还在昏迷中，但是家里发生的事情他都能听到，都知道。这件事告诉他，让他高兴一点。"

"嗯，嗯。"余游洋如小鸡啄米一般点头。

余游洋去了她自己的房间以后，姥爹便起来穿衣。

这时，尚若然走进房间来，说道："你昨晚一直没睡，今天就晚点起床嘛。"

姥爹一边穿衣一边说道："不行啊，我今天有点事，要出去赴约。"

姥爹自然还记得昨晚跟土地公公说的话。他要去见土地公公，看看他是怎么教未涉人世的小孩子笑的。

"早饭做好了吗？"姥爹问道。

尚若然说道："马上好了。"

"我先吃了先出去，你们一起吃吧。"

尚若然点点头。

走进堂屋，姥爹果然看见白先生懒洋洋地躺在那高高的门槛上，肚子一起一伏。竹溜子不知什么时候出来了，在门槛下面跑来跑去，兴奋的程度不亚于余游洋。

姥爹忍不住心想，要是自己能成为一只老鼠就好了。老鼠常常和猫打交道，应该能懂一些猫的语言。

尚若然见姥爹站在堂屋里不动，便说道："你不是还要去赴约吗？快先去吃早饭吧。它既然回来了，以后看它的机会多的是。"

姥爹舒心地笑了，然后点头。

吃完早饭，姥爹便去老河边的土地庙。

这还是大清早，外面的农田里就已经有人了，有的挖沟，有的放水，有的就是看看。他们见了姥爹纷纷打招呼。姥爹一一回应他们。

姥爹走到老河那里的时候拐了一个弯，然后走到了土地庙前面。

旁边有个正在用锄头修整田埂的老农。那人见姥爹站在土地庙前面，打趣道："马秀才，你也有要求土地爷的事情吗？"

姥爹笑道："是啊。"

那人哈哈大笑，以为姥爹跟他开玩笑。因为姥爹手里没有拿米拿香。来求土地爷的人不会两手空空来这里。

姥爹看着矮小的土地庙。庙顶上的瓦缝里长了草，庙门口的石阶上长了青苔，门两边的对联褪了色，庙墙壁的石灰剥落了好几块。昨晚看不这么清楚，觉得这土地庙还勉强可以，现在看起来略显寒酸。

土地庙里土地公公木偶像的做工都不怎么精细，眼睛愣愣的，手里持着的木牌已经开裂，头顶上还结了一个蜘蛛网，一只身小足长的蜘蛛静静地待在那里，等着猎物送上门来。

一瞬间，姥爹不由自主地怀疑昨晚发生的一切是不是真的。

他无法将昨晚那个赵文佳跟这个冷冷冰冰的木偶联系起来，甚至不太相信自己能钻进这个比狗洞大不了多少的门里去。

姥爹在土地庙旁边站了一会儿，等待昨晚那个踩着高跷的赵文佳出来。可是等了好一会儿，土地庙里并不见有人出来。姥爹低头去看，里面还是一尊结了蜘蛛网的僵硬木偶，没有半点活人气息。

刚才打趣的老农见姥爹站在那里朝土地庙里瞄来瞄去，又开玩笑道："我说马秀才怎么可能还有要求土地爷的时候呢？你不会是在等土地爷出来吧？"

开玩笑的话往往容易命中真相。

但是开玩笑的人仍然认为自己是在开玩笑。

姥爹笑道："是呢。我是在等他出来。"

又等了一会儿，土地庙里还是没有一点动静。

姥爹心想不能在这里干等下去啊，走了的话又失约，也不好。于是，姥爹横下心来，弯腰俯身朝那又低又矮的庙门钻。

可是今天不像昨晚那么容易了。这又低又矮的庙门让姥爹钻得非常吃力。脑袋和半边身子进去之后，里面的空间就已经不够了，还有半边身子无法跟着进去。

就在这时，庙外一阵笑声响起。

姥爹以为别人看见了笑话他，见没有办法完全进去，便将身子撤了回来。

姥爹回头一看，笑他的人不是别人，正是赵文佳！

"我以为你不出来了呢。"姥爹说道。

赵文佳连忙止住笑，抱歉道："不好意思，我一大早就出去办事了，到现在才回来，让你久等了。"

"什么急事？这么一大早就去办？"姥爹问道。

赵文佳道："不是急事。村里无儿无女的王婆婆昨天丢了一只老母鸡，她没有依靠，就靠母鸡下蛋了换针线家用。她又怕麻烦别人，所以没去找你。我今天一大早去找，找到了就送回她家的鸡笼里。哈哈哈，我想她今天早上起来看到鸡已经回笼，会以为鸡自己回来的吧？"

姥爹自然认识王婆婆，也知道她的处境。后来王婆婆家的鸡经常走失，夜不回笼。但是她家的鸡第二天早上还是会在鸡笼里出现。姥爹后来弄清楚她家的鸡走失的原因了。王婆婆舍不得给鸡喂谷子或者米，鸡饿得只能跑很远去觅食，往往容易落在哪个坎下或者沟里。她又因为上了年纪跑不了那么远去找，所以鸡常常丢失。

赵文佳又说道："有些人很粗心，东西常常不见。有时候我有精力的话会在他们不经意的时候帮他们找回来。"

姥爹惊讶道："难怪有人说东西找不到就先不要找，过一段时间它可能自己出来！莫非都是你在帮他们找啊！"

赵文佳摆摆手，露出羞赧之色，说道："唉，都不值一提。我是小小的土地，做不了多大的事情，只能做这些平常人难以发觉的小事。弱郎大王来到这里的时候，其实我也看在眼里，但是那个能力超出了我的范围，所以那时候没有出来帮你，也不好意思出来。"

"这是我自己作出来的孽，你没有怪我打扰一方清净就不错了。"姥爹说道。

赵文佳笑道："不多说了，我们去马峰玉家里吧。我要去教他家孩子笑了。"

姥爹欣然道："好啊。"

离开土地庙的时候，姥爹看了看先前那个打趣的老农。那位老农似乎听不见他和赵文佳的说话，一心一意填土，修补垮掉的田埂。

姥爹跟着赵文佳来到马峰玉家里。他的媳妇刚出月子不久，孩子长得很好。马峰玉这一段时间总是喜气洋洋，见了人都比往常要客气许多。

他见姥爹来到家里，急忙要去泡茶。

姥爹摆手道："不用了，我就来看看孩子。"

姥爹发现他看不到赵文佳。

马峰玉高兴地领着姥爹去里屋看孩子。

走进里屋，马峰玉的媳妇正在摇着摇篮，一脸祥和地看着摇篮里的孩子。孩子已经睡着了。

姥爹和赵文佳走到摇篮旁边，低头去看那熟睡的孩子。

当赵文佳靠近孩子的时候，那孩子突然动了一下，但没有醒过来。

赵文佳笑道："刚出生不久的小孩子比大人要敏感好多，不但眼睛能看到许多大人看不到的东西，第六感也比常人要灵敏许多。"

他说话的时候，姥爹忍不住看了看正在摇摇篮的马峰玉媳妇。她根本听不到赵文佳说的话，仍然沉浸在充满母爱的世界里。

姥爹觉得赵文佳说得对。其实姥爹自己小时候就有过这种感觉。他虽然记不起四五岁以前的事情，但是直到十岁之前，他都能感觉到死亡的气息。如果走进了一个即将亡故的人的房间里，他就会觉得难受，虽然此时他还没有看到那个即将亡故的人。

其实我也有这种感觉。那是在姥爹的续弦即将亡故的时候，我和家里人都待在她的房间等待她咽下最后一口气。但是她的命非常硬，不但在姥爹去世之后还活了许多年，活到了九十多岁，在医生说她活不过今晚之后还拖了好几天。

到底一共拖了几天，我已经忘记了。但是最后那一天我记得清清楚楚。

医生宣布她过不了夜的那天，家里所有人都守在她床边。守了二十多个小时后，便由各位大人亲戚轮流守着。孩子们晚上睡，白天陪着。

我在那天早上进她房间的时候，立即闻到了一股浓烈的腐朽气味，仿佛是什么潮湿的东西在密闭的空间里闷了太久，而在我进入房间的时候，那个东西被人突然打开了一样。我闻到之后觉得浑身不舒服。

结果那天她终于没有坚持下来，在快到中午的时候去世了。

赵文佳像一个慈祥而快乐的父亲一样逗那个孩子，手舞足蹈，捏鼻子，撑眼睛，做鬼脸。那一瞬间，姥爹都觉得眼前的人不是他认识的那个土地公公了。

那孩子虽然闭着眼睛，但似乎能看到眼前的土地公公做出各种姿势，他居然突然咯咯地笑了起来，手脚乱动。

赵文佳继续逗他。

他越笑声越大，手脚的动作也越来越大。

马峰玉的媳妇惊喜道："你看，你看，他笑了！他笑了！他笑得那么开心哪！是不是梦到什么高兴的事儿了？"

马峰玉高兴地看着喜笑颜开的孩子，拍拍媳妇的手，说道："你傻啊，孩子才这么点儿大，还没有经历过什么事情，怎么会有高兴的事儿梦到呢？"

马峰玉的媳妇说道："哦，也是。那他怎么笑得这么开心？"

姥爹插嘴道："是土地公公在教他笑吧。"

画眉村的人都知道姥爹懂玄黄之道。马峰玉听姥爹这么说，自然把姥爹的说法当做正确答案了。他摇了摇他媳妇的手，说道："原来是土地公公在教他笑呢！没想到土地公公还管这个事！"

赵文佳见姥爹说到他，哈哈大笑。

自那之后，画眉村的大人看到新生儿莫名其妙地笑或者在睡着之后笑，都会说："你看，土地公公在教孩子笑。"

赵文佳逗了小孩子一会儿，然后从马峰玉家里出来。

姥爹便也告辞。

出了门之后，姥爹问赵文佳："你可以帮别人找到我找不到的魂魄和失物，能不能帮我找找罗步斋的魂魄？我试着找了，但是找不到。他现在还没醒过来呢。"

赵文佳道："你忘记啦？罗步斋不是一般人，他是身外身，本身就跟魂魄差不多了。你找不到他的魂魄，是因为他的魂魄没有丢失。你不用担心，再过一段时间他就会醒过来的。"

姥爹当然知道罗步斋是身外身，可是见他这么久还没有好起来，便忍不住要问问土地公公了。不管土地公公有没有办法，他都要抱着死马当作活马医的心态问一下。

赵文佳又说："罗步斋你不用担心，但是小米你倒要花点心思找找。"

"她不是已经回来了吗？"姥爹说道。

赵文佳道："我说的是她的魄。"

"她的魄？"

"是啊。你想想，你的魄生生世世对你穷追不舍，你对付它都如此艰难。小米的魂魄没有你的强大，如果魂魄分离，恐怕以后更是纠缠不清。"赵文佳忧心忡忡道。

姥爹经他这么一说才意识到问题的严重。姥爹忙问道："你知道她的魄去了哪里吗？"

"我要知道的话，早给你找来了。虽然我是土地公公，但也只能将那些缘分未尽的东西找回来。还有些东西我是找不回来的，只能靠他们自己。"

姥爹点头道："确实如此。很多来求我的人，我也这么跟他说。有些事情可以借助别人帮忙，有些事情必须自己处理。"

赵文佳舒心一笑，说道："你知道就好。小米的魄饱含了小米的戾气和怨念，我就是找到也没办法将它带回来。这只有你去寻找它化解它和魂之间的矛盾，才能让小米化险为夷。换了别人都没有用。"

姥爹拱手道："多谢指点。"

可是在姥爹准备去寻找小米的魄的时候，他却碰到赵闲云了。

那是两天之后的一个晚上，姥爹在禁锢了弱郎大王的池塘旁边看水里的月亮，看得好像池塘通透了一般，有种水下没有底却有另外一片天的错觉。

姥爹看了一会儿，不由自主地担心弱郎大王从下面逃走，逃到那个世界里去，然后在不经意的时候再回来。

姥爹在池塘边站了好一会儿，忽然眼睛的余光看到身边多了一个人。姥爹不知道那个人是什么时候来到他身边的，那个人仿佛是月光投在地上形成的影子一般轻悄悄。

姥爹侧头一看，顿时愣住了！

那个人见姥爹看见了她，露出一个落落大方的浅笑。

"赵闲云？"姥爹张了张嘴，喉结滚动。

赵闲云点点头，大家闺秀的风范保持得恰到好处。但她的眼神流露出思念之情。

"你……真的是你吗？"姥爹不敢相信。

土地公公知道赵闲云的棺材是空的，但不知道赵闲云到底去了哪里；画眉村的人以为赵闲云已经入土为安。画眉村的人里只有姥爹知道赵闲云到底去了哪里。

其实在赵闲云的葬礼结束之前，姥爹就要子非将赵闲云带离了画眉村。

那个葬礼是举办给别人看的，让别人以为赵闲云是真真正正去世了。

之所以这么做，是为了方便姥爹下一步续弦，从而促成"移花接木"。这个计划是姥爹和子非共谋之后决定的。这也是没有办法的办法。如果不造成赵闲云已死的假象，姥爹就无法续弦。哪怕是娶进一个小老婆或者妾，别人也会在背后指指点点，说三道四，指责姥爹在原配还重病的情况下续弦纳妾。赵闲云娘家的人如果得知这个消息，恐怕也会派人来干涉。

因此，实际上赵闲云是在奄奄一息神志不清的情况下被子非带走的。至于她被子非带到了哪里，姥爹也不知道。但他相信子非会给赵闲云寻到一个好的安身之处。

将花姐尚若然娶进门之前，姥爹跟尚若然摊了牌。

姥爹对尚若然说，他愿意娶她只是因为她进门之后可以保证赵闲云安然无恙，如果她不接受，他也不会强迫。

尚若然听完又是哭又是笑。但她最后还是答应了姥爹。她说，她反正是花姐命，原本是没有姻缘之份的，现在有姻缘送上门来，哪有拒绝的权利？何况要娶她的人就是她一直盼望嫁的那个人。

姥爹愧疚地对她说，他知道这对她不公平，但他对赵闲云的感情如磐石一般坚固，无法改变。但是他又无法欺骗尚若然，让她一直蒙在鼓里，这对她也不公平。

尚若然点点头。

所以那天尚若然跟姥爹谈完出门的时候，有人看见她脸上挂着泪水，却又露出笑容。

自从尚若然进门之后，姥爹便一直挂念着不知所踪的赵闲云，不知道她是否因为"移花接木"而成功续生命了，还是仍然抱病亡故。

子非离开之后一直没有回来过，姥爹无从得知赵闲云的现状。

子非离开之前跟姥爹说过，即使赵闲云活了下来，她也不能再跟姥爹生活在一起，姥爹也不能去找她，不然的话，"移花接木"会失去作用。

所以姥爹也尽力不去追寻赵闲云的去向，免得破坏好不容易才形成的"移花接木"。

他没想到赵闲云反倒找到画眉村来了。

一时之间，姥爹还以为自己产生了幻觉。

"是我，真的是我。子非将一切都告诉我了。"赵闲云的笑容在脸上荡漾，如同池塘里被风吹皱的水面。

姥爹往前走了一步，又犹豫不定。子非之前提醒过他，一旦"移花接木"成功，他便不可再触碰赵闲云。他不但要给别人造成赵闲云已死的假象，自己也要把赵闲云当做真正已经死去的人，不然之前付出的一切都会前功尽弃。这就跟明眼人不能算命，但是瞎子可以算命是一样的道理。虽然瞎子和明眼人算命都是泄露天机，但是瞎子"看不见"泄露天机带来的后果。实际上，瞎子心里是清楚的，但也假装不清楚。

果然，赵闲云见姥爹往前，她却朝后退了一步。

"不要再过来了，不然你之前的一切都白做了。我倒不怕死去，但是现在你既然将花姐娶进了门，那也得为她考虑。移花接木一旦失败，不仅仅我会死去，没了'木'的'花'也会枯萎。我来这里之前，子非这么跟我说的。"赵闲云仍然勉强作笑。

姥爹早就猜到，赵闲云既然来这里，必定跟子非做过一番讨价还价。子非定然是不愿意赵闲云回到画眉村来的，这样风险太大。而赵闲云定然死活要来画眉村一趟。于是，子非和赵闲云各让一步。子非同意她回来，但是要她保证跟姥爹相隔一段距离。那段距离，就如生死相隔一般不能跨越。而赵闲云必定会答应他，由此取得回来看一看的机会。

对于子非和赵闲云的性格，姥爹都非常熟悉，随便猜一猜，便知道他们之间的前因后果。

赵闲云又道："子非说了，来这里一趟，就算是死后回魂吧。他叫我像鬼魂一样轻悄悄地来看一番，然后轻悄悄地走。"

姥爹点头。子非说得不无道理。真正去世的人还会在七煞夜回来看一看呢，只是活着的亲人不知道亡者什么时候来过，看过哪里而已。

"我在村前村后，我们的屋前屋后都看了一遍。本来想看完就走的，谁也不打扰。但是看到你在这池塘边站着，我就忍不住走了过来。本想陪你站一会儿就走，可是我感觉自己走不动了……"赵闲云轻叹一声。

姥爹也轻声叹息。他想象着赵闲云像回魂一样在这村里游来荡去的样子，心中不禁一阵酸楚。

赵闲云轻声道："我以前常听说'生离死别'这四个字，这次才算真真切切体会到。你说……是生离好呢，还是死别好？生离的话，两个人都尚在人世，可是见不了面。这样地活着又有什么意义？死别的话，看起来两个人更不会在一起了，但好像比生离倒要好一些……"

姥爹刚要说话，赵闲云抬起手阻止他，说道："我没有别的意思。你宁可娶进一个不喜欢的人也要让我活下来，这已经让我很感激了。至少……至少说明我对你来说还是一个非常重要的人。这对我来说，比我的命还重要。"

姥爹想起小米听到他和子非谈话之后对他说的那番话来。虽然赵闲云即使活下来也不一定愿意接受这样的结果，但做这一件事有着不可替代的作用。问题不在于做成之后有什么样的后果，而在于做了还是没做。

"你一直都很重要。可惜我以前没有为你做什么，这次把我能做的都做了。可偏偏这次做成的事情又是这样。你说的生离与死别，我这一辈子经历得太多了。我想，只要两个人真心还在，生离比死别要好吧。毕竟生的话，这世上至少还有个挂念；倘若死了，便如迷雾中不见了对方，不但要挂念，还不知道她的去向。"姥爹说道。

赵闲云静静地听着。

"不过，倘若心不在了，死别是比生离要好吧。哀莫大于心死，心死了，活着也是行尸走肉，还不如死了干净。"

赵闲云深深吸了一口气，明白了姥爹说这番话的意义。

"小米还好吗？"赵闲云问道。

姥爹知道她迟早会问这么一句。

"不太好……她的魂跟着白先生回来了，但是魄不知道去了哪里。"姥爹说道。

赵闲云抬起眼来看着姥爹，目光如月光一般照射在他的身上。

"有人告诉我说，如果不将她的魄找回来，以后她的处境将不堪设想。你看看我就知道了。但是找回来的话，现在尚若然又在我们家里，她原来戾气就大，魄恶而魂善，我不知道她的魄会做出什么事情来。"姥爹忧心道。

"你是担心她的魄容不了花姐？"赵闲云问道。

姥爹闭上眼睛点点头，说："是……啊……"气息拖得很长。

"那你打算怎么办？到底找她的魄还是不找？"赵闲云问道。

姥爹回答道："找肯定是要去找的。"

"如果找到了，你怎么办呢？"

"我还没有想清楚。我自己的魄就让我没有办法了。她的魄我又怎么会有把握呢？人最大的对手还是自己，恐怕找来之后也只能看她自己了。"姥爹说道。

赵闲云道："依我看，你不但要注意小米，还得注意花姐。"

"哦？为什么这么说？我在娶她之前，已经将我的真实想法坦白告诉她了，让她自己做出选择的。"

赵闲云轻轻摇头道："她对你的心思，旁人都看得出来。只要有嫁给你的机会，她怎么可能放过？现在算是如了她的愿。但是人的私心不会满足于此的，得陇望蜀，得尺进丈，拥有得越多希望得到的越多。虽然说'知足常乐'，可是能做到的人少之又少。"

赵闲云转而说道："唉，我现在对于你来说是已死之人。已死之人是不能跟你说这些的。你就当没有听到吧。以后的日子你自己好好过，不要跟花姐对着来，免得孩子夹在中间受苦。我要走了。"

"你要走？"姥爹依依不舍道。

"你就当我是回魂吧。来看一圈了自然是要走的。"赵闲云抬起手，用袖子整了整眼角。

姥爹伸出手挽留。

赵闲云摇摇头，咬住嘴唇又往后退了一步。

"子非将你照顾得还可以吧？"姥爹问道。

赵闲云道："我不需要他照顾。他还有自己的事情要忙，之前那个三劫连环的破解之法一直困惑着他。不过最近似乎有了眉目，他说要去东海之上寻找仙人居住的小岛。"

"他能破解了？"姥爹为子非感到高兴，但又忍不住隐隐为他担忧。

"你好像有点担心？"赵闲云一眼就看出了姥爹的心思。

"没有，没有。"姥爹掩饰道。他不想让赵闲云多余地担心。

"那……我走了。"赵闲云说道。

姥爹点点头。

赵闲云转身往老河那边走去，背影拖得很长很长，似乎粘在地上，不愿走得这样干脆。

自那之后，姥爹再也没有见过赵闲云。但他总感觉赵闲云在某个地方看着他，看着孩子，看着这个家。

第三章　勾命僧

赵闲云离开画眉村之后又过了一个多月，罗步斋终于睁开了眼睛。

他睁开眼睛之后便抓住了趴在他身边瞌睡的余游洋的手。

余游洋天天照顾他吃喝拉撒，也变得苍老了许多。她照顾罗步斋之后很少有时间打理自己，常常蓬头垢面。给罗步斋喂饭是最花时间的了。因为罗步斋不能咀嚼，她只好喂煮得糜烂的粥。罗步斋不会吸食，她每喂一调羹都要等好久，等糜烂的粥慢慢流入罗步斋的喉咙里去。给罗步斋洗澡既费时间又费体力。这自然是不能让尚若然帮忙的，虽然姥爹是男人，但是余游洋也不好意思和他一起帮她丈夫擦拭身体。洗澡三天两头要来一次，不然罗步斋的背上会生疮。

晚上稍微听到罗步斋的声响便要起来，她怕罗步斋不舒服。

如此一来，余游洋累成了鬼一样。她常常在罗步斋的床边瞌睡。

余游洋感觉到手被抓住，从梦中醒来。她见罗步斋睁开了眼睛看着她，顿时露出惊讶之色。

一看自己的手被罗步斋抓住，她更是惊讶得不敢置信。

"这些天……辛苦你了……我都知道的……"罗步斋说道。

余游洋顿时伏在他身上大哭了起来。

姥爹听到余游洋的哭声，以为出了什么事，急忙跑到房间里去看。

见罗步斋醒了过来，姥爹大喜过望，急忙喊尚若然去炖鸡汤。

罗步斋脸色苍白地问姥爹道："赵闲云不在了？小米的魂回来了？"

原来他都知道。

姥爹点点头。

罗步斋长叹一声。

姥爹和余游洋陷入沉默。

罗步斋要起来走动一下，于是姥爹和余游洋扶他起床，扶他在外面走了一圈。

白先生见罗步斋出来了，居然懒洋洋地跟在罗步斋后面。

罗步斋指着白先生，笑道："你们看看，它也知道关心我呢。我原来养过的竹溜子却不知道关心我，真是白眼狼！"

罗步斋的话音刚落，竹溜子就从墙脚下钻了出来，吱吱吱地叫唤。

就在他们慢慢散步的时候，一个人从前面跑了过来，气喘吁吁道："马秀才，马秀才，快救我儿子一命！我五十多岁好不容易得了一个儿子，简直就是我的命根，你一定要救我哇！"

罗步斋笑道："你还是这么多事啊，看来散步都散不好了。"

姥爹见来者是邻镇的李耀冬，便让余游洋扶住罗步斋，拉着李耀冬到一旁，问道："怎么啦？"

李耀冬姥爹是认识的。他是邻镇有名的富人，家里开着好几家当铺，在县城镇里有好几处分号。他原来一直膝下无子，到了五十岁，他休了原配，娶了一个小的。原配自愧没给他留下一子半女，拿了些钱便回了娘家，没怎么闹。

当时知情人都说李耀冬的原配贤良淑德，通情达理。李耀冬也经常接济原配的娘家。

他新娶的年轻媳妇还算争气，嫁到李家之后，肚子很快就有了动静，一年之后，生下了一个胖娃娃。

李耀冬高兴得不得了，将那孩子取名为"至宝"。别人都说孩子取这个名字太俗气，但他就是不改，说有了这个孩子就"如获至宝"，好几个当铺都抵不上这个孩子。由此，他对新娶的媳妇也特别好。

孩子满岁的时候，李耀冬请了姥爹。姥爹去吃了满岁酒。

姥爹知道他非常疼爱李至宝，所以听到李耀冬要他救孩子一命的时候，感到非常意外。老来得子已经实属老天恩赐，难道老天还要收回恩赐不成？

李耀冬说道："哎，都怪我，上次你去我家吃我儿子的满岁酒，我应该找你帮忙看看儿子面相的。可是那天太忙，要送来送去的人太多，我就没顾上。要是那时候就让你看了面相，也不至于到今天这个地步了！"

姥爹见他说到面相，便问道："孩子的面相不好吗？"

李耀冬道："何止是不好？简直要了命！"

姥爹记得那天去李耀冬家里，虽然没有仔仔细细地看他的儿子，但勉强掠过一眼，并没有什么深刻记忆。如果面相大凶不吉的话，应该能看出一些端倪才是。于是，姥爹问道："面相再不好，何至于要了命呢？你不要急，慢慢说清楚。我看看是怎么回事。"

李耀冬说道："昨天我在当铺抱着孩子，逗孩子玩，刚好有个和尚经过我家当铺，说是出来化缘的。那和尚有一只眼睛是瞎的。我看他可怜，就叫当铺里的伙计给了他一块银元。我当时心情很好，想为孩子积点福，所以给得比较多。"

"一块银元是不少了。"姥爹说道。

"是啊。我也觉得不少了。可是那个和尚拿了钱还不走，非得找我要十块银元。"

"为什么呢？"

"那个和尚看了我的孩子一眼，说我的孩子脸上有黑气，面相不好，过不了几天就会暴病而亡。他说他可以保我孩子平安，所以要收十块银元。"

"还有这样的事？"姥爹不太相信。

李耀冬激动道："我骗你这个干什么？我当时不肯给这么多，毕竟十块银元不是小数目了。于是，我给他两块银元。那个和尚却不收，说什么你会后悔的，然后就气咻咻地走了。和尚走了后，街坊邻居就到我当铺里来，说那个和尚虽然只有一只眼睛，但是看面相很准，这叫做独具慧眼。我不信。"

"后来呢？"

"昨天晚上开始，我的孩子就开始哇哇地哭，吵闹得厉害。我媳妇以为他饿了，便给他喂奶，但是没有作用。我以为他不舒服，给他擦盐水澡，给他挠痒，也没有作用。过了一个钟头，孩子的脸色就不好看了。我抱孩子去附近的医店里看，医生不知道是怎么回事。我想起白天见过的那个独眼和尚，便到处找他。"

"那你找到他没有？"姥爹问道。

"在附近的一个破寺庙里找到了。我是带着十块银元找过去的。见了他之后，我把十块银元给他，求他救我的孩子。他把钱收下了，却说，早知如此，何必当初？说完，他将钱往胸口一塞，躺下睡觉去了。我不懂他的意思，见他钱都收下了，心想孩子应该没事了。于是，我从破寺庙回来。回到家后，我还安慰我媳妇，说白天那个和尚收了钱，孩子应该很快会好。"

"这么说来，孩子还是没有好？"

"孩子好了的话，我还跑到这里来求你马秀才干啥啊！"李耀冬跺脚道。

姥爹安抚他，问道："那孩子怎么了？"

李耀冬道："今天早上醒来一看，孩子身上已经凉了一半，嘴唇起了一层白皮，气息弱得几乎要断掉。我吓得浑身直冒冷汗。我急忙去那破寺庙，可是那个和尚不在寺庙里了。我没有办法，急忙跑到你这里来求助。求求你，你一定要救救我的孩子啊！我给你一百块银元！一千块银元！"

"别谈银元的事儿，你先带我去看看你的孩子吧。"姥爹本来想着要跟罗步斋一起吃午饭的，现在看来不行了。

李耀冬听姥爹这么说，当然是求之不得。他连忙说："好好好。"

姥爹跟罗步斋简单说明情况，罗步斋理解道："去吧，去吧，只要我醒过来了，一起吃饭的机会多的是。"

于是，姥爹跟着李耀冬去了他开当铺的地方。

姥爹先看了看李耀冬的孩子，发现孩子的面相并没有什么问题，但是孩子的脸色暗沉，耳朵如晒皱了的木耳，头发黏黏的，双眼无神，手指头发皱。这跟他多年后看到的那个外号叫"长沙猪崽"的孩子的表现几乎一模一样。

姥爹心里有了数。这孩子走家了，魂魄流落在外面没有回来。

"走，你带我再去找找那个拿了你十块银元的和尚。"姥爹说道。

李耀冬不明白道："那个和尚不肯帮忙啊，还找他干什么？再说了，他现在不在破寺庙里了，我上哪儿找去？"

姥爹道："不在破寺庙也可能在附近啊。你快派几个人去找一找。"

"你的意思是……是那个和尚害了我孩子？不是我孩子面相有问题？"李耀冬后知后觉道。

姥爹点头。

李耀冬不相信道："他是出家之人，出家之人以慈悲为怀，不帮我也就算了，怎么可能害我呢？马秀才，你是不是弄错了？"

姥爹道："正是出家人以慈悲为怀，坏人才能借这个名义来害人。"

李耀冬听姥爹这么说，急忙关了当铺，叫伙计们分散去找那个独眼和尚。

姥爹和李耀冬也出门去找。

过了不久，果然有当铺的伙计来报告了。伙计说，他在某某大街的缝纫店门口找缝纫店的人要化斋的钱，缝纫店的老板给了钱，和尚嫌少，就躺在店门口不走，阻挡他们家的生意。

姥爹和李耀冬听到这个消息，急忙跟着伙计奔到某某大街的缝纫店前面。

等姥爹和李耀冬赶到的时候，缝纫店门口已经围了许多看热闹的人。

姥爹和李耀冬急忙挤了进去。

缝纫店的老板正在劝那个独眼和尚，说道："高僧，你看看，我这个店就做一点针线活儿，赚不了几个钱，我店里的伙计都发不了几个钱，您就通融通融吧。"

独眼和尚不听，躺在地上，跷起二郎腿，双手抱在胸前。

老板先礼后兵，见他耍无赖，便对身后几个学徒挥手道："既然他不肯走，你们就抬他走吧。"

那时候的缝纫店老板一般身兼教徒弟的师父一职。学徒几个听了老板的话如听到圣旨一般，立即一窝蜂围了过去，抬手的抬手，抬脚的抬脚，搂腰的搂腰。

可是五六个年轻的学徒也没能将他挪动半分半毫。他仿佛在那里生了根一般。

独眼和尚哈哈大笑，得意洋洋道："你们看到没有，不是我不走，是这块土地留着我，不要我走。连土地爷都觉得你们给少了，看不过去了。快点拿钱来吧。"

姥爹刹那间想将赵文佳叫过来，看看是哪个土地爷留着他。

三四十年后，姥爹在其他小孩子面前表演过类似的动作。他坐在一个普通的椅子上，然后叫几个小孩子一起来搬他的椅子。几个小孩子便围起来抬椅子，可是那椅子仿佛有千钧之重，根本抬不动。别说抬动了，就是拼命摇晃也是纹丝不动。

姥爹是在遭遇独眼和尚之前还是之后学会这个的，已经无从得知。但是那时候姥爹知道了破解之法。

姥爹走到独眼和尚旁边，对缝纫店的学徒说道："你们这样搬是搬不动他的。你借我一根绣花针可好？"

那学徒见有人出面帮忙，自然欣喜不已。他急忙从店里拿了绣花针来。

那独眼和尚见姥爹手里拿着绣花针走到他面前，略微惊慌，问道："你是谁？我没有找你化斋，你不要多管闲事！省得自己吃苦头！"

姥爹拿着绣花针问道："你让我吃什么苦头？"

独眼和尚道："我看你眉间有一股青气缠绕，这几天必定会有不祥之事发生。你若是不多管闲事，我便可以告诉你解救之法。"

姥爹笑道："我倒是看你的眉间有一股黑色之气，你再作恶，小心有灾祸降临！"

看客中有好心人警告道："这和尚虽然来历不明，但是以前预测必中，听了他的就会避开，不听他的就会倒霉。你们还是小心点吧。"

也有人认出姥爹来了，窃窃道："这是画眉村的马秀才呢，听说他知天地，通阴阳，不是简单人！"

于是，看客们分为了两派，一派认为和尚化斋是理所当然，虽然化斋不能讲究钱的多少，但有钱人确实应该多给一点，和尚做得不算过分；另一派认为和尚不该要无赖，毕竟是出家之人，不能掉在钱眼里，应该有人来治治他。

独眼和尚见有人说他预测必中，更加嚣张了，冷笑道："我就要躺在这里，有本事你把我抬走啊！"

姥爹道："我才不抬你。"

旁边有人起哄道："你又抬不走他，还出这个头干什么呢？"

姥爹绕着独眼和尚走了一圈，然后蹲下来，将那绣花针在他肚脐眼位置扎了一下。

"哎，你扎我干什么！"独眼和尚恼怒道。

他的话刚说完，一阵如放屁的噗噗声响起，越放越响，最后响亮得如同放鞭炮一般，噼噼啪啪。

众人惊讶之际，姥爹挥手道："你们再来抬他试试！"

几个学徒一拥而上，轻易就将他抬了起来。

独眼和尚顿时慌了手脚，手舞脚踢，大喊道："快放开我！快放开我！"

这时，几个东西从独眼和尚的僧衣里掉了出来，落在了地上。

姥爹低头一看，一个小木人，五口极小的棺材，一面黑白旗。黑白旗一面画着牛头，一面画着马面。

姥爹道："这人不是真和尚，是邪和尚！"

众人听到姥爹这么说，将独眼和尚摔了下来，一顿猛打。独眼和尚急忙跟跟跄跄地爬起来逃跑。众人在其后穷追猛打。

由于人多脚杂，那一个小木人，五口小棺材，还有一面黑白旗被人踩得稀烂。小棺材被踩坏的时候冒出一股烟雾来。

李耀冬问姥爹："那些东西都是用来干什么的？"

姥爹摇头道："邪术有千千万万种，我也不知道他用这些东西干什么。"

只说了两三句话，那些追打和尚的人突然安静了下来。

姥爹觉得情况有异，转头看去，问道："怎么了？"

有人惊讶道："那个和尚不见了！"

又有人说道："刚刚还在这里的呢？怎么跑到墙角这里就不见了？"

姥爹在人群里搜索一遍，发现独眼和尚果然不见了。姥爹问道："他是怎么不见了的？"

有人回答说："不知道怎么就不见了，莫名其妙。"

"他肯定还在这里！并且变成了你们其中的一个！"姥爹说道，目光将刚刚追打独眼和尚的人一一扫过。这里的每一个人都可疑，但是每一个人都露出惊讶的表情。姥爹心想，要是这会儿赫连天在这里就好了。独眼和尚的迷幻术一定逃不过他的眼睛。

众人听姥爹说独眼和尚隐藏在他们中间，顿时炸开了锅，你看我，我看你，吵吵闹闹，议论纷纷。

姥爹从左至右将所有人的脸扫过一遍，没有发现不同寻常的脸。

"在这里的所有人都站在原地不要乱动！只要你们都不乱动，他就不敢乱动。他不乱动，就跑不掉！"姥爹大声喊道。

众人立即安静下来，各自站在各自的地方看着姥爹。

姥爹又从右至左一个一个看过来。

看到一半的时候，姥爹大吃一惊，浑身一颤！

"小米！"姥爹禁不住大声喊道。

"小米？"几个人不明所以。

姥爹自己乱了阵脚，他不顾一切地冲到人群里，将人左右扒开。可是冲到里面之后，他发现小米的脸已经不见了。

"小米来这里了？"李耀冬紧跟着姥爹冲了进来。

"我刚才明明看到她的脸了！"姥爹激动地说道。

他在众人之中看到了小米的脸，一闪而过，似乎有意躲避他。所以他急忙冲进了人群里，害怕她偷偷溜走。

原本安静的人群顿时又热闹起来，乱了起来。有人知道姥爹家里有个名叫小米的姑娘，有人还以为姥爹是叫刚才那个失踪的和尚。

姥爹后来回想，应该就是在那个瞬间，独眼和尚彻底逃离了人群。

"怎么突然就不见了？"姥爹踮起脚来看着人群里的每一个脑袋。

李耀冬道："就你一个人从画眉村来到这里的啊。你是不是看错了？"

姥爹揉了揉眼睛，露出些许疲态，说道："或许是我想看到她才看到她的吧。这倒让那个和尚钻空子跑掉了。"

"那现在怎么办？"李耀冬问道。

姥爹叹了一口气，说道："没办法了，我们再回你的当铺去看看吧。刚才他的邪术被我破了，那些作祟的法器也被踩烂了，或许你孩子就能好转了。刚才都怪我。"

李耀冬虽然不安心，但还是安慰姥爹道："这不怪你。那和尚既然会邪术，就能找到你的弱点，迷惑你的心窍。"

姥爹叹道："难道他这样的邪术也能迷惑我的心窍吗？"说完摇头不止。

缝纫店的老板上前来感谢姥爹帮他了了一桩麻烦事。

姥爹说道："你刚才的做法是正确的。对待善人就用良善之道，对待恶人如果也用良善之道，那就等于害了善人。"

缝纫店老板点头称是，力邀姥爹进他店里小憩。

姥爹道："我还有事，下回再来吧。"

于是，姥爹和李耀冬赶紧回了当铺。

李耀冬见了抱着孩子的媳妇，急切问道："孩子好点没有？"

她媳妇满脸愁容地摇头。

姥爹一看那孩子，果然没有丝毫好转的迹象。

李耀冬依然抱着侥幸的心理问姥爹道："怎样？"

姥爹摇摇头。

李耀冬如同一棵被砍倒的树一样跌在椅子上。

抱着孩子的李耀冬媳妇忍不住抹眼泪。

就在这时，一个看起来四五岁的小孩子从门外跑了进来。他跑到李耀冬身边，靠在他的脚上，说道："你们跑得太快，我差点没追上你。"

李耀冬惊讶道："你是谁家的孩子？追我们干什么？"

那孩子愣了一下，说道："我是你儿子啊，爹爹，你不认识我了吗？"这个地方的孩子都管父亲叫"爹爹"。

姥爹也一愣，仔细打量那个孩子。

李耀冬哭笑不得，说道："孩子，我儿子虽然遇到了点意外，但我不能随便拉个别人家的小孩认作自己的儿子啊。你别捣蛋了。"

"爹爹，你怎么不认我了？"那孩子吸了吸鼻子，居然要哭出来了。

李耀冬摆手道："我儿子才一岁多不到两岁，你看起来都四五岁了，怎么可能是我的儿子呢？"

那孩子居然"哇哇"地哭了起来，哭得很伤心，嘴巴像上了岸的鲤鱼嘴巴一样瘪瘪地张开，还粘着晶莹剔透的液体。

李耀冬的媳妇见那个小孩子不走，顿时动了恻隐之心。她对李耀冬说道："他或许是被抛弃的孤儿吧？你给他点吃的，或许他就走了。"

那孩子立即哭着反驳道："我不是来讨吃的！娘，你也不要我了？"说完，他哭得更加伤心了。

姥爹见状，上前安慰那个小孩，说道："乖，你先在旁边待一会儿，我跟你爹爹说说话，他就会认你了。"

李耀冬不可理解地看着姥爹，焦躁道："马秀才，你怎么也说我是他爹爹呢？"

姥爹将李耀冬拉到一旁，窃窃说道："我见事情蹊跷，他可能真的就是你儿子。"

李耀冬见姥爹没有半点开玩笑的意思，脸色一沉，问道："为什么这么说？他明明比我的孩子大了几岁。"

姥爹说道："你没注意吗？之前那些人追打独眼和尚的时候，和尚的衣服里有几个东西掉落出来了。"

"小棺材？"

"是的。"

"那又怎样？"

"我以前和小米去定州，她遇到过一个人，那个人就用缩小的棺材装鬼魂。后来小米跟我说过这事。我今天刚看到的时候没有想起来，刚才看到这个小孩子闯进来说他是你儿子，我才想起这事。"
姥爹说道。关于坐贾的事情，小米后来跟姥爹说起过。姥爹并没有
埋怨坐贾将纸人的消息告诉泽盛，也没有因为他给小米交换那些东
西而生气。每个人都有自己的生活方式，难免会跟其他人的利益冲突，
但只要不是刻意害人，就可以得到原谅。

"照你的说法，这个独眼和尚也是用小棺材装了别人的魂魄？"
李耀冬小声问道。

姥爹道："我猜呀，他找你要十块银元的时候就想好了，如果
你不给十块银元，他就会把你儿子的魂魄勾走，然后说你儿子的面
相不好，让你以为他一语命中，而不是他从中作祟。别人说他预测
很准，应该也是同样的路数。他把你儿子的魂魄勾走之后便装进了
那个小棺材里。所以这些天你儿子有走家的迹象。走家便是魂魄不
在身体里的意思，魂魄离开了'家'的意思。刚才我们揭穿了他，
那小棺材掉了出来又被人踩坏，所以你儿子能从里面出来，然后跟
在我们背后一直回到这里。"

李耀冬眉头紧皱，思索着姥爹说的可能性。

"当和尚消失的时候，我还看到了小米的脸……"姥爹眯起了
眼睛，"莫非……那是小米的魄？"

李耀冬惊讶道："小米也被他抓起来了？"

姥爹想了想，说道："我应该不会看错的。如果我确实没有看
错的话，和尚应该确实也抓到了小米。小米的魄我一直没有找到，
原来是被他抓走了。一定是这样的……"

"可是小米为什么不跟着你来呢？像那个小孩子一样……我还
是不能接受他是我儿子的魂魄。"李耀冬别扭地说道。

姥爹又想了想，摸着下巴道："我一直说她是小米的魄，魄是恶的。
她还恨我，所以不愿意见我，更不会跟着我回来。你的儿子则不一
样了，他喜欢你，想回家，所以跟在我们后面回来。"

"可是我儿子只有不到两岁为什么会有这个四五岁的魂魄呢？况且我儿子还不太会说话，他却说得非常流利。"

姥爹道："你没听说过'人小鬼大'的说法吗？你别看有些小孩子说不出大人常说的那些话来，但是他们心里清楚着呢。这就是为什么有些小孩子的魂魄比他本身要大几岁的原因吧？"

"人小鬼大？"李耀冬一边回味着这四个字，一边扭头去看那个还在哇哇地哭的小孩，看样子还是难以接受。

姥爹说道："你就听我的，先承认你是他父亲吧。承认之后，你该干啥就干啥，像平时一样。我想不到一天时间，他就会回到你儿子的身体里去，你的儿子就会好起来。"

"是吗？"李耀冬没有多少信心。

"试试就知道了。现在也没有别的办法了。"姥爹说道。

"怎么试？"

"你把他和你儿子关到一个房间里，然后偷偷观察。"姥爹说道。

李耀冬终于点了点头。

"要不，你跟我一起看着他吧？我怕遇到其他情况了不会处理。"李耀冬请求道。

姥爹道："不会有其他情况的。我还要回到那个缝纫店去，看看小米的魄是不是还在那里。如果这个孩子确实是你儿子的魂魄，那之前我看到的必定就是小米的魄。我找了她好久了，必须把她找回来。"

李耀冬见姥爹要去找小米，便说道："那你快去吧。我不能耽误你的大事啊。快去，快去。"

姥爹便离开了李耀冬的当铺，独自一人奔往缝纫店。

李耀冬则听了姥爹的话，叫媳妇将走家的孩子放在床上，又叫那个看起来四五岁的孩子去那屋里玩。李耀冬和他媳妇则抽身出来，将房门反锁。然后，李耀冬和他媳妇偷偷趴在窗户处朝屋里看。

那个小孩子在屋里独自玩耍，开始没怎么注意躺在床上的李耀冬的儿子。他似乎对床上那个人没有感觉。

他先在桌子边拿被子和茶壶倒水玩，玩了一会儿觉得无趣了，又将桌子的抽屉打开，拿出一串钥匙玩耍，将钥匙甩得叮叮当当响。玩了一会儿，他又觉得无聊了，终于走到了床边。他对着床上的孩子左看右看，似乎看稀奇物一般。

后来李耀冬将孩子的魂魄在肉体面前的表现说给姥爹听，并问姥爹，为什么自己的魂魄对自己还比较陌生。

姥爹笑答："自己最不了解的本来就是自己嘛。你认得我，但是你认得你自己吗？如果你自己此时站在你对面，你能立即认出来吗？"

李耀冬说道："还真是！无论是拍的照片还是画的照片，我看了都不觉得是真正的我。"

李耀冬说，孩子的魂魄在床边看了一会儿，突然蹦了起来，蹦得特别高，离地几尺。那是一个四五岁的小孩绝对到不了的高度。

李耀冬以为他蹦起来之后会落下，谁料他蹦起来之后居然没有落下来。由于他和他媳妇是趴在窗外偷看的，只能从窗缝里看，左右两边看不到。李耀冬以为他是蹦到旁边去了，便继续在外面等待。

可是等了许久也没见屋里再有动静。

李耀冬窃窃地问他媳妇："他怎么不玩了？我们也没有听到动静呢？"

他媳妇摇摇头，不知道怎么回事。

这时，屋里哇哇的哭声响了起来。

他媳妇听到哭声，惊喜过望！

这是她那不到两岁的儿子的哭泣声！她已经好几天没有听到他的哭泣声了！这哭泣声清脆嘹亮，不是一个奄奄一息浑身无力的人能发出来的。

"他哭了！他哭了！"媳妇紧紧抓住李耀冬的手，指甲掐进了他的皮肤。

他疼得吸冷气，也惊喜道："是啊！是啊！"

他媳妇拖着他跑进了屋里。那个四五岁的孩子已经不见了。床上的孩子拳打脚踢，哭声震耳，面色潮红。

李耀冬媳妇急忙将孩子抱起来，摸一摸，身上哭出了一层汗，温度比之前高了许多，虽然还没有到正常体温，但已经没有凉意了。

李耀冬惊喜道："马秀才果然没有说错，人小鬼大！"

他媳妇不明白他说的什么，一边抱着孩子晃来晃去，一边问道："什么人小鬼大？"

"你还没有看明白吗？刚才那个小孩子就是我们儿子的魂魄。马秀才说我们的儿子是人小鬼大，所以魂魄要比实际年龄大几岁。"

"原来跟你们来我家里的那个孩子真的是儿子？"

"是啊。"于是，李耀冬将姥爹的猜测说给媳妇听。

他媳妇听得目瞪口呆。

听完，她感慨道："多亏了马秀才，是他救了我们的儿子。我们的儿子将来要拜他做干爹。"

李耀冬笑道："你以为儿子拜他做干爹是感谢他啊？多少父母想要自己的孩子拜他做干爹呢！"

确实很多人想让自己的孩子拜姥爹做干爹，可是姥爹从未答应过。妈妈问过他为什么从来不给别人做干爹。他说他跟那些东西打交道太多，说不定那些东西会找他子孙的麻烦，所以他要将自己所有的庇荫留给自己的子孙，不能让别人分了去。

李耀冬摸摸媳妇怀里的孩子，说道："这么说来，马秀才看到的必定是小米的魂魄无疑，不知道他现在找到小米没有。"

姥爹那一整天都在缝纫店前面的那条街上晃荡，可是他没有再看到小米的踪影。

太阳下山，万家灯火了。姥爹还在那里走来走去。

李耀冬将孩子安置好之后特意去那条街看了看，发现姥爹孤零零地站在大街上，如同被人遗忘在田野里的稻草人。

"马秀才？"李耀冬喊道。

姥爹却没有任何反应。

李耀冬走到近前，又喊了几声。

姥爹依然没有任何反应。他两眼空洞地看着虚无的前方，没有任何表情。

李耀冬推了推他的肩膀。

姥爹这才醒过神来，一惊，看了看李耀冬，说道："你怎么突然就来了，我都没有听到一点声音？"

李耀冬道："我刚才喊了你好几声，你都没有听到。"

姥爹不太置信道："是吗？"

"是的。小米没有回来吗？"

"是啊……她不想见我。"

李耀冬叹息。

姥爹问道："对了，你儿子好了没有？"

"好了，谢谢你，要不是你，我儿子到现在都不会好起来。你是他的再生父母，我得好好感谢你。"

姥爹惨然一笑，摆手道："不用谢我。命里有时终须有，命里无时莫强求。你对应的是前半句，我对应的是后半句。"

李耀冬安慰道："马秀才千万别这么说，小米会回来的。"

站了一会儿，李耀冬问道："要不，我们先回去吧？"

姥爹道："我再等等看，说不定我前脚刚走，她后脚就来了。"

于是，李耀冬陪着姥爹一直站到了深夜，站到万家灯火熄灭。

姥爹见李耀冬在旁边不停地打呵欠，于心不忍，这才跟着李耀冬一起回到他的当铺。当晚，姥爹是在李耀冬的当铺里借宿的。

李耀冬给姥爹准备洗脸水洗脚水的时候，姥爹提点他说道："以后你少把孩子带到当铺里来，让他在家里待着就好了。"

李耀冬除了有几个当铺之外，还有一个地处偏僻的大宅院。那里才是他真正的家。

李耀冬听出姥爹话里有话，便问道："你的意思是这里不太好？"

姥爹说道："不只是这里，凡是当铺，都不太好，不适合未满十二岁的小孩子常住。"

"这又是为什么呢？"

"当铺嘛，很多人把自己的东西抵押在这里，有的过一段时间赎回去，有的根本就没想过要拿回去。赎回去的东西，往往是别人重视的东西，需要的东西。不赎回去的东西，要不是家道中落赎不起，就是本身不太干净不想要了。你这开当铺，难免遇到一些不干净东西，这里就不太适合常住人。"

"你的意思是，我当铺里一些不干净的东西对我的孩子不好？"

姥爹道："白天来这里的时候倒没什么，但是刚才我跟你进门的时候，看到你当铺门口站了两个人，都是清朝服装打扮。"

李耀冬倒吸一口冷气，恐惧道："我进门的时候没有看到啊。"

"我想他们跟你当铺里的东西有关系，所以守在这里。你的孩子长期住在这种地方，能好吗？"姥爹说道。

李耀冬朝外面看了看，小声说道："他们还在门口吗？"

姥爹点点头，说道："在。"

李耀冬将倒好水的脸盆端到姥爹面前，悄悄问道："你能不能帮忙问问他们到底要什么东西？"

姥爹洗了一把脸，用手巾抹干，说道："我不能跟他们沟通。进来的时候我就假装没看到他们，他们也以为我看不到他们。"

"我知道你故意假装没看见是免得他们缠上。但是他们老站在这里，我这心里不舒坦啊。你问问他们要什么，我把别人典当的东西给他们就是了。"李耀冬央求道。

姥爹道："你知道我是免得他们缠上。你也一样啊。你今天送走这两个，明天还有新来的怎么办？一旦他们知道你会送的话，天天晚上都有跑到这里来的吧？凡是来的你都送的话，你这当铺还开得下去吗？"

李耀冬犯愁了，低头道："是哦。送了一个就会还有一个，总这样的话送到我破产都送不完。哎。"

姥爹点头道："就是啊。我跟你这个情况差不多。如果我管了这两个，后面就有千千万万无数个来找我。我花一辈子的时间都管不完。所以如果不是特别情况的话，我都假装没有看见。"

李耀冬叹气道："唉，确实是这样……"他一面说，一面将洗脸盆拿开，给姥爹端上洗脚的盆。

姥爹忙说道："我自己来，我自己来。"

李耀冬看着姥爹洗完脚，心有不甘道："马秀才，我想……你还是去帮我问问他们到底要什么吧。我想满足他们的心愿，能满足两个是两个。"说完，他将干净的洗脚毛巾递给姥爹。

姥爹见他这么殷勤，只好点头道："好吧，我待会儿出去看一看，问一问。"姥爹接过毛巾，将脚擦拭干净。

洗完脚，姥爹将洗脚水和洗脸水倒进一个盆里，然后走出门，在门口站住。

那两个人一男一女。男的留着长辫子，瘦得皮包骨，脸色蜡黄，形同饿鬼。女的秀发高高盘起，珠圆玉润，粉脂略厚，有些妖艳。

因为进门时姥爹假装没有看见他们，此时姥爹走到他们面前，他们也没有拿正眼瞧一下姥爹。他们以为姥爹是出来倒水的，恰好站在他们面前而已。

姥爹却说道："你们不站开一点的话，我这盆水就要倒在你们身上了。"

那两人听到姥爹这么说，吃了一惊，慌忙将目光移到姥爹身上来。

"你……你能看见我们？"那个饿鬼疑问道。

那妖艳的女鬼上上下下打量姥爹，还抬起手来在姥爹眼前晃来晃去，试探姥爹是不是真的能看见他们。

姥爹点头道："当然能看见。刚才进门的时候怕吓到我的同伴，假装看不到你们而已。快说吧，你们为什么站在这里不走？是不是当铺里有你们想要的东西？"

"是啊，是啊。"那饿鬼急忙回答道。

女鬼也连连点头。

"那你们为什么不进去呢？"姥爹问道。

饿鬼指着门说道："这里有门神守着呢。"

姥爹回头一看，当铺的大门上原来是贴了两个门神的。不过那门神的纸已经被撕坏了，也褪了色。原来应该是红色的，现在成了白色。原来应该是巴掌大小的四四方方的毛笔画像，现在中间一块不见了，只看到四个不规则的角，勉强能看到门神的手和脚。

即使是这样的门神贴纸，也让这男女二鬼不敢进门，只在门口站着窥望。

姥爹将水倒了出去，又问道："你们想要的东西是什么？我可以跟当铺老板说一声，他会给你们。"

女鬼惊讶道："真的吗？"

饿鬼也问："老板这么大方？可是我们没有钱啊。"

"老板不要你们的钱，你们说吧。"姥爹说道。

"没有其他交换条件吗？"饿鬼问道。

女鬼窃窃道："他好像是画眉村的马秀才……说话应该算数。"

姥爹点头道："我就是马秀才。你怎么认得我？"

女鬼略微有点畏惧，说道："好多我这样的鬼被你整治过，我的朋友们经常在我面前提到你。"

姥爹露出愧疚之情来，说道："唉，很多时候我也是受人之托，没有想要打扰你的朋友们。当然了，那些作祟害人的除外。"

"你刚才说老板会将我们想要的东西送给我们，是真的吗？"女鬼可能也听说过姥爹言出必行的事情，此时比较相信姥爹的话，眼睛里多了一份希望之光。

姥爹点头道："是啊。你想要什么？"

不等女鬼回答，那饿鬼抢答道："我要一只青花瓷的碗！那是我生前用过的碗，后来被变卖，流落到了这里。"

"碗？一只碗能让你念念不忘？"姥爹问道。

饿鬼说道："那只碗是我一生的见证。我从小就用那只碗，用到大，用到老，从家庭富裕到家道中落，用到一贫如洗。临死的时候，我才让家里人将这只碗变卖，换点钱贴补家用。死后我还是想着那只碗，舍不得那只碗。"

"原来如此。"姥爹点头道。

"就是因为失去了它，我死后饭都到不了口，这才堕入饿鬼道，饿成了这样子。我遇到食物，食物就会变成火焰，让我靠不近吃不得。"

旁边的女鬼听饿鬼这么说，感慨道："这么凄惨？"

饿鬼点头道："是啊，所以我想把陪了我一辈子的青花瓷碗带走，只有它才能装我的吃的。我不应该在最后关头将它转卖。"

姥爹点点头，问女鬼道："你想要拿回什么？"

女鬼道："我想要回一面镜子，雕花铜镜。"

"这面镜子对你很重要吗？"姥爹问道。

女鬼道："我生前是个妓女，每次接客之前都要用这个镜子给自己化妆。是它陪伴我走过了我最美丽的时光，所以死后对它念念不忘。没有它在我身边的时候，我心神难以安宁，仿佛不知道自己是谁一样。"

姥爹感叹道："食色性也。没想到你们一个死后还想着吃的，一个死后还想着美丽。来吧，跟我一起进来，我跟当铺老板说说，他会把青花瓷碗和雕花铜镜给你们的。"

女鬼指着门上的门神贴纸说道："您是故意逗我们吗？我们之所以没有进去，就是怕门神啊。"

姥爹道："这又不是符，也不是阵，你们怕什么？虽然是门神，其实没有半点法力，是你们自己束缚了自己。你们活着的时候就应该懂得，越是装模作样的越是没有什么本事。进来吧。"

女鬼和饿鬼互相看了看。

女鬼说道："我听朋友说过，画眉村的马秀才想要制伏我们，那简直是易如反掌，应该没有必要骗我们。"

饿鬼还是犹豫不决。

姥爹拿着盆返身进了当铺。

女鬼急忙跟在姥爹后面走了进去。

饿鬼见女鬼安然无恙，急忙也跟着走了进去。

进屋之后，姥爹对李耀冬说道："我跟外面的两个鬼说了，他们一个想要青花瓷碗，一个想要雕花铜镜。你这里有这两样东西吗？"

李耀冬返身去找当铺的账本，一边翻账本一边说道："我记得好像是有这两样东西的，不过不确定。我先看看记录有没有。"

女鬼和饿鬼听李耀冬这么说，急忙凑到他的账本旁边去，跟他一起看账本。不过李耀冬还是看不到这两个鬼。

看了一会儿，李耀冬终于在账本上找到了一个青花瓷碗和一面雕花铜镜的记录。他高兴道："有的，有的！果然有的！"

"你叫他们两个先在这里等着，我去取这两样东西来。"李耀冬将账本收起，放回抽屉里。

不等姥爹跟他们说，女鬼和饿鬼就已经点头不迭了。

李耀冬刚走，女鬼就感激涕零道："马秀才，真是太谢谢你了！小女子无以回报，只能给你一点小道消息略表谢意！"

"小道消息？"姥爹迷惑道。

女鬼说道："是啊。我的朋友们说起过你最近的事情，知道你最近在寻找小米的魄。"

"哦，原来你们都知道了。"姥爹并不太意外。阴阳两界盯着他的眼睛都太多了。

"我从朋友口里得知小米的魄的藏身之处。"女鬼继续说道。

"哦？你知道她在哪里？"姥爹终于觉得非常意外了。不过这也是情理之中的事情，同为鬼类，她的消息自然会比人间灵通许多。

不过姥爹立即又不太相信她的话了。姥爹说道："我今天还看到她了，她应该被一个独眼的和尚抓了起来。如果你告诉我，和尚的小棺材盒就是她的藏身之处的话，那我早已知道了。"

女鬼露出惊讶之情，问道："她被一个独眼的和尚抓起来了？"

姥爹见她这样，更加失望，点头道："是啊。我已经知道了，谢谢你的好意。不过你也不用感谢我，东西都是当铺老板的，又不是我送给你们的，我只是传话而已。"他本就没有期待女鬼能说出新鲜的消息来，不过发现她确实没有新鲜的消息时，他还是掩饰不住地失望。

"我不知道她被抓起来了……"女鬼抱歉地说道，"不过……以前我的朋友说，她在画眉村老河的桥下面看到过小米。如果小米没被抓起来的话，我想你可以在老河的桥下面找到她。"

姥爹浑身一颤，惊问道："老河的桥下面？"

女鬼点头道："是啊。她在桥下面，月光照不到，桥的阴影会隐藏她，所以你看不到她。桥下面有流水声，可以遮掩她发出的声音，所以你听不到她。哪怕你借助其他的方式来找她，也很难发现。"

姥爹恍然大悟，终于明白自己为什么一直找不到小米的魄了。

姥爹上前一步，试图抓住女鬼的手，却抓了个空。这女鬼的凝聚能力太弱，无法形成可以触碰的实体，所以姥爹抓她的时候如同抓风抓烟抓雾一样抓不到。姥爹激动道："谢谢你告诉我这个消息！

太谢谢了！"

女鬼愧疚道："不用谢我。我就知道这么多。现在小米被独眼和尚抓走了的话，我告诉你这个小道消息也没有意义了。我应该早一点告诉你的。"

姥爹说道："不，不，你这个消息太重要了。今天那个独眼和尚被我赶走了，他禁锢别人魂魄的东西被踩烂了。我今天还见了小米一面。这么说来，如果她摆脱了别人的控制，应该还会回到老河的桥底下去。"

旁边的饿鬼听到他们的说话，也为姥爹高兴，插言道："就是，就是！她既然还在桥底下，应该就没有想过要真正离开。不过她又要躲着你……女人的心还真是捉摸不透呢。既然是魄，应该很恶毒才对啊，对她的好全部忘记，对她的不好全部记得，这才合情合理嘛，能做到现在这样已经很不容易了。"

虽然姥爹知道饿鬼由于感谢他有些故意捧场的意思，但说的话也算有些道理。

正在说话间，李耀冬回来了，他一手拿着一个青花瓷碗，一手拿着一个雕花铜镜。他见姥爹在说话，问道："你怎么一个人自言自语呢？"话刚说完，他想起这屋里还有两个鬼，又说道："原来你在跟他们说话。"

李耀冬将青花瓷碗和雕花铜镜放在了桌子上，对姥爹说道："你跟他们两个说，让他们拿走吧。"

姥爹便对那女鬼和饿鬼说道："你们听到了吧，碗和镜子都可以拿走了。"

饿鬼惊喜不已，双手在碗口上抚摸，如同抚摸一根羽毛那么轻，那么小心。他说道："你们不知道，我这口碗是有多么精美！这碗的厚度跟鸡蛋壳一样，拿在手里跟没有重量一样。一般人家哪里有这种碗哟！"

女鬼则激动地走到镜子前，对着镜子看里面的人，喜极而泣道："我这镜子丝毫不弱于你的碗。它可是五个工匠花了半个月做出来的，光是镜面就磨了七天！它让我脸上任何一点不干净的东西都暴露无遗。"说着，她在自己的脸上摸了摸。

李耀冬看不见那个女鬼，却在镜子里看到了女鬼的影像。纵然早知屋里有鬼，但乍一看到镜子里多出一张女人的脸来，他还是吓了一跳，连忙往后退了好几步。

李耀冬恐惧道："马秀才，你让他们快点拿了走吧。"

姥爹便说道："你们拿了东西就走吧，以后不要到这里来了。"

女鬼和饿鬼点点头。

饿鬼手抓在碗上，使了使劲，却没能将碗拿起来。

女鬼也握住了雕花铜镜的柄部，也没能将镜子拿起来。

饿鬼惊讶道："咦？我怎么拿不动它呢？"

女鬼也惊讶道："是呀，我也拿不动我的镜子。"说完，她将迷惑的脸转向姥爹。

姥爹也不明白怎么回事，问李耀冬道："他们拿不动你的东西，走不了。"

李耀冬拍了拍后脑勺，说道："哦……我知道了。"

姥爹问道："你是不是要把签字画押的契约拿出来毁掉才行？典当的东西是被契约限制的，就像镇压符让鬼类不得翻身一样。"

李耀冬道："我也这么想呢。我这就去把这两个相关的契约找出来。"

很快，李耀冬把碗和镜子的契约拿了出来，递给姥爹，问道："契约在这里，怎么办才好？"

姥爹说道："点燃烧掉吧。"

于是，姥爹划燃火柴，将两张契约烧掉。

契约一烧掉，饿鬼和女鬼轻易就将碗和镜子拿了起来。

不过，即使他们将碗和镜子拿走了，桌上还是留有一只青花瓷碗和一个雕花铜镜。

李耀冬见桌上的碗和镜子没有动，狐疑道："他们不要吗？"

姥爹说："他们当然要。"

话音刚落，青花瓷碗突然一滑，从桌上掉了下来，摔在地上，摔得粉碎。紧接着，那铜镜也落在了地上，它虽然结实很多，摔不坏，但是镜面上突然冒出了许多雪花一样的痕迹，镜子的四周生出许多绿色的铜锈来。

碗碎了，镜子也不能用了。

饿鬼和女鬼仿佛看不见摔碎的碗和锈坏的镜子，他们两个欣喜地看着各自手中的心爱之物，爱不释手。

姥爹将他们送了出去。

到了门口，他们对姥爹千恩万谢，然后转身离去，融化在漆黑的夜里。

姥爹回到屋里，用红布将碗的碎片和铜镜包了起来，叫李耀冬第二天早晨将它们埋掉。

李耀冬将红布的包裹放好，然后问道："他们走了吗？"

姥爹道："走了。"

"那就好。"李耀冬终于松了一口气。

姥爹道："好什么？你要注意了，以后可能会有越来越多的游魂来你门口，希望你能像今天晚上一样还给他们想要的东西。"

"如果那时候你有空，麻烦问问他们要的是什么。只要我能给的，我都还给他们。"李耀冬说道。

后来姥爹又去过他那里几次，帮他将一些东西还给了聚集在当铺门口的鬼魂。

李耀冬的孩子自那之后几乎是百病不侵，活得健健康康。

姥爹回到画眉村之后的当晚就去了老河那里。

那天晚上下起了淅淅沥沥的小雨。姥爹没有打伞就走出了门。罗步斋他们以为姥爹只是去屋檐下做点什么，不知道他是去了老河那里。

姥爹不打伞是怕走到老河旁边的时候小米的魄会听到雨打在伞上的声音。姥爹担心她会躲到别处去不见他。

刚出门的时候，姥爹以为这场雨是上天特意安排的，是要阻止他去老河那里找小米的魄。

快走到老河桥的时候，姥爹忽然认为这场雨不是上天要阻止他见小米的手段，而是上天帮助他见小米的手段。因为雨声可以遮掩他的脚步声，让小米不知道他过来了。

姥爹后来对他儿子马岳云说，有些事情无所谓好，也无所谓坏，更无所谓上天安排，关键是你自己怎么看怎么想，你想它是好的，它就是好的；你想它是坏的，它就是坏的。

他走到了老河边，没有走上桥，而是沿着老河的堤岸往下走，走到了桥下面。

走到桥下之后，他看到了那个熟悉的人。

小米抓了一根稻草，在水里拨来拨去。桥下特别暗，姥爹虽然一眼就能看出小米的身形，但是看清她的脸还是费了不少眼力。

小米不知道姥爹已经走到了她的身后，仍旧无聊地拨弄那根稻草。

姥爹没有打扰她，安静地在她身后一块石头上坐了下来。这个季节的老河水并不深，所以桥下还有不算逼仄的空间。但是身上的衣服已经湿了，还带着寒气，姥爹打了一个寒战。

他就这么安静地守在小米的身后，静静地看着她。

不知时间过了多久，由于寒气侵入，姥爹终于忍不住打了一个喷嚏。

小米一惊，丢了稻草转过身来。

在看到姥爹的一刹那，小米脸上的惊恐之情立即消退了，转而出现的是惊喜之情。有那么一瞬间，她的眼睛里充满了温柔，就如老河的水一般看着让人舒服。可是很快她的脸上又露出愤怒之情。

她将手一甩，转身要走。

姥爹咳嗽了一声。

那声咳嗽让小米立即站住了。

小米回过身来，说道："你为什么出来不打伞？你都已经这个岁数了，难道不知道保护好自己？那个花姐也不好好照顾你吗？"她眼睛里到底是愤怒还是怜惜，恐怕她自己都不知道。

"我不是怕你听到我的声音吗？"姥爹说道。

小米的眼珠子一转，问道："是谁告诉你我在这里的？"

"我也不知道那个人叫什么名字。"姥爹说道。

这时，竹溜子在姥爹的脚边出现了，它吱吱吱地叫了几声。它身上的毛被雨水打湿，看起来有几分狼狈。

"看来我要换个地方了。"小米看了看竹溜子，将嘴一撇。

"跟我回去吧。"姥爹向小米伸出了手。

"不。我是不会跟你回去的。除非你把那个花姐杀了。"小米的眼睛里突然发出红光，如同燃烧的木炭。

"你知道我不可能这么做。"姥爹说道。

"哼！既然这样，你来这里干什么？你还不如此时跟她缩在一个被窝里！跟她生一窝小崽子！"小米眼睛里的红光闪烁，如燃烧的木炭被风吹得一明一暗。说完，她又转身朝桥的另一边走去。

姥爹喊道："不要走！"姥爹知道小米的魄是她生前的怨念，说话难听是情理之中的。但他并不生气，他要将小米的魄带回家里，让魄和魂回到一起。他怕小米的魄再次离开，只要她离开了，再次找到她就更加不容易了。

因此，姥爹喊"不要走"的时候声音比较严厉，有几分命令的口气。

这命令的口气并没有吓到小米，但是竹溜子听到姥爹这声大喊之后，立即蹿到小米的前面去，绕着小米跑了几个圈。

小米又迈出一步，却身子一晃，跌倒在地。

小米气咻咻地抓起竹溜子，猛地将它丢进了老河里。小米气愤道："你这个死竹溜子！居然敢用薴丝儿对付我！"

原来竹溜子是咬着薴丝儿绕着小米跑的，让小米绊倒了。

这情形跟小米之前绕着弱郎大王奔跑有几分类似。

姥爹知道，竹溜子是听到了他的喊声才这么做的。它想帮姥爹留住小米。不过他没有想到小米竟然将竹溜子扔进老河里，意图淹死它！

姥爹急忙跳进老河里，将竹溜子从水里捞了起来。

大概是五六十年后，画眉村的几个小孩子在老河桥下面摸鱼玩耍。有个小孩在捅蜘蛛网的时候发现了一根很长的单独的蛛丝，几乎透明。他用手一拉，毛发没有断，手指却出了血。那个小孩没想到一根蛛丝竟然这么结实，于是用石头砸，也没有能砸断。其他几个小孩都觉得很新奇，用各种方法试图将那蛛丝扯断，可是全部失败了。那个小孩将蛛丝带了回去，用它来切肥皂，切木头，切一切他能想到的东西。

邻村有个收破烂的听到了这个消息后，立即赶到这个小孩子的家里来，希望可以出高价收购那根奇异的蛛丝。

那个小孩见收破烂的愿意出钱收他的蛛丝，顿时失落万分。他告诉收破烂的人，就在之前不到半个小时，他尝试用火烧那根结实到不可思议的蛛丝，结果一下子就全烧没了。

收破烂的骂道，就知道你们是合伙骗我玩的，这群小崽子们！

后来村里老人听说此事，说那很可能是姥爹遗落在桥下的薴丝儿。

小米将缠在脚上的薴丝儿解开，然后头也不回地走了。

姥爹望着小米离去的方向，发了一会儿愣，然后捧着竹溜子回了家。回家之后急忙叫余游洋生火给竹溜子烤。

余游洋见姥爹身上湿透了，忙叫姥爹换了衣服来烤火。

姥爹却又一头扎入雨中。他跑到老河那里，沿着老河的堤岸走了很远很远。他希望将小米找回来，可是小米就如融化在夜晚的空气中了一样毫无影踪。

第二天，姥爹发起了高烧，胡言乱语。

尚若然站在姥爹的床边，一脸的不快。

她当然不快，因为姥爹一直在念小米的名字。白先生的眼睛圆睁，远远地看着姥爹。

余游洋和罗步斋也有点尴尬，毕竟姥爹是当着尚若然的面呼喊小米。

尚若然给姥爹敷了三块毛巾之后，突然对余游洋道："余游洋，你说我是不是永远不能成为这个家的一份子？"

余游洋忙安慰道："姐姐别乱想，他只是说胡话而已，平时你看他几次在你面前念起过小米的名字？"

尚若然道："你别安慰我了。他早就跟我说了，他无法将我像小米或者赵闲云那样对待。只是我明明知道是这样，心里还是会不舒服。"

余游洋不好回应她了。

尚若然继续说道："余游洋，你凭良心讲讲，我哪里比小米和赵闲云做得少？一日三餐，我都亲力亲为，洗衣绣花，我从没偷过懒，家里每一件东西，我都擦了又擦，洗了又洗，生怕多了一点灰尘。"

余游洋尴尬道："这恐怕不是你努力就能获得的。"

"那你说说看，我到底要怎么做他才能把我当一个正常人看待呢？"尚若然不满道。

余游洋和罗步斋都不说话了。

"我是他的妻子，但是我在他心目中的地位连你们俩都不如。"尚若然气哼哼地说道。

罗步斋听了这话，仿佛身上长了虱子一样浑身不舒服。

余游洋有些生气了，说道："怎么能这么说呢？罗步斋跟马秀才简直是生死兄弟一般，这是不能比的。如果马秀才有兄弟，难道还非得要跟他妻子比一比谁的地位高吗？我就是马秀才的兄弟的妻子，难道你还要跟嫂子或者弟妹比一比家庭中的地位？"

罗步斋安抚余游洋道："都是一家人，别这么说。"

但是余游洋不退步，她呼了一口气，说道："她把我们当做一家人的话就不会这么说。"

尚若然更不退缩，她站了起来，指着余游洋说道："我把你们当做一家人？我们是一家人吗？是一家人的话，你丈夫怎么不姓马？你们在我们马家蹭吃蹭喝蹭了这么多年，我说过什么没有？到现在说我不把你们当做一家人？"

余游洋瞠目结舌，半天没有说出话来。

罗步斋仿佛没有听见尚若然的话，将姥爹额头的毛巾拿了下来，换了一条敷上去。

姥爹的高烧退了之后，罗步斋便对姥爹说："马秀才，我在这里待的时候够久了，我想带余游洋回萝卜寨去。"

姥爹惊讶道："你在这里住了这么久了，难道还没有习惯吗？你回萝卜寨，万一被人认出来怎么办？虽然相貌有了些变化，但是我想那里还有很多人能认出你吧。"

罗步斋闷声道："我不是他们的阿爸许吗？就算他们看到我没有死会觉得奇怪，但是阿爸许身上发生这种事情应该没什么大不了吧？再说了，你以前不让我回萝卜寨是怕我知道自己已死的真相。我早就知道自己是怎么一回事了，不怕萝卜寨的人说起当年的事了。"

姥爹沉默了许久，说道："你们都要离开我。"

罗步斋不说话。

姥爹吁了一口气，又道："不过这不能怪你们。人嘛，迟早要离开熟悉的人和熟悉的世界，只不过在我这里提前了而已。"

罗步斋离开画眉村之前，余游洋叫罗步斋去土地庙烧香还愿。

罗步斋问为什么。

余游洋说，她在罗步斋昏迷的时候去过土地庙，求土地公公让罗步斋醒过来。当天晚上，她就做了一个梦，梦见土地公公来到了她的床边，对她说，他可以答应她的请求，但是叫她别说出去了。余游洋躺在床上一动不能动，想点头也点不了，其情形跟鬼压床差不多。土地公公说，他是泥菩萨过江，常常自身难保，如果她说出去了，肯定有很多人来求他，他无法一一应付，所以从来只是偷偷摸摸在别人很难发觉的情况下帮别人一些忙。他说他怕别人来求，也怕别人求之而不得的时候恨他。

因此，那次姥爹问到跟习鹊坐一条长凳的矮人是谁时，余游洋心中知道却不敢当众回答。

罗步斋不太相信余游洋的话，说道："他既然是土地公公，还怕别人求别人恨？只怕是你日有所思夜有所梦，恰好做了这么一个梦吧？"

余游洋死活非得拉他去土地庙磕头道谢。

罗步斋见她坚持，也便从了。

姥爹一直记得罗步斋和余游洋离开画眉村那天的情形。

那天的天气阴沉沉的，乌云密布，但是一整天没有下雨。天仿佛是沉甸甸的，要掉到地上来，看起来非常压抑。

姥爹和尚若然带着马岳云送罗步斋和余游洋。

余游洋一边走一边流泪，仿佛就是因为她把雨水当做泪水流干了，天上才没有下一滴雨。

罗步斋则勉强作笑，一边走一边跟姥爹说，哪家还欠我们多少钱，一定要去讨，因为那家人脸皮厚，不讨是要不来的。他又说姥爹脸皮薄，不愿意为难别人，他很担心姥爹讨不回来钱。他又说哪家实在是穷，欠的钱又不多，他以前故意没有去讨要过，现在家里的事情要交给姥爹和尚若然来担当，他就不管了。

姥爹知道他说这话就是叫姥爹不要去催要的意思，只是尚若然在旁边，他不好把自己当做主人，不好直接说别要了。

余游洋和罗步斋的行李很少，每人背了一个布袋，提了一点干粮。

姥爹本想将家产分他们一半，但是罗步斋千推万却，只拿了一些回萝卜寨的盘缠。

姥爹将他们送到了岳州城，还想送。

罗步斋笑道："你再送就把我送到萝卜寨啦！"

姥爹打趣道："那就送你到萝卜寨再回来吧。我还想去看看煮珠湖呢。"

罗步斋仰头感叹道："当年我确实手段太狠了，怨不得它们找那个乞丐来报复我。不过要不是它们报复我，我又怎么可能跟你到这里来呢？不到这里来，我又怎么可能遇见余游洋？说起来，我还要感谢它们报复我，让我思考我的处事方式，让我经历这些值得回忆的事情。"

姥爹也长吁短叹，说道："是啊，是啊，谁能想到后来的事呢？想当年我从这里出发，走向修眉山，走向煮珠湖，走向熙沧的时候，我何尝想过会遇到这么多事情，遇到这么多人？或许我哥哥没有考上或者没有去世，我父亲没有阻止我读圣贤书，我就不会因为打发时间而钻研这些东西，就不会到处游走，不会打开我的种子识，也就不会有后来这些事情。"

罗步斋望着远方，频频点头。"不过……如果你父亲让你走上仕途，或许生活会过得更好。你不会遇见我们这些人，但是会遇见其他的人。你依然有你的朋友，有你的伴侣，有你的生活。不论你怎样，总有一些人进入你的生活，总有一些人离开你的生活。"

姥爹含笑不语。

尚若然听得困意沉沉，打了好几个呵欠。

罗步斋继续说道："从此以后，你就当是开始了不一样的生活吧。"

姥爹道："想想投胎转世也没什么了不起的。对我来说，此时之前就是我的前世，此时之后就是我的今生吧。"

罗步斋神色黯然，劝道："不要这么想。后面的路还很长，马岳云需要你照顾，小米的魂和魄也需要你照顾。"

余游洋紧紧抓住姥爹的手，央求道："你一定要把小米的魄找回来啊，小米受的苦太多了。她受了这么多苦这么多委屈，都没有离你而去，即使恶性的魄都没有离开画眉村，你怎么可以消极呢？我离开这里没有别的担心，只有这些了……还有我的家里……"说着，余游洋的眼眶又红了。

姥爹连忙说道："你不要担心，我会常去雾渡河看你家里人的。"

尚若然自始至终没怎么说话，或许是她于心有愧，也或许是她急着送他们走。

余游洋又走到尚若然面前。尚若然见她走过来，有些惊讶。

余游洋诚恳地对尚若然说道："尚姐，我们走之后，你一定要帮我们好好照顾岳云，就算你以后有了自己的孩子，也不要对岳云有差别对待，好吗？"

尚若然愣了愣，急忙说道："看你这说的什么话？我当然会对他好！"

"那就好。人心都是肉长的，希望你多疼疼他。"余游洋说道。

"对，对，人心都是肉长的，我的心又不是铁打的。你放心吧。"尚若然说道。

余游洋最后蹲下来，抱了马岳云好久，直到罗步斋催她走才松开。

罗步斋离开之后，姥爹有一两年没有适应过来。他常常忘记罗步斋不在这里了，经常脱口而出："罗步斋，来帮我看看这笔账！"或者"罗步斋，你看这枣树又长高了！"或者"罗步斋，你到哪里去了？"

喊完之后，姥爹立即意识到罗步斋回萝卜寨去了，于是半天不说话，脸色阴沉。马岳云看到姥爹这样的脸色，便不敢靠近他，不敢跟他说话。尚若然也怕他这样，见他这样就避得远远的。

在那一两年里，姥爹吃饭之前常常多抽出几双筷子来。

马岳云自小耳濡目染，见桌上多了筷子，便说："看来今天是有客人要来！"

姥爹听到马岳云这么说，回头看到桌上多出的筷子，责备道："这多了好几双，肯定不是有客人要来！是你爹弄错了。"

马岳云见他语气不太好，不敢回话。

有时候白先生刚好在场，在旁喵喵叫两声。姥爹的态度才会好一点，摸摸马岳云的头，给他道歉，批评自己语气有点儿过。

在之后的许多年里，马岳云再看到桌上多了筷子的时候，不再敢妄下论断。

但是仍然有一次，马岳云忍不住还是说了。

那时已是许多年后。

姥爹吃饭前摆筷子时又多抽了几双。马岳云不禁说道："今晚怕是有客人要来。"

姥爹这次没有责备他，可能是因为他已经长大成人了。

晚饭还没有吃完，果然有个人从外面走了进来。

姥爹侧头一看，非常惊讶。他放下筷子，盯着那人看了半天，说道："怎么是你？"

马岳云却不认识来者。

那人笑道："想不到吧？三十多年前你差点害死我，没想到我还能找到你家里来吧？"

马岳云见那人光头，穿一身素服，完全是和尚打扮，再看那眼睛，一只是浑浊的，不分黑白，另一只黑白分明，跟常人无异。

姥爹介绍道："这是李耀冬的冤家！"

马岳云听说过当铺老板李耀冬的儿子被独眼和尚坑害的事情，这才知道来者是那个独眼和尚。

马岳云心想，这独眼和尚莫非是寻到这里报仇来了？可是看那独眼和尚的样子不像是来报仇雪恨的。而姥爹也没有戒备。

独眼和尚一点儿也不客气，在饭桌旁坐下，不用筷子，就用手从碗里抓了一块肥腻的肉塞进嘴里，他一边咀嚼一边说道："马秀才，我这次来不是寻仇的，我是来告诉你一个消息，小米的魄已经投胎转世了。"

在罗步斋和余游洋离开画眉村之后的三十多年里，姥爹一直未能找回小米的魄，而小米的魂一直在白先生的肚子里。而此时白先生已经垂垂老矣。它虽然是非同寻常的猫鬼，比一般的猫的寿命要长很多，但无法长生不老。

那时候，吴家庄的司徒子都已经去世好几年了。采阴补阳的司徒子都熬不过岁月，白先生自然更是如此。普通的猫只有十多年寿命，白先生熬过三十多年，已经非常了不起了。

姥爹早就料到独眼和尚来这里不是怀着恶意的，但没想到他一来就说小米的魄投胎转世的消息。

马岳云忍不住问独眼和尚："听我父亲说，你是欺负人的假和尚，怎么会给我们打听消息？"

独眼和尚斜睨了马岳云一眼，说道："你是马岳云吧？我问问你，你知道人为什么要有魂和魄吗？"

马岳云按照姥爹以前说过的话来回答："魂和魄如同阴和阳，相生相克……"

不等马岳云说完，独眼和尚将手往桌上一拍，不耐烦地打断他，一点儿也不客气地说道："别说那些没用的！我来告诉你，道理很简单，因为只有魂的人得不到好的结果！"

"为什么？"马岳云问道，"魂善而魄恶，你的意思是，好人得不到好的结果吗？好人有好报，恶人有恶报，这不成立吗？"

独眼和尚说道："当然！你看看你父亲，现在有什么好结果吗？"

马岳云一愣。

姥爹则苦笑不已，但没有打算阻止这个独眼和尚看似胡言乱语的论断。

独眼和尚继续说道："为什么？因为善斗不过恶！恶会用尽各种办法来对付善，不择手段。但是善只有一种感化的方式来对待恶。就如一个好人跟一个恶人斗，恶人想打死他，毒死他，污蔑他，而好人绝不会还手，只会好言相劝。所以，善往往败于恶之下。"

"说得好像有几分道理。"马岳云忍不住说道。

"嗯……"独眼和尚对马岳云的转变表示满意，然后说道，"所以啊，人只有有善也有恶，才能生存于世。"

一边说着，他的手又伸进了碗里，抓了一块肉丢进嘴里。

"你父亲就是因为前世将魂魄分离，这辈子才吃了亏。"独眼和尚总结道。

马岳云有种顿悟的感觉。

"我就是这样的人，既是好人也是坏人。多少年前，我坑害李耀冬的儿子，我承认那是我做的坏事。但是我必须让他们敬畏我，并且我需要钱来吃喝。就像老鼠一样……"独眼和尚一眼就瞥到了房梁上的竹溜子，"在你们看来，老鼠偷吃粮食是不可饶恕的错误，但是在老鼠看来，粮食是它的生存之本，不可能不偷吃。"

竹溜子在房梁上掉了一个头，躲到看不见的地方去了。

"但我也做好人，除了帮土地公公出气，那时候我捉住小米的魄，也是为了避免她作祟害人。"

"作祟害人？我没听说过小米要作祟害人哪。"马岳云问道。

姥爹也有些坐不住，但强作镇定。

这时候尚若然并没在屋里。如果尚若然看到姥爹这样，心里又会不舒服了。在这三十多年里，尚若然一直对姥爹放不下小米而耿耿于怀。可是她又无处发泄自己的不满，所以处处找马岳云的麻烦。

马岳云在成年之前，确实吃了不少苦头。不但常常要去老河里捞鱼捞虾给她做菜，还不能跟她同桌吃饭。但是马岳云长大之后，尚若然就不敢再往他身上宣泄愤怒了。

独眼和尚道："你刚才都说了魂善而魄恶，难道不知道魄是恶的？魄是到处害人的东西。小米的魄就曾想附人身去害人，恰好被我拦下，于是我将她抓走。不久之后，我恰好碰到你父亲，我在逃跑的时候放走了小米的魄。"

"她曾经想附人身去害人？不会吧？"马岳云虽然只在孩提时见过小米，但是对小米的印象非常好，即使知道魄是恶的，也不愿相信小米会去害人。感性往往会战胜理性。即使在姥爹面前耳濡目染的他也免不了做出带有偏见的判断。

独眼和尚道："我当初抓住她的时候，就是刚好碰到她附了别人的身。"

这时姥爹终于忍不住了，身子微微向前倾，问道："那是怎么回事？"

独眼和尚舔了舔油腻的嘴唇，说道："马秀才莫急。我这次来呢，就是想给你带两句话。第一句，在此之前我暗暗监视小米的魄，不让她为恶。第二句，在此之后，我无法监视小米的魄了，因为我不知道她投了哪里的胎，生出来的样子是不是还跟她原来一样。我是来提醒你的，以后要小心遇到小米的魄的转世。好了，那我现在再说当时的情况吧。"

原来独眼和尚不是主动去抓小米的魄的，而是恰好碰到了小米的魄。

用独眼和尚的话来说，他是"瞎鸡啄米"一样碰到小米的。

三十多年前的某一天晚上，独眼和尚在龙湾镇的小街道上闲逛。画眉村属于龙湾镇，龙湾镇是离画眉村最近的一个小镇。

他之所以要晚上出来在小镇上闲逛，是因为他要摸清这个镇上的情况，就如小偷想要入室盗窃之前，一定要先去那个地方踩点。

他以前给人留下料事如神的印象，除了用邪术害人之外，还得了解当地的情况。比如说，他要晚上弄清楚这里的地形，甚至在墙脚偷听屋里的人说话，借此了解当地的大概情况。而后，他以一个外来人的口吻说到某某地或者某某事的时候给人一种未卜先知的错觉。

一些假的算命先生也会这么做，先在别人不关注的时候去村里打听一些情况，然后假装成初来乍到的瞎子，说你们家祖坟的北边是不是有水塘啊，你在南山边是不是有个亲戚啊。算命的人一听到这个，立即就将假的算命先生当做半仙了，殊不知这算命先生之前睁开两只明亮的眼睛来过这里。

他走了半条镇上的主街，忽然听到前面有个女人惊叫的声音，好像是被什么东西吓到了。

他急忙往前赶，很快看到了一个二十多岁的姑娘站在街道上，她脸上的惊恐还没有消去。

他左看右看，没看到那个姑娘附近有什么吓人的东西。

"姑娘，你刚才看到什么恐怖的东西了？"他上前问道。就像他自己说的，他既是好人也是坏人。在这一刻，他是个好人。

要是真有什么恐怖的东西的话，他这个突如其来的独眼和尚才是恐怖的东西。

那个姑娘回过神来，摇摇头，说道："没有，没有。"

"可你明明刚才叫了一声。"他坚持道。

"哦？是吗？"那个姑娘有点不知所措，她捋了捋胸前的辫子。

"你……不是碰到了鬼吧？"他疑问道。吓了一跳又找不到被吓到的东西的话，那很可能是碰到鬼了。

那姑娘猛摇头，说："没有没有，不跟你说了，我要回去了。"

他出于好心，对那个姑娘说道："你家在哪里？我送你回去，免得又遇到什么吓人的东西。"

那姑娘却愣住了，想了想，自言自语道："我家在哪里？"

这时候，独眼和尚心里犯嘀咕了。这个姑娘不但不承认刚才受了惊吓，还一时想不起自己的家在哪里。这也太奇怪了！

很快，他就判断出这个姑娘是被吓掉了魂儿。

有些孤魂游鬼想附人身，但是人身都有自己的魂魄长期占据，外面的孤魂游鬼很难抢走。于是，孤魂游鬼便会先吓人，吓得人丢了魂儿，然后趁机占据人的肉身，从而达到附身的效果。

独眼和尚常年晚上出来活动，对这些作祟的手段非常熟悉，所以做出那样的判断。

他比较谨慎细致，虽然判断这个姑娘是被吓掉了魂儿，但还是说道："你想想，你的家你还不知道在哪里吗？"

有些吓掉的魂儿很快会回来。独眼和尚不先惊动她，是想看看她的魂儿是不是很快就能回来。

那个姑娘想了想，然后掩饰道："我当然知道。顺着这条街走，走到一个很陡的下坡路然后往左拐，左拐之后一直往前走，走到一个丁字路了往右拐，右拐了就是一条大道，可以直接走过老河桥回去。我知道路，不用你送。"

独眼和尚心中惊讶。那不是去画眉村的路吗？可这个姑娘明明不是画眉村的人！

独眼和尚在来龙湾镇之前就听说过画眉村的马秀才，知道他的厉害。他每去一个地方，都要先了解那个地方有什么高人，免得自己的行为被别人看破，更要避免关公面前耍大刀的情况出现。因此，他在龙湾镇踩点之前先偷偷去过画眉村了，深入了解了画眉村的情况。

画眉村的人他都记得。

一个不是画眉村的人说家在画眉村。这是什么情况？

他醒悟过来，这个姑娘不仅仅是吓得丢了魂儿那么简单，她还被来自画眉村的鬼魂附了身！

他曾在画眉村听墙脚的时候听到过余游洋和罗步斋说枕边话，

得知小米的魂回到了家里，但是魄一直流落在外。

于是，他突然问道："你可是小米？"

那个姑娘见他识破，撒腿就跑。她逃跑的姿势都不太自然，手乱甩，脚乱晃，一脚高一脚低。这是外来的魂魄一时控制不了躯体的表现。好在生前有些修为，小米的魄还算强大，勉强能将别人的躯体操控。有些弱小的魄即使抢得别人的躯壳，也无法真正控制别人的躯壳，只能像新生的婴儿一样手舞足蹈，并不能像正常人一样行走。

因此，只有极少数鬼附身的人会做出很多匪夷所思的行为，绝大部分鬼附身的人只是头疼发烧，躺在床上说胡话而已。

独眼和尚见那个姑娘逃跑，急忙紧跟其后，一手从怀中掏出小棺材盒来。

小米的魄控制那个姑娘的身体奔跑，自然比正常奔跑要困难很多，也自然跑不过一个正常的人。

很快，独眼和尚就从后面追上了她。

独眼和尚一掌直击那个姑娘的后背，并"呵"地大喊了一声。

独眼和尚说，他那一掌叫做穿魂掌，如果晚上从背后突然这么击打别人一掌，可以将别人的魂儿吓走。

他那么一掌击在那个姑娘后背上之后，立即看到一个影子从那个姑娘的躯壳里跌了出来。

不用说，那个影子就是小米的魄。

他顾不得此时那个姑娘跌倒在地，顾不得她是不是磕坏了花容月貌。他一跃而起，用那打开的小棺材盒朝小米的魄盖了过去。

多年以后，姥爹也用同样的方式在我面前将小米的魂魄盖住了，不过他用的是一个紫砂茶杯，而独眼和尚用的是小棺材盒。

这种方法是独眼和尚传授给姥爹的。姥爹青出于蓝而胜于蓝，不需要小棺材盒，只用一个茶杯就可以办到。这一点跟他从别人那里学来十二指节掐算之后，无师自通学会了用算盘算命是一个道理。

小米的魄就被独眼和尚关进了小棺材盒里。

待他将小棺材盒收起，走到那个姑娘身边的时候，那个姑娘已经醒过来了。

她如大梦初醒，见独眼和尚正将脸凑过去，抡起右手就在独眼和尚的脸上狠狠地扇了一巴掌。那阵子龙湾镇盛传晚上有人用迷药迷倒姑娘，然后将人拖走卖掉。那个姑娘把独眼和尚当做那样的人了。

独眼和尚被扇得眼冒金星，刚想要争辩，那个姑娘又不由分说地大喊起来："抓流氓啊！抓流氓啊！有流氓要害人啊！"

街道两边的房子里立即亮起了许多灯，脚步声也蹬蹬蹬地响起来。

独眼和尚心知现在怎么争辩都不行了，有一百个嘴也说不清，跳进黄河也洗不清。倘若被龙湾镇的人抓起来，他就死路一条了。想在这里招摇撞骗的机会也会灰飞烟灭。

于是，他怀揣着小棺材落荒而逃。

说到这里，独眼和尚愤愤不平地拍着桌子说道："马岳云，你说说看，做善人有这么容易吗？做善人能得到好结果吗？我明明救了她，她还要诅咒我！还叫人抓我！我连恶性的魄都不怕，但是就怕这样的人啊！"

马岳云想想也是，这不好不坏的独眼和尚不怕孤魂游魄，却怕一个手无缚鸡之力的弱女子。

姥爹曾跟马岳云提到过一种叫"一目五先生"的鬼。这种鬼一出来就是五个，五个鬼有四个是瞎子，只有一个有眼睛，但是眼睛只有一只。这只有一只眼睛的鬼并不像独眼和尚这样，因为那个鬼的眼睛是长在中间的，而其他四个鬼共用这一只眼睛。这一目五先生依靠吸食人的精气为生。因为他们只有一只眼睛，行动不便，所以只能趁人睡着的时候偷偷靠近，然后从人的口鼻里吸走精气。人的精气被吸走了的话，就醒不过来了。

姥爹说，这一目五先生不吸食善人的精气，怕损害自己的福报，他们胆子小，也不敢吸食恶人的精气。

马岳云就问，好人的也不敢吸，坏人的也不敢吸，那他们不饿死吗？

姥爹说，他们专挑那些不好也不坏的人吸食精气。

在独眼和尚拍桌子的时候，马岳云记起了这些。马岳云就想，倘若独眼和尚碰到一目五先生的话，那就是耗子碰上了猫吧。

可是马岳云觉得将独眼和尚当做不好也不坏的人似乎不恰当。这独眼和尚好事也做，坏事也做，应该是既好又坏的人。恐怕一目五先生碰到了这种人也会犯愁。

"那之后呢？"马岳云一面心里想着这些，一面问道。

"之后？之后就被你父亲拆穿了，把我的小棺材盒踩坏了，小米的魄就跑掉了！"独眼和尚一挥手，说道。

"哦。"马岳云见他省略了中间过程，也没再问。因为姥爹如何遇到独眼和尚，如何识破他，他如何逃掉等过程，马岳云早就听说过了。

"不过在此之后，我还是暗暗关注小米的魄，经常在她准备吓人之前提醒别人，或者把别人拉走，不走她埋伏的道路。不过前几天她突然不见了，我通过多方打听，从其他孤魂游鬼那里得知她投胎转世了，但是不知道她到底去了哪里的哪户人家。"这时，独眼和尚看了看姥爹，继续说道，"马秀才，关于弱郎大王的前世今生，我也有所耳闻，现在它还禁锢在村口那个池塘底下吧？我路过那里的时候好像听到它的叹息声了。"

自从弱郎大王被禁锢在池底之后，偶尔有人在经过那里的时候会忽然听到身后发出一声叹息，但是回过头来却看不到任何人。这事情已经有好几个人经历过了，也传到了姥爹的耳朵里。

独眼和尚试探地说道："我还听说，那弱郎大王曾经是熙沧某个寺庙的住持？"

姥爹点点头。

"我想它是被别的高人带到寺庙去的吧。或许那个高人当初是出于好心，希望寺庙的佛法洗涤它的心灵和性情，希望可以压制它的恶性。"独眼和尚推测道。

姥爹也曾有过这样的猜想，点头道："我也曾这么想。"

"可是即使这样，还是没能成功，做到了住持的高僧还是起尸成了弱郎大王。"

"是的。"姥爹无奈点头。

"所以你想想，如果小米的魄投胎转世，你要扭转她有多困难。说不定她像弱郎大王一样为害一方。"独眼和尚说道。

姥爹沉默不语。

马岳云心事重重。独眼和尚说得有道理，小米的魄或许不如父亲那样强大，但转世之后肯定不会风平浪静。倘若那时候面对父亲，父亲该铁面无私，还是手下留情？

独眼和尚不无遗憾地说道："要是土地公公没有走就好了，对每个地方的人和鬼最熟悉的要属土地公公，如果他没有离开，我们问他或许能知道小米的魄转世到了哪里。"

马岳云灵机一动，插言道："小米在世时不是制伏了水客和水猴子吗？或许它们知道吧？"

姥爹摇头道："小米在世时曾经答应了水客和水猴子，只要它们在弱郎大王出现的时候帮我一把，就将它们放走。我也跟小米说过，它们已经向善，就要让它们有好的归处。不能因为我们还需要它们，就把它们禁锢在这里。对付弱郎大王的时候，小米意外落水，没能兑现她的诺言。白先生带小米的魂回来之后，我便偷偷将水客和水猴子放走了。"

"原来你早把它们放走了！"马岳云惊讶道。不过这么多年来，那池塘里从来没有见过它们的动静，马岳云也曾怀疑过它们的存在。"那你把水猴子的身子还有耍猴戏的人的头还给它们了吗？"

姥爹摇摇头，充满歉意地说道："哪有这么容易！水猴子的身子和耍猴戏那个人的头早就不知去向了，估计在小米杀死它们的那个夜晚就烟消云散了吧。那时候小米的戾气重，但又一心想保护我，所以对水猴子撒了个谎，说以后将头和身子还给它们。"

"哦……"马岳云没有想到会是这样。

"这是我欠水猴子的，或许来世要还。"姥爹苦笑道。

"生生世世，循循环环……"独眼和尚有节奏地敲击桌面，仿佛是敲着木鱼，念经一般说道。

这念经一般的声音将白先生吸引了出来。白先生一蓝一黄的眼睛盯着独眼和尚，似有所思。

"这就是白先生吧？小米的魂就在它的体内吧？你看，她正在看我呢。"独眼和尚回视白先生。

姥爹点头道："我也时常能感觉到她的存在。"姥爹脸色难得有了一丝欣慰。

独眼和尚说道："一猫一鼠在一个屋檐下和平共处，真是奇观啊！可惜这猫的寿命远不如老鼠。猫仅仅是魂魄容器，方便他人而已，纵然比其他猫的道行要高，但终究高不了太多。这老鼠我一看就知道不一样，它修炼的是自己，听说它还时常抽你的烟？"说到这里，独眼和尚看了看姥爹。

姥爹微笑道："是的。不过不是吸我的烟，是吸我吐出的烟雾。"白先生一出来，姥爹的心情都好多了。

"难怪！"独眼和尚似乎是得到了答案一般，"人说蜘蛛在佛面前吸多了香火都能成仙，这老鼠吸了人的烟火也能成精！它不是老鼠，它要成老鼠精了！"

姥爹道："你这话过誉了！我哪能跟佛比？它是唯一一个自始至终陪在我身边的朋友了。我很感激它，希望它能修得大成。"

独眼和尚点头道："会的，它一定会修得大成的！"

"何以见得？"马岳云见他说得如此肯定，以为他胸有成竹，便问道。

独眼和尚笑道："你没听说过一个成语吗？"

"什么成语？"马岳云问道。

"独具慧眼啊，哈哈哈……"独眼和尚大笑道。

马岳云这才明白他是在打趣，也跟着他笑了起来。

白先生或许觉得这一点儿也不好笑，掉头慢悠悠地走了。

姥爹则一直盯着白先生离去，直到它的背影也消失了才将目光收回来。

独眼和尚笑声停止，然后站了起来，向姥爹作了一个揖，说道："马秀才，我该说的已经说完了。小米的魄的事情，我也只能到此打住，以后还需你自求多福。谢谢你家的肉！"

"这么早就要走？不多坐一会儿？"姥爹问道。

"迟早要走，哪有早晚？你们坐着，不要送。"说完，他扭身就走。

姥爹看着他的背影，突然一种熟悉的感觉扑面而来。不过他还是没有记起什么印象。但是他估计这个独眼和尚跟自己在前世有过交集。

独眼和尚走后，姥爹便到处寻访近期出生的小孩子，希望从中寻得小米的下落。

第四章

梁上仙

通过挨村询问，姥爹收集了几十个近期有小孩子出生的人家。

有一次，姥爹去附近的一个村子里寻找小米的踪迹，恰好碰到了大雨。于是，姥爹就近找了一户人家避雨。

那户人家的主人姓冯，名叫俊嘉，他非常钦佩姥爹。他也曾求过姥爹帮忙。

大概是八年前，冯俊嘉娶了一个漂亮媳妇，媳妇名叫颜玉兰。他们结婚的时候还是姥爹给他们写的对联和大"囍"字。可是过了好几年，他们一直都没有孩子。冯俊嘉的父母非常着急，怕抱不上孙子，就处处为难颜玉兰，想逼她走，好让冯俊嘉再娶一个。冯俊嘉的父母自然不会认为自己的儿子有事，只会认为儿媳妇肚子不争气。

他们一直没有孩子并不是怀不上，而是怀一个就掉一个。

颜玉兰说这不是她的问题，而是冯家房子的风水有问题，因为她天天晚上睡觉的时候都能听到一种鸟叫声，叫得她睡不安稳。可能就是因为鸟叫声打扰了她的睡眠，让她身体不好，这才怀一个掉一个。

冯俊嘉的父母不信，认为颜玉兰是害怕被他们的儿子休掉才找出这种不靠谱的借口来将责任推到冯家的风水上。

冯俊嘉怕颜玉兰离开他，于是对他父母说他其实也能听到鸟叫声。

冯俊嘉的父母这才有些犹豫不定。

于是，冯俊嘉的父母在屋里到处找鸟窝，找可以藏住鸟的洞，可是没有找到。他们还不甘心，又把整个屋里的东西都搬到了地坪里，然后各个角落都找遍了，还是没有找到颜玉兰说的那只鸟。

颜玉兰还是怀一个孩子就掉一个孩子。

冯俊嘉的父母认为颜玉兰说听到鸟叫声是欺骗他们，而儿子也说听到鸟叫声是舍不得抛弃这么好看的媳妇。他们不能留一个漂亮的儿媳妇而不留后。他们想方设法为难颜玉兰，并且不断地给儿子做思想工作，希望儿子站在他们一边。

冯俊嘉为此求过不少名医，开过不少偏方，但是都没有什么作用。

他问颜玉兰是不是真的晚上听到了鸟叫声。

颜玉兰信誓旦旦说是真听到了，不是为了推卸责任而怪到冯家的风水上。

无奈之下，他想到了画眉村的马秀才。他去了画眉村找到马秀才，将媳妇的事情说给马秀才听，询问他的意见。

姥爹听了之后，也觉得事情蹊跷，心想，莫非冯俊嘉媳妇是遇到箢箕鬼了？

箢箕鬼是很常见的一种小鬼，往往是出生没几个月就夭折的婴儿或者是在胎内即将要出生的婴儿形成的。那时候由于医术落后，女人生孩子也生得多，生活也相对贫困，所以新出生的孩子很难得到全面细致的照顾，往往很难养活。女人生多了孩子，身体变差，也会造成小产之类的情况。这样没过几个月就夭折的婴儿或者还未出生就掉了的婴儿是不能直接埋入祖坟地的，也不能用棺材，而是用常见的一种叫箢箕的挑土工具将婴儿挑出去，埋葬在人迹罕至的荒山野岭。挑出去的箢箕沾染了晦气，自然不能再带回来使用，于是倒扣在小坟上，所以这样形成的鬼被叫做箢箕鬼。

箢箕鬼嫉妒心很强，虽然自己已经离开了，但仍然见不得曾经的父母对后面出生的孩子好，便作祟起来，将得到父母疼爱的弟弟或者妹妹的魂魄拖走，让其也成为笢箕鬼。

姥爹知道笢箕鬼，但是从来没有处理过这种事情。后来马岳云给别人处理过笢箕鬼，处理的方式是姥爹告诉的——将作祟的笢箕鬼的坟墓掘开，将他的头打破，然后头朝下脚朝天地埋入土中，这才能让他不再作祟。

所以，听了冯俊嘉的诉说后，姥爹认为要去找他媳妇落掉的第一个孩子。而鸟叫声，姥爹认为是笢箕鬼作祟弄出来的声音。

姥爹将自己的想法说给冯俊嘉听，冯俊嘉也觉得姥爹说得有道理。

但姥爹没有急于去挖开笢箕鬼的坟墓，他决定还是先去冯俊嘉家里看看，晚上也听听那鸟叫声。

冯俊嘉于是领着姥爹在他家前后看了一遍。

姥爹看完后说道："没看出风水不好啊，我倒觉得风水挺好的，挺发旺！"其实姥爹以前来过他家里，大致知道这块位置的风水，但是姥爹怕这些年这里的风水有变化。

冯俊嘉就更加相信笢箕鬼的说法了。家里的风水不坏反而好，哪还能有什么解释呢？必定是笢箕鬼了。他心里这么想。

冯俊嘉扛起锄头就要出去挖笢箕鬼的坟墓。

姥爹连忙阻止他，说道："莫急，莫急，我今晚在这里听听鸟叫声再说！"

冯俊嘉说道："不用听了。我以前说我也能听到鸟叫声，那是为了维护我媳妇。其实我晚上根本没有听到过什么鸟叫声。您就是等一整晚，肯定什么都听不到。"

姥爹将他肩膀上的锄头夺了下来，说道："那可不一定。再说了，就算是笢箕鬼作祟，我们今晚也得先听听他作祟的声音。万一有新的发现呢？就算没有新的发现，你耽误这么多年都耽误了，还差这一个晚上？"

冯俊嘉觉得姥爹说得有理，便暂且放下了锄头。

姥爹叫冯俊嘉带他去问颜玉兰。

"你晚上真的听到鸟叫声了？"姥爹问颜玉兰。

颜玉兰由于这些年不断地掉孩子，脸色变得蜡黄，眼窝深陷，但依然风韵犹存。

颜玉兰说："怀上孩子的时候，晚上就经常听见叫声。孩子掉了到再次怀上之前，晚上就听不到这个声音。"

一旁的冯俊嘉立即说道："你看，肯定是筻箕鬼作祟嘛！他就是要害我媳妇肚子里的孩子！我看今晚都不用等了！"

姥爹朝他摆摆手，叫他不要说话，然后继续问颜玉兰道："那鸟是怎么叫的？"

颜玉兰便学着她听到的鸟叫声叫了两次。

姥爹一听，说道："这好像是布谷鸟的叫声。"

冯俊嘉道："这声音有什么好奇怪的？筻箕鬼想学什么鸟叫就学什么鸟叫，麻雀，喜鹊，乌鸦，老鹰什么的都可以。"

姥爹想了想，说道："还是不要这么早下结论，我们今晚听听看。"

那天晚上，冯俊嘉和姥爹躲在屋里的角落里等待鸟叫声。

颜玉兰知道丈夫找了人来屋里听鸟叫声，反而睡不着了，在床上翻来覆去。

等了一个时辰，冯俊嘉或许是觉得太麻烦姥爹了，也或许是他自己不太耐烦了，不停地劝说姥爹，叫他不要再等了，明天直接去挖筻箕鬼的坟墓。

姥爹不为所动，依旧等待鸟叫声。

冯俊嘉见姥爹坚持，便收住了嘴，沉默地跟着姥爹一起等。

颜玉兰辗转了许久之后，终于困意渐浓，睡了过去，不再翻转。

那天晚上，天地间一片宁静，无聊的等待使得空气似乎都黏稠了许多，时间都慢腾了许多。

一旁的冯俊嘉忍不住打起了呵欠。姥爹强撑着眼皮，不敢有丝毫懈怠。

不知道过了多久，姥爹在昏昏欲睡中突然听到了隐隐约约的布谷鸟的叫声。

"布谷——布谷——"

那声音由远及近，仿佛有一只鸟一边叫着一边从远方飞来。

姥爹听到这个声音，立即精神一振。他忙推了推旁边同样昏昏欲睡的冯俊嘉，悄声说道："快听听，快听听，鸟叫声响起来了！"

冯俊嘉忙揉了揉眼睛，咂咂嘴，然后侧耳倾听。

"听到没有？"姥爹问道。

冯俊嘉迷惑不解地摇头，说道："哪里有鸟叫声？"

他听不见姥爹听到的声音。姥爹虽然有些惊讶，但也早就料到这样的情况了。毕竟以前他就听不到颜玉兰说的鸟叫声。

"布谷——布谷——"

鸟叫声越来越近，叫声回荡不已，仿佛是空山里一只孤独的布谷鸟在鸣啼。这回鸟叫声清晰多了，如同那只布谷鸟就栖息在他们头顶的一棵看不见的树枝上。

"现在听到没有？"姥爹问道。

这次冯俊嘉面带惊讶之色了，他将手护在耳朵旁边倾听，小声道："这回听到了，好像真是布谷鸟的叫声……"

姥爹抬起头来左看右看，屋顶上漆黑一片，看不到鸟的踪影。

冯俊嘉也抬起头来到处寻找鸟的踪迹，问道："为什么我以前就没有听到过呢？"

姥爹道："以前你没有认真听。"很多声音你要相信它并认真听才能听到它，并且会发觉那个声音越来越大。

那布谷鸟的啼叫声越来越大，越来越响亮，几乎就在耳边一般，仿佛抬起手来在耳边一抓就能将它逮住。

冯俊嘉忍受不了就在耳边一般的鸟叫声了，他面色痛苦地对姥爹说道："马秀才，我受不了了。"

姥爹急忙站起来，猛地跺脚，像是赶偷谷子的麻雀，又像是赶上了岸的鸭子。

冯俊嘉不理解地问道："马秀才，你这是干什么……"

他的话音刚落，一个扑棱扑棱的声音就在头顶的房梁上响了起来。紧接着，一个鸟雀的影子从没有关严实的窗户里飞了出去。

冯俊嘉大吃一惊，说道："真的有鸟雀？"

姥爹没有回答他，急忙冲出房门，跑到外面去追寻那个鸟雀的影子。

冯俊嘉立即跟上姥爹的步伐，也跑了出去，来到屋前的地坪里。他看到了姥爹的身影，却没有看到刚才飞掉的鸟雀。地坪前面有一丛小树林，树林里的树摇摇晃晃，轻轻颤动。

"它跑了？"冯俊嘉问姥爹道。

姥爹道："当然跑了。它发现我在这里就会跑掉。"

"它不是真的鸟吧？到底是个什么东西？是不是筲箕鬼幻化成鸟的？"冯俊嘉问道。

"梁上仙。"姥爹说道。

"什么？"冯俊嘉没有听懂。

姥爹解释道："它不是筲箕鬼，而是布谷鸟。不过它也不是普通的布谷鸟，它外貌跟布谷鸟一样，叫声也一样，但是灵智比布谷鸟要高很多，洞晓了一些玄机。你可以叫它做梁上仙，房梁的梁，上下的上，神仙的仙。"

"房梁上的神仙的意思吗？"冯俊嘉问道。夜风微冷，吹得他忍不住抱住了双臂。

"呃，有点这个意思。"

"可它是害人的吧？我媳妇就是听到它的声音才没怀好孩子的。

神仙怎么可能害人呢？"冯俊嘉疑问道。

"这只是一个比喻，只是说它在房梁上修炼的意思，并不是说它是神仙。"

"房梁上修炼的不应该是你家里的竹溜子吗？老鼠才被称为梁上君子，鸟怎么会在房梁上修炼呢？鸟要修炼也是在树上修炼吧？"冯俊嘉不信姥爹的话。

姥爹想了想，问他道："你这个房子做了快十年了吧？"

冯俊嘉不知道姥爹突然提房子干什么，但老老实实回答道："差不多十年左右。是我父母为了让我娶媳妇建的新房子。"

"你回忆一下，房子上梁的时候有没有比较奇怪的事情发生？"姥爹问道。

对于建造新房子来说，最要注意的事情有两点，一是破土下脚的时间，二是收尾上梁的时间。破土下脚不顺或者时间不好，房子建好后住进的人会事事不顺。收尾上梁不顺或者时间不好，主人住进去之后，主人的后人会不太顺。据说建房子的主人如果得罪了瓦匠，有的瓦匠便会在房子上梁的时候故意使坏。比如几个人抬着主梁上去的时候，瓦匠会故意喊道："前面有人吗？"此时不管前面有没有人，应答者都要回一句："福寿天齐！"这时候瓦匠又会故意喊道："后面有人吗？"同样的，此时不管后面有没有人，应答者都要回一句："多子多孙！"

前面有人，是问房子主人的长辈怎样的意思，回答"福寿天齐"就是祝愿长辈长寿。后面有人，是问房子主人的后人怎样的意思，自然要回答"多子多孙"。有的人不懂其中规矩，懵里懵懂回答"前面没有人"或者"后面没有人"，那就犯了忌讳。

当然，这种一问一答多是出自心理暗示，不一定有多大作用。但这就像过年过节要说好话不说坏话一样。

除此之外，上梁还有一道更为重要的仪式，那就是主梁落成的同时，房子的主人要从房梁所在的高处往下面扔红包和喜糖，让其他人在下面争抢。

冯俊嘉说他想不起房子上梁的时候有什么怪事。

姥爹提醒道："想想刚才那只鸟的影子。"

冯俊嘉想了想，回答道："好像上梁的时候有只鸟飞了过来，落在主梁上。我赶了它好几次，但是刚赶走它又飞回来。不过它没有鸣叫。莫非刚才飞走的就是那只布谷鸟？"

姥爹说道："极有可能。"

"哎呀，马秀才，你这一提醒，我还想起一件事情来。"冯俊嘉说道。

"什么事？"

"我记得我去买新房子要用的主梁时，那个卖主跟我炫耀说，那根主梁是非常有福气的。他说他的工人在山里砍这棵树的时候，树上有只布谷鸟一直布谷布谷地叫。斧子把树砍得晃动，附近的鸟都吓得飞走了，这棵树上的布谷鸟还是不走。最后树倒了，它还栖息在树枝上布谷布谷地叫。砍树的工人上前去想将它捉起来，它才逃跑飞走。"

姥爹缓缓点头，轻声道："难怪……这么说来，这个梁上仙是舍不得这棵树啊。"

冯俊嘉问道："那该怎么办？难道我们家的房子要换一根主梁不成？"

姥爹道："换是不能换了。费钱费力不说，这主梁又不能重新成为一棵树，换了也没有什么意义。你不要着急，明晚我们继续在这里等它来。我会帮你处理好这件事的。"

"我们已经打草惊蛇了，它明晚还会来吗？"冯俊嘉拧起眉头，不无担忧地说道。

"会来的，这么多年都过来了，不会因此就不来了。"

姥爹又叫冯俊嘉第二天去买些黄表纸和朱砂来，说是有用，又问他们家附近有没有桃树。

冯俊嘉说有。

姥爹说："明天你带我去看看。今晚先休息吧。"

于是，第二天冯俊嘉买了姥爹要的东西来，姥爹在黄表纸上画了朱砂符。姥爹又跟冯俊嘉在他们村里找了几棵桃木树，砍了一些桃树枝回来做成桃木钉。

第二天傍晚，姥爹叫他将朱砂符贴在门和窗还有猫洞处。

冯俊嘉以前见过别人家用的黄纸符，但见姥爹画的跟以前见过的很不一样，于是问道："马秀才，你这是什么符啊？看起来跟别的符不太一样。"

姥爹道："这俗名叫做篓子符。"

"篓子符？为什么叫这么奇怪的名字？是不是跟篓子有关系？"

在这个地方，篓子并不是苗家人背在身后的竹编工具的意思。这里的篓子是专门用来捕捉泥鳅和黄鳝还有蛇的类似陷阱的工具，不过它也是竹子编的，为圆柱状，一头大一头小，大的那头向内凹陷，留有两三个拇指大小的孔，方便泥鳅黄鳝或者蛇之类的动物钻进去；小的那头可以束住也可以放开，方便人打开获取猎物。篓子中间往往放一些食物，如钓鱼一般引诱猎物往里面钻。可是一旦钻进去，要再从那个孔里钻出来就难了。

在农田还没有普遍使用很呛鼻的化肥和很毒的农药以及除草剂之前，水田里的泥鳅黄鳝还是挺多的。我小的时候常常在傍晚看到有人背一大捆篓子，走到一块水田里就放一个，直到全部放完；在清晨便会看到有人收篓子，篓子里往往有所收获。

姥爹说，篓子符就是有"篓子"作用的符，让那些作祟的东西进得来，出不去。

冯俊嘉问道："那你为什么不用这个篓子符来捉小米呢？"

姥爹正在帮忙往大门上贴篓子符，听到冯俊嘉这么问，姥爹放下手中的篓子符，苦笑了一下。

冯俊嘉见他这样，问道："难道是小米太厉害，这个篓子符对付不了她？"

姥爹摇头道："有些东西是不能强留的。强留的话，你以为留下了，但很可能失去的更多。"

"哦……"冯俊嘉似懂非懂。

贴好篓子符，在冯俊嘉家里吃完晚饭，两人便坐在屋里等候深夜的到来。颜玉兰一会儿洗碗，一会儿扫地，一会儿折衣，一会儿赶鸡回笼，没有闲下来的工夫。

冯俊嘉悄声对姥爹说道："她闲不下来，都是我爹妈逼的，要是她能生下个孙子给他们抱，她就不用这样了。"

夜深人静之后，外面的蝈蝈声反而热闹了起来，虽然很吵，却叫人迷迷瞪瞪，昏昏欲睡，仿佛是故意催人入眠的咒语，试图破坏姥爹和冯俊嘉的计划。颜玉兰已经睡下，姥爹和冯俊嘉则躲在床后面。

大概到了昨晚梁上仙出现的时间，姥爹和冯俊嘉终于又听到了扑棱扑棱的声音。

他们知道梁上仙来了，但是不知道它是从哪里进来的，仿佛它之前就一直躲在屋里一样。

接着，"布谷"的声音又响起来。

这次姥爹只听到梁上仙叫了一声就从床后走了出来。他将桃木钉拿了出来，指着头顶的房梁厉声说道："你给我安分点！要是再来这里作恶，我就用这桃木钉把你钉在房梁上，让你永远留在这里！"其实那时候姥爹也不知道它在那里，但循着声音能辨出大概的方向。姥爹声色俱厉，口气强硬。

那梁上仙立即噤声了，没再发出"布谷"的声音。

紧接着，那个鸟雀的身影出现在了窗户前，噗通一声撞在了窗沿上。其实那窗户依然没有关严实，但那布谷鸟如同无头苍蝇一样乱撞，没了章法，可是次次不是撞在窗户上就是撞在墙壁上。

这便是篓子符起作用了，那窗户的缝就如篓子的孔，进得来出不去的孔。

它意识到从这个窗口是无法出去的，于是掉转方向，朝门口飞去。

门也是虚掩的，并没有关上。可是它依然数次撞在了门上或者墙壁上，就是无法恰好从那门缝中挤身而出。

它见门口也出不去，再次掉转方向，试图从门的右下角那个猫洞里钻出去。那时候农村的人为了方便猫逮老鼠，几乎都会在门的斜下角留一个能容猫身钻过的洞，名为猫洞或者猫洞眼。这猫洞在方便了猫的同时，也方便了一些鸟雀，还有蝙蝠。

同样的，梁上仙次次撞在了猫洞的周边，就是无法从那猫洞中顺利通过。那里也贴了篓子符。

冯俊嘉见状非常高兴，他从姥爹后面蹦了出来，伸出双手想抓住梁上仙。他嘴里还念叨着："我见过各种鸟雀，还从来没有见过会修炼的鸟雀！让我看看会修炼的鸟雀跟其他鸟雀有什么区别！"

梁上仙似乎听懂了冯俊嘉的话，急忙胡乱扑腾，躲开冯俊嘉的抓捕。

好几次眼看冯俊嘉要得手，梁上仙又从他的手底下溜走。

冯俊嘉越捉越起劲儿，信心满满。颜玉兰在他们的吵闹下早已醒了过来，她坐在床上看她丈夫像老鹰捉小鸡一般捕捉梁上仙。她眉头紧蹙，似乎有些着急，看不出她是为丈夫着急，还是为无处可逃的梁上仙着急。

梁上仙很可能是惊慌了，它忘记了直接退回到漆黑一片的阴影里去以求自保，却奋不顾身地寻找逃跑的途径。

门和猫洞都被冯俊嘉拦住了，梁上仙被逼退到窗户附近。它回头不停地朝窗户乱撞，如同被灯火吸引的飞蛾。

冯俊嘉兴奋不已，目不转睛地盯着慌乱的梁上仙，说道："这篓子符果然好用！嘿嘿，这回是瓮中捉鳖手到擒来了！我看你往哪里跑！"

冯俊嘉看准了机会，再次朝梁上仙扑去。

姥爹却突然撕掉窗户上的篓子符。

梁上仙一下子就从窗户的缝隙里飞了出去，如同一条灵活的鱼从石头夹缝里游出。

冯俊嘉愣住了。

"你……"冯俊嘉看着姥爹，半天没能把后面的话说出来。

姥爹偷偷看了看颜玉兰，她的眉头舒展开来，似乎放下心了。姥爹心想，这女人真是心善，还怕梁上仙真被丈夫捉住。不过这女人的心思正应了姥爹的心思。姥爹并不想真的逮住梁上仙。

姥爹对惊讶的冯俊嘉说道："刚才吓唬吓唬它就行了，你以为我真的要将它钉在房梁上？它是受了许多人拜的，多多少少有些灵气，并不是完完全全的邪灵，要是真的钉在你家的房梁上，你家的风水就会被破坏。这样你和它就是两败俱伤。还不如放它一条生路，你保持居家好风水，它也不敢再来，两方都好。"

颜玉兰坐在床头点头道："马秀才说得是。冤冤相报何时了，只要它不来了就行。"

冯俊嘉不服气道："可是它让你怀了这么多次掉了这么多次，就这样算了？"

"只要以后好就好。"颜玉兰说道。

自那之后，颜玉兰晚上再也没有听到鸟叫声。

颜玉兰跟冯俊嘉结婚是八年以前，而姥爹帮他们吓走梁上仙则是在一年之前。

此后一年多时间里，姥爹没到冯俊嘉家里来过。

要不是这次出来寻找小米的转世，姥爹依然不会到这个村子里来。要不是恰好遇到一场雨，姥爹依然不会到冯俊嘉的家里来。

冯俊嘉见姥爹来到他家里避雨，非常高兴。他忙亲自给姥爹端来椅子，又亲自给姥爹泡茶。

端椅子还好，但泡茶一般是家里女人做的活儿。姥爹见这活儿他都做了，便问道："颜玉兰呢？"

冯俊嘉将泡好的茶递给姥爹，说了句"小心烫"，然后说道："她呀，又是晕又是吐。所以现在我把家里的大事小事全都包了。"

姥爹接了茶杯，先放在了旁边等它凉一下，问道："她怎么了？生病了吗？"

冯俊嘉在姥爹对面坐下，脸上堆笑道："这还不得感谢马秀才您吗？她不是生病了，是又怀上孩子了！"

"又怀了？"姥爹心中一惊。他是来这里寻找小米的转世的，听到这个消息忍不住要紧张一些。之前他在打听消息的时候，只要听到别人说家中媳妇近期怀孕，就会不太自然。

冯俊嘉见姥爹面露担心之色，反而安慰姥爹道："不用惊慌。多亏你一年前帮我们驱走了梁上仙，颜玉兰她已经没有听到过鸟叫声了。我想她这一胎应该会平平安安的。以前她怀了没什么反应，现在她反应很大。我想这是一种好预兆吧。"

姥爹点头道："以前梁上仙阻止你媳妇将孩子生下来，是为了压制你家里的人气，它好长期住在这里。所以你媳妇即使怀上了孩子也感觉不到。现在它走了，人气压制不住，你媳妇的妊娠反应就表现出来了。这是好的表现。"

冯俊嘉吁了一口气，说道："您这么说，我就更加放心了。"

他们正说着，里屋传来一阵干呕声，连屋檐的雨水砸在石阶上的声音都掩盖不住。

冯俊嘉急忙起身说道："她又开始干呕了，我进去看看再来陪您坐。"

姥爹挥挥手，说道："快去吧，快去吧，我不需要陪。"

冯俊嘉进屋之后过了一会儿才出来，坐回姥爹的对面，脸色喜色难禁，充满希望。

姥爹问道："她是什么时候开始有妊娠反应的？"

"就这几天。"冯俊嘉回答道。

姥爹又问："那这几天之前的晚上，你有没有在屋里听到过奇怪的动静？"

冯俊嘉狐疑地看了看姥爹，反问道："怎么啦？难道有什么情况不对？您不会告诉我我媳妇这次又保不住孩子了吧？"

姥爹怕他多想，忙说道："没有，没有，我就随便问问。"

没想到冯俊嘉接下来却说道："马秀才你真是料事如神啊！在我媳妇有强烈的妊娠反应之前的夜里，我确实听到了奇怪的动静！"

姥爹一惊，差点将手里的茶水泼掉。他的手剧烈一晃，问道："你确实听到了奇怪的动静？什么动静？"

"我听到窗外有一个女孩子的哭声。"

"女孩子的哭声？"

"是啊，哭得呜呜呜的，十分瘆人，就在窗外的墙脚下。我以为是谁家的孩子大半夜受了气跑出来了。可是等我起来走到窗边的时候，那里连个人影都没有。"

"那个女孩子不见了？"

冯俊嘉道："我从头到尾都没见到发出哭声的人。"

"第二天你媳妇就有了明显的妊娠反应？"姥爹问道。他越来越担心，那个发出哭声的女孩子会不会就是受了许多委屈的小米的魄？小米的魄是不是投胎到颜玉兰的肚子里了？如果是这样的话，那颜玉兰剧烈的妊娠反应或许就有了新的解释——肚子里是魂魄不全的孩子，这样的孩子会使得母体非常难受。

冯俊嘉想了想，点头道："第二天早上她就干呕得厉害，几乎要把肠子都吐出来。"

姥爹问他听到女孩哭声的那天是什么日子。

冯俊嘉说了日子。

姥爹心中又一惊。那日子正是当年小米被弱郎大王拖进水中溺死的日子。莫非她在墙脚下哭泣是因为想起了当年溺死的情形？如此一想，姥爹心中冰冷如水，浑身微凉，如同没有坐在屋里避雨，而是坐在外面任由雨水浸湿衣裳。

看来这次投胎转世她有了些心机，故意选择当年溺水的日子，好给姥爹留下一丝线索可以追寻。不过这也是渺茫的希望，因为如果不是姥爹恰好跑到这里来，又恰好碰到这场雨，姥爹根本不可能知道小米投胎转世的日子。如果不是这么碰巧，小米刻意留下的线索也会消失殆尽。因为怀孕的人极难完全确定怀上孕的日子。虽然可以从出生日期来倒推，但十月怀胎并不是完完全全的十个月，这日期有长有短，无法确定。

看着外面的雨，姥爹冥冥之中觉得这一丝线索虽然渺茫，却如坚韧的丝线一样将他从画眉村拉扯到这里来。或许他和小米之间一直以来就有这种看不见摸不着闻不到但实实在在不可断绝的联系。

正是这种联系，让他和小米在前世的时候次次离开却又重新相逢，哪怕是他转世成了一位高僧，而她转世成了一株寄生草，他们依然会从这个世界的不同角落里走出来，走到恰好相逢的那个时间和地点。

以前姥爹就觉得生命中的每一场雨都是命中注定的，现在却觉得这命中注定的雨并不是毫无目的的，而是有所指示，有所寓意。

冯俊嘉见姥爹出了神，担忧地问道："马秀才，是不是我媳妇这次怀孕还是不太好？"

"可能会有点不顺利，但是应该没有什么大碍。"姥爹将目光从雨中收了回来，他不想将小米的事情说给冯俊嘉听。如果确实是小米的魄投胎在颜玉兰的肚子里，那么颜玉兰的生产过程必定没有那么顺利。因为肚子里的孩子是魂魄不全的。魂魄不全的胎儿难以顺利成长，即使生下来了，也极可能天生不足。

姥爹决定帮助颜玉兰和冯俊嘉保护好这个孩子，让她顺利出生。待她出生之后，再想其他办法让她避免变成弱郎大王那样的人。

冯俊嘉听了姥爹的话，稍稍放心道："有你这句话，我就安心多了。"

姥爹道："现在还不是完全安心的时候。我需要帮你把这个胎儿的魂魄安稳下来，以后要经常来这里打扰你，打扰到你媳妇。"

冯俊嘉说道："这是哪里话？你是来帮我们的，我们就怕请都请不来！我还担心梁上仙又来找我们的麻烦呢，有你在它就更加不敢来了。"

"梁上仙是不会来了……"说到这里，姥爹差点将真实缘由说出来，他忙假装清了清嗓子，继续说道，"就怕其他的东西作祟。我每天晚上来你这里，到你媳妇房间念念经，念完我就走。怎样？"

"好啊，我还想请和尚来屋里念念经，保佑胎儿平平安安生下来呢。前面掉了那么多次，我实在是怕再出意外。"

"那你跟颜玉兰说一下，让她有个心理准备。"姥爹说道。

冯俊嘉说道："她早有心理准备了，其实在有妊娠反应之前，她就问过我，问是不是要请您来我们家做点法事，保佑她以后怀上之后不再落掉。我还没去找您呢，她又叫我不要去您家里，说是怕给您添太多麻烦。"

姥爹一笑，说："那就好。"

自那之后，姥爹每天傍晚吃完晚饭就赶去冯俊嘉的家里。

马岳云每天吃完晚饭就看见他提着防风的煤油灯出去，出去的时候煤油灯是灭的，那时候还能看见路，回来的时候煤油灯是亮的，那时候除了一团光，连提着煤油灯的人的脸都看不到。马岳云就这样每天看着他父亲去去来来，风雨无阻。

姥爹并没有将他去冯俊嘉家里的真正原因说给马岳云听，或许是怕马岳云泄露风声，或许是担心尚若然听到了不高兴。他只是说，冯俊嘉媳妇的胎儿不稳，需要他天天去念经，让胎儿稳定下来。因此，他每次出去的时候不但要提一个煤油灯，还要在胳肢窝下面夹一本经书。那些经书是他凭记忆默写在白纸上，然后自己装订起来的。

到了冯俊嘉家里之后，他先喝一杯茶，润润嗓子，然后将一个长了毛的小球放在颜玉兰的床边，再将自己亲手默写的经书在双膝上铺开。

不一会儿，一种奇异的香味就在屋里漫延开来。

姥爹嗅嗅鼻子，觉得香味要淡不淡，要浓不浓的时候，就把那长了毛的小球收起来。头一次拿出那个东西的时候，冯俊嘉问道："这香味好独特，是檀香一类的东西吗？"

姥爹微笑，不说是也不说不是。那其实是他常年藏在身上的毛壳香囊。

他之所以将毛壳香囊拿出来，是想让接下来要念的经文起到最大的作用，让颜玉兰腹中的胎儿最大程度受到经文的洗涤。谢小米去世时，他曾用毛壳香囊的香味帮助谢小米的神识记住他的话，似乎起到了一定作用。因此，他想借用类似的方法让颜玉兰腹中的胎儿在胎中之迷时记住他念的经文，植入胎儿的种子识中。

经文有祈福、求平安、洗涤灵魂的作用。姥爹希望毛壳香囊可以加强这些作用。

由于毛壳香囊还有其他方面的作用，所以姥爹不能让它散发出过于浓郁的香味，只能在适可而止的情况下就收起来。

收好毛壳香囊，姥爹就开始念经文了。

每次姥爹念经文的时候，颜玉兰就感觉舒服多了，腹中居然传来一阵暖意，仿佛那里有一个炭炉。那炭炉在姥爹开始念经文的时候开始发热，在姥爹念到结束的时候最热，在姥爹离开之后渐渐回凉。

经文念了大概三十多天，效果还算不错。

一个多月后的一天晚上，姥爹照常先喝了点茶，然后释放了一点毛壳香囊的香气，再铺开经文念了起来。这一晚，姥爹念的是《地藏经》。

冯俊嘉和颜玉兰听得昏昏欲睡，眼皮沉重。在姥爹刚开始给他们念经的时候，他们还勉强有些兴趣，听得还算认真。但是听了十多晚之后，他们便觉得没什么好听的了。何况这经文是念给腹中胎儿听的，大人听不听没有什么意义。于是，后来姥爹念经文的时候，他们的头就像灌了铅一样沉重得难以控制，时不时要掉下来。有时候姥爹念完了，还要将他们唤醒才走。

姥爹念《地藏经》念到一半的时候，忽然眼睛的余光瞥到周围有人影晃动。

姥爹一边念一边转头看了一下身旁。这一看不要紧，他发现屋里不知什么时候挤进来无数孤魂游鬼！

外面还有孤魂游鬼不断地挤进来！

姥爹没有停止念诵，他不想半途停下来。他一边念诵一边看冯俊嘉和颜玉兰。冯俊嘉和颜玉兰两人脑袋如藤上的南瓜一样垂着，已经睡着了。

姥爹松了一口气。要是让他们看到此种情景，必定会吓得失魂落魄。冯俊嘉且不提，万一颜玉兰受了惊吓，那就极可能影响到她肚子里的胎儿。

以前姥爹虽然熟读经书，但从来没有这么虔诚地完整地念过经文。他以前就听一位高僧说过，《地藏经》是不能随便念的，尤其是在晚上不能随便念。因为这经书不是普通经书，而是用来超度亡灵的经书。如果在晚上念诵这经书的话，很可能会招来许多鬼魂。那些鬼魂希望自己可以被超度，所以听到经文就会被吸引过来。鬼魂招来容易送走难。普通人用《地藏经》招来鬼之后会给自己带来无穷无尽的麻烦。

姥爹这时想起那位高僧的话来，顿时额头冒出一层微汗。

进来的鬼魂也太多了！刚才还是十多个，眼看着就挤满了一屋！

姥爹横下心来。既来之，则安之。既然来了这么多鬼魂，那就将他们都超度了吧！这是唯一的办法了！如果不将他们超度，他们就会留在这个房间里，不但可能危害颜玉兰和冯俊嘉，还可能危害刚刚转世的小米。

鬼魂将屋里的三个人团团围住，一双双幽暗如同深井的鬼眼盯着他们三个人，仿佛是饿极了的狼看到了羊一般。好在三人的阳气还算旺盛，那些鬼魂暂时还不太敢接近。但这并不令人放心，就如姥爹回家路上提着的煤油灯一样，虽然有玻璃罩挡风，但玻璃罩里面的灯火仍然忽忽闪闪，一不小心就会熄灭。

姥爹加快念经的语速，念经的语气更加虔诚。他抛开了经书，翻书都嫌慢了。

不可思议的一幕出现了。

站在姥爹面前，离姥爹最近的那个鬼魂渐渐变成了半透明，然后消失了！

接着，后面的第二个鬼魂也渐渐变得半透明。

姥爹心想，那应该是被超度了的鬼魂。

姥爹看到了一线希望，既然自己能够将鬼魂超度，那么就将这里的所有鬼魂都超度算了，也算是给小米的魄积下功德。

于是，姥爹干脆闭上眼睛，全神贯注地念诵《地藏经》："若未来世有诸人等，衣食不足，求者乖愿，或多病疾，或多凶衰，家宅不安，眷属分散，或诸横事，多来忤身，睡梦之间，多有惊怖。如是人等，闻地藏名，见地藏形，至心恭敬，念满万遍，是诸不如意事，渐渐消灭，即得安乐，衣食丰溢，乃至睡梦中悉皆安乐……"

念着念着，姥爹忽然想起了独眼和尚的背影！他终于记起独眼和尚与他的前世之缘了！他前世为高僧之时，曾经试图念诵《地藏经》超度一个独眼的鬼魂。那鬼魂听到一半便离开了。他离开的背影跟上次他离开姥爹家时一模一样。

或许是前世未能完全超度他，他今生才成为一个既好又坏的人。

超度的效果感应是有大有小的，并不是念了《地藏经》就能将一切鬼魂超度。能不能完全超度，首先要看被超度的亡灵根性如何。

独眼和尚未能被超度，应该是业障太重。

想到这里，姥爹忍不住担心小米起来。小米的业障或许比独眼和尚的还要重。念这些经文到底能不能洗涤她的魂魄，姥爹也拿不准。只能"尽人事听天命"了。

想着想着，姥爹睁开眼来看看周围的鬼魂还有多少。

睁开眼一看，屋里的鬼魂没有减少，反而增多了！

那些鬼魂向熟睡的冯俊嘉和颜玉兰靠得越来越近，无数双张开的手几乎就要摸到冯俊嘉和颜玉兰的脸了！

姥爹明白了，自己念《地藏经》可谓是一把双刃剑，虽然可以将来到屋里的鬼魂超度，但也将外面的鬼魂源源不断地召唤进来。

这下姥爹不知道该怎么办才好了。停止念诵的话，已经进来的鬼魂无法处理。

继续念诵的话，要把挤进屋里的所有鬼魂超度，就算念到明天早上也超度不完。何况外面还有鬼魂源源不断地挤进来。

此时，已经有几个鬼魂将手指触碰到了冯俊嘉的鼻尖上，又迅速收了回去，仿佛碰触的是烧红的烫手的木炭一样。

冯俊嘉睡梦中感觉到鼻尖有点痒，懒洋洋地抬起手来摸了摸鼻子。但他没有睁开眼睛，摸完接着瞌睡。

姥爹看了看颜玉兰，暂时还没有鬼魂敢触碰到她，似乎对她有些畏惧。姥爹猜想那或许是小米的魄的原因。照道理来说，孕妇相对普通人更容易被不干净的东西侵扰，平常的忌讳比普通人要多得多，孕妇连自己的影子都要避免被人踩到。因此，此时鬼魂敢触碰冯俊嘉而畏惧颜玉兰，唯一的解释就是颜玉兰肚子里有个恶魄，而冯俊嘉没有。鬼怕恶人，恶魄转世应该也成恶人，或许也能让鬼魂惧怕。

但区区一个未成形的胎儿，又能唬住这些鬼魂多久呢？

姥爹忧心忡忡。

有几个鬼魂试探着朝姥爹靠近过来，其中一个居然伸手去碰那本抄写出来的《地藏经》。他的手一碰到《地藏经》，也如碰到冯俊嘉一样急忙收回了手，仿佛这经书也像人一样有着魂魄，有着体温的。

就在姥爹左右为难，进退维谷的时候，突然一个黑影从外面飞了进来，落在姥爹头顶的房梁上。

屋里的鬼魂顿时慌乱起来。

"布谷……"那黑影叫了一声。

屋里的鬼魂立即争先恐后地往门的方向逃跑，仿佛是被一个人拿竹篙在后面驱赶的鸭群。

姥爹惊喜不已。这梁上仙居然飞回来救他！

梁上仙受了人的跪拜，身上有些许菩萨神通，鬼魂自然会害怕它。

刚才还熙熙攘攘摩肩接踵的场面，瞬间变得冷冷清清安安静静。

姥爹抬起头来，刚要感谢它，它却再次展开翅膀，从窗户那里飞了出去。

这时，颜玉兰和冯俊嘉都从迷糊状态中醒了过来，异口同声道："那鸟又回来了？"显然他们也听到了"布谷"的声音。

姥爹见梁上仙飞快地离开，料想它并不想让颜玉兰和冯俊嘉知道真相，便没有回答他们，继续舌灿莲花地念经。

他们两人都朝姥爹看来，见姥爹不为所动，便以为自己是多心幻听了，于是继续眯了眼睛打瞌睡。

刚才的一幕，仿佛没有发生过。

姥爹不敢继续念《地藏经》了，于是念了昨晚刚刚念过的背得滚瓜烂熟的经文。

经文念完之后，姥爹起身去轻轻拍了拍冯俊嘉的肩膀，说道："醒醒，今晚就到这里吧，我该回去了，明晚再来。"

"哦，哦。"冯俊嘉急忙站了起来，虽然眼睛还没有完全睁开。

这天晚上的月光非常明亮，姥爹没有点燃煤油灯就踏上了回家的路。

从冯俊嘉家里出来不久，姥爹就看到不远处有三三两两的游魂走来走去，还时不时看一看这边的姥爹。

姥爹从他们的面部认出他们是刚才挤进屋里的那些鬼魂。

那些鬼魂此时分散在各处，恋恋不舍而又微微恐惧的样子。恋恋不舍是因为仍然想着被超度。微微恐惧是因为害怕梁上仙。

姥爹的脚步越走越慢，最后停了下来。

那些游离各处的鬼魂纷纷侧目，看着站住了的姥爹，不知道他要做什么。

有几个离得近的鬼魂窃窃私语起来。

"马秀才怎么停住了？"

"不会是要对付我们吧？刚才我们聚集在屋里，差点害了他。"

"对啊，他的玄黄之术很厉害，可能要找我们报仇……"

"肯定是恨我们……"

"不会吧，刚才他为什么不对付我们呢？"

"你傻啊，刚才他怕吵醒屋里那两个人，其中一个还是孕妇呢，会伤了胎气吧？"

"不过那孕妇肚子里的东西好像不正常，让我有点害怕呢。"

"是啊，是啊，我也怕……那个胎儿肯定不是什么好东西……"

他们说话的声音虽小，但姥爹将他们说的话全部纳入耳中。果然他们是害怕小米而不敢轻易触碰颜玉兰。

姥爹选了个相对干净的地方盘腿坐下，然后将那《地藏经》和煤油灯放在一旁。

那些鬼魂更加好奇地聊了起来。

"他是要作法了吗？"

"我们快跑吧？"

"不要急，看样子不像是要作法。"

"那他是要干什么？"

"谁知道呢？"

姥爹静了静心，然后开始念诵《地藏经》，一字一句如炒豆子一般从他的口里蹦了出来。

那些鬼魂非常惊讶，你看我，我看你。

"他……他是要继续超度我们？"

"好像是的……确实是念的《地藏经》……我原来暴尸荒野，后来被人胡乱埋了，从来没有人给我超度……"

"我无儿无女……"

姥爹心中一酸，滞留在阳世的孤魂游鬼其实都是可怜的。自己能给他们超度，就尽量给他们超度吧。

那些鬼魂听到经文之后都犹犹豫豫地向姥爹靠近。

有几个鬼魂走近姥爹之后便变成半透明，然后消失了。后面的鬼魂急忙紧紧跟上。

忽然，一个鬼魂指着姥爹说道："咦？你不就是那个赌博的人吗？你还记得我吗？"

姥爹听那鬼魂这么说，中断了念经，抬头看了看那个说话的鬼魂，问道："赌博的人？你是不是看错了？我不记得你。"

那鬼魂咂嘴道："你当然不认识我，可我认识你呢。你想想，你还叫我帮忙带过话呢。"

"带过话？什么话？"

"感君缠绵意，系在红罗襦啊。你不记得啦？你给我们迁坟，我们给你带话啊！"

姥爹恍然大悟。这鬼魂说的是几十年前他在洪家段去找鬼戏子时候的事情！他答应帮那些鬼戏子迁坟，而鬼戏子答应如果遇到谢小米就帮他带一句话，那句话是"感君缠绵意，系在红罗褥"。

"你是鬼戏子？"姥爹惊讶问道。

那鬼魂点头道："是啊，是啊！"

"我不是帮你们迁了坟，了了愿吗？你怎么到这里来了？"姥爹仍然觉得那鬼魂面生，那时候鬼戏子太多，他没能全部记住。

那鬼魂略带惭愧道："那次是迁了坟，但我心愿未了，所以依然在此流连东游西荡，不知不觉就到了这里，刚好听到有人念诵《地藏经》，就进了屋，还没有看到你，就听到梁上仙叫了一声。梁上仙受了人的拜，叫声有菩萨神通，所以我在一片混乱中跟着其他鬼魂跑了出来。"

"原来是这样！你的心愿是什么？如果我能帮到你的话，我尽量做到。"姥爹说道。姥爹不知道他是不是属于暗钝或者业重的鬼魂，也许《地藏经》就能超度他，但是超度并不是上上策。上上策是化解鬼魂的怨气，完成鬼魂的心愿。

那鬼魂尴尬笑道："说出来恐怕会让你笑话。"

姥爹道："但说无妨。"

"我的心愿是去看一次日出。"他说道。

这个心愿大大出乎姥爹的意料之外！一个阴气深深的鬼魂的心愿竟然是去看一次日出！这简直跟一个活生生的人的心愿是去见阎王爷一样荒诞离奇！

"我没有听错吧？"姥爹问道。

"你没有听错。我就想去看一看日出。"他说道。

他身后的鬼魂们不耐烦了，纷纷催促道："你讲完了没有？我们还赶着超度呢！"

他只好对姥爹说道："马秀才，你先超度他们吧。我先在旁等着。等你忙完了我们再聊。"

姥爹点点头，继续开始念诵《地藏经》。

那鬼魂帮姥爹维持秩序，让后面的鬼魂有序地朝姥爹靠拢，然后一一被超度。

姥爹开始念诵的速度还不错，但是念久之后越来越慢，感觉越来越累。

那鬼魂发现了这一点，于是跑到姥爹面前，问道："这么多鬼魂你一晚上是超度不完的，要不剩下的让他们明晚再来吧？"

姥爹疲惫地点点头，说道："好吧，明晚再继续。我实在是累了。"

那鬼魂便去劝后面的鬼魂明晚再来。

那些鬼魂中有不少生前就知道姥爹的名声，知道他不会许下空头诺言，便纷纷散去了。刚才还熙熙攘攘的场面，很快变得冷冷清清，仿佛是放露天电影时和放完电影散场之后的对比。

姥爹疲倦地从地上爬起来。那鬼魂上前想扶姥爹一把，可是双手握在了姥爹的胳膊上，姥爹却没有感觉到一丝力量。这鬼魂的凝聚能力太弱了，可能经过这么多年的游荡之后更加虚弱，所以让人感觉不到力量。姥爹甚至感觉可以从他身体里穿过去。他是一个极弱极弱的鬼魂，比刚才超度的任意一个鬼魂都要弱。

"你叫什么名字？"姥爹问道。

"阿东。"

"阿东？"姥爹站了起来，揉了揉有些麻木的膝盖。上了年纪之后，腿脚没有那么利索了。

"是的。"

"哪里人？"

"东北的。"他回答道。

"东北的？怎么会跑到这里来？"

他苦涩地笑了笑，说道："戏子么，四海为家，哪里有请唱戏的就往哪里跑，跟天上的候鸟一样。"说完，他抬头看了看天。此时的天上没有候鸟，只有一轮明月和无数散落在天幕上的碎星子。

姥爹也抬头看了看天。

"你知道为什么我让那些鬼魂先超度完再跟你说话吗？"阿东问道。

姥爹说道："不是想跟我叙叙旧吗？我们也算是故人吧？哦，不太合适，故鬼？"

阿东笑了笑，说道："叙叙旧也算是吧。但更重要的是我想告诉你怎么将小米的魄扭转过来，让她平平安安。刚才的鬼魂里面，有之前感激你的，有之前怨恨你的，所以我不敢多说。"

姥爹一惊，问道："你知道刚才那孕妇的肚子里怀的是小米？"至于鬼魂感激或者怨恨，姥爹不太在意。

"当然知道。我在鬼魂中混迹这么久，哪能不听到一些风声？我知道小米的魂到了一只猫鬼的身体里，而小米的魄一直在画眉村附近游荡。最近小米的魄不见了，而你天天晚上跑到这里来念经，我就猜想小米的魄定然是到这里投胎转世了。你则是担心小米的转世魂魄不全而来这里念经加持赐福，希望有所效果。是不是？"阿东说道。

姥爹叹道："难怪人们将偷偷摸摸做的事叫做神不知鬼不觉，要避开神鬼的耳目真是太难啦！不过，你说你要告诉我怎么将小米的魄扭转过来，这不是开玩笑的话吧？"

"当然不是开玩笑的话！当初你帮我们迁坟，那些朋友都安心离开了，话带没带到不一定，但是至少到那边找了小米。我没有离开，还留在这里，不但话不能给你带，找都没有帮你找，所以一直心中有愧。"

姥爹忙说道："不用有愧，当时我也清楚，话要真的带到特别难。世间茫茫人海，要找到一个人如同大海捞针。阴间也是茫茫鬼众，要找到一个去世的人也不容易。所以当时我没有寄托多少希望。一时没有注意用词，倒是我说的那句'感君缠绵意，系在红罗褥'灵验了。那是已婚之人对未婚之人说的话，后来小米找来，我便是那个'感君缠绵意，系在红罗褥'的人了。"

阿东叹气道："真是可怜了小米！不过她至少知道她喜欢的那个人还挂念着她，总比心意已不在的好。我源于那次你叫我们带话而知道你对小米的歉意和情意，又一直对你有愧，所以最近在帮你询问解救转世小米的办法。"

"你问到了解救的办法没有？"姥爹迫不及待地问道。

阿东道："问是问到了，但不确定完全能用，你可以试一试。"

姥爹问道："怎么试？"

于是，阿东如此这般地说给姥爹听。

姥爹觉得阿东说得有些道理，连连点头。

阿东说完，又补充道："就这些了，这是我力所能及的，还请你不要嫌弃我做得不够。"

姥爹道："不会不会。你能告诉我这些，我已经很感激了！"

阿东又抬头看了看天，说道："时候不早了，你快回去吧，免得家里人担心。有什么话明晚可以再说，反正你不是还要来的吗？"

姥爹正要走，却又转过身来，问阿东道："我想问你一个问题，你既然已经是鬼了，为什么还想看日出呢？"

阿东神情僵了一下，说道："我年轻的时候经常早早跑到家门前的山上看日出。那座山的那边有另外一个村。那个村里有一个跟我同龄的女孩子也常常爬到那山上看日出。我们经常一起看太阳慢慢探出头，将第一缕阳光洒到山顶的草叶上，洒到我们的脸上……我很怀念那时候的感觉……那是我一生中最美好的时光……我想再回味一次……"他的眼神看着远方，似乎他的正前方有蛋黄一样的太阳冉冉升起。姥爹甚至已经从他的眼睛里看到了太阳的光芒。

"后来那个女孩子呢？你们没有在一起吗？"姥爹问道。

"我也以为我们会在一起的，可是没有……这是我离开东北，加入戏团的原因。"阿东眼睛中的光芒渐渐暗淡下去，直至熄灭。

姥爹点点头。

"加入戏团之后，我就再也没有看过日出。戏团多在晚上表演，我睡得很晚，也很累，所以几乎都是在中午之后才起来。"阿东说道。

"为什么没能在一起？"姥爹忍不住问道。看来他现在还没有放下，可见当年他是有多么执着。"因为家庭？因为父母？还是别人干涉？"

阿东摇摇头，回答道："都不是。我们家庭差不多，算是门当户对。我们双方的父母都没有反对，还挺满意，更没有别人干涉，我常在戏曲里唱强权富豪夺走心上人的桥段，但在我的现实中并没有出现过。我甚至希望我们差距太大，或者父母为难，或者有人从中插手。"

姥爹静静听他述说。

"没有什么阻碍我们。但是感情没有什么阻碍就会圆满吗？"

"那是……"

"她变心了。"

姥爹不知道该用什么话来安慰他。

"所以说，我觉得小米即使遇到'感君缠绵意，系在红罗襦'的你也是幸运的。世俗的隔阂其实没有那么重要，重要的是两个人的初心未改。很多人在咒骂世俗阻隔的时候，没有想过两个人不变的初心有多么重要。他们不知道世上最无可奈何的最残忍的是世俗未变，人心思变了。"阿东的声音越来越小。

姥爹抬起手来想拍拍阿东的肩膀，安慰安慰他。可是姥爹的手从他的肩膀上穿过，感到丝丝凉意，如同被凉风轻抚。

姥爹想安慰他都安慰不了。

姥爹道："阿东，实话说，我不是完全没有埋怨过命运，但确实以前没有想过小米坚持不变的情感有多么不易遇到。"

阿东苦笑道："两情相悦时都不会觉得这有多难，这有多不易。只有被遗弃的人才知道呼天天不应，呼地地不灵的感受。"

"或许我可以帮你见到日出，满足你最后的愿望。"姥爹说道。

阿东悲喜交加道："是吗？"

姥爹点头道："如果遇到别人，还真不一定能帮一个鬼魂看到日出，还好你碰到的是我。"姥爹说这话不是自夸。他和还是阿爸许的罗步斋在萝卜寨捉到弱郎大王又让他跑掉之后，便花了很多时间去琢磨避光咒。因为他发现弱郎大王被晾在罗步斋家门前的时候，经过了日晒夜露，居然安然无恙。为此，他后来有意无意地询问过许多人关于避光咒以及避光术的事情，曾经就跟沈玉林聊过不少。沈玉林是赶尸人，虽然是晚上赶尸白天睡觉，虽然将僵尸藏在门后，但也无法完全避免僵尸不接触日光。所以沈玉林对避光术有些了解。但沈玉林说的那一套太繁杂，且他们赶尸术的重点并不在避光术上。所以姥爹在沈玉林那里只作了一点浅层面的了解。

后来他又与斗灵的铁小姐聊过。铁小姐本身不懂避光术，但在她的斗灵场的那些人许多都深谙其道。

铁小姐说，除了将斗灵真身藏在水井里之外，还有其他的办法。

原来铁小姐是偶然情况下发现避光术的秘密的。有一次她去看隐藏的斗灵场的情况，白天闲暇之时，她去附近的市场溜达。

正当她在一个摊位面前挑选东西的时候，一个温柔而略带兴奋的声音在她身后响起："铁庄家！"

这次铁小姐是一个人出来的，没有带随从。况且就算带了随从，随从也会叫她做"铁小姐"，而不是"铁庄家"。

铁小姐放下了摊位上的商品，转头一看，看见一个打着一把伞的漂亮姑娘。不过那姑娘脸上的粉底擦得有点多，嘴唇涂的红色有点艳，乍一看似乎有些风尘之色。那把伞也有点奇怪。一般挡太阳的伞比较轻盈，但那姑娘手里的伞似乎比较重。更奇怪的是，铁小姐看了半天却认不出她是谁。

"你是叫我吗？"铁小姐一时间以为自己听错了。

那姑娘仍然有些激动，点点头，温柔道："是啊。你不是铁庄家吗？"

"可是……我不认识你……"铁小姐又将她上下打量一番。

那姑娘身上穿着厚实的貂皮大衣。虽然天气微冷，但远不到要穿衣穿成这样。

"可我认识你呀……我去年见过你。"她说道。

铁小姐想了想头一年见过的人，还是没有想起面前这个人。

"是吗？我去年没有来过这里。"铁小姐说道。

"去年我是在尚海见到你的。"她的声音软绵绵的，就如跟恋人说话一般。

"哦，我去年倒是在尚海待过一段时间。"铁小姐又想了想在尚海见过的人，还是没想起她。"你怎么也到这里来了呢？"

"我准备去边疆，所以来这里了。"

铁小姐点点头。

就在这时，一个男人的声音从旁边传来："洛翊，你在跟谁说话呢？"

打伞的姑娘转身朝声音传来的方向看去，回答道："哥，我遇到熟人啦！"她那一声"哥"叫得脆生生的，让人听了觉得太过亲昵。

铁小姐也朝那个男人看去。不看则已，一看大吃一惊！那个男人是她在尚海斗灵场见过许多次的斗灵人！

铁小姐瞬间明白了，这个打伞的姑娘并不是正常的人，而是斗灵人养的一具僵尸！她擦那么厚的粉底，是不让别人看到她死气沉沉的青皮脸。她穿那么厚的衣服，是不让别人感觉到她散发的寒气。

不过斗灵人养的斗灵基本都要隐藏在隐秘的地方，除了避免对手找到之外也避免接触阳光，破坏阴气。可这个斗灵僵尸居然敢在光天化日之下抛头露面！这让铁小姐大为意外。

铁小姐再次看了看她手里打着的厚重的伞，心想玄机应该就在那伞里。

那个男人看到了铁小姐，同样大吃一惊，嘟囔了一句"废铁庄家是女的？"说完也不等铁小姐解释，拉上那个姑娘就要走。

铁小姐急忙赶上去，拦住那个男人的去路，问道："你躲什么？"

其实此时铁小姐已经看透了他的心思。斗灵人养女鬼而互生爱慕之心的例子并不鲜见。很多斗灵人因此而不忍再让斗灵进入斗灵场争夺输赢，从而离开斗灵场。不过人鬼之恋在俗世之中难以被容纳，他们往往远走他乡，避人耳目。这个斗灵人见了熟人便急于避开，其目的应该也是这样。难怪刚刚那姑娘说要去边疆。

那男人还强撑着说道："没有躲什么，我有急事。"

"我又不会阻止你，你慌什么？我虽然不愿意看到斗灵人和他的斗灵产生爱慕之情，但我不像我父亲那样阻止这种事情发生，自然也不会阻止你们去边疆。"铁小姐不以为然地说道。她的父亲如果得知哪个斗灵人要退出斗灵场是因为这种事情，便会横加干涉，哪怕是使用极端手段。曾经确实有不少人鬼鸳鸯被她父亲强行拆散。她的父亲跟她解释说，这是为了对方好，人和鬼结合在一起没有好结果，尤其是斗灵人和斗灵之间更加没有好结果。

她也这么认为，但是她不干涉。

"谁说我要去边疆？"他还是不相信铁小姐。

"洛翊这么跟我说的。"在斗灵场里，斗灵都是没有名字的。说到哪个斗灵的时候，他们都说是"某某的斗灵"，就像小孩子不配大人记住名字，就说是"某某家的孩子"一样。如果有哪个斗灵人给自己的斗灵取了名字，那会被其他人取笑。铁小姐见他将斗灵取了名字，并没有取笑他，而是认认真真说出那个名字。这也表明了铁小姐的态度——她不把那个打伞的姑娘当做斗灵，而是当做人一样平等对待。

他的情绪果然有所转变，他感激地看了铁小姐一眼，说道："你不会告诉你父亲，把我们捉回去吧？"

"我跟我父亲不一样，我知道想跟心爱的人在一起可是求之而不得的感觉。我得不到，但是我会尽量成全那些想得到的人。"铁小姐动情地说道。

他见铁小姐如此，终于放松了警惕，点头道："是的，我要去边疆。去那里的最北边，去那个有极夜的地方。"

"有极夜的地方？为什么要去有极夜的地方？"铁小姐迷惑地问道。

他左看右看，然后说道："我们可以找个地方坐下来说话吗？我不想别人知道洛翊的身份。"

铁小姐点点头，领着他们进了一家饭馆。

坐下来后，他还朝外面看了看，非常小心谨慎。

铁小姐看到他的太阳穴位置有一片青黑，那是阳气亏损的表现。

洛翊收了伞，依靠在他的身边。她像个无忧无虑与世无争的小姑娘。

"没有人过来的。"铁小姐也看了看外面的行人。

他点点头，说道："我要去最北边的不冻港，那里有极夜，虽然地方寒冷，但是港湾里的水从来不结冰。"

"你要躲开熟人我理解，但是没必要跑到那么远的地方去吧？"废铁小姐说道。

他笑了笑，说道："洛翊跟我以前养的斗灵不一样，她不喜欢待在约束的小空间里，她喜欢出来走动。"一边说着，他一边看洛翊一眼，眼神里尽是温柔。

他又道："除此之外，她特别喜欢水。因此，只有那里的不冻港适合她。极夜的时候她可以随便出来，天气冷而港水不会结冰，她可以保证寒气不被人发现又能居住在水边。"

"可是极夜不是永夜，夜晚还是会过去的。"铁小姐说道。

"没事的。我有避光术。你看，她打的那把伞就是避光伞，可以让她在青天白日下行走，而不被阳光灼伤。不过这还是不够自由，所以我想让她去有极夜的地方。"

"避光伞？"铁小姐瞥了洛翊手里的伞一眼。

"嗯。"

但那时候铁小姐并没有好奇心去了解那个避光伞跟普通伞到底有什么区别。她用不上。她反而对斗灵的名字比较好奇，问道："你为什么给她取名叫洛翊？"

他回答道："洛在古代本写作'雒'，在古籍中所称的雒神，就是洛水女神洛嫔。她喜欢水，在我心中就是我的洛嫔。翊是辅助的意思。在斗灵场的时候，我是主导，她是辅助。综合起来，就给她取名叫做洛翊了。"

"你居然把女鬼比作女神。"铁小姐皱眉道，"不过对你来说，也许神才是鬼，鬼才是神。"

铁小姐说得在理。斗灵的人一般都会断子绝孙，而且终生贫困潦倒，所以长期斗灵的人生活比较惨。在一定程度上来说，这是神对斗灵人的惩罚。孤独潦倒终生的斗灵人只有斗灵陪伴，斗灵几乎是他们唯一的伴侣。因此，他们往往惧怕神如同普通人惧怕鬼，他们爱戴鬼如同普通人爱戴神。

"神不是对所有人来说都是神，鬼不是对所有人来说都是鬼。"他说道。

洛翊似乎没有听他们说话，两眼没有焦距地看着斜上方，一副什么事情都不用关心的样子。但是她听到男人这么说的时候，居然露出舒心的笑容来，一手挽住了男人的胳膊，将脸和一头秀发往他的身上蹭，仿佛是撒娇的猫一般。

那男人像抚摸猫一样摸了摸她的头。

铁小姐心里一暖。她忍不住想象对面两人坐在寒冷而又未冻的水边相互依偎的样子。她知道北边的边疆确实有个不冻港，但从来没有想过身边还有人想要去那里生活。

男人抚摸洛翙的头发时，铁小姐又看到了他太阳穴位置的青黑一块。她不无担心地说道："不冻港对洛翙来说或许是天堂，但是对你来说不一定。你是阳刚之身，长期跟她亲密接触的话，身体会受损。等你去了那极夜之地，终日见不到阳光，你的身体会更加虚弱，恐怕有性命之忧。"

说这话的时候，铁小姐注意看了看洛翙的表现。洛翙就像外面摊位上的瓷娃娃一样无忧无虑，没有为她身边这个男人的处境而焦躁忧虑。不过铁小姐知道，这种无忧无虑或许正是洛翙无与伦比的优点。操心的事情自然有操心的人去做，而不操心的人只要让操心的人觉得快乐和值得就行了。

而这种无忧无虑不是天生的。洛翙是斗灵，是斗灵人用不为人知的歪门邪道方法弄来的。这样的斗灵往往不记得生前之事，从性格上来说，就如涉世未深不懂世事的小孩子一般，不懂钩心斗角，也不知柴米油盐。不念过去之一点一滴，也不畏未来之一寸一厘。

男人点头道："我知道自己的身体会扛不住。以前在尚海斗灵场的时候，我不是没有见过喜欢上自己养的斗灵的朋友。但就是知道自己扛不了多久，所以更要尽快将她送到不冻港去呀。"

铁小姐摇摇头，说道："就算你把她送到了那里，你也坚持不了多久。你不知道吗？你的太阳穴已经变成青黑色了。你不觉得你再怎么努力，你跟她的美好时光也是昙花一现吗？对不起，这也是我偶尔同意我父亲拆散人鬼鸳鸯的理由之一。"

男人抬手摸了摸太阳穴位置，轻声哼笑道："鸟雀同居一窝不过一个季度，蝇虫相配一对不过半天。在我们看来，这些时间都太短了。但是对于它们来说，那就是一个完整的过程。我不奢求太多，只求一个季度，或者几天就够。哪怕刚刚到不冻港，与她相伴仅有一天两天，我也心愿已了。"

说完，男人又侧头去看洛翊。

正在发呆的洛翊看到男人低头来看她，连忙歪了头迎合出一个抿嘴的笑，眼睛弯得如那把伞的曲柄一般。

"你既然心意已决，我就不好多说什么了。只是你和她无依无靠，路上要多加小心才是。"

"多谢庄家关心。"那男人微笑道。

依靠在他肩膀上的洛翊此时居然眯着眼睛睡着了。男人的姿势僵硬，生怕洛翊的脑袋从他肩膀上滑下来，从而打搅了她的睡眠。

"你现在住在哪里？"铁小姐问道。她想在他离开之前送点东西过来，让他们在路上少受点苦，虽然那男人和洛翊都没有一点受苦的样子。

那男人见话都已经说到这个程度了，再隐瞒没有什么作用，于是将他现在借住的地方说了出来。

铁小姐点头道："西出阳关无故人，你再往北边去就没有熟人了，不妨暂时把我当做离开前的最后一个朋友。离开这里之前遇到什么事情，你可以直接来找我。"铁小姐又将她的地址说给他听了。在此之前，她从不向斗灵人透露自己真实的身份和真正的住址，这次她破例了。

那男人露出感激之情，连连点头。

铁小姐站了起来，说道："我还有点事，要先走了。"其实铁小姐没什么事，斗灵场的事情早就处理完毕了，不然也不会来这熙熙攘攘鱼龙混杂的市场闲逛。但她看见那男人为了让洛翊睡得舒服而不敢轻易挪动身子，哪怕是跟她说话的时候都怕吵到了睡觉的人，从而露出不太自然的表情，于是，她决定让他们两人自在一点。

果然，铁小姐起身之后，那男人略微含腰示意便将洛翊抱在怀中，让她睡得舒坦点。他将洛翊手中的伞小心翼翼地抽出，然后放在地上。铁小姐刹那间将那把伞错看成一条缠在洛翊身上的蛇，在那男人抽离的时候，那蛇的尾巴翘了起来，似乎要绕在洛翊的身上。

铁小姐慌忙眨了眨眼睛，这才发现自己把弯曲的伞柄看成蛇的尾巴了。

幻觉刚刚缓解，铁小姐看到那男人将伞放在地上的时候，又感觉那伞要像蛇一样蜿蜒爬走。

后来铁小姐再想到当时的错觉，觉得那应该是不祥的预兆。

铁小姐抑制住上前踢一脚那把伞，试试那把伞会不会动起来的欲望，她整理了一下衣服就离开了那里。

第二天，铁小姐拿了一些钱去找那个斗灵人，她是按照前一天他留的地址找过去的。他住的位置比较偏僻，那个旅馆从外面看就破破烂烂，进去之后更加失望。

铁小姐循着房门号找到了他的房间，结果发现他已经躺在床上无法动弹了。洛翊则趴在他的床边，非常罕见地拧起眉头看着他。但她不知道该怎么办。

他的脸上有了明显的青色，仿佛是来不及卸妆的戏子哭花了脸一样。

他张了张嘴，瘫在床上的手稍稍抬起。

洛翊立即领会了他的意思，将头乖乖地伸了过去，让他的手摸到她的头。

"不要紧的。废铁庄家说过了，有什么事都可以找她的。"此时他恰好看到铁小姐走进来，于是又说，"你不要担心，你担心的样子不好看，我会觉得我没用的。"

洛翊立即挤出了一个笑容。

铁小姐知道尸气和阴气对人的影响，随时可能夺走一个人的命，只是她没想到尸气爆发的时间是这两天。她走到他的床边，摸了摸他另一只手的脉。

他不等铁小姐说话就先说话了："没有用了，废铁庄家。"

铁小姐几乎感觉不到他的脉搏了，知道他自己有了感应，于是叹了一口气，没有说出她的判断。

"麻烦你送她上火车，让她一个人去不冻港。我本来不想求你的，但是现在看来除了求你没有其他办法了。"他虚弱地说道，鼻子如着凉了一般堵着。

"不。"洛翊突然说道。

"为什么不？"他问道。

"不。"洛翊回答道。除了一个"不"字之外，她没有说其他的字。那个挤出来的笑容依旧挂在脸上。

他长长叹息一声，似乎要将身体里所有的气都叹出来。

洛翊急忙在他胸前摁压，力图让他舒服一点。她的脸上只有微微掠过的不安，除此之外没有太多的悲伤。刚才拧眉的时候，她也仅仅是拧起眉头而已，脸上则平静如波澜不惊的水。

但她这样的表情让铁小姐更为觉得心疼。

那男人稍稍顺了气，说道："庄家，洛翊就拜托给你了。我要先走一步了。"

铁小姐安慰道："放心吧，我会照顾她的。"

那男人感激道："庄家，我的钱用得差不多了，人也不行了，没有什么可以报答你的，就把我知道的避光术告诉你吧。这个术法对你来说也许没有什么用，但是我身上就这么一个东西了。"

"不用不用。你什么都不用给。"铁小姐说道。

"不管有没有用，我将这个送给你，是表达我的感谢。我这辈子一无所成，就这避光术不是每个人都知道的。"

洛翊也朝铁小姐频频点头，希望她听下去。

铁小姐便听了下来。

"你也看到了，洛翊见到你的时候是打着一把伞的。那把伞的伞面其实有三层。里外两层是我们常见的雨布，夹在两层之间的是荷叶。荷叶是可以帮鬼挡住阳光的。很多地方的水鬼就是藏在池塘的荷叶丛里，等人下水了再游过去拖人。夏天有太阳的时候，水鬼就是躲在荷叶下面乘凉的。另外，荷叶不吸水，水是吸收阴气的东西，所以荷叶不会吸走阴气，阴气在里面的话也不会泄出去。种种综合之下，荷叶是鬼最合适的遮阳伞。鬼是可以顶着荷叶在白天出来的。我就是用了这个方法让洛翊可以白天出来，这比避光咒都要厉害，就像驱鬼咒还不如一盆狗血一样。"他说道。

后来有人在画眉村看到水鬼顶着荷叶上岸来骗人下水。有人便说是姥爹用荷叶伞为鬼遮阳看日出，让其他的鬼知道了荷叶的用处。幸好水鬼只是在水中力大无穷，上了岸就手无缚鸡之力，所以上了岸的水鬼也不能强行将人拖入水中。

水鬼聪明得很，跟水里的鱼一样。

在同一片水域钓鱼钓久了，鱼儿便不肯上钩。有的鱼儿甚至只啄掉鱼钩外面的食饵，却不将食饵连同鱼钩一起吞下去。钓鱼的人明明看到浮标沉进水里了，可是一提鱼竿却轻轻松松，鱼钩上的诱饵已被啄得稀烂。

似乎鱼之间有着非常灵通的消息，能渐渐窥破人所知道的一切。

水鬼也是这样。它们内部的消息传播得比人们想象的要快，并且不限水域。这个村里发现有水鬼头顶荷叶上岸之后，那个村里也有人发现顶着荷叶上岸的水鬼了，不久附近好些村里都传来水鬼上岸的消息。那段时间里，如果有谁家的孩子摘了池塘里的荷叶戴在头上，必定会遭到大人的责骂甚至殴打。那时候的小孩子们偏偏喜欢将荷叶倒扣在头上，模仿清朝的士兵。荷叶的形状确实很像清朝的官帽，如果加一把散乱的绳子就更像了。这些欢快玩乐的孩子们哪里知道大人们的担心，所以往往被责打之后觉得非常委屈。大人就耐心地解释，可是解释对于孩子们来说没有多大作用。有些孩子反而对生长了荷叶荷花的池塘更加感兴趣，每次路过的时候都要往亭亭玉立的荷叶下偷瞄。

那段时间里，附近村里的人都说这是姥爹带来的祸端。可是那段时间里虽然草木皆兵风声鹤唳，但是没有一个人因为水鬼而溺水，倒是有一个跟丈夫吵了架的年轻媳妇一时想不开，跳水自杀。可是她跳下水之后被呛得不行，又在水中扑腾呼救，被人救起。

马岳云还为此事心有余悸，怕那年轻媳妇的家人责怪到姥爹身上。他听说此事后，在姥爹面前说："幸亏被救起来了，要不然人家会说是水鬼到岸上来引诱她下水的，你解释都解释不清楚。"

姥爹却说："哎，我知道她的八字，她呀，逃得了和尚跑不了庙，还得溺水。"

果不其然，没过多久，那年轻媳妇又跟丈夫大吵了一架。这次她抱着一块沉重的大石头跳了水，直接沉到了水底，再也没有起来。

不过这次马岳云不用为姥爹担心了，责任在石头而不在水鬼。

要说这种无时无刻不存在的担忧还是来自那个名叫阿东的鬼戏子。要不是阿东，姥爹就不会使用铁小姐告诉的避光术，画眉村附近的水鬼就不会得知荷叶的奥秘。

当然了，这万万不能怪到那个斗灵人的身上。那个斗灵人将这个秘密告诉铁小姐的时候确确实实是出于好心，出于感恩。

铁小姐也没有亏待那个斗灵人。

斗灵人在那个破旧的旅馆里咽气之后，铁小姐将洛翊带走了。她让洛翊白天出来，打着夹了荷叶的伞抛头露面。

洛翊乖乖地跟着铁小姐，依然一副无忧无虑的样子。偶尔她会向铁小姐问起斗灵人，好像有些想念他了。铁小姐便回答道："他有事出去了，过几天就回来。"每当听到这个回答，洛翊就露出一个舒心的笑容，似乎下一秒就能看到她喜欢的人跨门而入。

这种谎言说了无数次，洛翊每一次都深信不疑。

由于荷叶虽然避光，但总不如不见光的好，洛翊不久之后也渐渐衰弱下来，最后化为枯骨。

姥爹和小米在定州的时候，铁小姐曾将这段往事说给姥爹听，而小米故意一会儿进房间，一会儿出房间，弄得铁小姐面红耳赤。说完这段往事后，铁小姐对姥爹说道："虽然我仍然觉得没有将她送到不冻港去是一个莫大的遗憾，但她又何尝不是别人羡慕的人？很多人选择过感情淡薄的生活，其实是因为能让她感情浓烈的人对她并没有浓烈的感情。"

这时小米刚好又闯了进来，姥爹便没有回答她。

当阿东说他想要看看日出的时候，姥爹想到了曾经的这段往事，想起了远在北方的铁小姐，才想起自己已经跟铁小姐许多年没有见过面了。

此后每天晚上姥爹都是先给颜玉兰肚子里的胎儿念经，然后在头天晚上的地方念诵《地藏经》。为了不使孤魂野鬼源源不断地向这里聚集，姥爹先在冯俊嘉村子周围设了阵法，减弱《地藏经》传播的范围，然后姥爹花了七个夜晚才将冯俊嘉村子附近的孤魂野鬼超度完毕。

第七天晚上，姥爹将阿东带到了画眉村。第八天的清晨，天空还剩一两颗星子的时候，姥爹便带着阿东去看日出。

那时正是荷花盛开的日子，荷叶也旺盛。

姥爹在池塘边上摘了一个较大的荷叶，叫阿东戴在头上。

阿东问道："这荷叶就能让我避光吗？"

姥爹说道："是的。只要你不摘下它，你就能如愿地看到日出。"

他们说话的时候，荷叶底下突然响起一阵哗哗的水声，仿佛一条大鲤鱼被惊动了，水面荡起了波浪，波浪撞在荷叶秆上又分出许多小水圈。一串大大的水泡从下面冒出，到了水面就破裂了。

姥爹后来回想，应该就是那时水鬼听到荷叶的秘密的。

戴着荷叶的阿东跟着姥爹去了画眉村的后山等日出。

见东方还没有光亮，阿东捏了捏荷叶的边缘，闲聊道："马秀才，你最遗憾没有跟小米做的事情是什么？"

姥爹没想到阿东会问这个，愣了愣，说道："应该说没有遗憾没有做过的事情吧。"

阿东惊讶道："不会吧？每一个错过的人不都会有缺憾想要弥补吗？就像我这样，哪怕是想看一次日出回味一下也好。"

姥爹道："你知道我是从哪里得知荷叶可以避光的吗？"

阿东摇头。荷叶随之转动。

于是，姥爹将铁小姐讲述的斗灵人和洛翊的事情转述给阿东听。

阿东道："你看，他们也有遗憾的，他们想去不冻港却没有去成。"

姥爹又将铁小姐作为结尾的那些话说了出来，然后说道："能遇到她，我就没有遗憾了。"

阿东沉默不语了。

姥爹又道："铁小姐说洛翊何尝不是别人羡慕的人，我却没有羡慕过别人，只羡慕当时她还陪在身边的自己。"

阿东的脸上抽搐了一下。

过了一会儿，天幕由黑渐渐变蓝，东方的蓝色边沿又多了一道参差不齐的暗红色。姥爹说道："太阳就要出来了。"

阿东默默地看着东方，眼睛由昏暗变得黑亮。

太阳终于在东方探出了一个头，天边的红色越来越多。

红色映照在阿东的眼睛里，黑亮的眼睛中间有了两团红色，仿佛着了火。

姥爹在旁劝道："别盯着太阳看，你现在毕竟是极阴之身，不比活着的时候了。"

他却没听见一样，还是直愣愣地看着冉冉升起的太阳。

那荷叶果然有用。纵然太阳光芒四射，阿东却能安然无恙地站在那里。但或许是由于本身对阳光的恐惧反应，他的手脚却在微微地颤抖，仿佛身边被风吹动的树一般。

姥爹想安慰他，不让他颤抖，可是不知道该如何安慰。

姥爹忽然想起小米曾经剪出的那些纸人常常在他起床的时候来到他的窗前，当第一缕阳光照射到窗户上的时候，他便先看到地上有纸人被拉长的影子，再看到窗户上的纸人。由是，姥爹对着冉冉升起的太阳也有了丝丝缕缕的感触，也忍不住情绪波动。

太阳的光越来越强烈，而山下的村子里渐渐有了生气，能听到远处有人说话，有牛哞哞，有鸡咯咯，有小孩的哭声。

阿东自然也听到了山下的声音，他动情地说道："谢谢你，马秀才，我感觉又回到了过去，好像我下了山，就能回到我曾经居住的村子，看到那些熟悉的人……好像她还在我身边。"

姥爹听到他说这些话并没有感动，因为姥爹从他的语气里听出了一丝异常的预兆。

"马秀才，你说得对。我能遇到那个人，其实就是幸运。如果从来没有遇到过，那才是不幸。我也羡慕那时跟她一起看日出的自己！我感觉现在就是我最羡慕的时刻！好像一切都没有丢失，好像一切都可以重来！"阿东眼睛里的红色越来越多，仿佛里面的火越烧越大，无法抑制。那火焰让人不安，好像随时可以吞灭一切。

他长吁了一口气，将手伸到了荷叶上。

忽然，他将手一甩，头顶的荷叶落了下来！他的形体虚弱，需要用很大的力气才能将轻轻的荷叶甩落下来。

避光的效果立即消失。

阿东眼睛里的火焰立即腾起，如两条伸出眼眶的红色舌头一般！这火焰立即蔓延开来，将阿东全身包裹。

"你……"姥爹惊讶不已，急忙弯腰去捡荷叶。

阿东露出一个微笑，摇了摇头，说道："马秀才，谢谢你！你不要救我了，就让我停留在让我自己最羡慕的时刻吧！这是对我最好的超度！"

姥爹放弃了去捡荷叶。此时就算再用荷叶盖住他，他也已经魂魄残缺不全了。这种魂魄残缺不全的方式跟小米不一样。小米的残缺如一块玉被打碎，魂是一块，魄是一块，还可以通过别的方法组合起来，破镜重圆。阿东的残缺却如一张纸被烧掉了一部分，损失的部分是无法寻回的，没有了就是没有了。

如果让他残缺的魂魄留在世上，那对他来说也是一种折磨。即使投胎转世，这种残缺也是不可逆的。

姥爹闻到一股古怪的气味，仿佛是葬礼上被烧掉的纸人发出的气味，有纸被烧成灰散发出来的烟味，也有没晒干的青竹片骨架被烤焦而散发出来的一种涩味。

他烧得很快，不一会儿就在姥爹的眼前消失了。

那火焰没有了支撑，如人的回光返照一般猛地腾了一下，然后迅速消失。

那火焰没有引燃周围的野草和树枝，甚至连旁边的荷叶也不见半点烧伤的痕迹。但阿东脚下的一圈草地没有了露水。

这时，一只黑白相间的鸟儿飞了过来，落在旁边的树枝上。树枝颤了颤，落下几滴昨夜积下的露水。

"布谷布谷……"那只鸟儿叫唤道，声音里带着几分悲伤，似乎在为阿东唱哀歌。

"梁上仙？"姥爹虽然前几次没有看清梁上仙的面目，但是从声音和身形能看出它不是一般的布谷鸟，而是受了人拜的梁上仙。

"布谷布谷……"梁上仙依旧悲伤地鸣叫不已，仿佛嗓子里要啼出血来。

"谢谢你为他唱哀歌送行。"姥爹仰头对着梁上仙说道。

梁上仙啼叫了许久，然后从树枝落了下来，落在阿东刚刚站的地方。它在那个地方走了一圈，然后展开翅膀飞走了。

姥爹望着梁上仙飞走的方向看了许久，然后独自从山上走了下来。

此后的几个月里，姥爹依然每天晚上去给尚未出生的小米念经祈福，但是不再念诵《地藏经》了。

颜玉兰逐渐感觉舒服多了，妊娠的反应没有之前那么严重。

时间推移，池塘里的荷叶渐渐枯萎，连荷叶秆儿都萎缩了起来，一根一根变得又黑又皱的荷叶秆直直地戳着，仿佛是送葬队伍里举起的仪仗。最后连那些苦苦支撑的荷叶秆也纷纷倒了下去，于是渐渐就到了冬天。

那时候画眉村的冬天还是会下大雪的，雪深的时候能齐膝，山上的兔子蹦不起来，有人偶尔会在山上捡到兔子。不知道为何，后来雪就越下越少，越下越薄，有时候甚至一个冬天都不下雪了。

那个冬天下第一场雪的时候，尚若然就劝姥爹："等雪化了再去吧，你又不年轻了，路上滑一跤，以后就要家里人天天伺候你了。"

姥爹说："不碍事。"吃完晚饭就披上了蓑衣戴上了斗笠，依旧要往冯俊嘉家里去。

尚若然就对马岳云说："你也不劝劝你父亲。"

马岳云道："让他去吧。"虽然马岳云小的时候受过很多尚若然的气，但是他从来没有因为这些而跟她故意过不去。

但尚若然不这么认为，她总觉得马岳云对小时候的事情耿耿于怀，总觉得马岳云有意无意之间要跟她对抗。

"我不是你亲生母亲，但他是你亲生父亲啊。你看看外面的雪，摔伤了怎么办？就算你父亲是个菩萨，那也是泥菩萨，瓷菩萨，石膏菩萨！摔一下就完了！"尚若然情绪激动地说道。

姥爹板起脸，说道："你是不是长了三个嘴巴？"

尚若然就噤声了。

姥爹跨门而出，渐行渐远。

外面的雪确实大，一大片一大片地往下掉，好像是天上哪个宫殿起了火，飘起的灰烬是白色的，一飘就飘到了人间。

姥爹走到上次给阿东摘荷叶的池塘时，看到池塘边站着一个白发苍苍的老人，头发和胡子上沾了一层雪。他正愣愣地看着刚刚结冰的池塘，冰薄如纸，一碰就破。

姥爹以为那位老人是别人家的亲戚，可是正要擦身而过，那位老人却喊了姥爹一声，让姥爹浑身一颤，差点摔倒在雪地里。

"师父……"那位老人喊道。

虽然声音苍老且沧桑了许多，但是姥爹一下就听出那是子非的声音。

姥爹不敢置信地扭过头来，再次认真地看了看那个叫他"师父"的人。

"子非？"姥爹已经从眉目中辨别出了子非的影子，但仍然不敢相信面前垂垂老矣的人就是子非。

那位老人点点头，微笑道："认不出我了吧？"

"你怎么变成这样了？"

"这么老吗？"

姥爹记起，在小米葬礼的那几天，子非就以飞快的速度衰老着，一天跟一天之间的差别就很明显。莫非此后他一直迅速衰老，以至于现在老成这样了？

"你不是喝了长生不老之药吗？对了，我听赵闲云说，你知晓了破解三劫连环的方法，去东海之上寻找那两位长生不老之人去了。你找到了吗？"姥爹问道。

话刚说完，姥爹又觉得不妥，于是说道："外面太冷，先回家里吧。"

子非摇摇头，说道："不用了。我知道你要去给小米念经。我只是来看看你，见你一面，说几句话就走，算是告别。"

"告别？"姥爹不知道这个活了两千多年的人曾经经历过多少告别。对他来说，告别应该是最平白无趣的事情吧？

子非笑道："是啊。你看我现在这样子，就应该知道我不再是长生不老之人了。赵小姐都告诉你了，我去了东海之上。是的，我去了，找到了当初要我破解三劫连环的人，请求他们从我身上取走长生不老之术。"

姥爹长叹一声，说道："你怎么这么轻易地放弃长生之术呢？这是多少人苦苦寻觅终其一生都得不到的啊！"

"那两位老人也这么问我。我跟他们说，长生不老之术就如这看似无法破解的永恒的三劫连环，三劫连环没有破解，就如时间没有消逝；一旦破解，原来的永恒就不存在了。现在三劫连环解开了，我也该解脱了。"

姥爹道："恐怕不只是这个原因吧。"

子非露出一丝苦涩的笑，说道："知我者，莫过于师父您了。"

姥爹立即想起在阳光下燃烧殆尽的阿东。

"小米现在还好吗？"子非问道。

姥爹如实说道："我也不清楚。她的魂还在白先生那里。但我不知道白先生还能活多久。她的魄已经投胎转世，我也不知道转世之后的她会不会像我的魄转世之后的弱郎大王那样。不过好在我念经的时候碰到了一个旧识的鬼魂，他给了我一些帮助小米渡过难关的建议。当下没有别的办法，只能按照他说的试一试了。"

"什么办法？"子非问道。

姥爹将阿东说的方法大致讲了一遍。

"这可算得上是勾魂夺魄了。"子非说道。

姥爹点点头。

子非不无遗憾地说道："要是小米的师父还在这里就好了，说不定他可以用他们家族代代相传的方式来帮助小米顺利转世。"

"自己的苦难自己度吧，不能事事求人。再说了，转世并不是难事，难的是如何抑制小米的魄。小米的魄里的恶性都是因我而起，还须我自己来处理它。"

子非点点头，又问："罗步斋现在可好？"

姥爹道："你离开后不久，他也离开了。此后便断了音讯。但愿他现在过得好。"

子非转了身，携住姥爹的手，说道："走，我们边走边说吧，到了前面的岔路，你便往小米那边去，我便往另外一个方向去。在分别之前，我们还能说说话。走到了那里，话没说完也算说完了。"

姥爹知道留他不住，便跟他一起往前走。

这条路简直就是姥爹的人生之路，在无数个岔口跟无数个人分别，然后一人继续往前，遇到不同的人，又与不同的人分别。

第五章

猫灵山

　　"要是世上没有岔路多好。"苍老的子非矛盾地说道。是他决定要在岔口分道扬镳，却又希望世上没有岔路。

　　"傻孩子，岔路本不是自己生长出来的，而是不同的人要走不同的路才有了它的。"虽然子非已经白发苍苍，看起来比姥爹还要老，但姥爹仍然忍不住要把他当做晚辈看待。这或许是前世留下来的习惯。

　　姥爹和子非走到了岔口，子非正要挥手作别，猫叫声突然响起。

　　子非的身子如被牛撞到的小树一般乱颤。

　　"喵呜……"

　　那只猫从雪地里蹿了出来，仿佛是一团可以活动的雪球。

　　"白先生？"姥爹认出了那只猫。

　　姥爹顿时明白了，小米要来送子非。

　　子非噗通一声跪在了雪地里，双手捧住了白先生。"是你吗，小米？"子非的脸如被冬风鼓噪的窗纸，颤得厉害。

　　白先生自然无法回答他。

　　子非抱着白先生泣不成声。

　　良久，子非恋恋不舍地放开白先生，用手接住从天而降的雪，眼泪婆娑道："君埋泉下泥销骨，我寄人间雪满头……"

姥爹听了这话，忍不住心中一阵悸动，也几乎落下泪来。这简直就是子非和子鱼的真实写照。

白先生默不作声。簌簌的雪落在它的身上。

子非道："这次我如果转世投胎，不知道是否能在胎中之迷后仍然记得你。如果记不得了，或许也是好事吧。"子非没有经历过胎中之迷，不知其中深浅，说出这样的话来不难理解。

"如果记得，我会再来找你的。"子非站了起来，转身离去。

雪很大，子非的背影就如地上踩出的足迹一样被大雪覆盖遮掩，很快就消失了。

白先生望着茫茫大雪，眼神空洞。

姥爹叹了一声，说道："回去吧，外面太冷。"

白先生便扭了头走上了回家的路。

姥爹目送白先生离开他的视野之后才去了冯俊嘉家里。

到了冯俊嘉家里，颜玉兰对姥爹说她昨晚做了一个梦，梦见她生了两个孩子，一个长得漂亮，一个长得很丑。很丑的那个总欺负漂亮的那个。她生气了，便骂那个丑的孩子。那个丑的孩子被骂之后突然消失不见了。她又心急地到处去找，可是怎么找都没有找到。等她找了好久再回来，发现漂亮的孩子也不见了。

颜玉兰问姥爹："这是不是预示我将生一对双胞胎？但是仍然像以前一样留不住？"

冯俊嘉也很着急，目光焦灼地看着姥爹。

姥爹想了想，这岂不是预示着小米的魂和魄吗？魂善魄恶，对应一美一丑。但是这个梦境却有些混乱。莫非真的像颜玉兰说的那样，魂和魄都会消失不见吗？

此时颜玉兰的肚子已经很大很明显了。

姥爹瞥了一眼颜玉兰的肚子，心想这或许是小米的魄在她肚子里故意给了她这个颇有暗示意义的梦。或许也是给他提醒——如果对她的魄有所不仁的话，她的魂也会受到牵连。

姥爹却道："这个梦没有什么。日有所思夜有所梦。你以前怀了又掉的次数太多，难免现在仍然有这种忧虑。你好好安心养胎，不要胡思乱想。"

冯俊嘉急忙劝他妻子："就是就是，有马秀才在这里，就不会有什么问题的。这次一定会顺顺利利平平安安。你不要胡思乱想了。"其实刚才他自己也毫无把握，见姥爹这么说才勉强安下心来。

"好了。我开始念经了。"姥爹说道。

于是，他们两人都不再说话了。姥爹开始念经。

就在同一个夜晚，马岳云踏雪出去串门，听到了一件离奇的事情。那件事情让马岳云突然想到了更好的辅助小米转世的方法。

马岳云同村里人一起烤火的时候，一个人说起了最近王家墩发生的一件怪异事情。

事情是这样的。

大概是七八年前，也是在这样大雪纷飞的时候，一个从河南流过来的叫花子到了王家墩。他又冷又饿，到了哪里就敲哪家的门，讨一些吃的。

可是七八年前刚好这里发生过自然灾害，家家户户自己的余粮尚且不足，大人小孩都饿得皮包骨，家里的米缸都见了底，哪里还有多余的粮食接济叫花子？要是叫花子能吃到大米饭，这里的大部分人恐怕都要出去做叫花子了。那一段时间里，有很多人活活饿死了，不愿忍受饥饿折磨的人有的便去山上挖观音土吃。观音土虽然名为观音土，但绝对没有观音菩萨那种慈悲之心，这种土外表如糯米粉，吃起来也没有一般泥土那样艰涩难咽，但是吃下去之后无法消化，无法排出。于是很多人为了免受一时的饥饿折磨，而选择吃观音土。因为他们实在是太饿了。许多人因为吃观音土而腹胀，最后活活胀死。

就是姥爹家里，也是天天揭不开锅。那时候姥爹的田地都被没收，家里早就不可能存什么余粮。

那段时间里，要不是有李贵暗中救助姥爹，恐怕姥爹家里也会饿死人。不过姥爹不敢声张，只说以前救过一只狐狸，是狐狸把它存在洞里的余粮拿来接济他。马岳云和尚若然都信了他的话。因为他们想不到还会有谁愿意贡献自家的粮食给别人。

就是在这样的情况下，那个叫花子来到了王家墩。

他要饭的结果可想而知。其实他一路来很少吃到饭，几乎是靠吃树皮树叶子和不知道名字的草走到这里的。后来别人才知道，他也是为了给家里的孩子省一口饭，才偷偷离开家乡的。他宁愿自己饿死，也要将他的口粮省出来给孩子们。

走到王家墩后，他实在走不动了，倒在了王家墩南边的一座小山的山路上，很快就死了，不知道是冻死的还是饿死的。

一天之后，一个好心人从这山上路过，看到了这个叫花子的尸体。

好心人不忍心看到叫花子暴尸荒野，便想找个地方将他埋起来。可是山上到处是雪，不知道把叫花子埋在哪里才好。再者，冻土如铁，要挖一个能够容纳一个人的坑也不容易。好心人在附近走了一圈，居然看到不远处有一块地方没有雪。没有雪的地方也没有树，不知道雪花为什么没有落在那块地方。

好心人觉得奇怪，便走过去瞧一瞧。瞧过之后才发现，并不是雪花没有落在那个地方，原来那一块地方冒着若有若无的热气，雪花一落在上面就化了，所以看起来像雪花没有落在那里。他捡起一根枯树枝捅了捅那个地方，居然没有冻土，那里松松软软的，仿佛沙地一般。

于是，好心人在那里挖了一个水缸大小的坑，将叫花子的尸体埋在那里。

这好心人就是王家墩的。

他埋了叫花子之后就走了，回到村里后跟人说起过山上冻死了一个外地人的事，但是没人关注。那时候死人的事情太常见。

此事过去七八年后，突然有一群外地人来到了王家墩，挨家挨户询问当年是否有个叫花子冻死在这里。

有人记起那个好心人曾经说过这件事情，便带着那群人来到了好心人家里。

好心人惊讶不已，还以为这群人是来找他麻烦的。细问之下，他才知道，这群人是那个叫花子家族的人。他们是从河南一路问到这里来的。

好心人问道，你们以前怎么没有询问叫花子的去向，过了这么多年才想起找到这里来啊？

叫花子家里人回答说，那时候家里太穷，完全顾不上，但是随后家里的情况突然越来越好，他有好几个孩子，当官的当了大官，发财的发了大财，兴旺得不得了。孙辈也添了好几个，成了一个大家族。他的一个儿子想弄清楚为什么家里突然发旺了，便找了个风水先生来看。风水先生一来便说，你家里没有什么好风水，恐怕是令尊的坟地碰到极好的风水了。这时候，他们想起当年为了给他们省口粮而离开的父亲。于是，他们到处寻找关于父亲的消息，慢慢问到这里来了。

好心人听完，说道，恐怕那个风水先生是个半吊子，那个叫花子哪里有什么好坟地哟，当年我见他可怜，就随便在旁边挖了一个坑埋了，别说棺材了，连席子都没有卷，纸也没有烧一张。

叫花子家里人便叫好心人带他们去埋葬叫花子的地方看看。

当时正是夏天。好心人带叫花子家里人去看，只见那坟地连个凸起都没有，反而稍稍向里凹了一点。

好心人说，当时挖土的时候就感觉土很松软，后来也没有人培土，所以土会塌下去一点。

叫花子家里人便说要花钱买下这块土地，他们要亲自来这里培土，还要立碑，把叫花子的坟做得气派一些。

好心人便从中牵线，让叫花子家里人从王家墩人手里买下了这一块地。当然，叫花子家里人主动出了高价。

叫花子家里人要给好心人一大笔钱。

好心人说，我给他寻了安身之地，便是积了善德，要是我收了你们的钱，就没有善德了。好心人坚决不收钱。

这件事很快传开了。

这里的人事先并不知道那座山上有这么好风水的地方。后来有懂行的人去那山上看了之后，说那是猫灵山。猫灵山啊，狗头穴啊，牛嘴口啊等等都是风水里面的上佳之地。

人家又问，那为什么那块地方冬天不积雪呢？

懂行的人说，因为埋葬叫花子的那块地方刚好在猫灵山鼻子的位置。猫灵山就靠那鼻孔呼吸呢，所以不会积雪。叫花子恰好被好心人埋在猫鼻子上，占了猫灵山最主要的灵气，所以他的家族突然大发大旺。

那段时间里，姥爹天天去冯俊嘉家里念经，没有关注到这件事情。后来姥爹回想，确实有人在他面前提起过这事儿，可是他当做耳边风一掠而过了。

叫花子家里的人买下那块猫鼻子地之后，立即开始大动土木，修坟身，立墓碑，建围栏，将那坟地修得比王家墩最富有人家的房子还气派，还好看！

叫花子的坟地刷了厚厚一层水泥，坟身和周边全部覆盖。

叫花子家里人说，这样方便家里人来拜祭，也方便打扫。

王家墩的老人们都羡慕得不得了，说要是自己归西之后能有这样的坟地，那就一辈子也没有遗憾了。

那时候的老人是常常把"死"字挂在嘴边的，并不忌讳。很多老人过了六十岁，就先把棺材备起来了，不但选木料有讲究，比木料的品种和厚薄，还比刷漆有多少遍。在棺材刷好漆之后，有的老人每过一年又加一遍漆。

除了棺材，老人们生前其次关心的就是坟地了。

同样的，很多老人还在健健康康的时候就把坟地找好了，并且将双金洞挖好修好，仿佛那是他们第二间房屋。

这坟地同样有讲究有比较，除了必须请风水先生来看之外，还要比双金洞的形状和用材。形状要看瓦匠师傅的手艺，手艺越好的瓦匠师傅要价越高。用材要看双金洞主人的钱财，有的用红砖，有的用青砖，有的刷水泥，有的不刷水泥，有的还刷粉，有的刷完粉了还在里面画画，画仙鹤，画祥云，画神仙。

叫花子的坟地凹陷的时候，没有人羡慕。

即使大家得知叫花子的坟地是风水宝地之后，仍然没有多少人羡慕。因为大家认为人各有命，有的命好就碰到了，有的命不好就碰不到，即使有风水先生堪舆，但风水先生的水平也有高有低，有成功有失手。

叫花子的坟地修得气派之后，很多人就开始羡慕了。因为大家认为这是别人都能看到的，都能比较的，没有那么多不确定性，就像棺材的木料和漆，就像双金洞的形状和用材。

可是，被人羡慕的就一定好吗？

叫花子的坟地重修之后不久，叫花子的家族就接连出事。当官的被抓了，经商的亏得一塌糊涂。家里的孙辈接连莫名其妙地生病。

那年冬天的时候，王家塆的人看到叫花子的家人跪在坟前痛哭，说叫花子怎么不照看好家里人，现在家不成家，人不像人了。

有人看到叫花子的家人在那里哭拜，觉得哪里不对劲。回到家里后一想，原来是水泥修建的坟地被大雪覆盖了。以前那里是没有雪的。可是有雪没雪有什么区别，那人也想不清楚。

马岳云听到这个故事后就想，这猫灵山可不是相当于一只不会动的猫吗？如果白先生寿终正寝了，是不是可以将白先生的魂魄转移到猫灵山去，而小米的魂就可以待在猫灵山，一如待在猫鬼体内。

阿东说的帮助小米转世的方法，姥爹给马岳云提起过。但是马岳云担心白先生挺不到那个时候。万一在那之前白先生就倒下了，阿东的方法也就没有办法实施了。

马岳云见姥爹天天在家和冯俊嘉家之间奔波，天天忧心颜玉兰的胎儿是否能顺利生下，便没有将这件事说给姥爹听，免得他两头担忧。

第二年，春天来临。

很快王家墩的人发现别的山上的树木都开始复苏变绿，但是猫灵山上的树木没有一点变绿的意思。如果有人走近猫灵山，便会感觉到难以说清的死气沉沉。如果走近的时候怀里还抱着不会走路的小孩子时，怀里的小孩子便会突然哇哇哇地哭起来。

到了开花的时节，猫灵山上没有开一朵花。

砍柴的人发现猫灵山的树枝很容易折断，生火的时候烧得很旺。于是，人们终于知道，猫灵山上的树木全部枯死了。

这消息很快传到了马岳云耳朵里。马岳云心中一凉。

后来有人说，叫花子家里一落千丈完全是他们自找的。那山既然是猫灵山，那坟地所在处既然是猫的鼻子，叫花子家里人在猫的鼻子上修水泥地，就是将猫鼻子堵死了。猫鼻子堵死了，猫灵山就死了，所以猫灵山的树木枯萎，所以叫花子家里出现那么多不顺。

马岳云觉得这种说法很有道理。

马岳云正犹豫着要不要去猫灵山看一看，恰好颜玉兰将孩子生下来了。

姥爹早就算好了，那天一直在冯俊嘉家里等着。

孩子生下来后，一看果然是个女孩，姥爹欢喜得不得了，比冯俊嘉还要欢喜。

冯俊嘉虽然想要男孩，但经历这么多次挫折后媳妇还能生下女孩来，他依然非常高兴，为他媳妇忙前忙后。

冯俊嘉的父母也非常欣喜，抱着孩子说道："能生就行，能生就行！想抱孙儿都想了这么多年了！"

姥爹欢喜过后有点担心，便对冯俊嘉的母亲说道："毕竟是经历了这么多事情才顺利生下来，您快看看孩子身上是不是有什么伤痛。"

其实姥爹想看看孩子是不是有缺陷，魂魄不全的孩子很容易天生不足。但是他又不好意思自己为孩子做全身检查，便托冯俊嘉的母亲检查。

冯俊嘉的母亲一听，急忙说道："哎哟，你不说我倒忘了。我之前也想着要仔细瞧一遍的，刚才一高兴就忘记了。快快快，把孩子给我，我给她看看。"

于是，冯俊嘉的母亲将孩子抱到里屋去检查了。

不一会儿，冯俊嘉的母亲出来了，满脸喜悦道："好的，都好的！"

姥爹这才放下心来。

"我们的孙女儿取个什么名字好呢？"冯俊嘉的母亲问道。

姥爹一愣。他还没有想过给小米的转世取名字。冯俊嘉的母亲突然提出这个问题，让姥爹有些不知所措。别人家的孩子，他按照孩子出生的年月日时可算出八字缺什么，要用什么字来平衡。可是这孩子是小米的转世，他不想用随随便便的名字给她取名。姥爹搜肠刮肚，即使将腹中读过的所有书翻了一遍，也没能想出一个好名字来。

冯俊嘉家里人自然是等着姥爹帮忙给孩子取名字的。可是他们等了许久也不见姥爹回话。

冯俊嘉的父亲见姥爹没有说话，便说道："要不就叫小米吧。冯小米，怎样？"

姥爹一惊，不敢置信地看着冯俊嘉的父亲。姥爹怎么也想不到他会取"小米"二字作为他孙女的名字。

冯俊嘉的母亲问道："小米？为什么要用这两个字呢？"

冯俊嘉也问道："有什么说头吗？"

重名的人很多，他们觉得没有什么。可是姥爹心里翻江倒海。当然，姥爹并不是反感他们用这个两个字取名，而是有种被命运再次击中的感觉。

姥爹也想知道冯俊嘉的父亲为什么要用这两个字。

冯俊嘉的父亲摇头晃脑说道："小桃枝上春风早，米侯好古生已迟。"

"这是什么意思？"冯俊嘉的母亲问道。

"你看，她是春天生的，不是应了'小桃枝上春风早'吗？可是这说早又不早了，我们等了这么多年才盼来她，不是应了'米侯好古生已迟'这句话？取两句话的第一个字，刚好是'小米'二字。"

冯俊嘉转头问姥爹："马秀才，你觉得'小米'这个名字好听吗？"

姥爹感觉头顶一阵发麻，小米几世的容颜一一在他脑海里浮现。姥爹忍不住颤声道："好听，当然好听。"

"那就用这个名字。"冯俊嘉说道。

冯俊嘉的母亲抱着小米，慈祥地呼唤道："小米……小米……你就是我家的小米啦……"

小米听了，忽然哇哇地大哭起来。

他们几个人怎么安慰怎么逗都没有用。

姥爹在旁着急道："来，让我抱抱看！"

于是，小米被转移到姥爹怀里。姥爹抱着小米轻轻地晃动，一边晃一边轻声唤道："小米……小米……"

小米果然不哭了，两只纯洁的眼睛盯着近在咫尺的姥爹的脸。照理刚出生的孩子是看不见什么的，但是小米饶有兴致看着姥爹，眼睛眨都不眨一下。

冯俊嘉见小米安静下来，又伸出手想将小米抱回来。可是冯俊嘉的手刚碰到小米，小米就立即哇哇地又哭了起来，声音嘹亮。仿佛冯俊嘉的身上长了刺，一碰到她，她就会痛一样。

冯俊嘉只好摆手道："好，好，好，我不抱，我不抱。"

他们让姥爹抱了小米许久。

姥爹抱着小米的时候，心里有千言万语要说，可是当着冯俊嘉家人的面，他又不好说什么。再者，姥爹自己也犹豫着要不要说。说了的话，很可能打开小米的种子识，让她记起那些不愉快的经历。这魄的转世与普通转世不同，由魄转世的小米肯定只能记住恨而记不住爱，只能记住恶而记不起善，由此而引发的情绪只有愤怒而没有平和。

姥爹就这样抱着小米，一直到暮色降临。

姥爹不得不将小米交还给冯俊嘉。幸好此时小米已经酣然入睡，没有再哭。

冯俊嘉要送姥爹出来，姥爹急忙说道："别送了，现在天黑了，不宜抱着小孩出门。太阳落山鬼出门，小孩子容易染上不干净的东西。我认得路，来来回回走了这么多次了，你就别送了。"

冯俊嘉送到门口就止步了。

姥爹一个人出来，才走出门口不久，就听到不远处有小孩子的笑声。那声音如同风铃，清越悠扬，却带着一点怪异。

这么晚了，还有谁家的孩子没有回去吗？姥爹心想。

姥爹以为自己多疑了，便没有管那笑声，继续往画眉村的方向走。

走了将近一两里路，姥爹又听到了先前的笑声。

咯咯咯咯……

咯咯咯咯……

那声音忽近忽远，忽高忽低，仿佛风铃被一股强弱不定的风胡乱吹动，由此发出不同的响声；又仿佛是那几个小孩子一会儿跑近，一会儿跑远，在逗闹中一会儿放肆大声笑，一会儿捂住嘴让笑声从指缝里溜出来。

姥爹站住了。

那笑声突然消失了。

此时姥爹站在一片空旷之地上，他左看右看，没看见附近有玩耍的孩子。

姥爹正想迈步。

那笑声又传出来两三声。

嘿嘿，咯咯，嘻嘻……

声音中有男孩子的，也有女孩子的，但年纪都很小，仿佛是几个故意捣蛋的小孩子躲了起来，不想让姥爹发现。但是他们又觉得好笑，捂都捂不住，不小心漏出一点声音。那声音如羽毛或者落叶一样轻盈，被夜风吹得四处乱飘。

姥爹之前在这里念过《地藏经》，将这附近的孤魂游鬼全部超度了。可那并不是所有的鬼魂。有的鬼魂那时候并没有出来，有的鬼魂则从其他地方来到了这里。所以这里仍然有小鬼出没并不为奇。

姥爹从兜里掏出蛊丝儿，想将这几个小鬼制伏，可是想一想，又觉得没有必要。人鬼本是共存的，如果不是迫不得已，没有必要赶尽杀绝。于是，他又将蛊丝儿收了起来。

当时姥爹没有想到，后来他还得与那些小鬼狭路相逢。

姥爹继续往前走，那笑声一直尾随。

待到姥爹离开了冯俊嘉那个村，那笑声才渐渐远去，似乎是几个顽皮的孩子在后面追着追着觉得离家太远了，便没了兴致，垂头丧气地回去了。

第二天下午，姥爹又去了冯俊嘉家里，小米照样非常黏姥爹，非要他抱不可。

冯俊嘉笑道："马秀才要天天来我家里才好。"

当天晚上回去的时候，姥爹又听到了头一天晚上的笑声。那笑声又跟着姥爹，一直到他离开这个村子。

姥爹还是觉得没有什么。小鬼作祟而已，无须大惊小怪。

可是第三天姥爹就不这么认为了。

第三天姥爹又去了冯俊嘉家。在他去之前，尚若然跟在他后面絮絮叨叨，说不要像苍蝇一样天天往别人家里飞，别人或许讨厌，只是说不出口而已。姥爹确实觉得自己这么天天去不太好，但是午饭一吃过，他就坐不住了。

那天，姥爹在冯俊嘉家的堂屋门口坐着，手里抱着愣愣地看着姥爹的小米。

天色稍暗，姥爹便想走。

他刚想从椅子上起来，就听到了咯咯咯咯的笑声。

姥爹心中一惊。前几天不是走出去了才会听到笑声吗？今天那些小鬼怎么跑到这里来了？

姥爹心里正这么想着，一个小女孩的头从门槛后面伸了出来。

"嘻嘻嘻嘻……"

那个小女孩脸上露出笑容，她牙齿不太整齐，门牙缺了两个，嘴唇乌黑，头发乱如秋后的枯草，额头和鼻尖上有几道灰色的印子，仿佛被一只脏兮兮的手挠过。

姥爹下意识里抱紧了小米，怒目盯着那个小女孩。他一眼就看出来了，那不是正常的小女孩，而是小鬼。这鬼也不是普通小鬼，而是专门骗走其他小孩魂魄的尅孢鬼。

那个小女孩后面又伸出几个小脑袋来，有小男孩的，也有小女孩的。脸上都有灰色印子。他们都朝姥爹的怀里看。其中一个尅孢鬼发出令人寒冷的声音："小米，小米，快来跟我们玩啊！"

姥爹怀里的小米忽然打了一个寒战。

姥爹担心小米的魂魄被他们骗走，于是对着他们大喝道："滚！别来找小米！不然我让你们魂飞魄散！"

那几个小孩吓了一跳，几个脑袋立即缩了回去，不见了。

就在这时，冯俊嘉从外面回来了。他听到姥爹的喊声，狐疑地看了一圈，问道："马秀才，你刚才跟谁生气呢？"

小米被姥爹的声音惊醒，但是没有哭，两只小手在空中乱抓。

姥爹握住小米的手，说道："没什么，有几个不干净的东西想骚扰小米而已。我之前跟你说过了，天色稍暗就不要带小米出门，你一定要记住啊。"姥爹意识到由于小米本身是魄转世的特质，可能容易招惹不干净的东西。有些八字轻的人可能一生都会看到身边有不干净的东西环绕，魂魄不全而转世的人也一样。

"不干净的东西？我怎么没有看到呢？"冯俊嘉又到处看了看。

姥爹将小米交到冯俊嘉的手里，然后跨出门去朝外面看。外面果然没有小孩子的踪影。不过这是情理之中的，那些怼孢鬼善于隐藏自己。

小米又哇哇地哭起来。

冯俊嘉知道自己怎么哄都没有用，无奈地对姥爹道："马秀才，只能麻烦你哄她睡着了再走啦。"

姥爹退回屋里，抱着小米，哄她睡觉。

小米再次入眠之后，姥爹才离开冯俊嘉家。这次，他又听到了尾随的笑声。

姥爹站住了，铿锵有力道："你们最好离小米远一点，如果以后再看到你们靠近她，我就会将你们都收了。"

笑声戛然而止。

姥爹回头看了看，那几个小孩站在他身后，都是一副惊恐的样子。他们定定地站在那里，一动不动。

姥爹叹了一口气，说道："只要你们不招惹她，我不会对你们怎样的。快走吧。"

那几个小孩还是一动不动，但第一个在门槛后出现的小女孩舔了舔乌黑的嘴唇，她的舌头也是乌黑的，伸出来舔嘴唇的时候就如从口里流出了一摊淤泥。一线黑色的涎水从她的舌尖流下，滴落在地上。

"快走吧。"姥爹朝他们挥了挥手。

那个小女孩先小心翼翼地挪了脚步，接着其他小孩也动了起来。

小女孩飞速朝后面跑了，其他小孩紧跟其后。

接着，笑声又响了起来。那是类似小孩子们逃脱惩罚时发出的欢快的笑声。

孩子们的笑声太大了。一个年迈的老太太从屋里打开了窗户，对着外面看了看，大声道："谁家的孩子啊？这么晚了还不回去？"

屋里有一个年轻的声音响起："妈，你喊什么喊？"原来是那位老太太的儿子。

老太太回头说道："你听听这笑声。有孩子们在外面玩耍呢，万一把魂儿丢在外面了那可怎么办？"

屋里她儿子不耐烦道："妈，你耳朵是不是出毛病了？外面哪有什么笑声！"

老太太絮絮叨叨道："你小时候就因为贪玩不回家丢过魂儿呢，后来我喊了魂才把你找回来！"

"妈，那都是你自己的心理原因，我就是生病而已，不喊魂也会好起来的。那些陈芝麻烂谷子的事情你就别老挂在嘴边啦。"她儿子腻烦道。

老太太"哦"了一声，然后关窗户。关窗户的时候，她又自言自语道："怕是我的耳朵真出毛病了，刚才那笑声好像不是我们村里小孩的。"

姥爹见她关了窗户，便也踏上了归程。

第四天姥爹没有去冯俊嘉家，他是打算隔一天再去的。尚若然在他耳边总絮絮叨叨的话，总算让他有了一些顾虑。

那天太阳即将落山的时候，马岳云见姥爹还躺在那把老竹椅上抽烟，便问道："您怎么还没有去冯俊嘉家呢？"

姥爹吐出一口烟雾，懒洋洋说道："老去不好吧？别人就算是嫌弃我，也不好说出来。我以后隔一天去一次。"

竹溜子在房梁上吸着姥爹的烟，惬意极了。

白先生已经垂垂老矣，躺在姥爹的老竹椅下面闭目养神。它已经吃得很少很少了，有时候一段时间里马岳云见它好像什么都没有吃，于是常常担心它睡着睡着就死了。马岳云在它睡觉的时候又不好打扰它，便在不远不近的地方偷偷观察，看它的肚皮是不是在起伏。可是它的肚皮起伏的幅度也非常非常小，马岳云要细细地看好久才能看出来。

马岳云道："哦，那也好。您可以多休息休息。"在那段日子里，马岳云发现姥爹苍老了许多，原来一头的青发，现在偶然能看见一两根扎眼的银发。他的身子也没有那么直板了，微微佝偻了一些，走路的步子也没有以前那么利索。

就是那天晚上没去，结果冯俊嘉那边出事了。

冯俊嘉以为姥爹会去他那里的。到了往日姥爹来到他家的时间，冯俊嘉还去门前看了好几次，盼着姥爹早点来。因为屋里的小米又开始哇哇地哭了。她似乎也记时间，发现这天姥爹还没有来，便哭得比以前还要厉害，几乎是扯着嗓子哭的，哭得脸都发紫了还不停歇。

颜玉兰手忙脚乱，显然她还没有做好当母亲角色的准备。她唯有抱着小米晃来晃去，哼着她自己也不记得词的儿歌。

"月亮粑粑，里面坐个爹爹。爹爹出来买菜，里面坐个奶奶。奶奶绣花，绣只蛤蟆。蛤蟆落在井里，变只斑鸠……"唱到这里的时候，颜玉兰便想，落在井里的蛤蟆怎么会变成斑鸠呢？这一想就忘记后面的词了。

于是，她换了一首童谣："大月亮，细月亮，哥哥在堂屋做篾匠，嫂嫂在厨房蒸糯米，蒸得喷喷香，不给我吃，不给我尝……"唱到这里她又停住了，心想这嫂子也太过分了，居然不给小叔子吃糯米。

小米似乎也很伤心，哭得更加凶猛，那声音几乎要将颜玉兰的耳朵震聋。

冯俊嘉见他妻子没有办法，便说道："你把孩子给我吧，我抱她出去走走，说不定路上可以撞见马秀才呢。"

小米听到冯俊嘉的话，哭声立即收敛了许多。

冯俊嘉道："你看，她是想见马秀才，哭声都小了。"

颜玉兰点点头，将小米交给冯俊嘉，说道："这小米真是怪了，这么小就黏马秀才！"

冯俊嘉道："这有什么好奇怪的？你怀着她的时候，是谁天天在这里给小米念经求福求平安？她听到马秀才的声音比我们的要多很多，自然要黏马秀才一些。"

"说的也是。那你快抱她出去看看吧。马秀才今天为什么还没有来呢？不会是家里有事吧？"颜玉兰伸长了脖子想从窗户那里望出去，可是看到的范围非常有限。

冯俊嘉抱了小米走出了门。他往姥爹来的方向走，小米便没有哭了。他走了一段距离，没有撞到姥爹，于是在路边一户人家坐下来歇脚。

坐下来之后，他和那户人家的人聊到了天黑还不见姥爹来。

他想起姥爹对他千叮咛万嘱咐的话来，于是急忙告辞，抱着小米往家的方向走。

走了一段路后，他觉得有些不对劲了。明明刚才从家里出来走到这里没有走多远路，现在从那户人家走回去却花了两倍的时间，并且还没有看到家门。

他停了下来，再看看左右，觉得环境有点熟悉又有点陌生，像是自己村里又像是到了别的村里。

他瞧了瞧前方，似乎再走一段路就能到家了。他回头瞧了瞧后面，好像那户人家的房子就在不远处。

于是，他继续往前走，希望再走一会儿就到家了。

可是走了一会儿之后，冯俊嘉发现自己还是没有到家，前面的路似乎走不完，而两边的景色越来越陌生。

是不是不小心走错了路？他心想道。他很快就确定了这个猜测，因为脚下的路不像是村里的。

他低头看了看小米，小米居然露出了一丝诡异的笑。

冯俊嘉没好气道："真是不懂事，我走错了路你还笑！"话刚说完，他听到了更加清晰的笑声。

咯咯，嘻嘻，哈哈……

那声音忽近忽远，忽高忽低。

冯俊嘉开始还以为这声音是怀里的小米发出来的。再次低头看了看小米，小米不过是抿嘴微笑而已，并没有笑出声来。

渐渐地，冯俊嘉听得更加清楚了。那不是小米这样的婴儿能发出来的笑声，而是比她再大两三岁的小孩子才能发出来的笑声。并且笑声不是一个小孩子发出来的，而是好几个小孩子仿佛在逗玩的过程中发出的笑声。

冯俊嘉听到那笑声之后忍不住打了一个寒战。那笑声虽然听起来天真无邪，却又隐隐地带着瘆人的感觉。

"谁在那里？"冯俊嘉虚张声势地喊道。实际上他不知道笑声是从哪个方位传过来的，仿佛被吹得乱七八糟的树叶一样到处飞舞。

笑声中有了几分得意，似乎躲藏的孩子们开始兴奋了。

冯俊嘉着急地前顾后盼，心中诧异道，怎么在自家门口迷路了？

他的猜忌点醒了自己——恐怕是遇到迷路神了！马秀才特意提醒过，叫他不要在太阳落山后带小米出来，说是怕招惹不干净的东西。他没想到这么快就撞上了。

这时候，他做了一个错误的抉择。他看了看前面，觉得再冲一段距离就百分百能到自家门口，于是抱紧了小米，迈开大步急速朝他认为正确的方向冲。他以为只要冲出迷路神的圈套就能摆脱迷幻。

可他忘记了自己是依靠眼睛辨别方向的。只要眼睛被幻象迷惑了，那么他的方向就不准确了。

他冲出了好远，忽然发现前面没有房屋的影子了，而是一片一望无际的水田，水田里都是水，水顺着田埂的暗沟流淌，发出山溪一般的叮叮咚咚声。

而那孩子的笑声一直尾随其后，无法摆脱。

当他停下的时候，那些看不见的孩子笑得更欢了，仿佛他们的恶作剧得逞了一般。

冯俊嘉再次回头一看，生他养他的村庄离他有了三四里的距离。他知道自己很难走出迷路神的圈套了，焦急地跺脚。

这时，一个声音从不远处响起："冯俊嘉，你怎么跑到这里来了？"

冯俊嘉听到那声音，觉得有几分熟悉，顿时心中高兴不已。他左边看看，右边看看，终于看到了一个熟悉的人影。

"余谷叔？"冯俊嘉心里稍稍踏实了一些。那个人是村里的余谷叔，跟他和他爸都很熟。他心想，有了熟人的话，自己就能叫熟人带出去。

一股冷飕飕的风从他脸上掠过，让他不禁缩了缩脖子。

"嗯。"余谷叔点了点头。

"余谷叔，你能带我回村子里去吗？我不知怎么搞的，突然就到这里来了。"冯俊嘉如同抓住了救命稻草，生怕余谷叔突然消失。

余谷叔笑着摇摇头，说道："不行呢，我不是往村子里去，是往村外去。"

冯俊嘉顿时如同被人兜头泼了一盆凉水。

余谷叔并不管他，兀自往村外的方向走了。

冯俊嘉从余谷叔的背后看去，看到他脑后粘着几根稻草，晃晃悠悠的，像是要掉下来，却没有掉下来。

突然，那几根稻草变成了红色的。紧接着，红色的液体顺着稻草秆儿淌下来，在余谷叔的身后落成了一朵接一朵的梅花。

冯俊嘉这才想起余谷叔早已去世了。他是在去年秋天去世的，死因是脑袋伸进打谷机里被滚筒上的铁牙打在后脑勺上。他当时血流不止，倒在了稻草堆上。等人上前救助的时候，他已经咽了气。他是被一起在水田里干活儿的人抬回来的。抬回来的时候经过冯俊嘉家门口，冯俊嘉看到余谷叔的后脑勺上还粘着几根稻草秆儿。

一股巨大的寒意从地下蹿起，从冯俊嘉的脚底传到了头皮。

余谷叔忽然抬起手挠了挠血淋淋的后脑勺，手上粘了许多血。然后，他回过头来，眼神忧虑而痛苦地看着冯俊嘉，幽幽地说道："这里很危险，你快回去吧。"

说完，他转过头去，继续往离开村庄的方向走，很快就消失不见了。

冯俊嘉知道他是亡魂，不敢跟过去，于是掉头朝村里走。刚走几步，身后便响起了嗒嗒嗒的脚步声，之前小孩子们的笑声也更加响亮了。冯俊嘉回头一看，身后果然有四五个小孩子扯着他的衣服。那几个小孩子嘴唇都是乌黑的，脸上有灰色印记，穿的衣服有春季的，有夏季的，也有冬季的。

"小米，小米，下来玩啊！"一个领头的小女孩一边拉扯冯俊嘉的衣服，一边对着他怀里的小米喊道。

冯俊嘉知道这几个小孩子来路非同寻常，于是愤怒呵斥道："小米连路都不会走，怎么跟你们玩！快让开！"

那个小女孩不依不饶，拉扯他的衣服央求道："你让小米跟我们玩嘛！"其他小孩子也拉拉扯扯。

冯俊嘉怀里的小米居然跟着咯咯咯咯地笑起来。

冯俊嘉感觉很不对劲，急忙往村子的方向奔跑起来。他知道自己这样奔跑也不一定能摆脱迷路神的圈套，但是此时他能想到的除了奔跑没别的办法。

小孩子毕竟是小孩子，步子没有大人那么大。很快，冯俊嘉就将那几个小孩子甩得不见了踪影。但那笑声仍然飘飘忽忽，并未完全消失。

又走了一段路，迎面又走来几个老太太。

冯俊嘉一看见那几个人，立即想绕开。那几个人冯俊嘉都认识，不过认识她们并不是什么好事，冯俊嘉也不期待她们能带他离开迷路神的圈套。因为这几个人像余谷叔一样，都是村里早已过世的人。

冯俊嘉心想，怪了，今晚怎么总碰见已经过世的人？莫非到了灵界不成？

他想避开，但是那几个人见了冯俊嘉，热情地打招呼，就像他们生前见到冯俊嘉一样。其中一个老太太喊道："俊嘉！俊嘉！别走啊！"那已经过世的老太太一面喊一面奔跑过来。

冯俊嘉怕那些阴气侵扰小米，将小米抱得紧紧的，勉强敷衍道："哎，哎，没走呢。有什么事啊？你们……你们怎么都回来了？"他本想说，你们死都已经死了，干吗要来村里骚扰活人呢？可是这么说不太礼貌，于是他换了一个方式，问她们怎么都回来了。这样比较隐晦，他们也应当能听懂其中的意思。

那过世的老太太"哦"了一声，明白了冯俊嘉的意思，然后回答道："我们来是要找小米的，她是魄转世，恶性重，肯定会给我们村里的人带来不祥。我们要趁她还没有长大就把她带走，免得以后难办。"

冯俊嘉心中一惊。小米就抱在他的怀里，暴露在对方的视野之内。冯俊嘉不知道该如何应答。

那老太太问道："不知道你看到小米没有？"

冯俊嘉更加惊讶了，明明小米近在眼前，对方却问他看到小米没有。莫非这老太太过世之后眼睛坏了？他记得这位老太太生前确实眼睛不太好，他以前路过她家的时候常常被她叫到屋里去，要他帮忙穿针，她自己看不见针眼，无法将线头穿到针眼里去。可是眼睛再不好，也不至于到这个程度。

更奇怪的是，其他几个随后跟上来的过世的人也纷纷问道："你看到小米没有？"那些过世的人跟生前没有太大区别，就是脸色苍白一些，衣服鲜艳一些而已。

冯俊嘉猜想，衣服鲜艳应该是入殓时换上了花团锦簇的寿衣的原因。老太太们跟老头们还不太一样，老太太除了跟人比棺材比双金洞，还有一个非常看重的东西就是寿衣了。那时候生活质量不太好，寿衣的布料其实都比较差。为了弥补这一缺憾，老太太们便在寿衣的刺绣上下功夫，绣很多的花和其他图像，似乎弄得越热闹越好，越鲜艳越好。所以后来有人看到别人穿得太艳的时候，就会说："你看那人衣服穿得像寿衣一样！"

冯俊嘉看着那些鲜艳得有些扭曲的衣服，不知道该摇头还是点头。他担心老太太们只是试探他，看看他愿不愿意交出小米。如果自己说没有见到，她们或许就会蛮横地夺走小米；如果自己说见到了，她们就会叫他交出小米。

这也许只是她们先礼后兵的做法。

生前经常叫他帮忙穿针的老太太见他没有回答，便回头对其他人说道："看来他是没有看到咯，我们去别的地方找找吧，绝不能让小米在这个村子里活下去，绝不能让她祸害我们的后人！"

其他人纷纷呼应。

然后，她们离开了冯俊嘉，去了别的地方。

冯俊嘉低头看了看小米，小米已经睡着了。冯俊嘉心里犯嘀咕，为什么那些过世的老太太没有发现小米就在他的怀里呢？还有，为什么那些老太太说小米会祸害村里的人呢？

他想不明白。

他暂时没有精力想那么多，他要继续寻找回家的路。

跌跌撞撞糊里糊涂又走了一段路后，他听到了他母亲的呼唤声。

"俊嘉……俊嘉……你去哪里了……"他的母亲呼喊道。

在冯俊嘉小的时候，他母亲也经常在傍晚或者更晚的时候在村里各处寻找呼喊。

他大了些之后知道什么时候该回家，他母亲就没有这么喊过了。时隔多年再次听到，他不禁有种时间穿越回去了的感觉。母亲的声音仿佛是一条有牵引力的绳子，可以将他拉回去。小时候他特别讨厌这样的牵引力，觉得是一种无形的束缚。此时此刻，他却激动万分，生怕这种牵引力消失，他急忙大声呼应道："妈……我在这里……妈……我在这里……"

喊完之后，他担心母亲不再喊他了，于是又喊道："妈……继续喊我！继续喊我！"

亲人与亲人之间有时候感应非常准确。他的母亲听到了他的声音，没有一丝犹豫和顾虑，立即提高了声调喊道："俊嘉……快回来哟……"他的母亲似乎从他的声音里瞬间感知到了儿子身处的环境。

迷路神能制造幻象迷惑人的眼睛，但是无法迷惑人的耳朵。

冯俊嘉从母亲的呼唤中渐渐辨别出了回家的方向。他就如茫茫大海中的一叶扁舟，在迷失的时候突然有一根绳拉扯它往靠岸的方向行驶。

"俊嘉……快回来哟……"他的母亲喊了又喊，有些着急了。

在那一刻，冯俊嘉突然明白了喊魂的意义。或许丢掉的魂儿在外迷失彷徨的时候，只要听到亲人的呼喊，就能如同得到指引一般找到方向，回到身体里来。

而在此时，他觉得他跟丢掉的魂儿一样没有区别。他要回到家里去，就如魂儿要回到身体里去一样。

冯俊嘉不顾眼前看到的是什么了，他不再按脚下的路行走，而是按照母亲的声音行走，遇见坎就跨过坎，遇见沟就跳过沟，遇见水田就踩入软绵深陷的水田中，顾不得鞋子和裤子是不是弄脏弄湿了。他知道，那些沟，那些坎，那些水田是视觉给他造成的一道屏障，是试图让他走上错误道路的障眼法。人总是容易被眼前的一切搅乱心智，眼睛是认识世界的窗户，却也是最容易被欺骗的弱点。

母亲的声音越来越近。

在母亲的声音似乎触手可及的时候，冯俊嘉眼前出现了一道高高的围墙。围墙之上便是天空的星星。冯俊嘉往围墙的两头看，围墙的终点隐没在夜色之中。他知道，如果顺着围墙走过去，他又会离家越来越远。他想爬过去，可是手伸到最高的地方也没有可以抓住的东西。

于是，他闭上了眼睛，干脆一头朝那围墙撞去。

这一撞，他便撞在了母亲的身上。

他母亲顾不得身上的疼痛，一把抓住冯俊嘉，惊慌地问道："儿啊，你是不是遇到迷路神了？"

冯俊嘉点点头，看了看手和胳膊，并没有撞围墙留下的伤口或者痕迹，便知道刚才的围墙是假的。但是裤子和鞋子已经脏兮兮湿漉漉了。

"小米没事吧？"母亲问道。

"她倒没事，好像睡着了。"冯俊嘉说道。

"那就好。快回屋里去，喝点热汤，烤烤火！"母亲拉着他踏上回家的路。

冯俊嘉这下心里才踏实了。他环顾一周，发现这里是村口。眼前的景物都是熟悉的。原来奔跑了这么久才回到村口。

第二天，他回到村口去看，发现自己的足迹都在一块水田和周边的田埂上。原来他昨晚一直在一块面积不到两亩的水田周围走！

他不过是当晚有点哆嗦，但是第二天就好了，精神抖擞。可是小米没有好起来。待他在村口看过再回来，颜玉兰忧愁满面地对他说："小米睡到现在还没有醒过来，是不是昨晚受到惊吓了？"

冯俊嘉不安道："今天睡得多一点是不是也算正常？"

颜玉兰道："我叫她都叫不醒。要不是还有呼吸，我都以为……"后面的话她咽了回去。

"你昨天就不应该那么晚才回来！"颜玉兰眼睛一红，泪水就下来了。

躺在她旁边的小米依旧紧闭着眼睛，似乎故意不关心他们的谈话。

冯俊嘉想起昨晚的情形，那些老太太没有看到小米，莫非说明那时候小米的魂魄已经走掉了？老太太或许看到了他怀中抱着一个娃娃，但是这个娃娃体内没有魂魄，所以她们没有辨认出来，这才询问他小米去了哪里的？

这么一想，冯俊嘉昨晚的疑问就得到了解答。

"你还愣在那里干什么呢？还不快点去请马秀才来看看？"颜玉兰愤愤道。

"哦，哦，我马上去。"冯俊嘉意识到小米的魂魄是被昨晚那几个脸上有灰色印记的小鬼带走了。

他还没出门，姥爹就从门槛外跨了进来。

进门一见到冯俊嘉，姥爹就问道："小米怎样了？"

原来姥爹在家闷了一天之后，今天早上实在坐不住，一大早吃完早饭就过来了。他走到村口的时候，看到旁边一块水田被踩得稀烂，水田里有无数个深脚印，田埂上有无数个泥脚印。

姥爹一看就知道，昨晚有人在这里撞到迷路神了。当时他就担心遇到迷路神的是冯俊嘉家里的人。

刚才姥爹进门看见冯俊嘉神色慌张，心中便有了七八分把握，于是问出那样的话来。

冯俊嘉见了姥爹就如见了救星，急忙挽住姥爹的手，说道："哎呀，马秀才，你可终于来了！都怪我没有记住你的话，害得小米昨晚怕是丢了魂儿了！"

"怎么会丢了魂儿呢？"姥爹一边说一边跟着冯俊嘉进了里屋。

颜玉兰见姥爹进来，惊讶道："这么快？"

姥爹急忙上前接过小米，扒开眼皮看了看，又检查了手掌和头发还有耳朵。检查完后，姥爹说道："果然是丢了魂儿！你快说说昨晚是怎么回事。"

冯俊嘉便将昨晚遇见的一切从头至尾说了出来。

姥爹说道："那就是在你遇到那些老太太之前小米的魂魄就丢了。"

冯俊嘉问道："为什么她们说小米会祸害村里人呢？"

姥爹只好含糊回答道："那我就不太清楚了，不过我会尽力让她们担心的事情不会发生。现在关键的问题是要把小米的魂魄找来。"

"是晚上去喊魂吗？"冯俊嘉问道。

"魂儿丢了的话，最直接的方法当然是喊魂。可是你这个情况跟一般的丢魂儿还不一样。"姥爹眉头紧蹙。

"不都是丢魂喊魂吗？怎么不一样？"冯俊嘉焦急问道。

"别的小孩子丢了魂儿，大多是因为玩心重，忘记了回家；或者在某个路口被惊吓到，魂魄吓得离了体。这些情况的话，大人只要将小孩子当天玩过的地方走一遍，喊一遍，就能将魂魄喊回来。"

冯俊嘉点头。

"可你昨晚是遇到了迷路神，也叫鬼打墙。你自己都不知道跑到哪里去了，我们又去哪里找？"

"我不是在水田里打转吗？去水田那里喊不就可以了？"冯俊嘉道。

"可是你从最后那户人家出来到水田之间经过了哪些地方你知道吗？再者，那些尅孢鬼有意为之，必定不会让小米留在容易找到的地方。"

"那该怎么办？"

"你村里有铁匠铺吗？"姥爹问道。

"你问这个干什么？"

"有的话，我可以试试其他的方法。"姥爹当时想的是按走家的解救方法试一试。

冯俊嘉摇头道："我们村没有。别的村行吗？"

姥爹摇头道："一方土地神管一方土地，别的村的铁匠铺只能对别的村的人起作用。"看来按走家的解救方法是不行了。

"还……还有什么办法吗？"

姥爹想了想，沉重地说道："看来只有请那些东西帮忙了。"

"那些东西？什么东西？"冯俊嘉看着姥爹的脸渐渐暗沉，心扑通扑通地跳。

"他们的同类。"姥爹说道。

"阴灵？"冯俊嘉哆嗦了一下。

坐在床上的颜玉兰也一惊，但她没有说话。

姥爹点点头，说道："三四十年前，我有一个叫罗步斋的朋友跟我一起住在画眉村。但是在他来画眉村之前，他是跟阴灵魂打交道的。俗话说，有钱能使鬼推磨。他就是让鬼推磨的人。当然了，鬼有钱也能使人推磨，后来他栽在鬼的手里，才来到这里的。我在他那里学了一点道术，可以驱使你们村里的阴灵帮帮忙找一找小米。阴灵的同类去找的话，比我们找要方便得多，容易得多。"

"让阴灵去找小米的魂魄？"冯俊嘉惊恐道，"这……这……"

"你不用担心。我不会把阴灵引到屋里来的，不会影响你家里其他人。"

"我不是这个意思，我是担心让阴灵来找小米的话，会不会对小米不利？"

姥爹道："是药三分毒，有危险也得试一试。要想让小米回来，除了这个办法没有其他办法了。你家里还有烟没有？"

"烟？有，有，有！"冯俊嘉急忙返身要去屋里拿烟。

姥爹拉住他，说道："有就行。现在不急，等晚上了再用。"

吃完晚饭，冯俊嘉拿了一整条烟出来。

"不用这么多，散烟就行了。"姥爹将他的烟拆开，拿出一小包，又从小包里抽出了三根，然后一一点上。

姥爹拿着三支点燃的烟，来到冯俊嘉家的大门口，跨出门槛往前走了七步，然后停下，用手松了松面前的泥土，再将手里的三支烟像插入香炉那样插入泥土中。姥爹后退了一步，朝那三支烟拜了拜，祈祷道："诸位，除了自家祖先，我马某人从来没有拜过鬼，没有给鬼奉献过我的虔诚心。今天我是第一回拜你们，求你们，希望你们中的有心者帮我将小米的魂魄找到，然后告诉我。"

冯俊嘉见状，急忙挨着姥爹跪下，对着那三支烟拜，说道："我也给你们拜！只要你们能帮忙找到小米，我以后也给你们拜！"他清楚姥爹为什么这么做。他家原来有梁上仙作祟的时候，梁上仙就是为了接受人们的跪拜，从而获得修炼之本。同样的，鬼神也需要人的跪拜。一般人跪拜的次数太多了，就如同煮过多次的菜，没有味道了，如同熬过多次的药，没有疗效了。这画眉村的马秀才不同，他本身是鬼类畏惧的人，又极少在其他鬼神面前跪拜，所以他的跪拜对鬼神来说尤其有价值。

拜完，冯俊嘉依然有些怀疑，他悄悄问姥爹："这样就能让阴灵帮忙吗？"

"嘘——"姥爹示意他别说话。

冯俊嘉见姥爹这样，立即噤了声。

这时，一阵小旋风平地而起，缓缓移到三支烟附近来，却没有将三支烟吹倒。小旋风绕着三支烟转了一圈，然后消失了。

"来了？"冯俊嘉忍不住小声问道。

姥爹点点头，又招手示意他别说话。

那股旋风消失后，姥爹和冯俊嘉看见三支烟中间的那支突然由暗红变得通红，比旁边两支烟要红许多，仿佛被人吸了一口。烟头通红了一下又暗淡下去，很快，它又变得通红，如同被人又吸了一口。

如此接连几下之后，中间的那支烟明显燃烧得比旁边两支要快了许多。姥爹曾用三支香来"看香头"占卜，但是烟跟香不一样，香本身由于粗细或者制作工艺就有燃烧快慢之分，而烟不同，烟的粗细和密疏几乎完全一致，燃烧的速度也几乎是一样的。

因此，那根烟并不是平白无故燃烧那么快的。

"阴灵在吸烟吗？"冯俊嘉再次忍不住小声问道。

这次姥爹没有回答他，只是默默地看着中间那根烟燃烧殆尽。而此时两边的烟还没有燃烧到一半。

中间的烟头熄灭之后，那股旋风又平地而起，呜呜地离开了。

待那旋风离开，姥爹立即拉着冯俊嘉进屋，说道："他已经走了，我们坐在屋里等待就可以。"

"他找小米的魂魄去了？"冯俊嘉将信将疑。

姥爹道："是啊。进屋吧。"

"可是……如果找到了，他怎么告诉我们呢？"冯俊嘉问道。

姥爹道："他来了我自然知道的。"说完，他拿出已经拆开的那包烟看了看，然后放进了兜里。

冯俊嘉以为姥爹要留下那包烟自己抽，忙说："马秀才，你再拿几包回去抽吧。我平时抽得少。"

姥爹解释道："我不是要抽烟，待会儿这些烟还用得着呢。"

"还要给阴灵抽吗？"冯俊嘉问道。

"待会儿你就知道了。"姥爹在堂屋里坐了下来，他略显疲惫，揉了揉眼睛。父亲在世时常说"男儿膝下有黄金"，叫他不要轻易下跪。可是今天他将膝下的黄金献给阴灵了。似乎是从那之后，姥爹的身体就越来越欠佳。

两人进屋坐了一会儿，忽然听到外面有呜呜的风声响起。

姥爹立即从椅子上弹跳起来，如受了惊的老鼠一般朝门外蹿去。

冯俊嘉没想到姥爹会这么激动，还想喊他慢一点，免得摔倒。可是他的喊声还没有出来，姥爹的身影就已经出去了。

等冯俊嘉赶出来的时候，姥爹已经点上了一支烟。不过姥爹没有将那支烟叼在嘴里，而是四平八稳地捏在手里。

"阴灵呢？阴灵呢？"冯俊嘉四下里瞄，没有瞄到什么东西。那呜呜声也已经没有了。外面没有一丝风。周围的树和草都一动不动，仿佛钢铁打成的一般坚硬。

姥爹道："看烟。"

冯俊嘉朝姥爹手里的烟看去，只见烟头冒出的烟朝一个方向飘去，仿佛有个淘气的孩子对着烟头吹气。

姥爹对着烟飘去的方向努努嘴，说道："走，我们朝那个方向走。"

冯俊嘉和姥爹便朝着那个方向走。走到一个岔口的时候，姥爹说："等一等。"

很快，烟的方向改变了，指向了其中一条岔道。姥爹叫冯俊嘉拿住烟，然后从小包里掏出另一根，将烟头按在那根燃着的烟头上，然后吸了两口。"好了。"姥爹说道，将先前那支即将烧完的烟扔在地上，用脚踹灭，然后按照新烟飘去的方向行走。

如此反复点了十根烟后，姥爹和冯俊嘉来到了一个偏僻的小山坳口。

一到山坳口，冯俊嘉就浑身哆嗦个不停。他悄悄对姥爹道："这叫做瞎子坳。"

"哦，原来瞎子坳在这里！"姥爹恍然大悟。姥爹早就听说过这里有个叫做"瞎子坳"的地方，说是邪门得很，晚上走到这里来的人都会变成"瞎子"。"瞎子"并不是真的眼睛瞎掉，而是伸手不见五指，辨认不清方向。在有雾的季节，别的地方的雾都散了，这里的雾迟迟不散，要延迟到中午。

有人说这里的湿气很重，也有人说这里是养尸地。养尸地的意思是，如果这里埋了尸体，尸体不会腐败，还极有可能死而复生。他们村里就曾有人因为太穷，没有一块属于自己的地，于是被埋在这个没有人要的地方，连棺材都没有，就用一个草席卷起来埋掉的。没过几天，那个人居然从土里爬出来，回到生前的房子里去了，把村里人都吓了一跳。村里人以为他变成僵尸了，众人聚集起来要将他打死，后来发现他不是僵尸，也没有伤害别人的倾向。他忘记了生前几乎所有的事情，看到熟人会高兴，但叫不出熟人的名字，力气突然变得很大，能抓住牛角将牛扳倒在地。他在村里又活了十多年才再次死去。这回没人敢将他埋到瞎子坳去了。他也没能再回到村子里来。

姥爹从山坳口往里走了一步，果然发现四周立刻变得漆黑，只能看到手中那个暗红的烟头，捏着烟头的手指全部看不见。

姥爹退后一步，手指又能看到了。

"果然是瞎子坳！"姥爹感叹道。

冯俊嘉不敢进去，说道："马秀才，这可怎么办？我们进去的话也看不到任何东西，如何找得到小米？"

姥爹说道："已经到这里了，就不用进去了。"

"不用进去？"

姥爹点点头，然后对着瞎子坳喊："小米……小米……回来哟……"

姥爹刚刚喊完，看不清的瞎子坳里立即响起一阵孩子们的笑声。那笑声跟他们之前听到的非常相似，但里面多了一个人的笑声。姥爹听出来了，那是小米的笑声。她似乎已经跟那些小孩子打成一片，似乎非常高兴能跟他们一起玩耍。

"小米……别贪玩了……回家吧……"姥爹继续喊道。

冯俊嘉张了张嘴，却没有喊出一句话来。他可能还是有点恐惧。

那几个孩子的笑声停止了。其中有个小女孩的声音窃窃地说："小米，有人叫你回家呢。不要回去嘛，跟我们一起玩啊。"

另一个小男孩的声音响起："是啊，留在这里跟我们一起玩吧。"

姥爹心中犹疑。这尪孢鬼怎么会跟小米商量呢？尪孢鬼是不会跟小孩的魂魄这样商量的。他们要么骗不知情的小孩跟他们一起玩耍，要么强拉硬拽不让小孩走。总之既然骗到了就不会轻易让小孩的魂魄再回去的。

冯俊嘉终于忍耐不住了，对着漆黑一片的瞎子坳喊道："小米，别听他们的！他们都是害你的！快回来吧！"

冯俊嘉的喊声并没有完全遮掩小米的话。

在冯俊嘉大喊的时候，姥爹听到了小米对那些尪孢鬼的回答："我来这里并不是你们骗来的，而是我自愿。我就是怪马秀才昨天没有来看我而已。既然他都找来了，那我先回去，下次再来找你们玩吧。"

姥爹顿时明白了。以小米生前积累的修为，这些小鬼还强制不了她。她是因为他昨天没有到这里来而生气了，这才主动跟那些小鬼一起玩的。

她就是要让他担心。

这便是小米的魄的本性所在。

姥爹知道，即使在小米生前，这些本性也是存在的，不过那时候小米的魂可以牵制魄，所以没有表现出来。但没有表现出来并不说明不存在。每个人都有不为人知甚至不为己知的一面，当表现出来的东西被取缔之后，未曾表现出来的东西便会显现出来。

冯俊嘉大喊的时候没有听到小米的声音，喊完之后问姥爹道："小米会听我们的，跟我们回去吗？"

姥爹点头道："会的。只要我们到了这里，她就会回来。"

冯俊嘉将信将疑。

姥爹问他道："你听说过'人小鬼大'这句话吗？"姥爹担心待会儿小米的魂魄走出来，冯俊嘉却不认识。

冯俊嘉说道："听是听说过。这个时候说这句话，是有别的意思吧？"他的直觉还算准。

姥爹将在李耀冬面前解释过"人小鬼大"的话又给冯俊嘉解释了一遍。

"你的意思是说，小米的魂魄要比她实际的年龄大一些？"

姥爹点头道："是的。所以待会儿见到她，你不要太惊讶。"

"嗯。"冯俊嘉点头道。

"小米……回来吧……"姥爹又对着瞎子坳喊。虽然已经知道了小米的魄的心思，但他还是要多喊几次，免得小米的魄又因为他没有多喊她几次而赌气。

冯俊嘉也在旁呼唤小米。

两人喊着喊着，就看到小米从瞎子坳走了出来。她确实看上去要比现在小米的实际年龄大几岁，但脸型和眼神跟现在的小米极其相似。

"小米！"冯俊嘉激动得要上前抱住她，被姥爹一把拉住。

"好了，回去吧。"姥爹对她说道。他不想太放任小米的魄，怕她以后更加放肆。同时，姥爹看到小米的脸上有了一道灰色的印记，如同小棍子抽打后留下的瘀青。她的脸色苍白了许多，仿佛白纸一般。

说完，姥爹忍不住咳嗽了一声。

小米刚出现的时候，脸上还是负气的表情。当听到姥爹咳嗽一声后，小米慌忙朝姥爹瞥了一眼，眼神中有隐隐的担忧。但她很快又将那担忧隐藏起来，仍然将嘴角往下一拉，做出仍然不高兴的表情来。

冯俊嘉听到姥爹的咳嗽声，也有些担忧，问道："您怎么咳嗽了？是不是身体不舒服？"

姥爹心里其实很清楚，刚才给阴灵跪拜了，阴灵是一定要从他这里取走他想要的东西的。他不能像阿爸许那样"坑骗"别人的钱物，只能用自身的东西偿还给鬼。

姥爹摇摇头，说道："不碍事。毕竟上年纪了，身板不能跟年轻时候比。"

小米侧目，又立即收回。

"最近真是太麻烦你了，实在不好意思。"冯俊嘉抱歉道。

姥爹摆摆手，刚想说几句客套话，可是嗓子眼里又痒起来，于是用手捂住嘴，一连咳嗽了好几声，咳得腰都弯了下去。

冯俊嘉连忙上前给姥爹拍背。

小米站在一旁，两只眼睛似乎空洞又似乎有些意味地看着不停咳嗽的姥爹。

姥爹扶着旁边的小树，脸色难看地站了一会儿，终于气息顺畅了一些。他招招手，说道："走吧，走吧，早点回去。魂魄离开得越久越不好。"

姥爹和冯俊嘉领着小米走回家。

姥爹和冯俊嘉跨进屋里之后，小米便不见了。

接着，屋里传来了小米的哭声……

冯俊嘉进里屋之前，姥爹拉住冯俊嘉，说道："以后如果看到其他小孩要抱她或者逗她的时候，你一定要阻止。"

冯俊嘉知道姥爹的意思，用力地点头。

姥爹在冯俊嘉家里坐了一会儿，陪了一会儿小米，然后披着月光回了家。

一回家，马岳云就告诉姥爹，白先生已经躺了一天了，没有吃东西，怕是扛不下去了。

马岳云说这话的时候，竹溜子正在房梁上盯着姥爹，两只眼睛放光，哀怨地吱吱吱地叫，似乎它也已经预感到它的天敌朋友时日无多了。

姥爹不顾疲惫，忙去看白先生。

白先生见姥爹过来，勉强睁了睁眼，然后又闭上了。它呼吸微弱，肚子像薄饼一样在地上摊开，比平时要宽大了许多，也薄了许多。

白先生一死，小米的魂就会失去寄托之所，也就会散了。

马岳云说道："如果白先生……"

姥爹立即制止马岳云说话，将马岳云拉到外面，然后说道："你要说什么，现在说吧。"

马岳云道："如果白先生有个意外的话，您考虑过怎么处理小米的魂没有？"

姥爹无可奈何道："收魂的方式有千百种，但是大多是制压禁锢，对魂有损害，也会引起怨念。要达到白先生这样保护的方式，恐怕是没有可能。"

"我早就担心过这个状况，所以偷偷留意过其他的方式。前不久我听说王家塅那里有一座猫灵山，我就想，万一白先生有个不测，我们是不是可以把小米的魂暂时寄托在猫灵山那里。那猫灵山有猫鼻子，据说是猫灵山通气的地方。白先生就是通过吸走小米的殃气而获得小米的魂的，我们是不是可以让那猫灵山吸走白先生残留的最后一口气，让小米的魂转移到猫灵山里去呢？"

"猫灵山？"姥爹一时没想起猫灵山这件事。

"以前有人问过您，但是您没有当回事，还记得吗？"马岳云问道。

姥爹还是没有想起来。

于是，马岳云将猫灵山的事情大致说了一遍。

马岳云说完之后又问道："大家都说猫灵山已经憋死了，不知道您有没有办法让它再活过来？"

姥爹惊喜道："这用不着我来救活它。只要将那水泥做成的坟迁走，猫灵山自然就会活过来。"

"那么我说的办法可行？"

"当然可行。"姥爹说道。

于是，马岳云去王家塅找到当年将"猫鼻子"卖出去的人，从他那里问到那个叫花子亲人的联系方式，然后让叫花子的亲人将叫花子的坟迁走，并给了叫花子亲人一笔钱。

叫花子的亲人见自己家族败落，便没有那么看重那块地了，也曾想过将叫花子的坟迁走，不过苦于家道败落后没有足够迁坟的钱，所以搁置了。现在马岳云主动找过去，他们自然求之不得。

叫花子的坟迁走后不到四天，白先生已经连眼睛都睁不开了。它好几天不进水也不进食，但就是不咽气。

姥爹知道白先生的心思，说："白先生还强撑着，它是担心小米的魂没有归处。"

鬼戏子阿东曾经给姥爹说过让小米顺利转世的办法——在小米一周岁之后将小米的魄驱走，然后及时将白先生体内小米的魂转移到小米的身体里去。转移过程中应该注意的几点他也一一跟姥爹说明了。那是他从其他阴灵那里打听来的。对于婴儿来说，不满一周岁的时候魂魄实在太浅，本身就容易离开，也容易被其他阴灵占据。如果此时转移魂魄，转移后的魂魄依然容易离开，所以效果不大，且容易被其他阴灵抢夺先机。超过一周岁的话，魂魄和身体已经融合联系在一起，其他的魂魄想要占据就比较难了。只有在刚刚满一周岁的时候，身体已经熟悉了它的魂魄，此时联系紧又不够紧，松又不太松。如果此时能将小米的魄驱走，及时让小米的魂占据，那么她的身体不会太排斥小米的魂——毕竟它们曾经是一体的，又不接受周围其他虎视眈眈的孤魂游鬼抢夺，所以是转移魂魄的最佳时机。此时如果能转移成功，日后慢慢培养小米的魂渐渐生出新的魂魄来，那就高枕无忧了。

可是现在小米还不到一周岁，姥爹不能提前这么做。

因此，眼前最好的办法就是将白先生体内小米的魂转移到同样安全的地方。

姥爹带着白先生到了猫灵山的猫鼻子旁。那猫鼻子上的土地非常松软，细细一看，能看到从松土缝隙里冒出的丝丝缕缕白色蒸汽一样的东西。

白先生是非常聪颖的猫鬼，它到了猫灵山似乎感应到了猫灵山的生命力。当姥爹将它放在猫鼻子旁的时候，它奋力往前爬了爬，将鼻子靠在那松软的泥土上。

它终于不再坚持苟延残喘。它呼出了最后一口气。

一股淡淡的灰色烟雾从白先生的鼻孔里冒出，仿佛吸了烟后忍不住打喷嚏的竹溜子。

那股灰色的烟雾没有散去，反而凝聚起来，越来越细，越来越长，仿佛一条暴雨来临前爬出来透气的蚯蚓。

那"蚯蚓"绕着白先生的鼻子爬了一圈，然后钻进了松软的泥土里，进入了猫灵山的猫鼻子里。

不一会儿，整座山的树被一股强劲的风吹动，树叶沙沙沙，仿佛猫灵山打了一个激灵，抖动了身上的毛。

姥爹在猫鼻子旁坐了许久，没见那"蚯蚓"出来。

姥爹心想这应该算是成功了，他去抱白先生的时候发现白先生已经僵硬了。

猫是不能埋在泥土里的，这里的惯例是将猫吊在树上。

姥爹早就料到如果猫灵山能吸走小米的魂的话，白先生就会死掉。他来这里之前已经带了绳索。他将绳索拿出来，将白先生吊在离猫鼻子最近的一棵树上，然后姥爹坐在树下给白先生念经超度。

超度动物念诵的经文跟给人超度是一样的。

姥爹念诵经文的时候，山上的风越来越大。山上的小树被吹得驼了腰。姥爹感觉鼻子和嘴里被灌进了空气，将他念诵的词弄得含糊不清。但姥爹闭上了眼睛，潜心将后面的经文念下去。

念到快结尾的时候，姥爹忽然感觉灌进口鼻里的空气中带着一股先前没有的腥味。

姥爹睁开眼睛，发现眼前的景象已经变换。这里不是猫灵山，而是他曾经在修眉山看到过的一片场景。风也突然没有了。

"嗷呜——"

一个震撼人心的声音响起。

虽然声音似猫，但这绝对不是猫能发出的。这声音响彻山林，带着一股威慑万物的王者气概！姥爹感觉到身后的树在颤抖，仿佛它也害怕这个声音。

姥爹一边继续念经一边低头看，自己身上穿着的不是刚才出门时穿的衣服，而是一袭粗布僧衣，脚上也不是出门时穿的鞋，而是一双青灰色罗汉鞋。

姥爹侧头一看，那个猫鼻子已经不见了。

他抬头一看，树上吊着的白先生也消失得无影无踪。

"嗷呜——"

那声音又响起。姥爹却从中听到了一丝熟悉的感觉。那好像是将白先生生前的叫声放大了许多倍一般。

接着，姥爹听到沙沙沙的声音。这回不是风吹动树叶的声音，而是什么庞然大物在草木中行走弄出的声音。

很快，一个庞然大物从树丛里钻了出来，出现在姥爹面前。

这是一只老虎！这不是一只普通的老虎！而是一只白虎！它身上以白色为底，上面有灰色的虎纹。它的嘴边有鲜血，估计是刚刚吃完一只捕捉到的猎物，腥味正是从它嘴里散发出来的。

"白先生？"姥爹忍不住疑问道。这老虎实在太像刚才死去的白先生了！说完这三个字，姥爹又赶紧接着念诵未完的经文。

"嗷呜——"它对着姥爹吼了一声。

腥味扑面而来，熏得姥爹喘不过气来。

它抬起了一只前爪，将前爪伸到姥爹面前。

姥爹一看，它的前爪上有一条明显的伤疤。姥爹突然想起曾经给一只被夹子夹伤的老虎上药的情形来。

"原来是你。"姥爹终于明白了，它是来报恩的，它是来告别的。这白先生就是他前世在修眉山救过的一只白虎。

白虎见姥爹醒悟了，忽然转身，钻进了山林里，隐没在野树荒草之中。

它一走，风又起了，越来越大，吹得姥爹不得不闭上眼睛。姥爹紧闭了眼睛加快速度念诵经文。

再次睁开眼睛，姥爹又回到了猫灵山。猫鼻子就在近前，白先生就在头顶的树枝上晃悠。

而姥爹的经文恰好念完。仿佛这段经文将他的今生和前世，前世和今生连接了起来。仿佛今生即是前世，前世即是今生。

姥爹在离开修眉山那个山洞时听到迷海在身后以一种古怪类似唱戏一般的腔调唱道："过去即是将来，将来即是过去！师即是徒，徒即是师！圆即是缺，缺即是圆！来来往往，往往来来，轮轮回回，回回轮轮，是为大人生——"

此时，姥爹对他的话有了新的认识。

姥爹从树下站了起来，朝白先生鞠了一个躬，然后转身要离去。

"呵——"

在姥爹离开之时，那猫鼻子突然发出重重的呼气声，如同姥爹曾经在沉睡的小米身边听到她无缘无故发出一声长长的叹息。

姥爹浑身一麻，有种小米此时就躺在他身后的错觉。

姥爹缓缓转过身，看到那猫鼻子处腾起一阵白色的雾气，如同刚刚揭开的热气腾腾的蒸笼。

第六章

家仙

"小米？"姥爹的嘴巴张了半天，终于说出两个字来。

没有声音回答他。

姥爹双腿一软，跪在地上，朝那猫鼻子爬过去，袖子和裤腿弄得都是泥。姥爹爬到猫鼻子所在的地方，将耳朵贴在那松软的泥土上。

他听到了小米睡觉时发出的轻微呼吸声。

姥爹顿时热泪盈眶，一滴滴的泪水滴在了猫鼻子地里。

"小米……小米……"姥爹轻声呼唤道，怕将她吵醒，又怕她听不见。

小米的呼吸声近在耳边，仿佛多年前去定州和回画眉村的路上经历的无数个夜晚一样。姥爹想起曾经在小米的床边看着她的头发在鼻孔处随着呼吸起伏的情景，看见月光落在她的脸上泛起一层温暖的光晕，看见她因为剪太多纸人而在手指上留下的凹痕。姥爹无数次想伸过手去，将她那缕起伏的头发拨弄下去。那活动的头发似乎挠在他的心上，让他感觉心中痒痒的。但他从来没有碰过那缕头发。

此时他无比希望可以亲手帮小米捋一下那缕头发。

"请问你是丢了什么东西吗？"一个小孩子的声音突然响起。

姥爹侧头一看，那小孩手里捏着一根小树枝，正迷惑地看着他。

"你从哪里来的？"姥爹止住眼泪问道。

小孩子用树枝指了指山下的小村庄。

"你叫什么名字？"姥爹问道。虽然姥爹没有嗅到危险的气息，但是鉴于上次小米的魄走失，姥爹不得不提防一些。如果是小鬼找到这里来，发现了小米的魂，说不定会对小米的魂下手。

"我忘记我的名字了。"那小孩挠挠后脑勺。

"这么粗心，居然忘记自己叫什么？"

"是啊。我老记不住自己的名字。但是别人给我取了外号。"

"外号？什么外号？"

"他们都叫我旧南城。"

"旧南城？"姥爹心中一惊，又问，"他们为什么叫你旧南城？"

"因为我是我爸妈在旧县城南边的粪堆里捡来的。"那孩子回答道。

这里的人很喜欢跟小孩子开一种玩笑，当小孩子因为顽皮而遭到父母惩罚时，便说小孩子不是他爸妈亲生的，而是从某某地方的粪堆里捡来的。开玩笑的说法基本一个套路："你爸妈在路上走呢，突然看到前面一堆牛粪，扒开牛粪一看，哎呦，里面一个孩子呢，那个孩子就是你。所以你爸妈不疼你，总打你。"

姥爹心想，这孩子说自己是爸妈从旧县城南面的粪堆里捡来的，这件事情应该是假的，但他恰好名叫旧南城，又恰好忘记自己的名字，这让姥爹非常惊讶。

这跟他在杭州的曼珠楼遇见那个眼镜破碎的鬼的情形太相似了！

莫非这个小孩子就是他的转世？

那小孩子见姥爹做凝思状，又问道："你是丢了什么东西找不到了吗？想不起来了吗？像我一样想不起我的名字？"

姥爹勉强笑了笑，说道："是啊。我丢了东西，找不回来了。"说完，他回头看了看猫鼻子。

"别着急，说不定还在这里呢，只是暂时找不到，过不了多久就能找回来的。"

"哦？为什么呢？"姥爹问道。

"就像我的名字一样啊，我现在不记得了，但是回去问一问，又会记得啊。"小孩子说道。

姥爹想摸摸这个孩子的头，但发现手上都是泥土，便放弃了。他说道："旧南城，有些东西能找回来，有些东西是找不回来的。还有些东西啊，就算找回来了，那也不算找回来了。"

小孩子眯起眼睛侧着脑袋想了想，不明白姥爹的意思，问道："为什么找回来了也不算呢？"

"因为时间不一样了啊。你还不懂，等你长大或许就懂了。"姥爹苦笑道。

"哦……"小孩子拧起眉头想了想，想不明白。

"以后别一个人跑这么远，知道吗？"姥爹说道。

小孩子点点头。

姥爹说道："走，我带你下山去。"

姥爹和这个外号叫旧南城的小孩子回到了山下的村庄里。

姥爹将那小孩子送回家，然后偷偷询问小孩子的父母，问这个小孩子是什么时候出生的，孩子的父母居然不知道。

姥爹一问缘由，没想到孩子的父母承认这个旧南城确实是他们在旧县城的南边捡到的。

姥爹又问其他线索，孩子的父母却一问三不知了。姥爹只好不了了之。

自从小米走了一次家以后，小米频频走家。冯俊嘉以为是那几个魁孢鬼盯上了小米，但姥爹心里清楚，小米每一次都是故意跑掉的，跑掉的原因都与他有关。有时候是因为他去冯俊嘉家晚了，有时候是因为他对她说话时凶了，有时候她就是想让他去找她。姥爹已经尽量对她好，顺从她，但偶尔仍然免不了不能如她的意。

刚开始，姥爹不得不再次拜阴灵，每次找到小米后，姥爹便感觉身体疲惫虚弱，胸口有点闷，额头冒冷汗。但姥爹没有责怪小米，他认为这是他欠小米的，现在是一点一点地还给她。

但小米完全没有节制，走家的次数越来越多，越来越频繁。这样，小米的身体受不住，好几个月不但没有长肉，反而瘦了许多。对一个出生不久的婴儿来说，这是非常危险的。

颜玉兰更是忧心忡忡。

姥爹回家之后想了一个办法，他在龙湾镇的老银匠那里打了两个银手圈两个银脚圈，然后将银手圈和银脚圈给小米戴上，对冯俊嘉和颜玉兰说是送给小米的。他们不知道银手圈和银脚圈里面有一道凹痕，那是姥爹特意交代老银匠打出来的。姥爹在那凹痕里加了一圈蘁丝儿。

小米的手脚被蘁丝儿束缚，小米的魄就不能从她身体里脱离出来了。由此小米的魄才安稳了一段时间。

一天，姥爹在冯俊嘉家里看完小米，在暮色之下离开。他走出不远的时候，小孩子的笑声又出现了。

姥爹走到稍微偏僻一点的地方，然后说道："你们是想要小米跟你们一起玩耍吗？"

那几个小孩子现出身形来。那个领头的小女孩说道："是啊。可是她被你捆住了，你不让她跟我们玩耍。"

不远处有狗拼命的吠叫声，它应该是嗅到了这些小孩子的气味，但是它的脖子上有锁链，不能跑到这里来。

姥爹走近那个小女孩，然后蹲下来，说道："等她满一周岁的时候，你再来找她玩，我一定不阻止。"

那个小女孩不太相信姥爹的话，问道："真的吗？"

姥爹点点头，说道："我不会骗你们的。"

"好。那我们拉钩！"那个小女孩伸出一个小指。

"可是……"姥爹继续说道，"如果她满一周岁的那晚，你们不来找她的话，我会去找你们的。然后我会将你们都捆起来，让你们像现在的她一样。"

小女孩面露惊恐。姥爹立即将手伸了过去，用自己的小指勾住了她的小指……

或许是尅孢鬼的报复，也或许是姥爹确实疲惫了，那晚姥爹在回来的路上摔了一跤，将腿骨摔伤了。

伤筋动骨一百天。姥爹的腿骨受伤后便无法去冯俊嘉家里看小米了。好在小米身上戴了银手圈和银脚圈，小米的魄跑不了。再者，尅孢鬼跟姥爹达成了口头协议，尅孢鬼暂时不会去找小米。

在姥爹养伤的日子里，尚若然一直服侍着他，但她的嘴也没有闲着，总说姥爹不该去冯俊嘉家，腿摔伤是他自找的，却要她来受折磨。

一天晚上，尚若然在厨房里烧水，烧开之后将水倒进了脸盆，然后端着脸盆进了睡房给姥爹擦脸洗脚。

姥爹洗完脸洗完脚，尚若然便端着脸盆去大门口倒了水，然后提着空脸盆又回到厨房里，准备给自己打水洗脸洗脚。

尚若然一走进厨房，却看见火坑旁多了一个人。那人驼着背，背对着她，脸对着火。尚若然看不到那个人的脸。从后面看，那个人的身躯非常胖，几乎要成圆形。那个人在往火坑里添柴。本来即将熄灭的火堆被那个人烧得旺盛。火焰腾得太高，让人担心失火。

尚若然愣了一下。刚刚离开一会儿，火坑旁怎么会多一个人出来呢？况且从背后看，这身影一点儿也不熟悉。

那个人静静地添柴，没有说一句话。

尚若然心想，没有什么不干净的东西敢从外面跑到我家来，马秀才的名声还是比较响，不干净的东西能避开则会避开。虽然那个人行踪诡异，但她没有太担心。

她走到火坑旁，再看那个人时忍不住心跳加速。

那个人是个老太太，鸡皮鹤发，但头顶的头发只有须须几根。村里从来不见有这样的老人。

尚若然壮了壮胆子，问道："你是……"

不等尚若然问完，那老太太居然抢话道："你吃大饼吗？"说得好像是熟人之间的对话一般自然。

尚若然不知道她为什么突然问这个，愣住了，不知道该如何回答。

那老太太用火钳扒开柴木，让柴木中间空出来，使得火焰更加旺盛。

水壶里剩了半壶的水，那水本来是烧开了的，可是在尚若然伺候姥爹的时候又降温了。此时那剩下的水又被猛烈的火烧开，水壶盖跳动，与水壶口碰撞，发出轻微的哐哐哐的声音，而水蒸气从水壶盖和水壶口的缝隙里冒出，发出呜呜呜的声音。

"水开了，水开了。"那老太太急忙站了起来，手伸到腰间去摸索，似乎要掏什么东西出来。

很快，老太太从腰间掏了几个圆形的东西出来，接着，她一手用火钳将水壶盖揭开，一手将那几个圆形的东西丢进水壶里。

尚若然连忙制止道："喂喂，你扔什么东西？我这水是烧了用来洗漱的！你往里面扔了东西，我还怎么用！"

那几个圆形的东西落在水里，发出咕咚咕咚的声音。

老太太丢了东西之后，离开火坑，说道："等我找一双筷子来！"说完，她与尚若然擦身而过。

尚若然闻到一股泥土的气息。

见老太太找筷子去了，尚若然急忙提起水壶去后门。她要将里面的水和老太太扔进去的东西都倒掉。

到了后门的石阶上，尚若然连忙将壶里的水往排水沟里倒。壶里的水倒完，尚若然将水壶盖揭开一看，差点将晚饭呕出来！

水壶里面是十多只被开水泡死的地鳖！

地鳖是一种拇指大小、扁圆形的虫子，这种虫常在老住宅的墙根活动，尤其是火坑旁边的柴木堆里多见，往往扒开柴木一看，就有数只或者数十只地鳖露出来。由此，人们也常将地鳖叫做"地虱子"，意思是人脏了容易生虱子，地脏了容易生地虱子。并且地鳖的形状跟虱子非常相似，只是比虱子要大很多。

尚若然平时很爱干净，见到地虱子进了她要洗脸洗脚甚至要喝的水壶里，怎能不惊恐作呕？何况这地虱子被开水泡死，看起来更为恐怖。

尚若然吓得将水壶丢掉了，急忙跑进屋里去找刚才看到的那个老太太，要质问她为什么故意这样恶心人。

可是她在屋前屋后找了一圈之后，发现老太太不见了。

尚若然惊恐不已，找到马岳云问道："岳云，你刚才看到家里有个老太太没有？"她本来想找姥爹的，可是姥爹腿骨没好，肯定没有起来在屋里走动。

马岳云茫然摇头道："没有啊。哪个老太太？叫什么名字？"

"我不认识。"尚若然说道。

"不认识怎么会跑到我家里来呢？你是不是看错了？"

尚若然便将刚才遇见的情况跟马岳云说了一遍，然后拉着他去后门那里看被扔掉的水壶。

到了后门，尚若然还是不敢去碰那水壶。

马岳云上前捡起水壶，检查了一遍，然后说道："里面没有地虱子啊。"

尚若然不信，畏畏缩缩地上前从水壶口往里面看。里面干干净净，确实没有被开水泡死的地鳖。

"跑了？"尚若然抢过水壶，仔细打量。

"你不是说开水泡死了吗？"

"是啊！烧开的时候那个老太太扔进来的！"

"既然开水泡死了，它们又怎么能跑掉呢？"马岳云问道。

尚若然愤愤道："你是不相信我？怪我说谎？我有什么好骗你的？反正这个水壶我是不敢用了，你明天去给我买个新的来。"

马岳云只好说道："好的，好的，我明天给你买一把新的。可是你今晚用什么烧水呢？"

"我今晚用凉水洗！"她气咻咻道。

马岳云说道："那会着凉的。"

"可是这个水壶泡了地虱子，我还怎么用！拿走，拿走！别让它放在我眼前！"尚若然大喊道。

马岳云便将那水壶拿走了。

尚若然又急又气，却毫无办法。

见马岳云走了，她回到厨房的火坑旁回想刚才遇到的事情，怎么想怎么觉得奇怪。那个老太太明明有些诡异，但外面不干净的东西应该是不敢随便进来的。如果是外面不干净的东西跑到这里来故意害她，她反而觉得合情合理。她的思绪乱如麻，怎么也理不清。

想了一会儿，她忽然听到身后有窸窸窣窣的声音，仿佛是多足的虫在地上爬动。

她回头一看，又看见了刚才消失的老太太！

那头发稀少的老太太手里捏着一双筷子，正朝她走过来。

"咦？水壶呢？我的大饼呢？"老太太含着腰朝尚若然的周围瞄来瞄去。她那皱得像核桃一样的嘴巴还不断地咂巴咂巴，馋得流出一线晶莹剔透的口水来。她的手抖抖瑟瑟，手里的筷子仿佛随时都会抖下来。她那稀稀疏疏的头发也跟着抖动。

尚若然见这情景大吃一惊，她没想到这老太太还会回来。

"我的大饼呢？你把它藏哪里了？"老太太猛地抬头看着尚若然，看得尚若然胆战心惊，魂不附体。

尚若然一时之间忘记了叫喊，她哆哆嗦嗦地指着后门，颤着音儿说道："它们……它们……在……在后面……"

老太太斜眼看着她，似乎不相信她的话。

尚若然改口道："它们……它们……跑了……"

"跑了？"老太太问道。

尚若然用力地点头，说道："跑了，真的跑了！你要相信我！"此时她非常担心这个老太太像她不是亲生的儿子一样怀疑她的话，从而做出什么出格的事情来。这老太太确实看上去很容易激动。

"怎么会跑了呢？"老太太追问道。

尚若然急忙回答："对不起，对不起，是我打开了水壶盖，让它们跑了。"

老太太忧愁地看了看后门，说道："它们跑了，马秀才的腿就不能那么快好了。哎……"老太太叹出长长的一口气。

"这大饼跟他的腿伤有什么关系？"尚若然听不懂老太太的话。问这话的同时，尚若然心里其实想着这老太太是不是发神经，看她那神神道道莫名其妙的样子，应该是脑袋不清醒。那一刻，她甚至猜测这个老太太是从别的地方跑到画眉村来的疯婆子，这疯婆子把这里当做自己的家了，一点儿也不客气。

那老太太瞪了尚若然一眼，骂道："你这个花姐有没有一点良心？怎么没有关系？你是盼着他的腿好呢，还是盼着他的腿不好？"

尚若然更为惊讶和恐惧。这老太太居然说出这样的话来，还知道她是"花姐"！看来这老太太不只是疯婆子那么简单。

尚若然着急道："我当然盼着他好！他是我丈夫啊！"

老太太哼了一声，用那筷子指着尚若然的鼻子说道："别人不知道你的心思，我还能不知道？你呢，一方面盼着他好，一方面又盼着他不好！盼着他好是你关心他，盼着他不好是你怕他又到别人家里去，是不是？"

尚若然一下子被老太太的话噎住了。

"你呀你，既然答应了马秀才那些话，就该安安分分，本本分分。又要得到，得到了又不满足。"老太太的筷子在尚若然眼前乱晃。

尚若然又气又急又害怕，依然说不出一句话来。

"你呀你……"老太太终于把筷子放下了，然后她转了身走到火坑旁边的柴木堆，往地上一扑，噗的一声，应声而灭。

两根筷子落在地上，变成了两根可以当柴火烧的枯树枝。

尚若然不敢相信眼前的一切，急忙揉了揉眼睛。那个老太太确实不见了，没有躺在柴木堆里。那两根笔直如筷子的枯树枝还在地上。尚若然怯怯地走到柴木堆旁边，将那枯树枝捡起来看，又嗅了嗅，有一点腐烂的气味。

柴木堆里往往放的不只有柴木，更多时候放的是从水田里收割完又晒干的稻草。农家人常年四季用稻草烧茶煮饭，只有过年过节或者办红白喜事才用柴木。稻草堆在一起容易生潮发热，因此柴木堆相比家里其他地方要潮湿一些，积尘要多一些。柴木有点腐烂的气味也属正常。

尚若然用那枯树枝拨开柴木堆里的稻草，看到一大群地虱子四下里逃散，仿佛春天池塘里聚集在一起的蝌蚪一般。尚若然急忙丢下枯树枝，跑到姥爹的房间里。

姥爹正在揉伤了的腿，嘴里嘶嘶地吸气。

"见鬼了！见鬼了！"尚若然惊恐地对姥爹说道。

姥爹停止揉腿，看着上气不接下气的尚若然，说道："别慌，怎么就见鬼了呢？我家里还能进鬼不成？"

尚若然倒了一口凉茶喝下，然后将她刚才碰到的情况给姥爹说了一遍。

姥爹听完哈哈大笑。

尚若然不解道："你笑什么？"

姥爹笑道："笑你怕地虱子怕到这个程度啊！"

尚若然辩解道："不只有地虱子啊，还有那个吓人的老太太！"

姥爹道："她也是地虱子，是我们的家仙。"

尚若然大为诧异，问道："她也是地虱子？还是我们的家仙？怎么可能？那她为什么要把地虱子扔进我的水壶里？那她为什么长得那么吓人？"

姥爹道："你听说过座敷童子没有？"

尚若然摇摇头。

姥爹道："这座敷童子也是我在定州的时候赫连天说给我听的。他说他在东海的时候经常听到人们说家里有什么座敷童子。"

"我跟你说这个老太太，你跟我讲东海的座敷童子干什么？"尚若然不理解道。

姥爹摆手道："你听我说完就知道啦。座敷童子，顾名思义，是由家里常见的座敷变成的。它是住在家宅和仓库里的神。它会以小孩子的姿态出现，传说只要有座敷童子在，家族就会繁荣旺盛。如果在一起玩耍的伙伴中，你看到的明明都是熟悉的面孔，却总感觉比最开始时多出一人，这个时候多半就是它搞的鬼了。"

"多了一个人？我倒好几次听人说过这种事情，明明屋里只有六个人，但是一数成了七个，可是弄不清到底多的是哪一个。"尚若然说道。

"正是如此。在赫连天没说这个之前，我没有注意。听他说了之后，我发现房屋年代稍久一点的人家家里基本都有类似座敷童子这样的怪物。万物皆有灵嘛，跟人住在一起久了，说不定什么东西就沾染了人的灵气，变成怪物了。不过这种怪物属于自家人，不会害同一个屋檐下居住的人，所以它被叫做家仙。这家仙可以是座敷，可以是古董，可以是花草，也可以是屋里的其他生灵，比如说地虱子。东海的人喜欢跪坐在座敷上，所以座敷接触人的机会最多，最容易变成怪物。咱们这里则不一定了，灵气比较分散，所以其他东西能变成家仙。我想，或许我们家人气最足的地方就是厨房吧，烧茶做饭炒菜，一天有很多时间耗在那里，所以地虱子受人熏陶最多，容易变成家仙。"

尚若然点点头，说道："我就说呢，外面不干净的东西哪敢到我家里来？我开始并不怎么怕她……但是她为什么要把地虱子丢进烧开的水壶里呢？你不是说家仙跟座敷童子一样，不会害家里人吗？"

姥爹道："你不知道，地虱子其实是一味中药，对治疗骨伤尤其有效。有些伤筋动骨的人会去柴木堆或者老墙脚里找地虱子，把地虱子用开水泡一泡就吃掉。有的泡都不泡，捉到活的就整个儿咽下去，然后喝一点酒。也有捉了泡酒喝的。"

尚若然恍然大悟道："哦……原来她是要泡了地虱子给你治骨伤！难怪她说她的大饼跟你的腿伤有关系！原来是这样！"

姥爹点头，说道："其实以前我碰到过她两次了，只是没有跟你们说。一是怕吓到你，二是说了你也未必相信。"

尚若然拍拍胸口，说道："还是吓了我一跳！"

"没事的，不用怕。家仙算是提醒我了，今天已经晚了，明天你叫岳云去柴木堆里捉点地虱子，用酒洗净了给我入药。"姥爹说道。

尚若然点头答应。

第二天，马岳云捉了几只地虱子，用酒洗过之后喂给姥爹吞下。

过了几天，姥爹的腿感觉舒适多了，马岳云扶着他下地一走，他也没有感觉到疼痛。马岳云欣喜不已，放开手让姥爹随意走动。

此后许多年，尚若然再没有碰到过那个老太太。

姥爹的腿好之后，他又常常去冯俊嘉家看小米。

不知不觉，小米满一周岁了。

冯俊嘉给小米办满岁酒，请了许多客人，自然也请了姥爹。那天，冯俊嘉和颜玉兰请求姥爹做小米的干爹，说是为了感谢姥爹帮了那么多忙，还说姥爹就是小米的再生父母，比亲爹妈还亲。

客人们早听说了姥爹救小米的事情，纷纷说姥爹做小米的干爹是应该的。当然，做客的绝大部分是跟冯俊嘉有血缘关系的亲戚，他们都帮着冯俊嘉说话。

姥爹死活不肯答应。

冯俊嘉和客人们问他为什么这么坚定地拒绝，是不是有其他苦衷。

姥爹不小心说漏嘴："我和她不能乱了辈分。"

冯俊嘉和客人们认为这不是理由，觉得姥爹有些不近人情。

这理由确实非常勉强。虽然姥爹的岁数跟小米的岁数差距甚大，说爷爷辈都可以，但是这里拜干爹干妈的习俗没有那么讲究。有的小孩八字太弱，会将村里所有男的拜做干爹，或者将村里所有女的拜做干妈，最大程度地呵护八字弱的孩子。

因为这个，当天冯俊嘉和姥爹之间闹得有点不愉快。

要是别人见了这阵势，肯定吃完酒席就走了。但是那晚姥爹还是留了下来。他还有事情要办。

冯俊嘉虽然生气，但姥爹毕竟出了那么多力。吃过晚饭之后，冯俊嘉见姥爹没有走，便主动上前给姥爹点烟。

姥爹接了他的烟，点了他的火，吸了两口，说道："今天晚上我要把小米抱到我家里去住一晚。"

冯俊嘉没想到姥爹会说这样的话，顿时白天憋的气又冒了出来，不高兴道："要小米拜你做干爹，你又不肯，为什么还要把小米抱到你家里去呢？"

姥爹不好在他面前说起自己和尅孢鬼的约定，如果说出来的话，冯俊嘉很可能不让姥爹碰小米了。于是，姥爹不得已撒谎道："今天早上我按照她的出生时辰掐算了一下，小米今晚还有一个难关要过，只有在我家里由我守着，这难关才可能渡过。不然的话，恐怕小米会再次遇到危险，比上次走家还要危险。"

冯俊嘉一惊，问道："你为什么不早跟我们说？"

姥爹道：“我也是今天早上才算到的。”

冯俊嘉犹豫不决，说道：“今天是小米的周岁，小米的妈妈还有爷爷奶奶都喜欢得不得了，怎么能让孩子在别人家里住呢？小孩子会认生的！”

“不会，不会认生的，她在我家里住了那么多年……”

冯俊嘉瞪眼看着姥爹。

姥爹不知不觉说漏了嘴，忙改口道：“不是，不是，我在你家里给她念了这么久的经，又常常来看她，她对我应该是很熟悉的，她肯定不会认生。你放心吧。”

冯俊嘉道：“我跟颜玉兰还有孩子的爷爷奶奶商量一下看看？”

冯俊嘉的母亲刚好过来了，听到了冯俊嘉和姥爹的对话。老人家责备儿子道：“你看你说的什么话呢？小米的命就是马秀才救下来的，不是他，小米就来不了我们家！还商量什么？马秀才，你把孩子抱去吧，别说只住一个晚上，就是十天半月的，我也不说什么！何况你是为了我孙女儿好！我想孙女儿了，就去画眉村看她！”

冯俊嘉羞赧道：“是，是，是。”

姥爹连忙向冯俊嘉的母亲道谢。

姥爹得到了冯俊嘉母亲的允许，并没有立即离开。他抱了小米，站在冯俊嘉屋前的地坪上。

冯俊嘉担忧道：“马秀才，你不是说天黑之后不要带小米出门吗？”

姥爹安慰他道：“你进屋去吧，有我在，不碍事的。你叫你家里人也不要出来，等我走之后再出来。”

冯俊嘉退回屋里去了。

姥爹站在地坪上，望着瞎子坳所在的方向。

不一会儿，小孩子的笑声由远及近，嘻嘻哈哈，未见其人先闻其声。

姥爹等了一会儿，看到不远处的一棵苦楝树下冒出一个头来，仿佛是从树上长出来的蘑菇，然后苦楝树旁边的墙壁后面伸出一个头来，墙壁前面的废弃的石磨上也冒出一个头来。接着，尅孢鬼们将身子也露了出来。

还是那个小女孩领头。他们走到姥爹身边。

"小米，下来玩啊。"

"小米，你今天穿得好漂亮！"

"小米，你满一岁啦！"

"小米，我们去瞎子坳玩捉迷藏去呀！看你能不能找到我！"

小鬼的玩心是很重的。

小米听到尅孢鬼们叽叽喳喳地说话，终于忍不住了，从姥爹的怀里跳了下来。那是小米的魄，看起来比实际年龄要大的魄。

尅孢鬼们见小米出现了，欢呼雀跃。

"走吧，走吧，我们玩捉迷藏去。"小米的魄主动呼唤道。

她一下子就变成了孩子王，其他尅孢鬼都成了她的小喽啰。她一挥手，其他尅孢鬼都紧紧跟在她后面，于是一起往瞎子坳跑去。

嘻嘻哈哈的声音跟着他们的身影越走越远。

在他们跑到刚出现时的那棵苦楝树下时，小米的魄回头看了姥爹一眼，眼神里满是恨意。

姥爹心中一凉。

虽然姥爹知道那是小米的魄，充满戾气和恶性的魄，但他看到小米用那种眼神看他，仍然心中难受。

姥爹抱着眼睛嘴巴紧闭的小米，小米的脸色已经有些苍白，嘴唇也开始变乌，走家的症状正慢慢显现出来。

他对着尅孢鬼们逐渐消失的方向轻声说道："小米，别怪我对你太狠。不这样，你就活不下去。我不对付你，这村里的祖先亡灵也会对付你。我知道你不会理解，但还是希望你能理解。"他知道要一个魄来理解别人是比登天还难的事情。

　　说完，他立即抱着小米往猫灵山赶去。

　　从冯俊嘉村里去猫灵山的路不好走。加上那晚的月光不甚明亮，走起路来仿佛踩在棉花上，看着平平坦坦，踩上去却时高时低。于是姥爹走路趔趔趄趄。他本来有猫脚功夫，可是一时心急，竟然忘了。

　　赶到一条两边都是水田的小路上时，姥爹前脚跨出去了，后脚用力蹬了好几下，都没能提起来。

　　姥爹以为是踩在稀泥坑里了，低头一看，却看见一只黑乎乎的手抓住了他的脚踝。

　　姥爹立即厉声大骂。鬼怕恶人，一般的鬼只要听到人的咒骂声就会退去。姥爹急着把小米送到猫灵山去，所以不想花太多时间对付一个拉脚的小鬼。如果是有实力的鬼，那是不会用拉脚这种低级伎俩来吓人的。

　　果然，姥爹大骂几句之后，那只黑乎乎的手吓得缩了回去，隐没在路边的草地里。

　　与水田紧挨的路边一般会长比较多的草，路中间才是被人踩踏出来的泥地。在夏天的傍晚或者晚上，如果在这样的小路上行走，会看到很多在路上乘凉的大青蛙小青蛙纷纷跳到草丛里去，再从草丛跳到水田里去，发出咕咚咕咚的声音。当然，也有惊慌失措的笨青蛙从路边跳到行人的脚上来。

　　姥爹后来说，当时他没有一点惧怕，看那只手缩了回去，就如夏季夜晚碰到青蛙的感觉一样。

　　姥爹没有多想，继续朝猫灵山的方向奔跑。

　　可是跑了没多远，姥爹又感觉后脚抬不起来了。他低头一看，一只红袖子里套着的手抓住了他的脚。他只看到了红袖子和袖口外的手，袖子那头隐没在草丛里，什么都看不到，仿佛那只手是从地下伸出来的。

　　姥爹心中微微惊讶。这一路怎么碰到两个这样的阴灵呢？

可是他没有时间多想，仍然张口大骂。

那只手也怕骂，急忙缩进了红袖子里。红袖子也飞速消失了。可是旁边的水田里没有发出任何声音。

姥爹心想，或许是有阴灵故意作祟，就像之前冯俊嘉在他村里遇到迷路神的那晚一样，或许有些阴灵知道了小米今晚的行踪，要像作弄冯俊嘉那样作弄他。

姥爹应付这种事情比冯俊嘉多太多，所以没有太恐惧，也没有太慌乱。他摆脱红袖子里的手之后，继续往前奔走。

才跑两三步，姥爹又停下来了。

这次不是有什么手拉住了他的脚。

而是眼前的一幕让他震撼了！

就在前方两三米的地方，唯一一条小路的两边伸出了无数只手！那些手仿佛路边的草一般数目繁多，密密麻麻！那些手都在往路中间抓握，仿佛是一阵接一阵的大风将它们吹动。手下面有红色袖子，有青色袖子，有白色袖子，什么颜色都有。袖子有好的，有破的，有长的，有短的，有宽松的，有束口的，各式各样！

姥爹看到这个场面终于有些恐惧了。这条路简直不是人间路了，而是鬼门关。

据说鬼门关的路两旁有无数的手，亡人走过的时候，那些手会胡乱抓握拉扯，不让亡人前行。因此，送亡人上路的时候，送葬队伍必须有一个人提一个篮子，篮子里装满了冥钱，一路走一路撒钱。这样的话，那些手就会去抢钱，而不会去抓亡人的脚，亡人便会顺利进入冥间报到。

姥爹眼前这条路，比亡人要走的路有过之而无不及！

亡人至少还有冥钱开道。姥爹却只能凭借自己的力量，何况怀里还抱着一个小米。

姥爹心中清明。这一定是有预谋的安排，即使自己绕道而行，那里依然会有这么多的手阻拦他。可是这幕后是谁安排的，姥爹并不知道。

姥爹抬头一看，月亮虽圆，四周却长了毛一般不清晰，月光也浑浑浊浊，如同说干净又算不干净，说不干净又比较干净的池水被搅浑了。

姥爹深吸一口气，然后抱紧小米，突然后脚发力，如离弦的箭一样朝前冲去。

那些手立即朝姥爹的脚抓来，如一群张开了嘴的鱼追逐啄食。

由于姥爹冲出的速度很快，那些手刚抓到姥爹的脚就松开了。它拽不住那么大的力量。

姥爹连蹦带跳地跑了十多米，速度就降了下来，感觉手里的小米也越来越重。很快，那些手就像软化的牛皮糖一样粘在了姥爹的脚上，越来越难扯掉。

如此情况之下，姥爹又朝前奔走了十多米。

终于，姥爹的体力渐渐不济，而抓他脚的手越来越多。姥爹感觉双脚踩在齐膝的烂泥中一般，每抬一脚都要耗费很多力量。最后他的脚刚抬起几公分就被那些手重新扯了回去。

姥爹跑不动了。

那些手渐渐朝姥爹这边靠拢，越来越多，越来越密。

姥爹知道，此时即使大声咒骂也无济于事了。他无法用最简单的方法驱走如此多的手。于是，他一手抱住小米，一手捏出驱鬼手势，口中急速念出驱鬼咒来："天地玄宗，万气本根。广修亿劫，证吾神通。三界内外，惟道独尊。体有金光，覆映吾身。视之不见，听之不闻。包罗天地，养育群生。受持万遍，身有光明。三界侍卫，五帝司迎。万神朝礼，役使雷霆。鬼妖丧胆，精怪亡形。内有霹雳，雷神隐名。洞慧交彻，五炁腾腾。金光速现，覆护真人……"

那些手抓他的力道越来越小。

就在那些手几乎要放开姥爹的时候，另一个声音响起。

"视之不见，仍有其身。听之不闻，仍有其声。天地万物，皆有灵魂。若有光明，乌云遮掩。若有霞光，淫雨蔽盖。鬼妖壮胆，精怪聚形……"

姥爹大吃一惊，浑身冷汗。这声音吟诵的咒语非同一般，句句都是反驳他的驱鬼咒的。这明显是破解驱鬼咒的咒语。

那个声音听起来有点不伦不类，不是本地的方言，似乎舌头有点短，但语速比较快。

从那声音里，姥爹听到了一丝熟悉的感觉，但仔细一想又觉得无比陌生。

姥爹终于知道，今天晚上对他的围追堵截不是那些讨厌小米的鬼魂所为，而是另有他人暗中指使。那暗中指使的人居然懂得破解驱鬼咒，不可小觑。

"朋友来自哪里？为何要对我马某使阴招？是我马某何时何地对不起你了，还是朋友另有图谋？如果是我马某对不起你，我就认栽。如果朋友另有图谋，今晚且放了我，只要不是伤天害理，我马某可以回报！"姥爹停止了挣扎，对着前方大吼道。

姥爹心想，既然这不是鬼魂自己找上来的，那幕后指使者或许是朝他而来。这样的话，不如暂时向对方示弱，哪怕付出一点代价，他期待对方饶过这一回，他好先救小米。

小米的魂在猫灵山的猫鼻子处，此时小米体中没有魂也没有魄，仿佛一个无人居住的空宅子，是让她的魂回来的大好时机。

可是那个幕后人的回答让姥爹的侥幸心理落了空。

那个短促而快速的声音回答道："你当然有对不起我的地方，但我今晚要对付的就是你怀里的人。你若真心想走，不如将你怀里的人留下。"

姥爹惊讶道："你要她做什么？"

那个未出面的人哈哈大笑了一会儿，声音回回荡荡，仿佛那笑声是从四面八方发出来的。那人说道："千年难得一见的做鬼仔的好材料，我怎么可能轻易放弃？"

话已说完，笑声还在空气中回荡不绝。

"你是我的旧识？可我得罪过的旧识中似乎没有养鬼仔的人。也没有你这种声音的。"姥爹一边从记忆里搜寻可能的仇人，一边回答道。脚下的那些手仍然拉扯着他，不让他挪动一寸一厘。

"哈哈哈……你不是什么都能算到吗？为什么没有算到今晚，没有算到我是谁呢？"那声音有几分得意。

姥爹道："机关算尽太聪明，反误了卿卿性命。对别人算计太多是如此，对自己算计太细也是如此。所以除非是迫不得已，我不会将我的未来事无巨细地算得清清楚楚。"

"不过，既然我没有预感到，那么今晚这事一定算不得大事，你一定无法困住我。"姥爹又说道。

那声音说道："今时不同往日。你要能破解得了我这鬼门阵，那你就不是人，是仙了！"

姥爹知道这鬼门阵的厉害。这是一种招鬼术，将阴灵招到某个地方，让那些阴灵将身子隐藏在泥土里，只露出手来，从而达到模仿鬼门关的目的。要过鬼门关，必须撒下过路钱。姥爹此时身上没有冥钱，自然是过不去了。

普通亡人在送葬时撒冥钱即可，如果亡人生前是个行走不便的瘫子，那就必须另外扎一个纸轿子烧给亡人，让亡人坐着轿子过去。

画眉村曾有一个伯爷爷双腿瘫痪了，去世埋葬之后，他家里人突然来找马岳云，神色惊慌地说他们送葬时忘记给亡人烧纸轿子了，恐怕那伯爷爷还滞留在阳间，无法顺利进入黄泉路。

马岳云一听，也吓了一跳。这件事几乎所有人都忽略了。

于是，马岳云接连好几个晚上去那伯爷爷家守着，却没发现什么异常。

即使如此，伯爷爷家里人还是担心，怕伯爷爷晚上找回来。

无奈之下，马岳云将伯爷爷家周围的地泼了一遍水，让泥土变潮湿，然后牵了自家的牛绕着伯爷爷家走了两圈。马岳云说，牛的脚板印是八卦印，绕着伯爷爷家踩踏两圈，就如同八卦绕了伯爷爷家两圈，可以挡鬼挡煞。如果伯爷爷回来，一碰到这八卦阵，那牛就会哞哞叫，提醒马岳云。

这样，马岳云才勉强睡好了几个觉。

过了将近半个月，伯爷爷家还是没有出现任何异常的事。

姥爹在家里见马岳云眉头紧皱，一副百思不得其解的样子，便问马岳云为什么事情这么苦恼。

马岳云将伯爷爷的事情说给姥爹听。

姥爹便说："你带我问问他家里人。"

姥爹问了伯爷爷家里人几个问题，很快就击掌道："原来是这样！"

马岳云和伯爷爷家里人忙问："是怎样？"

姥爹道："你们没有烧轿子，但是烧了纸马呀。他坐不了轿子，但是可以骑马嘛！所以没有事！"

纸马是道士作法的时候要用的东西，一般用完就丢了，并不会烧掉。但是伯爷爷家里人见那纸马没有用了，便在给伯爷爷烧纸衣纸屋的时候顺手把纸马也烧掉了。

不过，即使骑着马，那些鬼手也能将马蹄拉住，讨要过路钱。

姥爹的脚力哪里比得上马蹄？他仅凭一己之力是无法闯过鬼门阵的。

那声音又喊道："一狗一狗哇咋啦狗！"

姥爹完全听不懂那人说的是什么，但知道那应该是一种厉害的咒语。

果不其然，那个声音刚刚消失，那些手就立即伸得更长。刚才不过看到半只袖子而已，此时那些伸出来的手露出了整只袖子，有的还露出了一边肩膀。恰才姥爹不过是脚踝被抓住，此时小腿和膝盖都被抓住了。

在那声音发出之前，姥爹只要站住，任由那些手拉扯也不过是抬不起脚而已，此时那些手扯得姥爹的身体失去平衡。每次姥爹的身子一歪，歪向的一方立即有许多手在半空中挥舞，它们期待姥爹怀里的小米摔落出来，好让它们接住夺走。

终于，一次姥爹被那些手拽得几乎摔倒。他的身子往下一弯，立即更多的手伸了上来，一下子抓住了姥爹的衣角。这下姥爹想直起身子来已经不可能。他只好一手去打那些鬼手，另一手将小米举了起来，将她举到尽量高的位置，避开那些乱抓乱抢的手。

那个从头至尾不露面的人发出了凄厉的笑声。他躲在隐蔽处看着姥爹在手的海洋里抵抗挣扎。

在那一刻，姥爹也以为自己就要在这里倒下了，以为小米转世无望了。

忽然，一只伸出的手抓住了姥爹的衣兜。紧接着，好几只手跟着抓住了姥爹的衣兜。

"嗤啦"一声，姥爹的衣兜被撕开。

一个圆乎乎的如同铜钱一般的东西从姥爹的兜里掉了出来。

姥爹自己也觉得奇怪。他记得自己的衣兜里没有装铜钱。家里的铜钱要么和钥匙串挂在一起，要么做了门把或者箱子锁的垫片。那时候农村里到处可见康熙嘉庆同治等年间的铜钱，当时的农村人并不知道这些钱币的收藏价值，又不能把它当钱用，所以常常和钥匙挂在一起，甚至当做垫片的替代物。

姥爹绝不会把这种无用的铜钱带在身上。

那铜钱一般的东西掉落在地上，却没有发出一点金属落地时该有的声音。

由于夜色朦胧，那东西掉在地上后一滚就不见了。

姥爹在地上瞧来瞧去，没有看到那东西。

就在这时，姥爹身后一个声音响起："马秀才，你这样走是走不过去的！"

姥爹一惊，挣扎着回头一看，看到了一位头发稀疏弯腰驼背的老太太。

那老太太在腰间的兜里掏了掏，掏出一把模模糊糊的东西来，然后往天空一抛，说道："你得给它们过路钱哪！不给过路钱怎么过路呢？"

姥爹的眼睛跟着飞上天空的东西转动。

那些东西在空中散开来，一个个的都如刚才从姥爹兜里掉落的铜钱一样。

"铜钱？冥钱？"姥爹诧异道，心中涌起一阵惊喜。这个老太太显然是来帮忙的，如果她帮忙撒过路钱的话，他就能走得顺畅多了。

那些"铜钱"飞到最高点，然后开始往下落。

"嗯？"那个躲藏的人忍不住发出一声疑问。显然他对这个突然出现的老太太毫无防备。

姥爹心中明白了。这老太太就是尚若然上次遇到的家仙。家仙是地鳖修炼而成。刚才从他衣兜里掉落出来的就是一只地鳖。他不知道这只地鳖是什么时候爬进他衣兜里的，但知道这地鳖必定跟着他去了冯俊嘉家里，又跟着来了这里。地鳖在地上一滚，滚到了姥爹身后，然后现出身来。

只是姥爹心中还有疑问。这家仙莫非早已猜到今晚他会有此一劫，所以不但躲进了他的衣兜里，还预备了这么多过路钱。

虽然疑虑重重，但姥爹心生欢喜，他终于看到了希望。

那些伸出的手果然转移了注意力，纷纷朝从上往下落的"铜钱"抢去。人为财死鸟为食亡。此话果然不假。即使是已死之人，仍然对钱财有无尽的贪恋之心。那些手瞬间出现了内讧，有的伸得比较长的手被伸得比较短的手死死拉住，伸得长的手便拍打伸得短的手。有的手见了其他手便打，想将落下的"铜钱"独吞。

姥爹心想，如果此时能看到那些鬼魂的脸，必定也是怒目相向，虎视眈眈。

"铜钱"落下。有的刚好落在伸出的手里，有的从手的缝隙里落到地上。落在地上的"铜钱"也没有发出任何声音。

莫非这些铜钱都是纸做的，并且细心地刷成了铜钱的颜色？姥爹心中猜测。

因为一般的冥钱虽然有铜钱的形状，但是形状比铜钱大很多，并且都是白色的。

家仙撒出的铜钱没有一般的冥钱那么大。既然如此，也不是没有刷了颜色的可能。也许做冥钱的人心思细腻。

可是接下来的一幕让姥爹将自己的猜测推翻了。

那些被手抓住的"铜钱"很快从手的指缝里钻了出来，跑到了手背上。落在地上的"铜钱"也不安分，在地上爬来爬去。

那些手便更加乱了。没抓到"铜钱"的手见"铜钱"从其他手的指缝里出来，又朝其他的手抓去。而地上爬动的"铜钱"吸引周围的手在地上乱抓乱抢。一时之间，这鬼门阵乱了套。

那个躲藏的人终于识破了家仙的把戏，大喊道："不要抢！不要抢！那不是铜钱，也不是冥钱！那是地虱子！那是地虱子呀！快停下来！"

家仙又从腰间掏出一把铜钱大小的地虱子，撒了一地。

那些疯狂争抢的手根本不听那个人的使唤了，它们完全沉浸在抢夺之中。

这地虱子确实非常像铜钱。要不是那个躲藏的人喊出来，姥爹短时间里无法辨别那些东西到底是什么。

家仙见姥爹还在惊讶之中，忙拍了他的后背一下，催促道："马秀才，你还愣着干什么？快抱着小米离开这里呀！"

姥爹醒悟过来，连忙对家仙说道："多谢你了！"然后急匆匆地朝前奔去。

那些手不再阻止姥爹，姥爹跑得飞快。

那个躲藏的人歇斯底里地喊道："快给我拉住他！快给我拉住他！你们抢的是地虱子啊，笨蛋！"

有几只手似乎终于醒悟过来了，放弃了地虱子，朝姥爹的脚抓去。可是区区几只手怎么抓得住？

姥爹终于从鬼门阵中摆脱出来，一口气都不歇，继续朝猫灵山奔跑。

奔跑的时候姥爹回头看了看家仙，心中充满了感激。

看来家仙只是悄悄躲进了他的衣兜里，未曾料到他会有此一劫。不然她应该会带真正的冥钱，或者在家的时候提醒他一声。家仙突然撒出地虱子，应该是见机行事而已。

姥爹自己虽然跑出来了，但为家仙担忧不已，不知道家仙能否从鬼门阵中逃离出来。可此时他顾不得这么多了。

姥爹跑了将近十里地，终于来到了猫灵山。他在猫灵山的小路上往山上跑，不顾树枝抽脸，脚底坎坷。

找到了猫鼻子所在的位置，姥爹顿时没了力气一般双腿跪下，将小米放在猫鼻子旁边。

"小米……小米……快出来吧……"姥爹对着猫鼻子呼唤。

那猫鼻子在夜色下看不到白天能看到的白气。

姥爹呼唤了许久，见躺在猫鼻子旁边的小米没有半点动静，于是将耳朵贴在猫鼻子处听了一会儿。

这回他没有听到小米的呼吸声，却听到了猫的呼吸声。猫的呼吸声很轻微，似乎它已经睡着了。

"小米，小米，快出来！"姥爹大声喊道。

一只乌鸦被姥爹的声音惊到，哇哇哇地叫着飞走了。

姥爹摸了摸小米的手，她的手已经变凉；又摸了摸小米的额头，也是一片冰凉。鼻息已经微弱到几乎没有。

"哎，这样叫她是没有用的。这猫灵山不醒，她就出不来。"一个苍老的声音响起。那是家仙的声音。

姥爹转过头来，看到了一脸慈祥的家仙。

"你……你出来了？"姥爹惊喜不已，没想到家仙能这么快就走出那个人的鬼门阵。

"我虽然没有你的玄黄之术厉害，但是狼吃肉，蚯蚓吃泥，各有各的所长呢。别说我了，快点把小米的魂叫出来吧。"家仙说道。

"可是我叫不醒猫灵山……"姥爹无奈道。

家仙道："你有时候厉害得让人仰慕，有时候无用得让人叹气。别人不理解，我可理解呢。你的魂魄都是魂转化来的，只有善，所以造成这样的窘境。"

"这么说来你有办法？"姥爹迫不及待地问道。

家仙道："当然有，不过是些鸡鸣狗盗的小伎俩。"说完，她又从腰间的兜里摸。

"还用地虱子？这猫灵山可不是那些鬼手，不会贪图钱财的。"

家仙果然从腰间掏出一把地虱子来，得意扬扬道："它们可不只是地虱子。它们倒进水壶里，就是治疗骨伤的药。"

姥爹点点头。上次尚若然碰到她就是不清楚她的意图才将地虱子倒掉的。

家仙又说："它们撒在鬼门关，就是过路钱。"

姥爹点头。刚才多亏了她的"过路钱"。

家仙将地虱子放在猫鼻子处，神秘兮兮道："它们堵在猫鼻子里，就是……"

姥爹恍然大悟。这猫灵山虽然叫不醒，但是如果鼻子被东西堵住的话，必定因为通气不畅而醒过来。就如一个人如果睡得太熟叫不醒，你捏住他的鼻子，他就会因为通气不畅而醒来。

果然，家仙的话还没有说完，姥爹就听到猫鼻子处发出"哼哧"一声，堵在那里的地虱子被一阵气雾冲起，如同燃烧的烟花一般撒在了空中。

叫花子的水泥坟墓太沉重，猫灵山的鼻息吹不动，所以猫灵山被憋死了。而家仙手里的一把地虱子没有那么重，没有那么结实，所以被猫灵山的鼻息喷出。

这时候猫鼻子处的白色雾气也喷了出来，如同烧开的水壶冒出的热气。

姥爹见猫灵山有了动静，估计猫灵山已经醒了，于是继续呼唤："小米……小米……"

家仙也凑过来轻声呼唤："小米呀……马秀才来了……你快点出来吧……"

白色雾气慢慢淡去，猫灵山应该是又慢慢地陷入了睡眠。

姥爹的心跟着一点一点变凉。

家仙站在姥爹身后，不停地呼唤，像是一位慈祥的老奶奶呼唤贪玩的孙女儿回家。即使如此，但这样的声音在寂静的猫灵山来回飘荡，还是有几分诡异。

这时，一条淡灰色的烟雾爬到了小米的脸上。在它没有到达小米脸上之前，姥爹无法在朦胧的夜色里看到这条蚯蚓一样的烟雾。

"她来了！"家仙也看到了那条淡灰色的烟雾。

那条"蚯蚓"蜿蜒地爬到了小米的鼻子上，犹豫了片刻，然后从小米的鼻孔钻了进去。

不一会儿，小米的脸亮白了许多，仿佛谁在她的身体里点燃了一盏灯，而她的脸就如窗纸一样被光亮覆盖，渗透了一些出来。很快，小米的手也亮白了许多。她身体里的光亮正在抵达所有的部位。

"小米……小米……"姥爹仍在小米身边轻轻呼唤。

"嗯……"小米从鼻腔里发出了声音，好像有点难受，又好像比较舒适。这声音跟姥爹以前听到小米在睡梦中发出的声音一模一样。

家仙长吁一口气，说道："她醒了。快抱起来吧。"

姥爹急忙跪着将小米抱起。姥爹看到她的头发正由油腻变得干燥，由黏着变得分散，耳朵也不像发皱的木耳一样了，嘴唇渐渐恢复血色。

家仙在姥爹身后嘱咐道："她现在跟你一样了，只有魂，没有魄。这样其实不好，你以后要帮她培养出魄来。"

家仙其实说得不对。那时候姥爹魂魄俱全，只是魄也是从善性的魂中逐渐分离出来的。

姥爹曾跟九一道长讨论过魂与魄的关系，到底是先有魂，还是先有魄。其实讨论的另外一个层面的意思是到底先有善还是先有恶。有人说"人之初性本善"，善良的人因为遇到黑暗才生出恶来；也有人说应该是"人之初性本恶"，人小的时候就会抢东西，舍不得与别人分享，要不到就哭，这些都是恶的表现。姥爹和九一道长没有讨论出一个结果来，但是他们最后都认为，魂可以生成魄，而魄也可以生成魂。

那时候姥爹的种子识还没有苏醒，不知道自己就是分离了魂魄而来。要是那时候他已经记得前世，就不会跟九一道长有这番讨论了。

"是的。在她生出完整的魂魄之前，我不再会让任何有威胁的人靠近她！"姥爹咬牙切齿道。

家仙沉默不语。

姥爹抱着小米站了起来，朝来时的路看了一眼，说道："待我把小米安置在安全的地方之后，我会再来找他算账的。"

家仙问道："你不知道刚才那个阻拦你的人是谁吗？"

姥爹道："似乎有一点点熟悉，但无法得知具体的信息，不能确定是谁。"

"也是。你跟那么多的人和鬼打过交道，谁知道是哪一个来报复呢？我一直在你家里，很少出来，即使我见到恐怕也不认识。能召唤这么多鬼魂来组成鬼门阵的人，实力不容小觑，你要小心才是。不过这也可以筛选一下可能的人，你想想，你认识的又可能成为仇家的人里面有谁能达到这样的境界？"家仙说道。

"难道是泽盛不成？"姥爹早就有这个猜想，但他早就知道泽盛溃败之后逃到东海去了，不应该出现在这里才是。

可是听家仙如此一说，姥爹又忍不住大胆猜测，莫非泽盛回来了？这世上确实只有他才如此处心积虑地要对付他和小米，也只有他能召集那么多的鬼魂。

"泽盛？"家仙问道。家仙是家建立起来之后才会慢慢出现的，她一时之间了解不到那么多的信息。

"我也是猜测而已。不说了，我们先回去吧。"姥爹担心那个人追上来，对小米不利。

于是，姥爹和家仙急忙回了画眉村。

第二天，姥爹将小米送到了冯俊嘉家里。

姥爹将冯俊嘉拉到一边，说道："昨晚我带小米回去的时候，遇到了许多阴灵。他们跟你那次遇见迷路神一样，想将小米带走。为了避免他们得逞，我想以后白天让小米在你这边，晚上让小米去我那边。你觉得怎样？"

冯俊嘉亲身经历了那些事，自然对姥爹的话深信不疑，立即点头道："当然可以！只要她不被那些不干净的东西侵扰，我又有什么不愿意的呢？我去跟我妻子和父母说说，让他们也同意。"

冯俊嘉很快就将颜玉兰和他父母说通了。

自那之后，姥爹天天在夜色降临之前去冯俊嘉家，将小米带到画眉村来，第二天一大早又将小米送回去。

竹溜子那段时间倒是清闲得很，每天除了跟姥爹抽一顿烟，之后便杳无影踪，不知去向。在别人家闹鼠灾的时候，马岳云家倒是从来没有闹过鼠灾。

接接送送了很长一段时间后，颜玉兰有了反对意见。她自己不说，叫冯俊嘉跟姥爹说，这一段时间小米没有什么异常，看看以后能不能不这样接送了。毕竟小米是他们的女儿，总被姥爹这样接过去，难免有人会说出不三不四的流言来。

姥爹问道："说什么不三不四的话？"

冯俊嘉尴尬道："说什么小米其实是你的女儿之类的……"

"真是混账话！"姥爹生气道。

"其实……颜玉兰她自己也不愿意了，她太想女儿了，晚上经常梦魇，梦到小米来敲门找她，说不愿意在画眉村过夜。"冯俊嘉说道。

"还有这回事？"姥爹惊讶了。别人说三说四，那是没有办法的，又不能去堵住人家的嘴。但颜玉兰梦见小米说不愿意在画眉村过夜，这让姥爹非常意外。有些梦是没有意义的，有些梦则可能是托梦。姥爹心想，莫非小米厌倦了这样在画眉村与这里之间奔走，而说出这样的话来？

于是，姥爹问冯俊嘉："她梦到的细节可以跟我说说吗？"

冯俊嘉说，就是几天前，颜玉兰忽然分不清现实和梦境。她常常晚上听到屋里有动静，听到小米的声音。等她一睁开眼，就看到小米站在她的床边，一双水灵灵的黑漆漆的眼睛看着她。她看到的小米比她女儿要大几岁的样子，但是她即使迷迷糊糊，也清楚地感觉到那个站在床边的人就是她的女儿小米。

小米见她醒来，就喃喃道："妈妈，我不要在画眉村过夜，我要回来。"

颜玉兰顿时心里非常酸楚，忍不住哭起来。

冯俊嘉听到颜玉兰的哭声醒来，忙问是不是梦到了什么。

颜玉兰道："我梦到小米了，她就站在这里，说要回来过夜，不愿意在画眉村了。我想她是认生了吧？不然我们跟马秀才说说，叫他不要再把小米抱走了吧？"

冯俊嘉安慰道："不过是梦而已，马秀才要把小米带到画眉村去，自然有他的道理。"他安抚颜玉兰平静下来，然后继续睡觉。

冯俊嘉以为这样就过去了，没想到接下来的几天里，颜玉兰夜夜惊醒，醒后就哭。她甚至大哭道："这不是梦！是小米的魂魄回到家里来了！她求我不要让马秀才带她走，她要留在家里！"

"你是太想女儿而已，这都是梦。"冯俊嘉安慰道。

颜玉兰摇头道："我分不清是梦还是真的！我能清清楚楚地看到她，感觉到她！太真了！也许真的是她的魂魄来了！"

冯俊嘉道："她的魂魄怎么会跑回来呢？应该是你的幻觉吧。"由于之前有梁上仙的事情，冯俊嘉以为妻子心里还留有阴影。

颜玉兰哭泣着说道："不管怎样，你跟马秀才说说吧，不要把小米再抱走了。她是我身上掉下来的肉啊，你做父亲的不知道做母亲的苦……"

"可是……"冯俊嘉为难道，"不说马秀才在你怀孕的时候为小米付出了多少，这话说出来会不会伤了他的心。就是小米留在家里，我们也不一定能保护好她啊！上次我就差点让小米走了家,你忘记了吗？"

颜玉兰几乎崩溃，拉住冯俊嘉的衣服哭道："我怎么不知道这些道理？但是我现在心如刀绞啊……她是我的孩子，却不能留在我的身边……"

冯俊嘉被她说得心寒，只好妥协道："好吧，好吧，等马秀才来了，我找机会跟他说。"

姥爹心中已经明白了七八分。这必定是小米的魄在作祟。她故意晚上偷偷来到这里，让颜玉兰分不清现实和梦，让颜玉兰崩溃，让颜玉兰迫使姥爹将小米留在这里，而她就有机可乘了。姥爹记得她最后一次离开小米身躯的时候带着恨意的眼神。或许那时她就知道姥爹要将她驱逐出去，而她自知无法抗拒，所以暂时退让，等以后寻机报复。

姥爹没有将赶走小米的魄，移入小米的魂这些事情告诉过冯俊嘉和颜玉兰，所以颜玉兰认为来到家里的是小米的魂魄。她并不知道，那只是小米的魄而已。姥爹不好说明情况，又不好直接拒绝颜玉兰，思前想后，左右为难。毕竟小米现在是他们的孩子，而姥爹自己没有任何身份和理由一直将小米留在身边。

冯俊嘉见姥爹半天不吭声，以为姥爹生气了，于是改换口气说道："马秀才，我没有别的意思，就是孩子她妈让我受不了。要不晚上你还是带走她，白天送过来吧。"

"这也不是长久之计啊。"姥爹叹气道，"既然这样，那就如了颜玉兰的愿吧。不过我得在你们家借住几天，守在小米的附近。"

冯俊嘉立即回答道："那没问题！"

姥爹心里清楚，接接送送不是长久之计，在这里借住其实也不是长久之计。万一这段时间里小米的魄不出现，他在这里住着也不像话，何况家里还有尚若然会指指点点。可是眼下除了这么做，没有其他选择。

果不其然，小米在冯俊嘉家里过夜之后，一连好几天，颜玉兰都没有再做那似真似幻的梦。

小米的魄机灵得很。她知道姥爹还守护在冯俊嘉家里，她不能立即出来报复。

小米可以无尽地等待，而姥爹耗不起时间。姥爹就如守株待兔的人，不知道兔子什么时候撞过来。

姥爹等了几天之后决定主动去找兔子——小米的魄。去的时候，姥爹心想，如果小米的魄执意报复的话，他就用蟗丝儿将她杀死，一了百了。他不想小米像他一样，最后被自己的魄追得狼狈不堪。

姥爹那天先在冯俊嘉家里吃了晚饭，然后谎称要回去，走到村口之后往岔路一拐，朝瞎子坳绕了过去。

快走到瞎子坳的时候，前面岔路上突然拐出来一个老头。老头手里提着一个竹篮子，竹篮子上面盖着布。

那老头行色匆匆，左顾右盼，好像害怕别人看到他。

姥爹急忙放慢脚步，避免被他看到。姥爹其实无心偷看那个人的秘密，他只是怕别人关注到他而已。

走到瞎子坳之后，姥爹以为前面那个老头会继续往前，走到别的地方去。未料那老头居然在瞎子坳的入口处停了下来，将竹篮子放在了地上。

然后，那老头回头看了看。

姥爹急忙躲到一棵大树后面。

那老头没有看到姥爹，以为周边没有人，于是将那竹篮子上的布揭开。里面有很多碗，每只碗上面都有一个倒扣的碗，防止碗里的东西变凉或者落了灰尘。老头将碗小心翼翼地拿出来，放在地上，摆成了一排。

姥爹在大树后面一声不吭，偷偷观察老头的一举一动。

老头将碗摆好，然后将倒扣的碗一只一只拿掉。碗里的饭菜简直太丰盛了，有米饭，有青菜，有扣肉，有鱼，有鸡。这些菜是吃酒席时才能吃到的。躲在大树后面的姥爹都闻到了荤素搭配的菜香。

接着，他从竹篮子里拿出一把筷子来。

姥爹心想，莫非他要在这里用餐不成？姥爹不是没有想过这老头是来这里祭拜阴灵的，但是平时祭拜，顶多一碗肥肉，瘦肉都不太舍得；或者顶多一碗瘦鸡，肥得流油的鸡也不舍得。青菜是不会拿出来的，那显得太寒酸太没有诚意。所以刚看到的时候，姥爹认为这老头不可能用这些菜来祭拜。

那老头确实摆出一副要用餐的架势。他从一把筷子中分出一双筷子来。接下来的动作又让姥爹大吃一惊。那老头将一双双筷子直直地插在有饭菜的碗里。毋庸置疑，这是祭祀的方式。那些饭菜他自己不会吃。

筷子插好之后，老头像摆好了桌席等家人回来吃饭的长辈一样，叉腰对着混混沌沌的瞎子坳轻声喊："孩子们，来吃饭哟——我给你们准备了好东西——快出来吧——"喊完，他盘腿坐在那些碗旁边，笑眯眯地等着瞎子坳里的小鬼，一副胸有成竹又心安理得的样子。

姥爹心想，他就这么肯定那些小鬼会听他的话，跑到瞎子坳的口子这里来享用那些饭菜吗？除非……

正在姥爹思考之时，瞎子坳里一阵小孩的笑声响起，咯咯咯……嘻嘻嘻……

笑声由远及近。很快，姥爹就看到曾经遇到的那些小孩从瞎子坳里跑了出来，围在了那个老头的身边，有的迫不及待地趴在了地上，闻着那些饭菜的气味；有的在老头的后脑勺拨弄他银灰参半的头发，引得其他小鬼大笑；有的绕着老头追逐奔跑，边跑边叫，跟平时姥爹看到的贪玩的小孩几乎没有什么两样。

那些小孩子姥爹大多见过，但是姥爹没有看到小米的影子。

姥爹心中暗暗焦急，难道小米的魄已经跑了？如果是这样的话，要想对付她可就没有那么容易了。姥爹不死心，依旧在那些小孩子的身影中寻找小米，期待小米的出现。

那个老头让小鬼们尽情地玩耍了一会儿，然后举起双手做出往下压的姿势，说道："小鬼们，静一静，静一静！你们吵得我这个老头子脑袋嗡嗡嗡地要炸了。"

小鬼们立即安静了下来，乖得让不远处的姥爹吃惊。

老头环视一圈，将小鬼们一个接一个地看完，然后问那个领头的小女孩："小米呢？"

大树后的姥爹听到这话，更是汗毛倒立！那老头居然也能看出其中少了小米！由此看来，这老头跟小鬼们是非常非常熟悉的。姥爹心里顿时多了许多问题。这老头到底什么来路？他为什么带饭菜来瞎子坳？他跟小鬼们是什么关系？他为什么认识小米？

姥爹的脑袋里也嗡嗡嗡地响，太多的疑问在他的脑海里萦绕，几乎要将他的脑袋涨破。

姥爹甚至大胆地猜测：这老头是不是就是那晚阻止他去猫灵山的人？

这些疑问就像此时瞎子坳里被夜色笼罩的树木和石头一样，姥爹的凡胎肉眼被蒙蔽，什么都看不清。姥爹干脆闭上了眼睛，只用耳朵去偷听他们的对话。

"小米？"那个领头的小女孩重复道。

"对啊。唯独缺了她一个。"老头说道。

其他小鬼窃窃私语起来，说的什么东西，姥爹一句都听不清，只有嘁嘁嘁的声音，仿佛是炒豆子，仿佛是筛沙子，仿佛是磨砂布。

"她心情不好，最近不怎么和我们玩。"小女孩说道。

老头命令道："快把她叫来，大家一起吃。"

那小女孩用吩咐的口吻对着另外的小鬼说道："听到没有，快去把小米叫来。"

姥爹睁开眼来，朝那边看去，果然看到一个小孩子朝瞎子坳里奔去。

老头闭上眼睛默默地坐着，似乎要等那个小鬼带着小米回来。其他小鬼们不再发声，但也不安分，不是这个小鬼悄悄捅那个小鬼一下，就是那个小鬼窃窃地踢那个小鬼一脚，小动作不断。老头偶尔眼睛突然一睁，恰好看到那些做小动作的小鬼。小鬼立即收敛起来，假模假样地端坐着。但只要老头眼睛一闭上，小鬼们又开始了小动作。

老头闭着眼睛说道："小鬼们，你们都是被人抛弃被人嫌弃的小鬼。你们相互之间要懂得照顾和关爱。要是你们自己都不互相帮助关照，那别的鬼会欺负你们，别的人也会欺负你们。你们知道吗？"

小鬼们对老头的说教反应不一。有的说："您这话说了无数遍啦，听都听烦了。"有的说："唔，知道啦，小米来了就可以开饭了吗？"有的说："别等啦，我们先吃嘛。"有的说："我都吃了好多了，要是小米不来，我们还不吃了？"有的说："别吵，别吵，听他把话说完。"有的说："他都说完了。"

突然一个声音响起："小米来了，小米来了！"

众小鬼的脑袋立即转向同一个方向。老头也睁开了眼。

姥爹看到一个小鬼领着小米从瞎子坳走了出来。小米的脸上多了好几道灰色的印记，看起来有点脏，头发凌乱，但衣服干干净净。

姥爹差点忘记自己跑到这里来的目的了，几乎就要从树后走出来，要喊着小米的名字，迈开步子去迎接小米，就像她生前回到家里的样子。

姥爹抓紧了树皮，不让自己走出去。他仿佛要拉住另一个自己那般痛苦。

她虽然是小米的魄，但也是小米的一部分。姥爹对她跟对小米其实本没有差别之心的。爱屋及乌，喜欢一个人，就是连她不好的部分一起接受，一起喜欢。

老头见小米来了，非常开心地说道："你来啦？快坐快坐，跟大家一起。"

小米并不买他的账，仍然摆着一副臭脸，走到小鬼中间，小鬼们似乎有点怕她，立即让开一块空地。小米在那块空地上坐下。旁边的小鬼也不敢对她做任何小动作。就连刚才领头的小女孩，此时气势也被压下去许多。

老头看着小米坐下，将手一挥，高兴道："好了，好了，这下大家都到了！大家开始吃吧！"

其实此时已经有几个偷偷吃过的小鬼开始打饱嗝了。但是其他小鬼依然兴奋地或蹲或趴地围住那些碗，去吸那些饭菜飘出来的香味。

小米显然有点饿了，她对着一碗蒸熟的鱼轻轻地吸着。

老头看着小鬼们饕餮大宴，心满意足地笑了。他点上一根烟慢慢地吸起来，非常自得。

几个已经吃饱的小鬼跑到老头身边来，吸了几口老头吐出的烟雾。老头立即伸出手来驱赶他们，笑着责骂道："小孩子吸什么烟？太不像话了！"

吸烟的小鬼见他举起手，立即跑开，但过不了一会儿又偷偷吸上一口。

等老头的烟吸完，小鬼们也吃得差不多了。

老头将烟屁股丢在地上，用脚踩灭，然后像赶鸭子下水一般驱赶小鬼，说道："去吧，去吧，可怜的小鬼们，我要收碗回去了。"

那些小鬼便纷纷打着饱嗝打着呵欠，带着困意走进了什么也看不清的瞎子坳。

老头一个人冷冷清清地收拾地上的碗筷。他将筷子取下，又将空碗倒扣，然后一一放回竹篮子里，用布盖上。

等到那老头提起竹篮子要走了，姥爹才回过神来，想起今晚来这里的目的。

姥爹临时改变了主意。他决定先弄清楚这个老头的身份。

于是，姥爹利用猫脚功夫悄无声息地跟在这个老头的后面，跟他回到村里，走到他家门前。姥爹看到他家门两边贴着对联，上联是"金山银山皆为纸山"，下联是"男人女人都是旧人"，抬头看那横幅是："虚拟人间"。

姥爹觉得这对联非常古怪。

老头一手提着竹篮子，一手从兜里掏出钥匙，哗啦啦地晃着钥匙，然后将大门打开。

推开大门后，老头径直穿过堂屋走到后面去了。

姥爹立即轻轻跟进屋里。

进屋后左右一看，姥爹吓了一跳。这屋里有许多小屋，小屋旁边有人，有牛，有鸡，有鸭，小屋里面有桌，有椅，有柜，有床。这些小屋顺着墙一溜儿排开去，仿佛是隐藏在这里的世外桃源！

只是屋里光线昏暗，那些人和物都看得不大清楚，这就多了几分诡异气息。原本应该看起来不可怕的东西，此时看起来有点可怕。姥爹担心绊倒什么东西，弄出什么响动，于是轻轻悄悄地挪移。

那些人，那些牛，那些鸡，那些鸭，仿佛都愣愣地看着姥爹移动，配合地一声不吭，但眼睛似乎在跟着他转。

姥爹明白这个老头是做什么的了。他是这个村里专门做灵屋的人。亡人的葬礼上必定要烧灵屋。灵屋是纸和竹篾扎起来的，竹篾要晒干，纸张要粘合，所以不能等到有需要了才扎，做灵屋的人往往会先准备一些，等需要的人来挑。

这老头家里的灵屋，便是他的杰作。

忽然，姥爹看到一个站在灵屋台阶上的人动了动。那个人手里拿着一把扫帚，正在弯腰扫地。姥爹刚看到它时，那个人似乎是面对着姥爹的。但是姥爹刚刚挪动几步，那个人变成背对着姥爹了。姥爹不知道它是什么时候转过去的。

不得不说，这做灵屋的老头手艺精益求精。一般的纸人只会画出正面或者朝外的一面，背面仍然是空白。但那个转过去的纸人背后也画得非常细致，有头发，有衣服，有鞋子，甚至鞋面之上的袜子都能看到。

姥爹惊讶地盯着那个纸人看了一会儿，可是那个纸人被盯着的时候又一动不动了。

姥爹知道自己拗不过那个纸人，因为姥爹感觉到其他的纸人都在帮那个纸人盯着他，在他转过身去之前，那个纸人是不会再动一下的。

　　于是，姥爹放弃了盯着它，继续往前走。

　　走了几步，姥爹猛地回头一看，那个拿着扫帚的纸人已经不在那里了。

　　姥爹又看了看其他的纸人，那些纸人仿佛憋住了笑，怕一笑就暴露了伪装。

　　姥爹继续看其他的灵屋，在最后的墙角里，有五个相对要破旧很多的灵屋。由于其他的灵屋都光鲜干净，所以这五个破旧灵屋显得尤为与众不同。灵屋的屋顶上落了厚厚一层的灰，灰将屋顶画的瓦片挡住，并压得竹篾往下弯，让人担心那竹篾扛不住。

　　那五个破旧灵屋的门口两边各画了一个人，一男一女。这种形式在其他的灵屋上很常见。但姥爹仔细一看，这一男一女跟其他灵屋还是有区别！

　　一般来说，灵屋门口两边的男女有些对称，如同剪纸中的童男童女一般，或者是夫妻，年纪相近。

　　而这破旧灵屋门口两边的男女差距甚大。男的老态龙钟，女的则一副娃娃脸。虽然都笑容可掬，但男的笑容中似乎带一丝苦涩，女的笑容则过于天真烂漫。

　　这男女显然不是童男童女，也不是夫妻。

　　姥爹将五个破旧灵屋门口的五对男女挨个看了一遍，发现男的几乎一模一样，而女的各不相同。

　　前面看过的人和动物剪纸中，没有一个是重复的。鸡鸭或者昂头啼叫，或者扭头顾盼，或者低头啄食。人或行或奔或站或蹲或坐，年纪也老中少幼都有。

　　而破旧灵屋门口的五个男的面容一样，姿态一样，处处一样，好像有什么寓意，可是一时之间无法窥破。

　　这是为什么呢？姥爹百思不得其解。

　　就在这时，那个老头回来了。姥爹想躲避已经来不及。

姥爹干脆站在灵屋前，假装打量灵屋的做工。

"哎呀，有客人来啦！"那个老头一边说着，一边走了过来。竹篮子已经不见了，应该是放到厨房去了。他看到姥爹的时候略微惊讶，但很快掩饰过去，露出笑容来。

"这不是画眉村的马秀才吗？"老头很快认出了姥爹。

姥爹却不知道这个老头的名字，只好嘿嘿地笑，点头示意，然后没话找话地指着那些灵屋，问道："这些……这些都是你做的？"

老头看了看灵屋，笑道："我孤寡一人，没有伴儿没有子女，还能有谁帮我做？"

"做得真不错！"姥爹称赞道。

老头问道："马秀才这么晚来找我，莫非是想买点灵屋？不过你身体不错，你妻子身体也好，父母又早已不在，买灵屋干什么呢？"

姥爹忙摆手道："不，我不买灵屋。我就听说这里有个非常会做灵屋的人，心生好奇，刚好今天又在冯俊嘉家里吃晚饭，所以顺便问了位置找到这里来的。刚才看了看，果然名不虚传哪！"

那老头谦虚道："哪里哪里。"

姥爹眼睛朝刚才纸人消失的地方瞄了瞄。

老头又道："马秀才，说来我跟你家还挺有缘呢。"

姥爹的目光收回，问道："哦？这话怎么说？"

老头道："你父亲过世的时候，他的灵屋就是我做的。"

姥爹惊讶道："是吗？那时候全靠我一个朋友帮忙办事，我不知道我父亲的灵屋是你做的呢！如此说来，我要感谢你为我父亲做好阴间遮风挡雨的房屋！"

"可是我有遗憾啊。"老头说道。

姥爹吃惊道："你有遗憾？有什么遗憾？"姥爹以为老头要说当时的灵屋没有做到非常满意的程度，所以现在想来有些遗憾。

"我收了你那个罗姓朋友的钱，这是我最大的遗憾。"老头皱眉说道。

姥爹更加听不懂了，问道："生意买卖，当然要付钱拿钱，这有什么遗憾？"姥爹又忍不住想，莫非当时罗步斋给他的钱太少，让他有些遗憾？可是罗步斋不应该是这样的人。

老头摆出一副苦脸，说道："我死活不要钱，可是你那罗姓朋友非得给钱，说不要钱的话就找别人做灵屋。我无奈之下，只好收钱。"

"这……"姥爹不知道该说什么了。

"马秀才，你不知道，你父亲曾经救过我们一家。在你父亲做粮官的时候，有一年我们这里闹饥荒，我们一家没了粮食，饿得头晕眼花，是你父亲救济了我们一家，让我们一家活了下来。可惜我后来没有好好珍惜来之不易的美好生活，自己害了自己……"说着说着，老头抬起手来擦拭眼角的泪水。

姥爹明白老头说的话了，原来他是要报恩，所以想将自己做的灵屋送给过世的粮官。可惜罗步斋非得给钱才要灵屋，让他无法报恩。可是后面的话姥爹又听不懂了。

"自己害了自己？"姥爹喃喃道。

"是啊。我们一家好不容易从那场灾难中活了下来。可是我家中父母还有我自己执念太重，非得要生一个男孩，而我妻子生了好几次都是女孩……"

姥爹道："既然生了女孩，那你怎么说你是孤寡一人，没有伴儿也没有子女呢？你的女儿们都去哪里了？"

老头露出一个古怪的笑容，点头道："是呢。我妻子生过五个女儿。也就是说，我曾有过五个女儿……"

姥爹试探地问道："她们……不来……看你吗？"

老头侧头看了角落里那五个破旧的灵屋一眼。

老头看那五个破旧灵屋的眼神颇为凄凉，且带着深深的歉意。只是一眼瞥过，他的眼眶里就盈满了泪水。

姥爹顿时浑身一颤，知道这五个破旧灵屋是干什么用的了，也知道它们为什么比其他的灵屋要破旧许多了。

姥爹看那老头年纪，再揣摩他刚才说的那些话，已经非常确定那五个破旧灵屋是做给他五个女儿的。灵屋之所以这么破旧，是因为这几个灵屋是很久以前做成的。而其他灵屋则是他近期做了准备卖给其他亡人亲属的。

姥爹长叹了一口气，说道："放下屠刀，立地成佛。那些事情已经过去了，就让它过去吧。只要现在……"姥爹想起刚才在瞎子坳看到的一幕，知道这老头是因为对于过去的愧疚而去关照那些小鬼的。他的五个女儿，最后应该都变成了类似的小鬼，由于怨气太重而逗留人间。他应该是把那些小鬼当做自己的孩子了。但姥爹将后面的话咽了回去，如果将这些都说出来，那么刚才在瞎子坳偷看的事情也就暴露了。

老头见姥爹理解他，顿时露出感激的表情来。

姥爹说道："只是……一两个那还罢了，为何一连五个女儿你还不甘心呢？"

老头痛苦地摇摇头，说道："不提那还算了，一提起来我又心疼得厉害！"

姥爹问道："看来还有其他缘由，可不可以说给我听听？"

老头走到那五个破旧灵屋前，犹豫了片刻，说道："本来这些事情我不愿意再多提一次，打算带着进入棺材的。但你是明眼人，一下就看到我过去做了什么。那我无须隐瞒了，说出来也好受很多。"

"是的。有些事情憋在心里不好，说出来会舒服一点。"姥爹的脑海里闪现出那个消失了的纸人身影。其实姥爹对那个消失了的纸人更感兴趣。毕竟这老头的经历虽然令人咋舌，但并不稀奇少见。

老头说："你说得对，一两个女儿那还罢了，虽然当时自己一心想要男孩，但女儿也是亲生骨肉，再狠心的父母，也不忍心这么做。"

　　姥爹又瞥了一眼纸人消失了的地方,很难将心思集中到老头身上来。

　　"我开始也是这样,我妻子生了三个女儿。第四个孩子出生的时候,我坐在门口等接生婆报信。当听到屋里传来孩子的哭声时,我的腿都软了。我能听出来,那是女孩哭泣的声音。我跟你说过,要不是你父亲当年路过我们村的时候接济了粮食,我们一家都已经饿死了。但我们家一直没有好过,依旧常常揭不开锅。三个女儿已经很难养了,再有第四个,又还是女儿,我实在养不起。"

　　姥爹的注意力转移回来不少。老头说的这段经历,姥爹有些印象,似乎在哪里听到过。

　　"其实在我妻子怀上第四个孩子的时候,我那奄奄一息时日不多的老父亲就偷偷跟我说了。我老父亲说啊,如果你媳妇生下来的第四个孩子还是女儿的话,你就把她溺死在尿盆里吧,就说生下来就是坏的。别人知道也没有事,别人也是这么干的。我听老父亲这么说,顿时哭得不行。我知道我老父亲的心思啊,我母亲生下我之前,我老父亲就溺死了我好几个姐姐。不然的话,我即使生下来,也没有吃的。我是家里的独苗,他不希望我们家的香火就这样断了。"

　　姥爹盯着老头,一声不吭。他感觉屋里越来越暗,越来越暗,空气变得压抑。

　　"不过在我第四个孩子出生之前,他就去世了。如果他当时还在世的话,我这第四个孩子一出生就会被溺死在尿盆里。如果我当时不是腿软了,我也会按照父亲说的溺死她。一时之间没狠下心,后面狠下心就很难。我咬牙把她养了下来。"

　　"你养了她多久?"姥爹急切地问道。

　　老头牙疼一般地咬了咬嘴唇,说道:"十年。"

　　姥爹心中一惊。

　　"都怪我受了别人的蛊惑!我碰到了一个算命先生,那个算命先生说我命里是该有个儿子的,只是被前面这个女儿占了位置。"

老头说道。

姥爹浑身筛糠一般地抖动，已经说不出话来。

"我……我就让我第四个女儿落水溺死了……我那时候很痛苦，心想还不如在她刚出生的时候把她溺死在尿盆里……"老头对着灵屋，已经老泪纵横。"后来……后来我妻子生了第五个孩子。"

姥爹转头去看那老头。

老头痛苦地摇头说道："第五个孩子依然是女儿……"

姥爹感觉一阵凉气从脚底下蹿了起来，将他半身变得冰凉。屋里更加昏暗，黑暗似乎要将屋里的一切吞噬。

"我妻子知道第四个孩子是我害死的，落水溺亡只是假象。她那时候哭得死去活来，但也怀抱一线希望，希望生下一个男孩来。她说，这样的话，她入土之后好见我的老父亲和列祖列宗。可是生下第五个女儿之后，她就疯了。她抱着第五个女儿到处跑到处喊，像发了狂的牛，像受了惊的马。白天晚上都不回家，要我去找回来。她走路不看路，见山爬山，见水渡水。我怎么拦都拦不住。后来她抱着女儿落在粪坑里，过了好几天才被发现。这事还没完，好像霉运已经缠上我们家了，原来好好的大女儿二女儿三女儿突然开始生病，一个接一个离开了我。有时候我就想啊，这五个女儿是不是像糖葫芦一样串在一根竹棍上的？来的时候都来了，走的时候都走了？"

姥爹突然想起一件事情，但嗓子似乎变得异常艰涩，要费很大的力气才能说出话来。姥爹干咽了一口，费力地问道："请问，你第四个女儿的名字叫什么？"姥爹以前听到这段往事的时候，并没有听到具体的名字。

老头嘴唇颤抖地说道："她的名字……叫做小米……"

"小……小米？"

老头点头道："是的。我给她取这个名字，意思是家里余粮不足，能用小米来养活她已经算不容易了。"

小米每一世的名字都有不同的含义，可最后竟然殊途同归，都归结到了这"小米"两个字上！

姥爹心想，难道这老头知道瞎子坳的小米是他女儿转世之后的魂魄？因此，他才提着一篮子吃的东西去那里？

姥爹想想，又觉得不像是这样的。老头子面对那些小鬼的时候，情绪颇为舒缓。他只要提到那些往事就会激动不已，又如何坦然面对女儿转世之后的魂魄呢？他应该不知道真相，他只是将那些小鬼当做自己赎罪的对象，并不是针对小米去的。

那么，小米知道这个老头子是她前世杀她的父亲吗？姥爹忍不住从小米的角度来看这个老头。

不会的。她虽然记得许多事情，但胎中之迷应该让她忘记了前世父亲的模样。不然的话，以她对付他的脾气，她绝对不会轻易放过这个老头。就算她还有些模糊记忆，她也极可能认不出这个老头。因为老头已经不是当年那副模样。

姥爹不禁在心中感叹，这对亲如骨肉却又血海深仇的父女，居然在多年后以这样的方式见面，以这样的方式相处。莫非这老头是冥冥之中被安排来还债的？

老头抹了抹眼泪，继续说道："前不久我居然又遇到了一个名叫小米的……的人。"他的眼神有些闪烁，这是心虚的表现。他不敢将瞎子坳的事情说出来。

姥爹明白他为什么遮遮掩掩，但假装惊讶道："哦？这么巧吗？"

"是啊。就是这么巧。她让我想起我那个苦命的四女儿。"老头说道。

"所有看起来很巧的事情，说不定都是预谋已久的安排。你以为它很难发生，是你的幸运或者不幸，其实它是你想躲都躲不掉的。"姥爹低声道。

老头点头道："有道理。对女儿的亏欠，我现在就在他们身上弥补吧。虽然我知道我怎么做其实都没有用，但总归心里舒服一些。"显然他没有听懂姥爹说这话的真正含义。

姥爹盯着破旧的灵屋，很久没有说话。

老头也安静了下来，眼神恍惚。

屋里寂静无声。那些灵屋里也寂静无声。那些纸人或苦着脸，或笑着脸，都静静的，似乎在等待着什么，又似乎什么都没有等待。

一时间，这房屋似乎变成了纸屋，姥爹和老头也站成了纸人。

黑暗将灵屋和纸人吞噬，也将房屋和房里的人变吞噬。他们之间仿佛并没有什么太大的区别。

一阵风从大门那里吹了进来，将屋里的死寂吹走。纸屋被吹得呼啦啦地响。纸屋里外的人和兽也被吹动，仿佛这阵风给它们注入了灵魂，让它们活了过来。

老头似乎感觉到风中带着寒意，忍不住缩了缩脖子。

刚才在瞎子坳的时候也有风，但不见他有半点畏缩。

姥爹问道："你以前不是住在这里吧？"

老头道："我以前住在君山……"

姥爹一阵晕眩，几乎要跌倒。

老头惊讶地扶住姥爹，问道："怎么啦？你感觉不舒服？"

老头又道："更早之前我不在君山，生了三个女儿之后，我老父亲说我家里的风水可能不太好，需要换个地方。也是那时候，你父亲押运粮草，经过我家，见我们几乎饿死，家里吃饭的嘴又多，于是叫士兵匀了一些口粮给我们。"

"你们是后来搬到君山的？"姥爹勉强站住。

"是啊。可是第四个孩子出生，还是女儿。而我又犯下那种错误……"

姥爹终于明白谢小米的转世不易。她留下那首诗句之后，魂魄便悠悠地奔赴了君山，也许恰好碰到这老头和他的妻子搬家来到君山，于是投胎到了他家里。她或许以为这一切顺利，没想到会有这种结局。

更让姥爹感动的是，小米经历了这一次挫折，居然仍然在君山留了下来。

"那你怎么到这里来了？"姥爹问道。

老头道："妻子女儿都离开我之后，我就不再忍心看到那里的一物一什，睹物思人嘛。所以我离开了君山，来到了这里。来到这里之后，我也很少跟人接触。"

姥爹问道："你很少与人接触，但你应该听说我常来这里，常去冯俊嘉家吧？知道他家的闺女吧？"

老头点头道："听说了。你是来看他们家那个叫小米的孩子吧？我听说他家里挺不顺的，先是怀一个掉一个，后来好不容易生下一个闺女，却总受那些不干净的东西侵扰。哎，反过来看看我，真是自作孽！"他见其中一个灵屋的屋檐被积尘压得往下弯，伸出手去弹了一下竹篾做成的屋檐。"嘣"的一声，积尘飞得到处都是，呛得他自己连连咳嗽。

那屋檐变直了。

姥爹注意着老头表情的变化，不知道他刚才去弹积尘是掩饰还是真的想让屋檐恢复原状。这老头见过小米的魄，看来还挺喜欢她。难道他不知道小米就是冯俊嘉家闺女的魂魄吗？

不过他不知道也是情有可原的。毕竟小米的魄比小米实际年龄要大，或许他并不知道人小鬼大这回事。

但是他知道而不说出来也是可以理解的。他如果说出来，那么他去瞎子坳的事情也就暴露了。他肯定不愿意别人知道这些事。不然就不会偷偷摸摸地去那里。

"原来你知道。那个孩子的魂魄不牢固，非常容易走家。他家里人经常叫我来找。"

"你是来我这里找她吗？我可没有见过。"老头以为姥爹这次来他家里是这个目的，连忙矢口否认。

"那你在其他地方见过她没有？"姥爹顺着他的话问道。

"这……"

"那就是见过啰？"

老头忙摆手道："没有，没有，我怎么可能见过？虽然跟我四闺女的名字一样，但是重名的人多了去了。我不会把她当做我四闺女的。"

姥爹心中对他说道，她就是你不懂得珍惜的四闺女啊。

可是姥爹不能将真相说出来。互相都不知道，这对他们俩来说都是最好的。

"真的吗？可是我听说你最近常常大半夜地提着好吃的东西去瞎子坳？"姥爹冷不丁将话题转移到今晚发生的事情上来。

老头对此猝不及防，脸上露出慌乱之色，结结巴巴说道："你你你，你听谁说的？"

姥爹指了指一溜儿排开的灵屋，说道："它们。"

"它……它们？"老头转头去看那些不会说话的灵屋。

"是啊。你既然认识我，应该知道我会跟它们打交道啊。你不告诉我，它们会告诉我。人们常说，做事要神不知鬼不觉，可是真要这样挺难的。你瞒得了我，瞒得了别人，瞒不过它们哪。它们可在各个角落各个地方盯着你呢。"姥爹故作神秘地说道。越说到后面，声音越低。

老头禁不住朝左边瞄瞄，右边瞄瞄，好像这屋里除了他们两人还有其他人一般。虽然他没有看到什么，但他相信了姥爹的话。他老老实实说道："我见他们可怜，想起我那可怜的四闺女，所以悄悄提东西给他们享用。村里人认为他们总捉弄村里的小孩，不待见他们，所以我不敢说出来。也请马秀才你不要见怪。"

姥爹道："这么多年来，这种事情经历太多，我已经见怪不怪了。我知道，你是外来户，如果被人发现偷偷去瞎子坳送东西给尪孢鬼，你会被驱逐出去的。不过我看你还有所隐瞒，为何不一起说了呢？"姥爹见他跟那些小鬼打成一片，联系必定不止一天两天，说不定还有其他事情没有透露。

老头感激道："谢谢理解。除了给他们送饭送菜之外，还有一件事不妨说给你听。你眼前看到的新灵屋里，有些纸人是小米剪的。"

姥爹又是一颤。

"你知道的，这些小鬼虽然已经亡故，但是童心未泯，还是贪玩爱耍。这小米却有点特殊，她还喜欢剪纸人玩。她知道我是做灵屋的，还来我这里看了，说我灵屋做得不错，就是纸人的做工没有她好。我还不信。她便找我要了剪刀和彩纸，给我剪了一些纸人。"

"结果剪得怎样？"姥爹迫不及待地问道。

老头笑了一下，说道："她太急躁。其实她开头剪得都不错，能看出她的手巧，但是结尾的时候往往耐不住性子，胡乱剪一通，虎头蛇尾。结果剪出来的纸人大多不能用。"

姥爹想象着小米急躁的样子。他知道，小米的魄没有魂的制衡，性格便大多是不好的一面，嫉妒、焦躁、愤恨等等，只有在魂的配合下，才会有细心稳重的一面。因此，小米生前虽然能将纸人剪得非常精致，但老头遇见的小米不能做到。

"后来有一次，她极为难得地剪出了一个从头到尾剪得不错的纸人。"

"哦？你……放在哪里了？"姥爹心中咯噔一下。

"你想要？"老头问道。

"哦，不，我就看看。"

老头挠挠后脑勺，想了想，说道："放到哪里去了呢？"

姥爹见他不太记得，便问道："是不是用在灵屋里了？"

老头眼睛一亮，抖了抖手，说道："对对对，我见她剪得还不错，就当材料用在灵屋里了！你是怎么知道的？"

"哦，我随便猜的，看这里这么多纸人，就想你应该能用上。"

老头对着灵屋从左看到右，又从右看到左，皱眉道："用是用上了，但我不记得用在哪里了。"

姥爹朝那纸人消失了的位置一指，问道："你是不是用在这个地方了？"

老头嘴巴张开来，惊讶道："哦……是呢，我原来是把它放在这里了，手里还加了一把扫帚。咦？你是怎么知道我用在这里的？"

不等姥爹回应，老头在那灵屋前面一边寻找一边说道："怎么回事？我明明放在这个位置的，怎么不见了呢？难道跑了不成？"

姥爹接话道："或许真是跑了。"

老头斜眼看了看姥爹，认为他是开玩笑。

姥爹想起多年前小米剪的纸人跑到他窗前的情景，不禁感慨万千。看来刚才那个纸人确实是跑了。小米剪的纸人能跑，小米的魄剪的纸人也应该能。纸人是被小米无意识驱动的，那么小米的魄也能驱使纸人。而魄往往更胜一筹，因为一个人常常犹豫不决优柔寡断的话，别人便会说他"没有魄力"。

老头将那个灵屋拎了起来，还是没有找到那个纸人。倒是有几只地鳖躲在下面睡觉，一被惊动，立即爬到墙脚的裂缝里去了。

姥爹在旁说道："我能拜托你帮我办一件事吗？"

老头放弃了寻找，放下灵屋，说道："只要我能做到，那就没有问题。我本来就欠你们家一个大人情。"

姥爹说道："我想请你帮我把小米叫到一个地方。"

老头愣了半天，然后问道："然后呢？"

"然后就没有你的事了。"

"你要把她怎么样？你要把她找回去，还是……"老头问道。他知道尅孢鬼落在人的手里不会有太好的下场。

"让她有她该有的归宿。"姥爹想了想，觉得这么回答老头最合适。

老头沉默了。

姥爹劝道："我知道你觉得对不起你的女儿们，所以将没有完成的爱转移到那些小鬼身上。鬼者，归也。他们必须有最终的归宿。你想过没有，瞎子坳不是他们的归宿，就像水并不是水鬼的归宿，房梁不是吊死鬼的归宿一样。"

"那他们的归宿是什么？"

姥爹深深吸了一口气，缓缓吐出，说道："他们的归宿是……烟消云散。"

"你不能超度他们吗？"老头怯怯地问道，手不住地抖。

"超度如同跟人讲道理，只能讲给那些听得进的人。这些小鬼怨气实在太重，受的气太大，一般的超度是无法让他们解脱的。给他们超度，就如你捅了他几刀，烧了他的房子，将他赶走，然后跟他说几句道歉就算了吧，他是不会接受的。"姥爹没有说别的小鬼还有魂魄，这个小米没有善的魂，只有恶的魄，更加不可能轻易超度。

其实马岳云也问过姥爹这个问题，他也不希望姥爹用极端的手段对付小米的魄，希望姥爹超度她。姥爹回答说，世间极重的罪业，佛法所有的经教、经忏佛事都无法超度的。

那晚姥爹给小米念诵《地藏经》引来的孤魂游鬼，都是愿意接受解释，希望得到解脱的阴灵。执念太重的阴灵是不会因为听到《地藏经》而现身的。

姥爹决定用最极端的方式来对付小米的魄，也是没有选择的选择。

"不可能没有办法的！天无绝人之路，也许还有其他办法，只是你不愿意去做而已。"老头倔强道。

姥爹苦笑道："天无绝人之路，对，还有一条路，可是你我都走不完。"

"什么路？我一定竭尽全力去走！"

"我曾见过一个溺死女儿的父亲为了赎罪而给女儿的亡灵念经超度。他念各种经文念了整整四十年，终于将执迷不悟的亡灵超度。这四十年里，他除了一日三餐和正常睡觉，其他什么事情都不干。他家境富裕，有人供他吃供他喝。"

"四十年？"

"是的。这种极重的罪业，需要四十年不间断的超度才能化解。小米这种罪业的，我想即使像那位父亲一样不间断念经，那也得八十年才能超度。"

"多一倍？"

姥爹点头道："是啊，小米背后经历的事情比一个溺死的女儿要多太多了！罪业要重太多了！"

"她经历了什么？以至于这么难超度？"老头问道。

姥爹摇摇头："一言难尽。"

"这么说来，即使我从现在开始为她超度，我的寿命也耗不起？"

姥爹叹道："如果可以，我就不会请求你来帮我了。一个人穷其一生都无法将这罪业清除消弭，何况你我都已到了这个岁数。"

老头沉默无言了。

在跟老头聊天的过程中，姥爹还曾怀疑过这老头是那晚阻拦他去猫灵山的神秘人。现在见他能为小米如此考虑，姥爹转而排除了这个可能性。

"你不用因为欠我父亲一个人情而违心地答应我。哪天你想好了，叫人带个口信给我。我再来这里。"姥爹说道。

老头如一截木头一般杵在那里，没有任何反应。

"很晚了，您该休息了。我也要回去了。"姥爹轻声说道。

老头仍然一动不动。

姥爹轻轻地从屋里退了出来，顺手将门关上。

夜色朦胧，近处的路都非常难看清，这世间就如一个无限大的瞎子坳。

老头没有让姥爹等太久。

两天之后，老头就主动来到了画眉村，找到了正躺在老竹椅上晒太阳的姥爹。一只毛茸茸的老鼠躺在老竹椅下面，跟姥爹一样打着瞌睡。

"你家里的老鼠怎么这么猖狂？"老头没打招呼，先说了一句这样的话。

老竹椅上的姥爹睁开眼来，见是那位做灵屋的老头，忙起身迎接。

老头摆手道："你不用起来，我说完话就走。我是来告诉你我想好了的。你什么时候需要我去瞎子坳把小米叫出来，你告诉我一声。"

姥爹愣了一下，立即恢复过来，说道："别着急走，喝了茶再回啊。"

"不用了。"说完，老头转身就走了。

这时马岳云走了出来，朝老头消失的方向瞄了一眼，问姥爹道："刚才那人是谁？怎么不坐一会儿就走了？"

姥爹见他已经离去，便又躺回老竹椅上，缓缓回答道："冯俊嘉村里的人。"

马岳云"哦"了一声，走到老竹椅旁，俯身在姥爹耳边轻声说道："爹，我想有人要暗算您。您最近要小心点，少跟陌生人接触。"马岳云又瞥了一眼那个老头消失的方向，对那个老头充满了怀疑。

姥爹懒懒地眯着眼睛问道："怎么啦？"

马岳云将手伸到姥爹眼前摊开，手掌中是一个红绿相间的纸人。马岳云说道："我在您的窗户缝里发现了这个纸人。"

姥爹的眼睛顿时瞪开来，愣愣地看着那个纸人。

马岳云道："这纸人一看就是跟灵屋搭配的，不吉利，只有亡人才需要这种东西。我想也许是想害你的人偷偷塞到窗缝里去的。"

祝由术中有一种纸人咒，就是利用纸人来谋害别人，其方式与扎小人有些类似。扎小人是用针来扎一个替身，借以伤害被施咒的人。古往今来这种诅咒方式很常见，但也容易被发现。纸人咒则相对隐秘：将画好的纸人放在被施咒的人附近，让其染上被施咒的人的气息，然后偷偷取回。取回之后，一把火将纸人烧掉，并施以咒语。于是被诅咒的人会感到浑身不适，又不知为何不适。

那段时间里姥爹的身体确实常常感觉不适。不过他心里清楚，这不是纸人咒的效果，而是寻找小米的时候拜了鬼。

可是马岳云不知道，所以以为纸人才是祸害根源。

姥爹将那纸人拿了过去，在手中看了看，露出一丝笑容。

马岳云不理解道："别人要偷偷害你，你还笑？"

"它是几天前的晚上从冯俊嘉村子里跟我到这里来的。"姥爹说道，"没想到即使是这个时候，它还是会跟着我。"

马岳云听得一头雾水，问道："这……不是纸人咒？"

姥爹道："当然不是。我以前跟你说过没有？小米生前剪的纸人会跟上我。"

"这……这是小米剪的纸人？"马岳云惊讶不已。

"是她的魄剪的纸人，这么说更为准确。"

马岳云盯着那颜色稍艳做工稍差的纸人，说道："即使是她的魄剪的纸人，也会偷偷跑到你的窗边来啊……"

"可是我却要这样对待她……"姥爹长叹一声。接着，姥爹将他的打算说给马岳云听了，并叫马岳云不要插手。"你的心太慈，到时候下不了手，让小米跑了的话，小米的怨念就更加重，以后就更加难办了。"

马岳云不放心，说道："我不去可以，但是你能不能答应我让歪道士去？"

那时候歪道士捉鬼已经小有名气。但姥爹常常责怪歪道士手段太强硬，并不认同他的捉鬼方法。虽然理念不同，但姥爹和歪道士平时见面还是客客气气的。歪道士一直以来非常崇敬姥爹，所以虽然知道姥爹对他捉鬼的方法颇有微词，但还是恭恭敬敬。歪道士逢人就说："我用强硬的方法对付那些阴灵，是因为我的实力还没有到马秀才那种程度。马秀才已经是祖宗级别，我连姥姥级别都还差一点，如果不对阴灵赶尽杀绝，那些放走的阴灵反过来找我麻烦，我就完了。马秀才杀的杀，放的放，那是他不怕得罪了的阴灵回来找他，所以手段怀柔。"别人将这话传到姥爹这里，姥爹只是笑笑。

马岳云就是考虑到歪道士的捉鬼方式不一样才希望歪道士去帮姥爹对付小米的魄。姥爹担心马岳云下不了狠手，马岳云何尝不担心姥爹下不了狠手？

但捉鬼就是这样，既然捉了，就要成功。不然加深了鬼魂的怨念，却又放虎归山，这是得不偿失的，还不如不捉了。尤其是单纯的魄，他是只记仇不记恩的。有些小孩子的魄比魂要强大，常常大人对他的好他不记得，大人对他的不好他耿耿于怀。大人便说："你这孩子是筷子给你夹了肉你不记得，筷子敲了你你却记得！"

马岳云就是担心小米的魄只记得姥爹的不好，积累起来之后对姥爹怨气更大，而后一发不可收拾。

马岳云心里想的这些，姥爹都清楚。于是，姥爹点头道："好吧，那你去跟歪道士说说，我今天晚上就要过去。"

"今天晚上就去？未免也太着急了吧？"马岳云说道。

姥爹道："迟一日不如早一日。只要她还在，小米就不安全。"

歪道士听到马岳云叫他当天晚上去捉小米的时候也感觉非常突然。歪道士那时候脸上的五官已经是歪的了，但是还没有歪到后来那么严重。他的身子也是一歪一歪的，但两只手还算正常。后来他的手指都歪了，很难捏笔，所以常常叫马岳云去帮他画符。

歪道士说："我的符还没有准备好呢，恐怕有点仓促。要不你劝劝你父亲，让他再晚一天两天？"歪道士说，画符不但要讲究方位，还要讲究日子和时辰，并不是照葫芦画瓢画出那些形状就可以的。歪道士一天之内无法预备好所有他要用到的符。

"要是你要晚一天两天的话，他今晚就自己去了。他的脾气你又不是不知道。"马岳云为难道。

"看来没得选择了。那今晚就动手吧。"歪道士当时没有想到，那晚会是他一生中最为惊险的一次经历。

老头来画眉村后又匆匆离去的那天下午，歪道士来姥爹家早早地吃了晚饭。这里的习俗是这样的，如果要请别人来帮忙做事，一般都要管一餐饭。歪道士在别人家吃饭规矩多，要求也多。他吃菜有讲究，他要求招待他的主人家里桌上至少要有三样菜——要有韭菜，要有虾，要有狗肉。因为这三样菜可以补充阳气，又相对来说没有那么难弄到。苦瓜、藕、茭白等寒气重的菜他是一筷子都不夹的。

马岳云还说，歪道士家里常年存着桂圆干，他吃那东西像吃药一样一天几次，一次几颗，非常规律。

有人嘴馋，见了歪道士便讨要几颗桂圆干尝尝。

他自然是不肯的。

吃完很早的晚饭，歪道士便跟着姥爹去了那个老头家里。姥爹没有顺道去冯俊嘉家，免得他问这问那。

一进那老头的屋子里，歪道士便斜咧着嘴说道："阴气太盛！"

姥爹说道："别担心，只是灵屋多而已。"

进去看到挨着墙角一溜儿灵屋之后，歪道士说道："大屋盖小屋，鬼在屋里哭。"

老头见歪道士这么说，问道："你是说我的屋里有鬼吗？"

姥爹解释道："他是开玩笑呢。大屋盖小屋，鬼在屋里哭，这是猜谜语的。谜底是蚊帐，意思是蚊帐像小屋，小屋在大房子里，这是大屋盖小屋。蚊帐在房间里嗡嗡嗡地叫，这是鬼在屋里哭的意思。"

歪道士嘴角歪着笑了笑，点点头，说道："不过形容您这屋子还没有错。您把灵屋都摆放在这里，肯定会招来一些不干净的东西。"

老头笑道："你说得是。我常常半夜听到敲门声。有一次我起来了，打开门看到一个人站在门口，我问他干什么。他问我这里是不是有屋可以住。我让他住了一晚，结果第二天有人来要买我的灵屋，准备提走时灵屋突然散了架。我就知道是头天晚上来借住的人有问题。自那之后，我晚上再听到敲门声不再起来开门了。"

歪道士掏出几张黄纸符来，递给老头，说道："你把我这几张符贴在门窗上，保准以后没有敲门声。"

老头摆摆手，将黄纸符推回去，谢绝他的好意，说道："就让他们敲吧，不能给他们借住，也总不能吓唬他们呀。"

姥爹一笑，点点头。

歪道士讪讪地将黄纸符收了起来。

姥爹看了看天色，对老头说道："时候差不多了，你是不是该准备一下了？"

老头也看了看天色，微笑道："还早呢。"

"你不是要提着很多吃的东西去瞎子坳吗？那些东西做起来还要花点时间。"姥爹说道。这一说便说漏了嘴。

老头道："原来你看到我提竹篮子去过瞎子坳啊。不过你不用担心时间，那些吃的我已经做好了，出门前放到锅里闷一下就好。"

于是，三人坐在堂屋里聊了一会儿天，等着夜幕降临。三个人有一搭没一搭地聊着，其实心思都不在聊天上。

歪道士后来跟马岳云说，他那晚的心情一直比较忐忑，说不清道不明的不放心。这也是他一进门就说"大屋盖小屋，鬼在屋里哭"的原因。那其实是他最直观的感受。

老头的心情一直很纠结，虽然答应了给姥爹引小米出来，但他此时仍然不够坚定，就如一个父亲对待犯了罪的孩子一样，一方面希望孩子走上正道，一方面又想偏袒孩子，哪怕孩子会在错误的道路上继续走下去。

姥爹的心情则受了老头的影响。他非常清楚老头的心理，担心他随时改变想法，突然决定不带他们去瞎子坳。所以姥爹关注着老头的一丝一毫的变化，心思完全没有在聊天上面。

三人就这样各怀心思地聊着。这时，外面走来一个人。

那人跨进门槛就大声问道："这里是卖灵屋的人家吗？"

老头连忙起身，回答道："是呢。"

那人看了看屋里三个人，最后将目光落在老头身上，说道："您好您好，我是穆家庄的，听说您这里的灵屋做得非常好，所以来看看。"

姥爹看那人有点面生。不过听说是穆家庄的人，那就不奇怪了。

穆家庄这个村庄相对其他村庄来说有点另类。这个村庄龟缩在非常偏僻的山脚下，只有十多户人家。穆家庄的路破破烂烂，又窄小，非常不方便。有人出去走亲戚，即使可以走穆家庄的捷径也宁愿绕开。不仅仅是因为路太烂，下雨的时候几乎要踮着脚走路，还因为那个村庄白天像晚上一样寂静。村里的人很少出来，不知道是缩在屋里，还是都出去了。所以即使白天经过那里，行人也会感觉不舒服。

那个村庄的姑娘嫁得很远，不像其他村庄一样走不了十多里地撞见的都是或近或远的亲戚。

那个村庄的小伙子不娶附近的姑娘。那些姑娘叽里呱啦说的是外地方言，本地人听不懂，所以无法交流。

"穆家庄的？你们穆家庄的人以前从来没有到我这里买过灵屋呢。你过来看看吧，除了那五个太旧的灵屋，还有门口这两个已经被人预订了，其他的你可以随便选。"老头说道。

那穆家庄的人在灵屋前走了一个来回，犹豫不决。

老头催促道："小伙子，我们马上要出去办事，你看你能不能稍微快一点？"

"嗯，嗯。"他回应道。

老头去后面厨房里将已经预备好的菜焖在锅里热了一遍，然后装进竹篮子里，用布盖上。

姥爹和歪道士帮忙装菜，没有管那个自称是穆家庄来的人。

老头提了装好菜的竹篮子要出去。姥爹偷偷扯了他一把，低声说道："你注意到没有，这个来买灵屋的人是不是很像你说的晚上来敲门的人？"

老头一愣，想了想，惊讶地说道："哎，你还别说，你一说我就想起来了，确实长得像！"

歪道士也惊讶不已，悄声说道："其实我也发现他不对劲了，但是马秀才，你只是听他说他半夜听到过敲门声，怎么知道这个人就是那晚敲门借宿的人呢？"

姥爹低声道："掐算。"

歪道士不理解，问道："这怎么掐算？"

姥爹道："这怎么不能掐算？一件东西丢了，可以从它丢掉的时间算到丢在哪里。同样的，如果知道一件东西在什么时候什么方位找到的，也可以反推它之前是什么时候丢掉的。"

歪道士恍然大悟，说道："哦，原来你是这样算的！你把他当做一件失而复得的东西来掐算，知道他进门时面对什么方位，是什么时辰，然后掐算他是不是曾经来过这里，然后推测他是不是那晚来借住的人，就像曾经还没有丢掉的东西一样？"

"对的。我算到他曾经确实来过这里，但他刚才又说是穆家庄的人，第一次来这里，所以我推测他在隐瞒什么。他刚刚进门的时候虽然有脚步声，但不是正常人的脚步声。种种情况综合之下，我觉得他应该是那晚来敲门借宿的人。"姥爹说道。

老头听姥爹和歪道士这么说，有些慌了。他不安道："他又来我这里干什么？"

姥爹道："他应该知道了我们今晚的计划，是故意来捣乱的。"

"我没有得罪过他，那晚要借住我也答应了，灵屋坏了我也没有埋怨过他……莫非……莫非后来他又敲门，我没有给他开门，惹他生气了？"老头猜测道。

姥爹摇摇头，说道："不是的。我看他今晚来这里是受了人指使，他的目标不是你，而是小米。"姥爹又想起那晚用鬼门阵阻碍他去猫灵山的那个人。

老头原本不算坚定的决定此时动摇起来，他将竹篮子放在了漆黑的锅灶上，挽起双臂说道："那我不能去瞎子坳了。"

"怎么又不能去了？"姥爹问道。

"带你去的话，至少是为了小米好。如果让其他不干净的东西趁机占了便宜，我岂不是对不起小米了？"

姥爹拍拍老头的肩膀，说道："我不会让他得逞的。你把竹篮子提起来，我们一起去堂屋里看看。"

老头将信将疑地重新提起竹篮子，跟着姥爹和歪道士回到了堂屋。

那个人还在假模假样地欣赏灵屋，一手捏着下巴，做出难以抉择的样子。

姥爹主动迎上去，问道："现在想好了没有？"

那个人嚅了嚅嘴唇，说道："很难选啊。"

姥爹道："这样的话，不如你先跟我们去一趟瞎子坳啊？我们要去那里办点事再回来。"

老头急忙朝姥爹使眼色。

姥爹知道老头着急什么。刚刚说了不让他得逞，现在又主动邀请他一起去瞎子坳，老头怎么可能不着急？

歪道士也露出质疑的眼神。

那个人高兴道："好啊。现在真是决定不下来呢，又不能耽误你们的事。跟你们走一趟再回来选也没有关系的。"

姥爹道："嗯。你应该听说过瞎子坳吧？那里进去之后什么都看不清。"

"哦，是吗？"那个人装作非常惊讶。

"是啊。可能是雾气太重吧，也可能是其他原因，反正进去之后别想靠眼睛认路了。鉴于这种情况，我们几个必须连在一起，不然会走散迷路。所以我们想用一根绳子把我们的手系在一起，这样就不会走散。"

那个人立即回答道："那没关系的。"

"好。那你把手伸出来吧。"姥爹说道。

那人将手伸到姥爹面前。

姥爹的手在他的手周围绕了几圈。

那人迷惑道："你这是干什么？"他只看到了姥爹的手，没有看到任何绳子。但是很快他就感觉到手确实被什么东西束缚住了。

"咦？"他忍不住发出疑问。

姥爹用瞽丝儿捆住了他的手。姥爹迅速将瞽丝儿在他身上绕了几个圈，将他的双手束缚住，然后将瞽丝儿的另一头穿在了大门的门环上。

"你要干什么？干吗要捆住我！"那人大喊大叫。

姥爹回到他的身边，微笑问道："说吧，是谁叫你来监视我们的？这是瞽丝儿，可杀人可杀鬼，如果你不老实说话，就别怪我没有手下留情。"

歪道士在旁愤然道："我看杀死算了，有什么好问的！问不问，该找你的还是会来找你。"

姥爹不知道歪道士是故意帮腔作势吓唬他，还是真的想直接杀死他。

那老头则低了头用手去摸几乎看不见的瞽丝儿，啧啧称奇。他从来没有见过这种东西。

那人奋力挣扎，却为时已晚，根本无法挣开。

歪道士上前在空中摸了一把，估计是想摸到蘴丝儿，可是没有摸到。他转头对姥爹说道："他还不信这是蘴丝儿呢，你先用它切掉他一个手指看看！让他安分点！"他的语气里果然带着凛冽的杀气。

"你把蘴丝儿给我，你不愿意动手的话，我来代劳！"歪道士刚才在空中虚抓原来是想切掉那人的手指。

姥爹不想这么做，没有回应歪道士。

歪道士不满道："你就是太善良……"他一面说，一面将先前要给老头贴门窗的黄纸符掏了出来，挑出一张，蘸了一点儿口水，然后朝那人的额头贴去。

黄纸符一沾到那人的额头，那人就疼得哇哇大叫。额头上升起一股黑烟，屋里顿时弥漫着一股烤焦的气味。正在摸索蘴丝儿的老头忍不住咳嗽连连。

在那人悲惨的叫声里，歪道士皱了皱眉头，淡淡地说道："这符咒我今天带得不多，就十多张而已，全部贴上算了。"

那人听了，吓得跪倒在地，蘴丝儿拽动门环，将门虚掩。他不停地朝歪道士磕头，哭道："求求您高抬贵手！我说还不行吗？"

歪道士不为所动，又挑出一张来，蘸了一点口水，贴在了那人的下巴上。

那人哭号得更加凄厉。屋里的烤焦味儿更浓。

姥爹面露不忍。

老头也觉得这样不太好，忍住咳嗽，问歪道士："他都答应说了，你还整他干什么嘛！"

歪道士道："就算他答应说了，谁知道他说的是真是假？"说完，他又抽出一张黄纸符来。

那人疼得在地上打滚，蘴丝儿被他带动，拽得门一会儿要打开，一会儿要关上，发出吱呀吱呀的响声。他求饶道："我的爷呀，求求您放过我吧！我知道错了！我有眼不识泰山！我都说！我都说！保证一句假话都没有！"

歪道士这才蹲下身将那两张黄纸符揭了下来。

那人停止了号叫，仍然浑身战栗不已，仿佛春天稻田的草垛里扒出来的未长毛的小老鼠一般。

歪道士道："说吧。"

那人声音里还有哭腔，说道："是一个自称从逮罗国来的法师找到我，要我这么做的。他说他来这里是要寻找一个上好的鬼仔。"

"逮罗国的法师？养鬼仔？"姥爹问道。

歪道士想了想，说道："这听起来好像是真的。养鬼仔就需要年纪小的怨气大的。小米的年纪又小，怨气又大。"

"那个法师养鬼仔干什么？"姥爹问道。

那人回答道："他说有个非常有钱的老板想要桃花运和财运，想从他这里买一个上好的鬼仔来养。他给了我一些好处，要我帮他。我以为要我做很为难的事，不想答应。但是听他说只需要我打听监督一下你们，我就答应了。我非常擅长伪装，以前常常晚上假扮借宿的人去别人家借住，偷用主人家的东西……我以为你们不会发现的……没想到……"

"你经常借住别人家？"姥爹问道。

"是啊。我是百家灵，没有人给我们收尸埋葬，所以没有安身之所。我们又不愿意像孤魂游鬼那样到处游荡，所以假扮路过的陌生人去人家家里借宿。我们也没有人供奉，所以只能偷偷用主人家里的东西。因为常在有人的屋里住，我们百家灵身上的阴气没有那么重，就更容易迷惑别人。但别人家终究是别人家，没有一个百家灵不希望有个属于自己的地方。那个逮罗国的法师答应给我找一个安身之所，所以我就答应帮他了。"那人可怜兮兮地说道。

"难怪你走后我一个灵屋坏了。"老头在旁说道。

百家灵怯怯地看了看姥爹，说道："逮罗国法师之前叫我去你家，不过你家里有家仙，我没进门就被你家的家仙挡住了。"

"我没听家仙说起过。"姥爹说道。

歪道士惊讶地看了姥爹一眼，问道："您家里还有家仙那种东西？家仙名为家仙，其实是秽物。再说您完全用不着嘛。我家里要有那种东西，我早把它赶出去了。"

姥爹微笑摇摇头。

"我能说的都说了，求求你们放过我吧！"百家灵央求道。

姥爹又问道："那个法师是不是会鬼门阵的玄术？"

百家灵回答道："这我就不知道了！我知道的只有这么多！"

歪道士问道："知道的都说完了？"

百家灵道："嗯。该说的我都说了。"

"那我给你安身之所吧。"说完，歪道士掏出另外的黄纸符来，上面的符咒跟刚才的完全不一样。

不等那百家灵反应过来，歪道士就将那黄纸符贴在了百家灵的身上。

"你这是干什么？我没有说假话，一个字的假话都没有！"百家灵惊慌道。他看出歪道士那架势并不是要放他走。

"我家里有很多你的伙伴，你跟他们一起住吧。"歪道士说道。

说完，歪道士念了几句咒语，然后将手指往百家灵身上一按。百家灵变成了一阵烟雾。烟雾没有散去，都被那黄纸符吸收了。

歪道士将那黄纸符折成一个三角形，放回兜里。歪道士拍了拍口袋，高兴地对姥爹和老头说道："这样就安分啦！"

姥爹没有因此高兴起来，反而心事重重。他忧虑地问歪道士："你觉得这个百家灵说的靠谱吗？"

歪道士得意道："挨了我这个符咒，就像活人挨了炮烙之刑一样，哪有敢不说真话的？"

"我倒不是怀疑你的符咒的能力，也不是怀疑百家灵说谎话，而是觉得这件事情不太靠谱。就算小米是年龄合适，怨气深重的小鬼，那远在逻罗国的法师怎么会知道？怎么会千里迢迢找到这里来？"

歪道士斜拉着嘴说道："那可不一定。小米的怨气……你也知道的。养鬼仔是怨气越大越好，法师找来也是情理之中的。"

老头插言道："讲这些还有什么用呢？你不是要让小米烟消云散吗？你待会儿让她烟消云散了，不管法师是干什么的，不都没有办法了吗？走吧，走吧。"老头抬起双手要将姥爹和歪道士赶出门去。

姥爹将门环上的䦅丝儿收了起来，然后和歪道士一起走了出来。

老头锁上门，提着竹篮子在前头领路。

才走不远，老头的邻居站在自家门口给老头打招呼，问道："刚才你家里怎么那么大的哭声？"

老头客客气气说道："对不起，打扰到你们家了！是个孝子呢，家里长辈去世了，来找我买灵屋的时候突然哭开了，拦都拦不住。"

"哦……真是可怜……"邻居点点头，回到屋里去了。

走了十多步，又有人问他刚才的哭号声是怎么回事。

老头又用同样的话打发对方。

走到离瞎子坳还有一里多路的时候，姥爹停住了。他看了看四周的环境，然后说道："我就在这里等你，你去把小米叫到这里来吧。"

老头道："好吧。你在这里等着我。我让他们吃得差不多了就带小米过来。"

老头提着竹篮子走后，歪道士也看了看四周，他们驻足的地点刚好是在一条路下坡之后又上坡的地方，从身后的山上下来，立即要爬到前面的山上去。两座山一南一北，刚好将东西两方空了出来。这样的地方一天到晚都有阳光照耀，是这一段路里阳气最旺的地方。

歪道士赞赏地说道："这地方用来捉鬼是不错啊。阳气充足不说，更为难得的是左右两边都有水流，可以防止小鬼逃跑。虽然小米怨念颇重，但转世成型时间不多，气候不够，恐怕还是不敢涉水逃跑的。这么说来，我们是要跟小米'狭路相逢'了！"

歪道士说得不错。这个地方恰巧左右各有一条溪水从这里迂回而过，流水的形状如同"葫芦腰"。这样的地理位置又叫"掐鬼腰"，或者"杀鬼腰"，因为一般的阴灵凝聚力不够，不敢涉水，怕被冲散，一旦在这样的地方遇到捉鬼人，那真是如同在独木桥上与仇家相遇，用"狭路相逢"四个字形容是再贴切不过了。

姥爹早在偷偷跟着那老头来瞎子坳的时候就看好了这块地方。

"但是有句话叫做'狭路相逢勇者胜'，这可能会激发小米隐藏的巨大力量。"歪道士略微担心地说道，"不过马秀才你的实力在这里，她爆发再强大的力量也没有用。一只蚂蚁爆发再强大的力量，又怎么敌得过一个人摁下的指头？"

姥爹不搭理歪道士，他兀自将瓕丝儿绕在四周的小树上。

"你要用这个东西困住她？多此一举嘛。"歪道士说道。

姥爹没有听他的话，继续将瓕丝儿绕到树上，只留对面那个路口。

歪道士打趣道："马岳云还怕你不肯下狠手呢，没想到你比我还狠心。你把瓕丝儿这么一绕，等她进来后再将路口一堵，她就真的没有地方可以去了。"

一切准备就当，姥爹挺直身板，面对着老头离开的方向，目光如炬。

歪道士见姥爹不愿多说话，便也闭了嘴，默默地感受着略带寒意的夜风从脸上拂过，如一只没有体温的手在脸上抚摸。

月亮已经爬上树梢，如一只偷偷看着他们俩的眼睛。

歪道士等了许久，终于耐不住寂寞，问姥爹道："那些小鬼应该吃完了饭吧？怎么还不见他带着小米来呢？"

姥爹的眼睛依旧盯着老头离去的方向，一句话也不说。

忽然间，姥爹感觉到月光分成了丝丝缕缕，如同白天强烈的阳光。

那丝丝缕缕的月光落在姥爹的脸上，居然有着阳光才有的温度，"晒"得姥爹脸上发烫。

姥爹正觉得奇怪，那丝丝缕缕的月光顿时凝固了。一根根月光就如一根根被拉直紧绷的钓鱼丝线。

姥爹一张开嘴，那些丝线就进了他的嘴里，落到了他的舌头上。

他尝到了强烈的苦涩味道，如同品尝苦瓜，如同品尝泪水。姥爹想起了在杭州曼珠楼喝到的泪水酒。

让我尝尝这苦涩的味道吧。姥爹心想。

于是，他蠕动舌头，轻轻吸食这苦涩的月光。

开始这月光苦涩得很，但随着吸食慢慢变得没有那么苦，只有一丝淡淡的苦味，最后一点儿苦味都没有了。

是我的舌头麻木了，还是月光本身没有那么苦了？姥爹没有答案。

在苦味完全消失之后，月光由凝固又变为流动，由流动又变为朦胧。姥爹再吸的时候就感觉到只有空气了。

歪道士没有注意到姥爹的细微动作，他将注意力放在前方。他踮起脚来朝前面看，嘴里嘟囔道："他不会把我们的计划告诉那些小鬼了吧？"

这一踮脚，虽然没有看到什么，但是歪道士听到了老头的说话声："就在前面一点点，我给你带了一点别的吃的。你知道的，你那些伙伴嫉妒心太强，让他们看到了不好。"

姥爹也听到了。

老头的声音有点大，似乎故意提醒姥爹和歪道士——小米就要到了。

歪道士回头欣喜地扯了扯姥爹的衣服，低声说道："来了，来了。"说完，他伸长脖子眯起眼睛看了看姥爹，有些迷惑。

姥爹问道："我脸上有什么东西吗？"

歪道士道："现在看你好像跟刚才有点不同。"

"哪里不同？"

"说不上来。"

姥爹心里清楚了，以前每次他吸食过阳光或者月光，罗步斋都能感觉出来。看来歪道士也能感受到一些，只是没有罗步斋的感受那么明显罢了。

"呃，别说这些了，小米马上要到了。"歪道士掏出一张黄纸符来，"你也做好准备吧。"

姥爹抽出一截霉丝儿来。

不一会儿，小米和老头就在对面的山坡上影影绰绰地出现了。

在离姥爹还有五十多米的地方时，小米突然站住了。

老头走了几步，发现小米没有跟上来，回头招手道："走啊，下了这个坡就到了。"

小米淡淡道："多谢你这段时间以来对我的照顾。你不用跟我下去，你先走吧，我自己会下去。"

老头呆住了。

"我知道他会找你帮忙的，跟了他那么多年，这点我很清楚。何况我的纸人不在你那里，跑到他那里去了。我就知道，他肯定来过你家里，纸人就跟着他走了。"小米说道。

夜风从小米那个方向往姥爹这边吹，将她的话都吹进了姥爹的耳朵里。一字不漏。

姥爹从山坡下往上看，能看到小米模糊的身影，因为小米的背后是夜空。老头从山坡上往下看，看不清姥爹和歪道士，因为他们的背后是黑乎乎的山和树，他们的影子融在其中，难以发现。这也是姥爹选择在这个地方等候小米到来的原因之一。

"原来你……"

小米打断老头的话，说道："我答应跟你来，是还你给我们带那些东西的人情。"

"小米，我……"

"你不用说了。我都知道。"

老头呆呆地站在那里，仿佛一棵枯死的树。

小米与那棵枯死的树擦肩而过，径直朝姥爹这边走过来。

歪道士看到姥爹拉着薴丝儿的手在抖。夜风从他双手间掠过的时候被薴丝儿割破，发出轻轻的哭泣声，仿佛手里抱着一个婴儿。他的衣服被风吹得往后飞，由于那天晚上他穿的衣服比较宽松，看起来就像衣服要把他往后拽，而他在与衣服抗争一样。

而在姥爹后来的回忆里，那晚并没有那么大的风。

歪道士再看对面走过来的小米，她简直像一个木偶傀儡一般，走路的姿势非常僵硬，好像她的手脚是被一个技艺生疏的傀儡操控师操控着。脸上没有任何表情，仿佛是一面平静的水。她的眼睛直直地看着姥爹所在的方向，眨都不眨一下。

这让歪道士心寒不已。

歪道士跟马岳云的年纪差不多，小米在村子里的时候，他也是有记忆的小孩子了。他小时候就对姥爹看小米，还有小米看姥爹的眼神记忆深刻。在姥爹过世之前的几天，歪道士来看望姥爹，还跟他提起过。歪道士说："马秀才，这辈子记忆最深刻最打动我的眼神，来自你。这辈子记忆最深刻最寒心的眼神，也来自你。我一生中最大的喜悦和最大的悲伤，都是来自你。"

姥爹那时候已经滴水不进，神志不清，听完没有任何反应。

歪道士出来之后，马岳云追上去问他。他说，他小时候因为长相被人嫌弃，亲生母亲生下他后觉得人生无望，偷偷离开了画眉村。父亲随后离世。所以他特别渴望得到别人的关心，哪怕是一个眼神。他曾有一次在姥爹家的门口看到小米从外面回来，姥爹坐在竹椅上。小米对着姥爹笑了一下，然后去屋侧的一个水缸旁边洗手。姥爹也对着小米笑了一下，然后继续晒太阳。他们什么都没有说，什么也没有做。但那眼神几乎让歪道士融化在太阳底下。

那个对接的眼神，歪道士在此后余生里无论何时想起，都会无比感动。此后的余生里，他见过无数的眼神，但是再也没有一个眼神让他如此感动。他分不清那是长辈对晚辈的慈祥，还是男人对女人的温柔，抑或是血脉亲人间的默契。这让他在幼年渴望父母关怀，在成年羡慕异性之爱的时候，都能从姥爹和小米的眼神中找到他希望得到的那份情感。

而最让他寒心的眼神，也来自这两个人。

这令他觉得最为寒心的眼神，便是他跟姥爹去捉小米的那晚看到的。

他曾经那么羡慕的两个人，如今相见却是这番模样。

小米走到蘴丝儿围好的口子处时站住了。

歪道士悄声道："莫非她发现了？"

小米道："是我当年捉水客杀水猴的蘴丝儿吧？铁小姐给你一束，现在还没有用完？她知道你会用她送的蘴丝儿来对付我吗？"

歪道士看到姥爹脸上肌肉跳跃，嘴唇颤动。

姥爹说道："你还记得……"

"我怎么能不记得？我可以忘了前几次转世是谁阻拦了我，但是无法忘记曾经跟你在一起的时光。"

站成了一棵枯树的老头猛地一颤，仿佛被谁狠狠踹了一脚。

"我曾留下那句诗，然后在君山投胎转世，可惜在你发现我之前，在我种子识完全苏醒之前被人陷害。这次我不敢轻易转世，留在老河的桥下等待时机，好不容易遇上合适的人家，却遭到你的阻拦。你可知道，为了在种子识中留下你的印象，我将前世送我到你身边的人忘了，将前世的前世将我溺死的人忘了。而我苦心留下印象的你，却要将我驱赶，逼我离开！"小米愤愤道。

姥爹心头一股热流涌上来，在老头那里听说他是在君山生下第四个女儿的时候，他就知道小米原来一直萦绕在不远的地方，一直在等他找到她，一直在等待机缘自己寻回来。此时听到她说眷恋在老河的桥下也是为了等待时机，姥爹更是自责又感动。

但即使如此，姥爹还是没有选择。他平复了一下心情，说道："如果你不离开，已经有肉身的小米就活不下来。两者只能留其一。我自己与弱郎大王斗争生生世世，尚且不能完全消灭他，我不想你跟我一样。"

"如此说来，你今晚是不肯放过我了？"小米终于从嘴角扯出一丝笑容。她抬起脚，踏入姥爹为她设下的圈套。

姥爹当时心想，如果小米转身离去，他或许更好收场。

歪道士受了马岳云的嘱托，见小米进来，而姥爹没有动作，于是先于姥爹冲了出去。只见他将食指中指立在鼻子前，一张黄纸符不知什么时候已经夹在两指中间了。

"天有天将，地有地祇，聪明正直，不偏不私，斩邪除恶，解困安危，如干神怒，粉骨扬灰！"歪道士念着镇压邪灵的咒语，将两指往虚空一点，那黄纸符骤然起火。火焰偏黄，中间略红。在歪道士的奔跑下，那火焰就如几只栖息在他手指上的蝴蝶，蝴蝶不断扇动翅膀，发出扑棱扑棱的声音。

在歪道士即将接触小米的时候，小米晃了晃脑袋，然后对着歪道士呼出一口气。即使在朦胧的夜色里，那口喷出来的气也黑得显目，如同墨汁入水，如同乌云侵蚀。那股黑气喷在了歪道士的指头上。

歪道士的火焰蝴蝶如同有了神识一般，急忙扇动翅膀，居然离开了歪道士的手，往后退去。这往后一退，蝴蝶的翅膀便扑在了歪道士的脸上。歪道士大叫一声，急忙捂脸。

姥爹却心中一乐。这小米运用气息的天赋还在。

小米噘起嘴一吸，那些黑气又吸了回去。

姥爹清楚，小米虽然天赋还在，但是实力不如以前，所以要将用过的气息收回去。

歪道士手中的火是急火，虽然一时烧到感觉疼痛，但是很快没事了。歪道士张开手，又掏出一张黄纸符来，这次没有起火就往小米面门贴。

小米将吸回去的黑气又喷了出来，然后迅速一闪身，避开歪道士的黄纸符。这一喷一闪，简直乌贼一般。歪道士一头扎在黑气之中，分辨不清小米在哪里了。他又不敢呼吸，怕这黑气伤身，于是急忙往后一跃，退到安全距离处。

小米见歪道士退开，又稍稍靠前，将嘴巴对准了黑气，用力一吸，黑气又被吸走。

小米趁着歪道士退开的机会，疾步走到姥爹面前，一口黑气朝姥爹喷出。

姥爹纹丝不动，也不憋气，依旧像之前一样呼吸。

黑气从姥爹的鼻孔里钻了进去。

歪道士此时已经在小米身后了，他着急地朝姥爹喊道："闭气啊！闭气啊！你这样会受不住的！"

小米觉察到姥爹没有躲避，急忙将呼出的黑气又吸了回来。

"你怎么不躲避？"小米惊讶地问道。

还是有少许黑气被姥爹吸入了。姥爹忍不住咳嗽了一声，仿佛被烟呛到了一般。

"你怎么不躲开！"小米不再是询问了，而是气愤地呐喊。

姥爹咳嗽连连，几乎要将肺都咳出来。

"你的蠹丝儿呢？你用它来缠住我啊！用它来杀我啊！"小米狂躁地喊道。一股黑气从她背后腾腾地升起。她脸上原本有几道灰色印记，此时灰色印记变成了黑色。

小米张开口，又将一股黑气喷了出来。那黑气的量明显比刚才要多了许多。黑气滚滚地向姥爹冲去。

姥爹依旧咳嗽不断，对滚滚而来的黑气不闻不问。

黑气将姥爹吞没。

黑气中传出一句话来："我不知道该杀掉你还是该留下你。我到现在还无法做出真正的决定。那还不如让你杀死我，我就不用这么为难了。"说完，传出来的便是更为剧烈的咳嗽声。

歪道士后来说，他听到这话的时候完全惊呆了，忘记了马岳云的嘱托，忘记了迈步。他想到了姥爹可能于心不忍，对付小米的时候有所迟疑，想到了姥爹可能会故意放小米走，也想到了姥爹会在杀与不杀间犹豫不决，但是万万没有想到姥爹会抛却自己的性命，选择放弃。

小米愣了一下，急忙往前一步，将笼罩姥爹的黑气吸得干干净净。

姥爹咳得弯了腰，双手扶着膝盖。

"你杀了我吧。"姥爹强忍住咳嗽。

小米从鼻子里哼出一声，撇头冷笑了一下，淡淡说道："我愿意来这里，就是让你来杀死我的。我从来没有想过要害你。"

姥爹抬头看着小米。

小米回头看了歪道士一眼，然后扭过头来对姥爹说道："但是事已至此，我也只能杀死你了。"说完，小米往前迈出一步。

歪道士回过神来，再次夹出一张黄纸符，甩手一扔，那黄纸符像离弦的箭一样朝小米飞去，击打在小米的后背上。

歪道士扔出来的黄纸符是五雷符，这种符是以雷法请符，配合朱砂鸡血书符，经道士起法加持而成的。这种符不如之前配合咒语的镇邪符。镇邪符贴在邪灵身上，则可镇压邪灵，制伏邪灵。五雷符则只是击打邪灵的手段，没有一招制敌的功效，但是使用方法相对简单。当然，这种符也适合身子弱，阳气弱的人随身携带。常走夜路的人也可带在身上，避免邪灵作祟干扰。

五雷符打在小米后背，发出嗤嗤的声音。

小米痛苦地叫了一声，脸上的黑色印记又增加了几道。她反手摸到背后，将贴在身上的五雷符抓了下来。五雷符在她的手上变得通红，如同烧红的铁块一般。

歪道士以为她会将五雷符扔掉，没想到小米将手一攥，将五雷符握在了手里。五雷符发出强烈的嗤嗤声，如同烧红的铁块扔进了水里。而小米的手指缝里冒出白气，仿佛是因为铁块而蒸腾起来的水蒸气。但是小米抽搐的脸让歪道士感觉到了她所承受的巨大疼痛，这并不比烧红的铁块直接握在手里时忍受的痛苦要小。别说小米了，就是作为看客的歪道士也忍不住脸部抽搐。

这小米也太可怕了！

小米死死攥住五雷符，直到它不再发出声响，不再冒出白气。

她对着歪道士张开手来。

那五雷符已经变成了灰烬，从小米的手中撒落下来。

歪道士慌忙又扔出两个五雷符。

小米此时面对着他，她看着五雷符靠近，然后双手往前一抓，将两个五雷符分别抓在了手中。嗤嗤的声音再次响起，白气再次冒出。小米的脸又抽搐起来。

不过此时歪道士感觉听到的嗤嗤声因是他的符咒感到痛苦发出的。

小米嘴角斜上拉，拉出一个邪恶而得意的笑容。

"还有吗？"小米问道。

歪道士见小米轻视他，于是心生一计。他再次拿出两张黄纸符来，而这次其中一张是五雷符，另一张却是先前想用但失败了的镇邪符。镇邪符是要配合咒语来施展效果的。但是他知道自己一念咒语，小米就知道它是法力强大的镇邪符了。

他想先将这两张黄纸符扔过去，让小米接住。小米没听到他念咒语，自然以为这两张黄纸符也是五雷符。等小米将镇邪符攥在手中的时候，他再念咒语作法。这样的话，小米就等于自己帮助了他一把。

主意拿定，他就将两张黄纸符扔向小米。

果然小米没有防范，两手将两个黄纸符接住。

小米背后的姥爹仍在咳嗽，并没有插手。姥爹不插手，一则是自己本身不忍，二则是相信歪道士足够对付小米。小米生前虽然实力级别比歪道士要高，但毕竟经历了胎中之迷，忘却了许多前世的记忆和经验，自然实力会受损。而歪道士不但在年龄和经验上占有优势，他还有符咒辅助，就如拿了刀枪的人和赤手空拳的人对打一般，虽然一两招落空，但仍应该是稳操胜券的。

小米不但没有看破歪道士的计谋，也没有发觉脚底下有几只苍白的手伸了出来，意欲抓住小米的双脚！

姥爹和歪道士紧张地盯着小米的手，也没有注意到小米脚下伸出的手。

那些手出现得悄无声息，摇摇摆摆，如同被风吹拂的怪异野草。

小米将那两个黄纸符攥在了掌心。

"天有天将，地有地祇……"歪道士忽然念起了咒语。

小米还不知道歪道士念咒语干什么，眼睛迷惑地看着他。

"嘭——"

近乎爆裂的声音响起，小米的右手上冒出了黄色的火焰。小米终于知道了歪道士的诡计，急忙松开手。可是手一松开，那火焰便腾了起来，比刚才还要猛烈。与此同时，小米感觉到手上负有千斤的重量。她抵抗不住那股力量，身子一歪，先是那只手似乎被别人生生摁在了地上，接着全身倒了下去。

这一倒下，姥爹和歪道士便看到了地上的那些手。

那些手立即将小米紧紧抓住，唯独那只冒火的手不敢触碰，纷纷避开。

姥爹脸色大变，喝道："那个人又来了！"

歪道士环视一周，问道："逮罗国法师？"

虽然那个百家灵说是逮罗国来的法师指使他这么做的，但姥爹不太相信。姥爹没有回答歪道士，他警觉地察看四周，想找出那个人的藏身之处。

可是那人隐藏得太好，姥爹没能发现他。

小米朝四周喷出黑气，可是那些手本就是鬼手，根本不惧怕小米的黑气。

姥爹见小米无法站起来，急忙要赶过去拉她。可是他一抬脚，脚下有无数的鬼手伸了出来，生生将姥爹的脚拉了下来。其情形跟他抱着小米赶去猫灵山几乎一模一样。

歪道士见状，将一叠五雷符掏了出来，朝姥爹的脚下掷去。

"嗤嗤……"那些鬼手碰到五雷符，纷纷缩了回去。姥爹趁机大步跑到小米身边，一手抓住小米，想将她拉起来。可是小米身边的鬼手并没有退缩。小米就像一块黏在地上的软糖一样无法拉扯起来。

"你既然要杀我，现在还管我干什么！"小米对姥爹的救助并不领情，怒目盯着姥爹，呲牙咧嘴，呈现出恶灵才有的一面。

"你回到画眉村的时候我就说过，不会再让别人欺负你。"姥爹拽住小米那只没有着火的手，拼命拉扯。他与那些鬼手似乎在进行拔河比赛，这头只有姥爹一个，那头却有千千万万股力量，还有镇邪符的镇压。

"不要说这些伪善的话了！是谁让我到这里来的？你手里的曋丝儿是用来对付谁的？"小米意图将手从姥爹手里挣脱。可是姥爹不放手。小米手指勾住了姥爹手中的曋丝儿。

歪道士又掏出一叠五雷符，朝小米的身下掷了过去。

"嗤嗤……"抓住小米的鬼手纷纷缩入了土中。

可是歪道士忘记了他的镇邪符还在小米的手里。

姥爹将小米拉了起来，可是小米的另一只手无法离开地面。小米上不能上，下不能下。姥爹朝歪道士喊道："快过来把镇邪符解开！"

歪道士"哦"了一声，朝姥爹和小米跑过来，一边跑一边念解开镇邪符的咒语。可是他刚跑了一半距离，他的脚下也出现了无数的手。那些手迅速抓住了歪道士的脚，使得歪道士双脚不能离地。

"哔——"歪道士念完咒语，赶紧对着小米手里的火焰吹出一口气。

小米手上的火焰立即如同被大风吹拂的烛火，扑腾了一下，迅速熄灭。

歪道士本身走路就歪歪咧咧的，此时被那些鬼手一拉一扯，歪道士就失去了平衡，跌倒在地。那些鬼手一涌而上，像刚才抓住小米那样抓住了歪道士。

姥爹大喊道："快拿符咒出来！"

歪道士哭丧道："符咒不够，已经用完啦！还有两个镇邪符在兜里，可是我的手伸不过去！我早说了晚两天来，你偏不听！"他一边说一边奋力挣扎，可是手太多了，如同一层接一层的浪花一样扑打在他的身上。有一只手抠住了他的嘴，将他的歪嘴拉扯得更加变形。

小米身下的鬼手躲过五雷符之后又伸了出来。由于小米的手被镇邪符镇压，没能离开地面，那些鬼手很快便如爬树一般拥到小米的手上臂上，然后再次用力往下拉扯。

姥爹很快便失去了优势。

小米再次被那些鬼手拉了下去。小米的手指将薴丝儿从姥爹手里勾了出来。

姥爹不敢弯腰去拉她。因为一弯腰，那些鬼手便会将他拽倒。如果三个人都躺倒在地，那么他们三人就都成了砧板上的鱼肉，要任人宰割了。

姥爹直起身子抬脚，怎么都抬不起来。

姥爹注意到，整个过程中，远处老头一直站在那里一动不动。这让姥爹非常意外。那老头要么离开，要么过来，怎么会一直站在那里呢？

"哈哈哈，你们终于被我抓住了！"一个熟悉的声音从远处飘了过来。

接着，姥爹看到远处的老头挪动步子慢慢下坡。

歪道士扭头一看，气呼呼地说道："原来是他害我们的！"

老头走到了先前小米站住的地方，嘴角上翘，露出一个邪恶的笑，哼哼了两声，然后说道："我辗转这么多地方，吃了这么多苦，等待了这么多年，终于将你们抓住了！皇天不负有心人哪！"他张开双臂，兴奋地望着天空的月亮。

小米惊讶地望着那个老头，两眼瞪得圆溜溜，觉得不可思议。

姥爹放弃了与脚下鬼手的对抗，瞥了那老头一眼，微笑道："泽盛，你出来吧。"

小米迅速转头，惊讶地看着姥爹。

歪道士则仿佛没有听清楚姥爹的话，迷惑地看着泰然自若的姥爹。

那老头也一愣。

"我看到你躲在他身后的影子了。这么多年了，难道你还是不敢出来见我吗？"姥爹问道。姥爹注意看了看老头的身影。其实此时朦胧的夜色下很难看清人或者物落在地上的影子。但是姥爹感觉那淡淡的几近于无的影子也能看得清清楚楚。姥爹心想，或许是刚才吸食了月光的缘故。每次吸食阳光或者月光之后，只要是仔细去看的地方，他都能看到平时看不到的细微变化。

姥爹看到老头身下有两个淡淡的人影，便知道刚才为什么一直看不到隐藏的那个人了。原来那个人施了什么邪法，使得老头失去了知觉，而他就躲在老头的身后隐藏自己。老头站得很远的时候，姥爹即使仔细看也看不到差别。但是走到近前了，姥爹能看到。姥爹本来依旧不知道那个人是谁，但是听到他说"我辗转这么多地方，吃了这么多苦，等待了这么多年"的时候，姥爹终于确定了，这个人就是泽盛。只有他才符合这些条件。

人在得意之时往往容易露出破绽。

"出来吧！"姥爹大声喊道，气势一点儿也不逊色于那个人，"我们都被你抓住了，你还躲在一个无用的老头身后干什么？"

老头愣愣地站了一会儿，终于一个人影从他身后走了出来。

纵然泽盛也已经是皮肤松弛鸡皮鹤发的老人，但他那双高耸的颧骨，细长的眼睛，还有那颗破了帝王相的痣仍然让见过他的人一眼就能认出来。

与此同时，姥爹知道泽盛阻拦他去猫灵山的那晚为什么说出一句听不懂的咒语来了。泽盛去了日本，应该是在日本学习了日语，研习了日本的玄黄之道。那晚的咒语应该是用日语说出来的。

"泽盛？"小米有些迷茫。

歪道士是第一次看到泽盛，也露出惊讶的表情。他听马岳云说起过这个人，没想到会在这里遇见他。歪道士能感觉到泽盛身上的凛冽之气。

"你居然能认出我来。"泽盛稍稍惊讶。

姥爹笑了笑，说道："你不是去了日本吗？怎么又自称来自逮罗国？是怕我猜到是你吗？居然还编出要养鬼仔的鬼话来。"

姥爹说这话的时候，简直如同见了多年不见的老朋友一般，仿佛说这些话只是为了叙旧，并无他意。

泽盛见姥爹并无惧怕之意，有些羞怒，冷笑道："马秀才您读遍圣贤书，难道没有听说过'见人说人话，见鬼说鬼话'吗？那百家灵是鬼，我见了他当然要说鬼话啰。"他说话的时候舌头似乎有点短，夹杂着怪异的口音。

"你逃到东海之后还不忘报仇啊？"姥爹说道。

泽盛哼笑一声，走到姥爹近前，说道："当然不会忘记！你把我害得那么苦，我怎么可能让你过安生日子？我到了东海之后可没有闲着，我到处拜访大师，学习他们的技艺，就是想着有朝一日回到这里来！幸好我运气不错，不但学了许多以前没有的技艺，还从一个行走在阴阳两界之间的人那里学到了这鬼门阵法！"

"鬼门阵法？"歪道士吃了一惊。他这才知道自己中的是什么阵法。他也知道这是一种非常邪恶的阵法。因为这种阵法需要众多的鬼，所以施法者首先要用"引魂"的方法找来许多阴灵。据传，"引魂"一般是在鬼节的时候进行。施法者用一种名叫礦石的属阴的石料粉在一个十字路口画出一条线，指引鬼魂按照那条线路行走，以免人鬼相冲。阴灵误以为那是阴间通道，便顺着礦石的线路走。施法者会在目的地设一个"驭鬼桩"，也就是刻有"引魂经"的汉白玉桩子。那"引魂经"是一种超度的经文，有牵魂引魄的作用，类似于姥爹晚上念诵《地藏经》的效果。阴灵到了"驭鬼桩"这里便会在此打转。从效果上看，这方法简直跟人遇到"鬼打墙"一样。这是给阴灵安排的"鬼打墙"。这种方法可以激发阴灵的怨气，经年累月后，本可顺利进入阴间的普通魂魄也会渐渐变成恶灵。

正是由于这方法能使普通魂魄变为恶灵，罪孽重大，所以它在远古时期便被列为禁术，不再传授。

歪道士虽然知道鬼门阵法里的鬼魂大概是这么引来的，但是他并不清楚细节，更不知如何对付。

"鬼门关，恶鬼欢，十人去，九不还……"姥爹也轻叹一声。他抬起头来，无奈地看着天空的月亮。

"何须去，何须还，死何哀，生何欢。君归去，莫寡欢，妾如草，待君还！"小米突然接着姥爹的话念道。

泽盛哈哈大笑："你们俩死到临头，却还要你唱我吟？附庸风雅！"

姥爹说出那句话来是无意识的。他抬起头来看着朦胧的月光，忽然想起曾经似乎有过这样的情景，也有过这样无可奈何的心境。

情随心动，境随心变。刹那间，他感觉到此时此景此情曾经经历过，有无比雷同的共鸣。

小米说出那些话后，也非常惊讶。可以看出，她也是无意识地对上姥爹的话的。

姥爹的脑海里忽然闪现出自己在修眉山的山洞里修行的情景，自己正在朦胧的月光下急急地敲着木鱼，发出梆梆梆的单调声音。

而他的徒弟迷海在他身旁打瞌睡，脑袋往下一点一点，有时候点得太厉害，将他自己惊醒了。迷海睡眼惺忪地看了看他，呵欠连天地问道："师父，你这么多年没有出去，这是念经给谁听啊？"迷海还是一张年轻的脸庞。

他放下了敲木鱼的木棒，说道："这是念给小米听的。"

蒙蒙眬眬的迷海迷惑道："师父，你我在这里靠吸食阳光维生，不用五谷，还要小米干什么？"

他看了一眼天上朦胧的月亮，说道："此小米，非彼小米也。她多年后会遭遇不测，成为厉鬼。而那时的我虽然是祖宗级别，却无祖宗手段挽救她。等到此事已成，那时的我即使用余生念诵经书，也无法将她怨气消解，所以我这辈子就开始给她念诵经文，使她能迷途重返。"

迷海勉强打起精神，问道："师父，我不懂什么叫做虽然是祖宗级别，却无祖宗手段。人潜心修炼，不就是为了提高实力级别，做以前做不到的事吗？"

他说道："修行是可以使人实力提升，但是到了那个境界，人就不一定用当初的手段。菩萨大慈大悲，法力如海，可是她会去杀掉一个人或者其他生灵吗？无用是为大用，无为是为大为。"

迷海打了一个呵欠，点点头，也不知道是真懂了，还是真困了，脑袋往下一耷拉，不再说话。

木鱼声又梆梆梆地响起，念诵经文的声音又萦绕耳畔。

念诵经文的声音渐渐变小，木鱼声渐渐悄悄。

姥爹睁眼一看，地上无数的鬼手挥舞，可是周围没有看到歪道士，没有看到泽盛，却只看到了子鱼。子鱼背对着他，急急往前走。

"你要到哪里去？"姥爹慌忙喊道。他抬头看了看天，月色朦胧。

子鱼回过头来，看到了姥爹，惊讶道："你怎么追来了？"

他觉得胸口又闷又重，费力地说道："我见你已自杀，慌忙追到这里来了。"前面不远有一高耸入云的牌坊，牌坊上写着"鬼门关"三个字。那三个字仿佛是血液写成，看起来好像要流下来。

子鱼道："你不是担心我们师徒之情被他们知道吗？只要我死了，他们就抓不到你的把柄了。"

他心中一沉，分不清自己到底是今生还是前世，抑或是来生。如梦如幻，似真似假。

他心想，莫非子非打听到的消息有误？子鱼不是她师父杀死的，而是她自己要以死来维护师父的名誉？

子鱼说完，转身又要往那牌坊走去。

他禁不住抬起手来挽留："不要走！"

子鱼念唱道："鬼门关，恶鬼欢，十人去，九不还。何须去，何须还，死何哀，生何欢。君归去，莫寡欢，妾如草，待君还！"

他听得热泪盈眶，在子鱼身后大喊道："你别走这么急，我随后就来！什么名誉，什么师徒，什么钩心斗角，我全不要了！"

可是子鱼仍然穿过了那个牌坊。

她的余音从牌坊那里传来："来世我将化为一棵草，不懂人情，不能动心，随春风而生，见落雪而枯。倘若有缘，你来看看我这棵草就好了，但我既无人身，便不可与你眷恋，不会破坏你的修行！"

他急忙奔跑到牌坊那里，依然不见子鱼的踪影。他再要迈步向前，地上忽然伸出无数的手来，纷纷抓住他的脚，不让他再往前迈出一步。

一个脸特别长，穿一身暗黑长袍的人出现在眼前。那马脸长袍喝道："这里是鬼门关！生人要进进不去！亡人要出出不来！你既然是道行高深之人，更应该明白这个道理！快快回去吧！"

他大喊道："不！我偏要进去！我偏要将她拉回来！"他不顾一切地要往前跑。

可是马脸长袍出现之后，地下那些手拽得更加用力。

他气愤不已，双手合十，突然大声念起咒语来！

"头顶乾坤，脚踏阴阳！乾坤挪移，阴阳颠倒！见山开山，见水避水！遇佛弑佛，遇鬼屠鬼！一切阻碍，全不得见！"

瞬间，他周身冒出金光来。那些鬼手如摸到了炭火一般迅速缩了回去！

他念出来的是阴阳咒，这阴阳咒是阴阳家的咒印禁术之一，是"阴脉八咒"的一种。此咒本身有强烈刺激，具有荼毒生灵的杀气。虽然这种咒不可抵抗，强大到无以伦比，但是对自身福报损害极大。如把蜡烛用来当柴火烧，虽然火旺，但自身消耗太大太多。

马脸长袍惊慌道："你不要一意孤行！你这么做，只会损害她和你自己的命和运！她虽然来世转生为草，成为无情众生。但是只要你的心意还在，仍然可以引导它，感化它，使得它重开灵智，再世成人！"

他浑身一颤，跪地痛哭……

姥爹流下泪水来。他没想到自己随口一念，小米随口一接，让他想起了这么多。

泽盛见姥爹流下了泪水，仰天大笑，笑了一阵之后，指着姥爹的鼻子说道："你可知道，我多少次像你今夜一样丧魂落魄？我以前尝过的滋味，现在要让你也尝一尝！"

姥爹没有听进泽盛的话。通过被泪水盈满的眼睛，他看到天色更加朦胧，月亮更加模糊。姥爹记得曾经读过一句话，叫做"古人不见今时月，明月曾经照古人"。他曾经深以为然，感慨不已。可是此时他不再相信这句话。

哪有什么古人今人？都是同样的人。

哪有什么今时月古时月？都是同样的月亮。

在同样朦胧的夜，朦胧的月之下，他为来世的小米念诵经文，消除罪孽；他追逐黄泉路上的小米，痛哭流涕；他引出小米，针锋相对。

同样的月光，同样的人，却是不同的喜怒哀乐。

"一狗一狗哇咋啦狗！"泽盛将手一挥，大声喊道。

地上的手立即伸得更长！那些手拉住了小米的四肢，往不同的方向拉扯！

泽盛喊道："我要将小米分尸！让她的魂魄以最痛苦的方式消失！"

小米的四肢被硬生生拉开，小米挣扎号叫不已。

歪道士大喊道："小米不过是小鬼而已！有什么冲我来啊！"

后来歪道士说，他以为他们都不可能再回到画眉村来了。他的心中已经没有了任何胜算，连侥幸的心理都没有了。

姥爹的耳朵突然发出嗡嗡嗡的声音，瞬间失聪。歪道士的叫喊，小米的号叫，泽盛的咒语，他都听不见了。那嗡嗡嗡声越来越大，越来越响，盖过了世间任何其他的声音。

唯独一个声音越过了这种阻碍，在他耳边响起："呼吸吧，日月之光都将为你所用！"

那是迷海的声音，又像是自己的声音。

姥爹闭上了眼睛，将头扬起，将嘴对着月光。

姥爹对着月光深深地吸了一口气。那一口气吸到了底，似乎要将一生需要的空气都吸进来。

月光随之暗淡。

首先发现月光暗淡的是泽盛，他的声音传到了姥爹耳边："咦？月亮怎么暗了？"

接着他听到了歪道士的声音："天狗食月？不对，不到时候啊！

难道是日月同轨？也不应该啊！"

姥爹睁开眼睛。

泽盛、歪道士、小米都惊讶地发现姥爹通体透彻发光！如一只巨大的萤火虫！

姥爹大吼一声，声音已经完全变了样，如同狮吼，如同虎啸，在这山坳里回回荡荡！

"哪怕是鬼门关，我也要救下她！"姥爹咬牙切齿道。

姥爹身体发出的光所到之处，鬼手触之即化为灰烬。

歪道士后来说，那是他第一次也是唯一一次见到祖宗级别的人展示祖宗级别的实力。

泽盛看到姥爹发出光芒的时候，应该想到了他在雾渡河时的惨败。那个血丝玉手镯吸收的日月精华在瞬间释放殆尽。而姥爹就如一个大型的血丝玉手镯，将他多少年多少次来吸收的日月之光释放殆尽。

歪道士知道泽盛的鬼门阵法，也知道姥爹的阴阳咒，他看着通体发光的姥爹，喃喃道："能对付这种已经失传的鬼门阵法的，恐怕也只有已经失传的阴阳咒了！"他不明白，姥爹没有去过日本，是如何学会这种失传了两千多年的阴阳咒的呢？

学会了阴阳咒，就等于打通了阴阳通道，死者可以来到阳间，活人可以踏入阴间。如果此术播散过广，那么阴阳两界必将混乱。这是阴阳咒被禁止的原因。

当然，一般人就算学会了阴阳咒，其实也没有多大用处。因为天下万物都有自己的精气阳气，一个人也是如此。人食五谷，无非是吸取其中精华，借以自身使用，用来看，用来闻，用来听，用来想，用来行走。每日所食有限，往往从口所入的精华会从身体各个部位消耗掉，并无多少积累。这也是人日食三餐，并且天天如此的原因。人无法先吃下许多，然后好长一段时间不吃不喝。

而阴阳咒需要施法者在念咒的同时释放许多自身积累的阳气，借以抵御阴间阴气侵袭，甚至化解周身阴气。不然的话，施法者即使顺利踏入阴间，也会因为阴气侵蚀周身寒冷而死。

这就矛盾了。一方面人无法积累许多阳气，一方面人要释放大量阳气，所以即使熟知阴阳咒，也无法施展其强大法力。

这也是泽盛毫无防备的原因。他不相信还有方法可以破解他的鬼门阵法。

可是姥爹不同，他往日不经意吸收了许多阳气，体内早已积累许多，所以此时通过种子识记起阴阳咒之后，能够顺利施展出来。

稍远处的鬼手受到恐吓，那些鬼居然从地下爬了出来，纷纷往外逃跑。惊惶之中，它们没有注意到早就环绕四周的蘴丝儿，生生地撞了上去，把自己割成了好几段。只有为数极少的鬼凭着运气从那仅剩的小口子处逃走。

泽盛见阵势奔溃，转身要逃。

姥爹抢先一步，拦住了他。那极少数逃走的鬼，姥爹已经懒得管了。

姥爹的两眼放出光来，照在泽盛的脸上，逼得泽盛侧脸躲避。

"我本无意取你性命，为何你要苦苦相逼？"姥爹痛苦道，"我能预知先机，但是尽量不去干扰，遵循无为之道，顺应因果。我本有千万法门，但是尽量不去使用，避免偷天换命，加重惩罚。但是……但是今天我要让你消失在六道之中！"

姥爹一把抓住了泽盛胸前的衣服。

泽盛不敢直视姥爹发光的眼，但还犟嘴道："你顶多杀死我而已，又如何能使我消失在六道之中？"

姥爹呲牙咧嘴，面目狰狞，如怪如魔，狠狠道："我不想再见到你！我要用我的阳气将你的魂魄焚烧干净！"

歪道士听到此话，惊慌不已。鬼之观人，如同观火，阳气盛者，如大火篝火，不敢接近；阳气弱者，如小火萤火，可近可欺。阳气顶盛的人，如藏龙卧虎之辈，确实可能以旺盛的阳气焚烧鬼祟。但要再上一层，以阳气焚烧活人和活人的魂魄，那是极其少见的。但极其少见不代表没有。极其少见是因为施法者要达到仙家水平，几乎是祖宗级别的顶尖人物。

而这类阳气，已经不能称之为阳气了。

它有一个大众熟知的名字，叫做三昧真火。一般认为"心者君火，亦称神火也，其名曰上昧；肾者臣火，亦称精火也，其名曰中昧；膀胱，即脐下气海者，民火也，其名曰下昧。"上昧中昧下昧合在一起，称之为三昧真火。玄黄古籍有介绍："此火非同凡火，从眼、鼻、口中喷将出来，乃是精、气、神炼成三昧，养就离精，与凡火共成一处，妖魔鬼怪不能敌，焚烧本身，蒸发灵体！"

姥爹又狂吼一声，浑身的光芒顿时变成了熊熊烈火！姥爹如同浑身浇了油一般，周身火焰如同无数个口渴无比的舌头。

泽盛惊恐大叫，手打脚踢，想要从姥爹手里挣脱。

姥爹稳如泰山，手如锁链，让泽盛无可遁逃。

火焰很快就燃烧到了泽盛的身上，烤得泽盛惨叫连连。不一会儿，泽盛周身起火。仿佛姥爹是一根已经点燃的火柴，而泽盛是靠过来的第二根火柴。

泽盛周身起火之后，居然从他的身体里跳出一个身影来。

"他的魂魄要跑！"歪道士紧张道。

后来姥爹回忆说，泽盛那跑出去的身影可能是跟罗步斋非常相像的身外身。罗步斋还是阿爸许的时候经常跟鬼魂打交道，又有一定实力。泽盛也是如此。因此，在同样恐惧而求胜心切的情况下，很可能同样出现身外身。

但是泽盛的身外身没有罗步斋那么幸运。

从他身体里跳出来的身影仍然周身是火。

它一跳出来，反而很快就被火焰吞噬烧尽了！

肉身未死，魂魄先亡。

紧接着，泽盛的肉身也被火焰烧成了灰。歪道士看着泽盛像一个葬礼上被焚烧的纸人一样变得残缺，然后一块一块剥落。

最后姥爹松开手来，只有手掌心留下了一小块没有被烧到的布。那块布刚从张开的手掌心出现，就起了火。它像一只受了伤的蝴蝶一般从姥爹手里飞下，跌跌撞撞地落向地面。可是在它落地之前，它也片片飘零，变成了粉末。

就这样，泽盛的肉身和灵体消失于六道之内。人生如苦海，肉身是舟，魂魄是划舟的人。泽盛的舟被烧掉了，舟上的人也烧掉了。在这片苦海之上，他已经湮灭。

小米见泽盛像纸人一样被烧掉，哈哈大笑。她的脸被姥爹的火焰照亮，棱角分明。

让姥爹没有料到的是，小米突然将矍丝儿绕在了自己的脖子上，一手拉住矍丝儿的一头，紧紧勒住。

"既然你这么讨厌我，那就让你如愿以偿，让我也烟消云散吧！"说完，小米将矍丝儿猛地一拉。

歪道士想过自己或者姥爹亲手杀死小米，但是没有想过小米会自己杀死自己。当看到小米自寻短见的时候，他也忍不住大喊道："不要！"

就在同时，姥爹捏指一弹，一团火焰朝那矍丝儿飞去！

矍丝儿虽然坚韧无比，但唯独怕火。那火焰一碰到矍丝儿，矍丝儿就断了。

小米的手力道落空，双手往外一甩，身子打了一个趔趄。

小米迷茫地看着姥爹，双眼噙泪，撕心裂肺喊道："你不是想要我灰飞烟灭吗？你不是要置我于死地吗？你为什么要救我？"

姥爹身上的火焰缓和了许多，微风吹过，呼呼地响。姥爹声音低沉地回答道："我说过，我不会再让别人伤害你。包括你自己。"

"你还不明白，这世上只有你可以伤害我！"小米大喊道，"我的种子识，都因为你而起，因为你而存在，因为你而延续！"

小米突然朝姥爹冲了过去，喊道："那就让我像他一样烧得干干净净吧！"

小米抱住了姥爹。她以为自己会遭受炙烤一般的痛苦。可是没有。她只听到了姥爹一声轻轻的叹息。

"唉……你终于愿意靠近我了……"那声音在她耳边萦绕，如同撞钟后的余声。

"哪怕是出于怨恨……你总算是靠近我了……"姥爹补充道。

姥爹的身上没有一丝火焰。他恢复了原样。

歪道士长吁了一口气，瘫软在地。他终于放心了，泽盛和那些鬼手都被消灭了，小米也没有事。虽然他不知道该怎么处理小米，但是他觉得小米被泽盛害死或者自杀都不是好的结果。

小米见自己身上没有着火，气愤地推了姥爹一把。她没能将姥爹推开，自己却后退了好几步。

姥爹看着气冲冲的小米，温和地说道："小米，我刚才想起来了，我的前世在修眉山已经为你念诵了许多年的经文，为现在的你祈福超度。"

小米由愤怒变得惊讶。

"正是由于那时候我已经给你念诵了无数遍经文，你现在的魄还不至于恶到极致。我想应该还有挽救的余地。可是那一世的我后来不得不去了熙沧对付自己的魄，也就是你知道的弱郎大王，没能将你现在的恶全部洗净。再者，即使那时候时间足够，可是时间相隔太久，并且有前世今生之隔阂，效果大大折损，仍然无法完全超度现在的你。"姥爹不无遗憾地说道。他忍不住掩住嘴咳嗽两声。由于之前的拜鬼，由于刚才的过度透支，姥爹露出疲惫的表情，身子也摇摇晃晃起来。

小米的眼睛里掠过一丝柔和的光芒，虽然转瞬即逝，但至少是出现过了。

歪道士见姥爹这么说，在心底里打消了先前的念头。

"我知道，无论我怎么做，你的魄是不可能完全没有恶性的。但是我希望你能理解我，希望你能得到解救。"姥爹渐渐摇晃得厉害了。

"我不要听！我不要听！"小米双手握拳嘶喊。

姥爹感觉眼皮越来越重，沉沉地往下压。姥爹努力地抵抗，终于抵抗不住，眼前一黑，就倒在了地上。

姥爹倒到地上后，仍然用最后一点力气虚弱地说道："放小米走吧……"

他这句话是说给歪道士听的。

歪道士知道此时姥爹已经看不见他，但他还是点了点头。

这时，在罾丝儿没围绕的口子边出现了几个小孩子。一个小女孩怯怯地看了看歪道士和地上的姥爹，然后朝小米招手，说道："小米，小米，快来！"

其他几个小孩子也朝小米招手，纷纷轻声呼唤道："小米，快回来跟我们一起玩！"

歪道士朝那几个小孩子瞪了一眼。他知道，那是瞎子坳来的小鬼。

那几个小孩子顿时吓得消失了。

但是很快他们又在那个口子边露出了头，怯怯地喊小米："小米，快来跟我们一起玩呀！"他们简直是一群在洞口藏头露尾的小老鼠。而歪道士就是一只懒猫，让他们这些老鼠不敢靠近但又胆敢出现。歪道士确实是一只懒猫，他刚刚差点命丧黄泉，又峰回路转。他觉得非常疲惫了，浑身没有一点力气。他不想跑出去追那些小鬼，因为他抬一下手抬一下脚都感觉非常费劲。他只想那些小鬼自己散去，他好早早回到家，躺倒在那个孤单而狭小的木床上。

他以为小米会跟着那些小鬼走的。

但是小米没有。

小米侧头看着口子边的小鬼们，忽然扬起手，扯着嗓子喊道："你们都给我滚！都给我滚远一点！滚！滚！滚！"喊到几乎要破音。

那些小鬼露出迷惑的表情，但是他们不敢忤逆小米的意思，急忙纷纷离去。

歪道士的耳朵被小米的声音震麻了。他不知道为什么小米突然要那些小鬼伙伴们"滚"。

莫非小米有心向善了？歪道士心中一喜。

小米似乎感应到了歪道士在想什么，立即回头怒视歪道士，将他心头的念想扼杀。那双眼睛冰凉如刀刃，几乎要将歪道士的心刺穿。

捉鬼无数的歪道士在一刹那间被小米的目光震撼并震慑。

小米并没有对歪道士做什么，她看了他一眼之后，朝那个口子走去。

歪道士想挽留，但是想到刚才的目光，他的脚便被钉住了一般动不了。

小米在那个口子处渐渐消失，背影融入夜色之中……

歪道士愣了许久才想起这里还有两个人，一个因体力透支而陷入昏迷的姥爹，一个因泽盛施法而中邪不醒的老头。

歪道士自己走路就不太顺畅，加上感觉精疲力竭，自知一人无法拖走两人，于是他先回到了村子里，到了冯俊嘉家，叫冯俊嘉喊人来帮忙。

冯俊嘉听说姥爹倒在了离瞎子坳不远的地方，急忙敲开几户邻居的门，叫了几个年轻有力的人一起去将姥爹和老头抬回来。

第二天，姥爹和老头都醒了过来。他们之间没有通过气，但是不约而同地保守了昨晚的秘密。姥爹保守秘密是免得冯俊嘉担忧，老头保守秘密则是为了能继续留在这里生活。

几天之后，老头来到画眉村，找到姥爹，跟姥爹谈了许久。

从画眉村回去之后，那个老头便天天在家念经，成了一个不出家的居士。没有人知道老头为什么念经，为了谁而念，只有姥爹知道。

第七章

告别竹溜子

　　放过小米的魄之后，小米的魄并没有好转变善。这是姥爹预料之中的事。小米的魄经常去骚扰附近的居民，不是把鸡笼里的鸡弄得咯咯叫，就是把牛棚里的牛赶得团团转，再不就是弄得屋顶的瓦咣咣响，让人以为屋顶有好多老鼠在爬。总之让别人睡不着觉。等人家起床来看，她又不闹了。

　　这些小事姥爹是没有办法管了，但是姥爹一直防着小米去勾引小孩子的魂魄。附近有谁家得了孩子，姥爹第一个去送符，贴在门窗上，照壁上，说是要抵挡其他秽物前来侵扰，实际上主要是为了防止小米。

　　虽然如此，还是有几个孩子走了家，姥爹发现后急忙赶去将那些孩子救了下来。

　　姥爹还常去冯俊嘉家看小米，用他的前世经验来帮助小米的魂生出新的魄，让她的魂魄渐渐变得完整。有些药物是对魂魄有作用的。生病的人往往魂魄有消散的趋势，药物治疗便是阻止魂魄消散。有的药物不但可以阻止魂魄消散，还能促进人体生出新的魂或者魄来。

　　姥爹常常采一些奇奇怪怪的草药，带到冯俊嘉家里，叫颜玉兰按他说的方法捣烂或者煎水了给小米喂下。尤其是每年的三月三，姥爹必定大早出门去采一种名叫"地米菜"的野草，大早出去可以采到最好的地米菜，然后带到冯俊嘉家里，叫冯俊嘉做好了喂给小米吃。这里有一句话叫做"阳春三月三，地米当仙丹"。姥爹是把地米菜当仙丹给小米吃了。

小米渐渐长大，魂魄渐渐趋于完整。阴阳转换，魂魄也相生相克。小米的魂在姥爹的辅助下生出了新的魄。

小米学会的第一句话不是叫爸爸或者妈妈，而是对着姥爹一笑，叫了一声"马秀才"。冯俊嘉和颜玉兰非常惊讶，也非常惊喜。因为"马秀才"这三个字比爸爸妈妈这些称呼难发音多了，冯俊嘉和颜玉兰便认为小米非常聪明，怎能不喜？

小米开口说话后没几天，姥爹又陷入了忧郁之中。

一天，姥爹陪几位老朋友聊天，聊到天黑，那几位朋友纷纷告辞。

姥爹正收拾椅子的时候，听到厨房里有窸窸窣窣的声音。姥爹放下椅子，走到厨房去看，结果看到了家仙。

家仙平时是不怎么出现的，也不会弄出什么动静，就如她从来没在过这里一样。

姥爹见她故意出来，知道她必定有事要说，便问家仙道："你是不是等我好久了，等我朋友走了才出来的？"

家仙点头道："是啊。"

姥爹问道："有什么事吗？"

家仙道："当然有事。我是来跟你说竹溜子的。"

姥爹立即前后左右头上脚下看了一遍，不见竹溜子的影子，讶异地问道："你怎么突然要说竹溜子的事情？是竹溜子伤害到你了吗？"

竹溜子有时候会在柴木堆里钻。姥爹便想，地鳖和竹溜子同处一个屋檐之下，家里人还有拌嘴的时候，舌头和牙齿还有相咬的时候，他们也免不了会有点争执矛盾，这家仙难道是跟竹溜子有嫌隙了？

家仙却说道："它怎么会伤害到我呢？我们井水不犯河水，何况我又不是害你们一家的怪物。"

"那是为什么事呢？"姥爹问道。

家仙道："为了竹溜子修炼一事。"

姥爹没想到家仙会说这事，惊讶道："修炼的事？它修炼怎么啦？"

家仙道："你没发现竹溜子一直没有长进多少吗？你没发现它最近跟你吸烟的次数少了许多吗？"

姥爹一想，确实如此。但他不明白家仙提这个干什么。

家仙见姥爹认可，继续说道："竹溜子的修炼其实早就到了头。但是到头不是因为它不能继续修炼了，而是这里已经不能给它提供更多需要的了。它从你这里该学的已经学得差不多了，需要去更加广阔的天地进行修炼。就像老虎关在笼子里，老鹰躲在鸟窝里一样，竹溜子待在这里只会束缚自己，得不到更好的修炼。"

"你的意思是……要我放竹溜子走？"姥爹问道。

家仙道："你放它走它也不会走。它怎么会主动离开你呢？"

姥爹眯眼道："那你的意思是……"

"你要赶它走。不赶它的话，它是不会走的。"

"可是无缘无故赶它走，这对它来说不公平吧？"

"没有什么公平不公平，赶它走也是为了它好啊。另外，将来如果你百年过世，在去黄泉路的时候，或许它还能帮到你呢。"

姥爹道："我过世了的话，还要它来帮忙干什么呢？"

"帮你引路，找到一起去阴间的人。"家仙说道。

姥爹心中一惊。他那时候已经想过自己死后要怎么做才能不跟小米分散了。

他从来没有想过死后还需要竹溜子的帮助。倘若竹溜子能帮助，那更为保险了。但姥爹没有想这些，他希望竹溜子修炼大成，他也相信竹溜子能修得大成。因为独眼和尚见到竹溜子的时候这么说过。

所以后来马岳云被人告知姥爹的坟墓被老鼠打了一个洞的时候，马岳云并没有惊讶，他猜测竹溜子来了，引领姥爹踏上黄泉之路。

姥爹听了家仙的话。

之后不久的一天，姥爹在吸烟的时候，突然将烟摁灭了。

竹溜子正在房梁上吞云吐雾，突然感觉到烟味淡了许多，急忙瞪了眼朝下面看，胡子一翘一翘，颇为生气。

姥爹吹了吹落在衣服上的烟灰。一般时候姥爹是不会让烟灰落在衣服上的，但是今天不同。他一边抽烟一边想事情，就忘记烟灰该掸了。

吹完烟灰，姥爹回望了房梁上的竹溜子一眼，然后说道："半途让你没有烟吸，是不是感觉不舒服了？"

竹溜子在房梁上打了一个转。

"哈哈哈，"姥爹笑道，"虽然近来烟吸得少了，但还是有烟瘾嘛。"

竹溜子又打了一个转，非常急躁的样子。

"从今以后不给你烟吸了。"姥爹突然变得严肃。

竹溜子没有打转，愣愣地看着姥爹。它听懂了姥爹的话，或许有些迷惑。跟着姥爹吸了几十年的烟，姥爹怎么会突然这么说呢？或许它的心里在这么想。

"你应该去更广阔的天地之间，去吸收更为精粹的天地元气。你看看，你在我这里五六十年了，没有什么长进。就以前来说，我这里或许对你有用，但是现在不但对你没用，反而是束缚你继续修炼的一口井啦，你就是这井中之蛙。"姥爹语重心长地对竹溜子说道。

竹溜子一动不动，只有胡须轻轻摆动，应该是屋顶瓦缝里漏进来的风吹动的。

"你明天就走吧。我以后不会给你吸烟了。"姥爹一摆手，然后站起来，离开了房间。

姥爹刚走出来，马岳云就找了上来。

那时候泥墙的房子不太隔音。姥爹对竹溜子说的话，马岳云听得一清二楚。马岳云凑到姥爹的耳边，轻声说道："你真的要赶竹溜子走？"

姥爹斜眼看了看屋里，故意大声道："刚才说的话是给它客气。其实我哪里是想让它修炼？我是不愿意它留在这里。你想想，现在孩子在长大，家里总有老鼠跑来跑去，对孩子不好，何况是个女孩子。再说了，现在到处粮食减产，老鼠的灾害是排在第一位的，人人喊打。要是我们家老鼠随地可见，你说我们以后怎么在这里做人？"

马岳云叹气，回到了自己的房间里。

第二天一整天，家里人都没有见到竹溜子的踪影。

第三天也是。

姥爹认为竹溜子已经被气走了，便找到马岳云，跟他解释。马岳云这才明白姥爹是为了竹溜子好。

第四天早晨，马岳云的妻子先于家里所有人起了床，然后去打开大门。那时候马岳云已经婚娶。马岳云的妻子看到了一只非常大的老鼠。

那只老鼠太大了，以至于她吓得叫了一声。

马岳云急忙起来，跑到大门口去看发生了什么事。马岳云到了门口一看，门槛旁边躺着一只大兔子。

"老鼠！老鼠！这么大的老鼠！"她吓得心惊肉跳，抱住马岳云的胳膊。她确实错把兔子当做老鼠了。因为竹溜子有几次弄来了死老鼠，她便认为这也是竹溜子弄来的死老鼠。

"不是老鼠，是兔子呢。"马岳云轻轻踢了那兔子一脚。两只兔耳朵清清楚楚。但是兔子的脚上绑了草绳。那兔子是活的，还在动。

"兔子？"她稍稍安心，弯了腰朝兔子看去。

"嗯。"马岳云朝四周看了看。

"谁这么早送兔子到我家门口来？"她迷惑道，"莫非是章古？"

章古是村里的猎户，经常上山打一些野味，自己吃，也卖，偶尔也送人。那时候山上的兔子不少，是猎户最喜欢的猎物。

马岳云摇头道："肯定不是他送的。"

"为什么？"她问道。

章古不是没有送过兔子给马岳云。章古的孩子曾追逐一只兔子在山林里迷失。章古找到他的孩子时，他的孩子正将脑袋往一个兔子洞里钻。章古把孩子背了回来。但是孩子总说自己是只兔子，要回到山上去，还说他的兔子洞在哪个坡的哪个洞，言之凿凿。后来是马岳云帮他治好孩子的。章古为了表示感谢，送了两只兔子给马岳云。

马岳云道："章古是拿铳枪打兔子的，一打就是一把子弹，像沙子一样。打到的兔子都是血淋淋的。你看这兔子，皮毛都是好好的，怎么可能是章古送的呢？再说了，我最近又没有给章古做什么，他为什么无缘无故送兔子来？"

"那会是谁？难道这兔子自己用草绳绑住了脚送上门来的？"马岳云的妻子说道。

这时，一阵吱吱吱的声音响起。

马岳云循着声音望去，看到了正朝这边爬来的竹溜子。竹溜子嘴里叼着一根草绳。

"竹溜子？"马岳云惊讶道。

马岳云的妻子高兴道："原来是竹溜子捉了兔子回来！它是见我们家好久没有吃肉了，又见章古送过兔肉来，就去山上捉了兔子回来吧？"

马岳云顿时感动得热泪盈眶。原来它没有离开，而是上山去捉兔子了。

到了吃午饭的时候，姥爹发现桌上有一碗肉，但他不相信家里可以弄到肉菜，便夹了一筷子放进嘴里嚼了嚼，惊讶地问马岳云道：

"怎么有肉？这个菜是哪里来的？"

马岳云笑着避重就轻回答道："这是兔肉。"

姥爹道："我不是问这是什么肉，我问的是这个菜哪里来的。"

马岳云道："竹溜子弄来的。"

姥爹一惊，说道："竹溜子不是被我气走了吗？"

马岳云拿着筷子指了指房梁，说道："它又回来啦。你看，它在那里呢。"

姥爹仰头看去，看到了一双冒着精光的眼睛。那是竹溜子的眼睛。它似乎很兴奋，很自得。

姥爹顿时想起他年轻时在四川旅馆里的那段记忆。竹溜子为了讨好他，给他偷来了苹果、金簪子还有钱。

几十年的光阴，半辈子的时间，转眼即逝。

在这半辈子的光阴里，只有这竹溜子陪伴他的时间最长。在这段漫长的时间里，竹溜子给予他的要远远多于他给予竹溜子的。他本有许多感激的话要说，可是现在他却要找这种气话来驱逐竹溜子。

可是不驱逐它离开这里的话，竹溜子无法得到更高修为。

姥爹突然勃然大怒，将手上的筷子朝房梁上扔去，大骂道："你这没用的东西！还记得在四川时偷的苹果、金簪子和钱吗？我那时候就跟你说过，不要做这种鸡鸣狗盗的勾当！又损害你的修为！现在你又弄这兔子来敷衍我！你把灵智都用在这种无用的东西上，将来怎么能修得大成！你这无用的东西！给我滚！"

筷子朝竹溜子飞去，准确地打在竹溜子的身上。竹溜子或许是没有想到筷子会真的打到它，所以毫无防备，被筷子打得吱吱乱叫。它疼得一脚没有抓稳，从房梁上跌落下来，恰好跌落在桌上的汤碗里，将汤水溅出。

姥爹当时非常担心汤水太烫，会将竹溜子烫伤，但见竹溜子立即从汤碗里爬出，捡起身边的汤勺朝浑身湿淋淋的竹溜子打去，继续大骂："好好一碗汤被你弄坏了！你看看你要为我们家带来多少麻烦！"

汤勺并没有打在竹溜子身上，却是如勺水一般将竹溜子勺了起来，朝门口抛去。

竹溜子浑身汤水，看起来非常落魄。它眼睛里的精光消失了，露出一丝哀怨。

马岳云见姥爹发这么大的火，不敢多劝。

"滚！滚啊！"姥爹对着竹溜子吼道。

竹溜子滚爬起来，两只前爪扶地，学着人样朝姥爹磕头，磕了三下，然后转身朝门外蹿去。

自那以后，马岳云再没有见过竹溜子。

第八章

比高蛇

不过十多年后，马岳云又听到一次关于竹溜子的消息。那次却是从小米那里听到的。

姥爹一边照顾已经得了肉身的小米，一边防着离了肉身的小米的魄。十多年来，算不上顺顺利利，倒也平平安安。

在这十多年里，小米的魄到处骚扰附近的人，小事不断，大事没成。她一直是四五岁时候的样子。姥爹则给别人排忧解难，不辞劳苦。

冯俊嘉家的小米越来越跟姥爹亲近，从血缘上算不是亲人，但看起来更胜亲人。她的容颜渐渐改变，变得成熟，变得亭亭玉立。

在小米满十二岁的那年，做灵屋的那个老头去世了。姥爹去给他操办葬礼，见他屋里到处是手抄的经书，断掉的木鱼棒有许多根，感慨不已。

老头无儿无女，没人当孝子跑马，没人坐轿子哭丧。姥爹便叫小米去哭丧，假装做他的女儿。

七天之后，小米跟姥爹说，在老头去世之后的第七天夜里，她半夜醒来，发现老头站在她的床边，低头看她，两只眼睛漆黑空洞如深井，尤其可怕。她想说话，但是说不出来。她想挪动，但是动不了。

就在她不知所措的时候，那老头空洞的眼睛里突然涌出泪水来。那不是流泪，那真是涌出泪水。他的两只眼睛就如两口活泉，泪水喷涌而出。

然后老头在床边跪了下来。

小米心想，莫非这老头是来感谢我的？我给他哭丧，替代他的女儿去坐了轿子，给他磕了头烧了纸，所以感动了他吗？

可是那老头不停地涌出泪水，没有要走的意思。

过了许久，小米感觉到身下的被子湿了，接着手指碰到了水。小米努力地朝旁边看，什么也看不到。

水慢慢漫过小米的手。小米终于知道屋里已经浸满了水，水正要渐渐将她吞没。小米着急了，努力挣扎，但是依然不能动一丝一毫。

水继续往上升起，小米的耳朵里咕噜咕噜地响，接着眼睛也被水面盖过，然后口鼻被水面封住。

就在小米感觉自己即将被溺死的时候，她忽然想起了老头是谁。

小米的眼泪喷涌而出。但她已经不恨这个老头了。

后来姥爹跟小米说，小米能够如此快地原谅她前世的父亲，一则是可能小米此时的魂远远强于魄。二则是老头为小米念经十多年，化解了两人之间的前世冤孽。

小米在心里对跪在床边的老头默默道，我不怪你，你走吧……

此心声一出，屋里的水迅速退去，水面从小米的上方降到她的鼻尖，又降到她的耳边，耳朵里的水流了出来，最后感觉不到了。

过了一会儿，小米终于能坐起来了，感觉浑身酸胀疲惫。她坐起来后往地上一看，那个老头已经消失得无影无踪了。

后来姥爹对小米说，幸亏你原谅了他，死后的人魂魄容易分散，僵尸便是身躯里只留有魄而形成的。当然魄也可以离开躯体。那晚估计是老头的魄找来了。其实你原谅了他，就是原谅了自己。永远无法挥去的怨恨，会逼迫别人，而最终会害死自己。

小米听了姥爹的话，微笑道："我知道即使我不原谅他，我也不会有事的。"

"为什么？"姥爹惊讶道。

"因为有你。有你在，我就会逢凶化吉，化险为夷。"小米道。

姥爹心中愧疚不已。次次小米转世遭遇挫折，他都不能逆转乾坤，而小米现在却如此相信他。

小米的种子识已经全面苏醒，记起了所有的事情。

姥爹带着她去画眉村附近以前去过的地方，说他们以前经历的事情。

尚若然很不高兴，常常在姥爹耳边说："你看看你多少岁了，那个女孩才多大？你们俩常常这里坐坐那里走走，不怕别人说闲话？"

可事实上没有人说姥爹的闲话。毕竟姥爹七十多岁，而小米才豆蔻年华，已经超出了人们的想象。

有一次，姥爹感染风寒，没能出去。

小米是不敢直接来姥爹家里的，她不愿看到尚若然那种嫉恨的目光。他们要不是在老河那里见面，就是姥爹去冯俊嘉家里。

小米见姥爹没来，便独自去外面走走，去看曾经看过的山，去看曾经看过的水。

她走到了一个小山坡上，觉得有点累了，便席地而坐，歇息一会儿。才坐下，她就听到窸窸窣窣的声音。

小米一惊，赶忙站了起来。她正要走，前面有一条蛇爬了出来，拦住了她的去路。

那蛇遍身是秤杆上标注刻度的星子，要不是蛇身比秤杆粗许多，整个儿看起来就像一杆秤。蛇头离地五六尺，地上只有小小一圈蛇尾支撑着整个身子。蛇信子咻咻地吐着，散发出一股强烈的腥气。小米很快就意识到，她碰到了比高蛇。这蛇又叫秤掀蛇。

小米以前从没见过这种蛇，她是听姥爹说的。其实她在前世就听人说过这种蛇，但是前世也未曾见过。

这里的居民也常常讲起这种蛇，但是好像从没有人亲眼见过。

因为，据说亲眼见过的人都死了。

小米没想到会在这里见到秤掀蛇。

据说这种蛇非常可怕，它有一个其他蛇都没有的嗜好，就是与人比高。人倘若碰到它，它就会倏忽一下子站立起来，站得比人还高，直挺挺的。一般的蛇是无法将蛇身立起这么高的。如果碰到此蛇的人不知道此蛇的嗜好，拔腿就跑或者用锄头扁担等东西击打它，那就是自寻死路。此蛇的速度极快，只要人向前或者向后，它就能在瞬间将人咬死。更有传言，假若见到秤掀蛇而被吓跑，虽然秤掀蛇没有追赶，见到此蛇的人回家之后也必定暴毙而亡。

唯一的办法便是遵守它的规则——跟它比高。

自然，它立起身子的时候基本会比人要高出许多，人如果直接跟它比身高，那是明知山有虎偏向虎山行。这时候就考验人的智慧了。唯一打败它的方法是捡起一个东西从它头上扔过去。只要扔出的东西高过它的头，它就会放过这个人。但是捡东西时不能弯腰，不能低头。一弯腰或者一低头，秤掀蛇便会认为你是在向它认输，它会迅速咬人一口，让人瞬间中毒身亡。

姥爹跟小米说起这些的时候，小米问道，如果遇到这种蛇的时候恰巧手里没有东西，又不能弯腰低头去捡东西，那该怎么办呢？

姥爹说道，你不用弯腰低头，你把脚从身后抬起来，用手去够着鞋子，立直了身子把鞋子脱下来，然后将鞋子从它头上扔过去，一定要扔得比它的头还高，这样你就算赢了它。它就不会伤害你，并且自己将自己咬死。但是切记，扔鞋子的时候一定要扔得比它的头高！

小米听姥爹说完，问道，站直了身子也能脱掉鞋子吗？她说完立即自己演示了一遍站直身子脱鞋子的动作。

姥爹哈哈大笑，说道，就是这样！

小米想起姥爹教给的方法，于是面对着秤掀蛇，将脚从身后慢慢抬起。她不敢抬得太快，怕身子弯下，让秤掀蛇误以为她认输失败。

将脚抬得足够高的时候，她将手伸到背后去，小心翼翼地将脚上的鞋子摘下。

秤掀蛇像一根柱子一样立在小米前面，眼睛直直地盯着小米，等着她跟它比高。

姥爹还跟小米说过，这秤掀蛇其实跟那些心怀嫉妒的小气之人非常相似。俗话说"人比人，气死人"。很多小气之人非得跟人比较好坏高低，见到别人不如他，便有优越感，生活得很开心；见到别人活得好于他高于他，便气得要死，心肺都要炸了。

小米感觉这秤掀蛇的眼睛里透露出那种人才有的凶光，令人心寒，却又无可奈何。

小米将鞋子提在手中。由于一只脚没了鞋子，她便单脚立地。

"嘿！"小米用力甩手，想将鞋子从秤掀蛇的头上扔过去，可是没想到自己单脚立地根基不稳。她又太用力，以至于脚底一滑。她知道如果扑倒在地，自己就输了。她将注意力迅速转移到脚下。

于是，那只鞋子脱手的瞬间却失了势，没了力，软绵绵轻飘飘地朝那蛇的身上飞去，根本不可能飞过秤掀蛇的头。

小米自知不妙，却又无法挽救，心想完了完了，明明知道解脱之法，偏偏出了这种意外的纰漏！

小米甚至从秤掀蛇的眼睛里看到了欣喜之色，如同小气之人看到对方虎落平阳、凄凄惨惨如丧家之犬而以为自己的生活就变好了一般。

说时迟，那时快。一道黑影突然从旁边的灌木丛中飞了出来，快得如同射出的箭。那黑影刚好飞进了小米的鞋子里。

鞋子立即如同有了生命一般奋力一跃，改变了轨道。鞋子从秤掀蛇的头顶飞去，轻轻松松越过了秤掀蛇的头。

小米看到秤掀蛇的眼睛里掠过一丝不安。

那鞋子越过秤掀蛇之后还往上飞了一段距离才落下来。在鞋子砸到地面的时候，小米听到了"吱"的一声惨叫。

哪怕是人从那么高的地方跌落下来，也会摔得鼻青脸肿，伤筋动骨。

鞋子倒扣在地上。

一只老鼠从鞋子里爬了出来。

小米欣喜若狂，对着鞋子的方向喊道："竹溜子！你怎么来了？"

她记得竹溜子的模样，非常肯定那只救她的老鼠就是竹溜子。

小米依然不敢迈步过去，她担心秤掀蛇发动进攻。虽然听姥爹说失败的秤掀蛇会自杀，不会伤人，但是谁都没有见过，谁知道是不是真的？

那只老鼠回头瞥了小米一眼，然后迅速钻进了旁边的灌木丛中。

"咻咻——"秤掀蛇的信子吐出很长。

小米急忙将目光转移到秤掀蛇的身上。

秤掀蛇的身子渐渐软了下来，渐渐变矮，地上盘了一圈又一圈。

小米不知道它要干什么，平息敛气，紧张地看着它。

秤掀蛇完全瘫软了下去，然后蛇头伸向了尾巴。它对着尾巴凝视了许久，似乎不忍。但忽然之间，它张开了口。那血红的口张得比它的脑袋还要大，甚至超过平时盛汤的大汤碗！它猛地朝尾巴咬去，随即蛇身战栗不已！

小米被这场景吓呆了。

它的嘴顺着尾巴一点一点地往前移，将更多部分塞进嘴里，就像它囫囵吞枣地吃下其他猎物一样。它这是要将自己吞掉！

蛇身战栗得更加厉害。

小米忙喊道："你不用自杀！自古一山还有一山高，这算不了什么！你既是难得一见的秤掀蛇，又会与人比较，应该是灵智高于一般蛇类的精灵之物，为什么这一点都想不通呢？快停下来！我不想因为这个而让你死掉。你应该有更大的作为！"小米不管它是否听得懂，想到什么就说什么，一说就说了一长串。

秤掀蛇停住了对自己的吞噬，但嘴没有松开，蛇身依然战栗不已。

小米吁了一口气，她感觉秤掀蛇的灵智确实是比一般蛇要高，至少它能听懂一些人的话。

"对比我来说，你这点真的算不了什么。"小米继续说道。

蛇没有动。

小米小心翼翼地走到秤掀蛇的身边，然后盘腿坐了下来，轻声说道："刚好马秀才不在这里，我一个人无聊得很。要不，我把我经历的事情说给你听听？"

蛇身的战栗渐渐舒缓。

小米后来对姥爹说，她花了很长的时间将自己的遭遇跟那秤掀蛇从头到尾说了一遍。等她将她的经历说完，那秤掀蛇缓缓将吞进去的尾巴吐了出来。

小米大胆地摸了摸蛇头，说道："你走吧。虽然我知道如果我失败了，你会让我死，但是我赢了却不会用同样的方式对待你。你要宽容别人，也要宽容自己。"

秤掀蛇的信子舔到了小米的手背上，但没有伤害她。舔了几下之后，它朝别的地方爬走了。它的身后有血迹，那是从它自己给自己咬下的伤口流出来的。

姥爹听小米说完，高兴地摸摸小米的头，说道："小米呀，你度化它了！攀比之心如此重的秤掀蛇你都度化了，还有什么不能度化的？"

小米道："还不是多亏了竹溜子救我，不然我也没有机会度化秤掀蛇啊。"

姥爹叹道："哎，我当初那些话伤害了它，真是不应该。"

小米安慰道："它肯定知道你的良苦用心，不然的话，它不会偷偷跟着我，在危险的时候救我。"

姥爹点点头，说道："希望如此吧。我又何尝不想它。但是男不离家长不大，它不离开我这里，也会碌碌无为。"

"嗯。"小米点头。

过了一会儿，小米又说道："马秀才，我开始学习玄黄之术吧，虽然前世的窍门记得一些，但毕竟稀稀落落了，无法融会贯通。你教教我的话，肯定会事半功倍。"

姥爹道："你爸妈能宽容你我，已经不错了。如果你再大张旗鼓学习玄黄之术，说不定你爸妈就不会答应了。"

姥爹说得有道理，这方圆百里绝大多数懂玄黄之术的是男人，女人很少碰触这些。最多老太太帮忙管一下早已没了神灵的土地庙。当然了，紧挨画眉村的文天村里有一个女孩研习玄黄之术，专门在灵堂给亡者唱孝歌。她从小就头发眉毛都是白的，不知道是众人认为她应该做这个，还是她真的喜欢，反正她就成了道士里少见的女道士。当然了，这里所说的道士并不是住在庙里的那种道士，仍然是忙时忙农活，闲时赶丧事的半吊子道士。

这里很少有人家让女儿从事这种隐秘的行当。

小米蹙眉道："你不告诉他们不就可以了？我可以偷偷地学。"

姥爹沉默不语。

小米叹了一口气，说道："你想想看，你现在已经七十左右了，按照你的流年来算，还剩十多年不到二十年的寿命。那时候我还三十不到，阳寿未尽。等你去世了，我该怎么去找你？如果直接言明，这是篡天改命，必定遭受上天阻止，比动物修炼成人遭遇的阻挠还要严厉。要想成功，比登天还难。可是留下偈语，线索又不明朗。我前世留下'君山'二字尚且不能找到，如果你留给我偈语的话，我不如你，更加不可能找到你。"

提到"君山"，姥爹愧疚不已。可是谜团就是这样，揭开谜底之前，感觉近在咫尺而无法获得，谜底一旦揭开，又感觉如此简单。

"以往是你守在人间，我几番轮回。就像你说的，这是一个人迷了路，一个人在原路上等待，尚且有希望。但是这也是你在原路守望，我在轮回迷路。如果我在这里守望，而你在轮回迷路的话，恐怕及时找到的希望更加渺茫。"小米忧心忡忡地说道。

姥爹点头。确实如此，自己即使饱读诗书，尚且不能从小米留下的诗句中找到小米的转世之地。如果让小米来寻找自己，岂不是难上加难？自古以来有道行的人不能将自己的转世之地明言直说，就是天地之间冥冥之间有阻挠的作用，使智者昏，使灵者钝，甚至出现阻挠动物修炼成人的"雷劫"打击。精怪遭此打击，别说修炼成人了，连自己的魂魄都会惊散，什么都不剩下。明言直说的转世者遭此打击，也是前功尽弃，化为乌有。倘若不是这层阻挠，就没有他寻小米或者小米寻他的比较了。

小米两目直视姥爹，露出哀求的神色，继续说道："因此，我思前想后，觉得最好的办法莫过于我们俩一起踏上黄泉路。你跟我说过，九一道长认为两人都投胎转世不好，如同两个迷路的人互相寻找对方。那是因为那时我已经不在这里了，你要来只能随后跟来。如果我们俩携手一起踏入黄泉，始终不离，就如两个牵着手一起迷路的人，虽然还是迷路，但仍然能感知对方。我们一同去，一同来，就不用互相寻找了。你觉得怎样？"

不等姥爹回答，小米又双眼噙泪道："你的父亲离你而去，罗步斋离你而去，赵闲云离你而去，竹溜子离你而去，以后你也要离岳云而去，这都是不可避免的。有人成长，就有人老去，新陈替换，乾坤挪移。我自出生就知道，我的爷爷奶奶会先离去，然后我的父母也会离去。即使我再不舍，也没有办法。每每想起这些，我就悲伤不能自已……"小米哽咽不能成声。

姥爹搂住小米的肩膀，不言不语。

小米耸动肩膀，抽泣道："我更不能想的是十多年之后你离我而去……"

姥爹长叹一声。

"所以我想跟你一起走……"小米侧头泪水婆娑地看着姥爹。

"我何尝不想……你那时候正是一生中最美好的时光，如果你就那样走掉，你父母会悲痛欲绝……"姥爹闭着眼睛说道。人虽然转世，但是每一世的血缘之亲是无法改变的。亲人就是亲人。上辈子哪怕是不相识的人，今生有缘成为父子母女，那也是莫大的因果，会产生无法解释的深厚感情。小米就算再不愿离开他，但父母依然是她心中的牵挂。

"我有办法让他们不伤心的。"小米说道。

"你有办法？什么办法？"姥爹问道。

小米道："你忘记谢小米是个什么样的存在了吗？"

姥爹恍然大悟："你的意思是，你让别的魂魄进入你的躯体，然后你跟我走？"

小米点头。

"可是……哪有那么恰好的魂魄适合并且愿意依附在你的躯体之上呢？这是可遇不可求的事情。如果依附的魂魄不合适，那不知道要闹出什么事情来。"姥爹道。

"现在没有合适的，不代表以后没有合适的啊。你的流年上还有十多年寿命，我们可以再等十多年，说不定就等到合适的了。"小米脸上依旧流露出忧虑之色，但是声音依然透露出欢快。那是伪装的欢快。

"难道你忘记了吗，你原来是寄生草修炼而成的魂魄，可是依附在谢家千金小姐身上之后依然无法阻止肉身腐烂，尸气充盈。那时候你最擅长的应该就是寄生，尚且不能跟躯体完全融合，使得躯体死而复生。可见让肉身和魂魄合二为一继续生活有多么艰难。要找到这种合适的魂魄，无异于大海捞针。"姥爹忧心忡忡道。

小米随即蔫了下来。

姥爹又道："你父母只有你一个，如果你舍下他们而去，又怎么忍心？"

就在这时，一个声音响起。

"我倒有一个办法，不知道你们是否愿意试试。"

姥爹和小米急忙循着声音看去，看到一位鬓发斑白的老婆婆站在不远处。那位老婆婆的脸虽然掩饰不住岁月沧桑，但是依然能看出几分当年的俊俏来。她身后跟着一位相貌平平的女孩，那女孩手里拿着一杆秤，秤杆上标注刻度的星子发亮，如同水面的粼粼波光，如同夜空的熠熠星辰。

小米吓了一跳，以为那女孩手里拿的是秤掀蛇。看了一会儿，见那秤杆笔直，没有弯曲，小米才放下心来。但秤杆尾部似乎有些地方被磕坏了。小米心想大概是那女孩不小心弄坏的。

姥爹眯起眼睛看了看那位老婆婆，看了半天也没有看出她是谁来，于是问道："请问你是哪位？我们好像没有见过呀。"

老婆婆亲切地笑道："马秀才看来是认得的人太多了，所以有些即使认得的人也不记得了。我们怎么没有见过呢？只是岁月不饶人，头上堆了雪，脸上蒙了尘，马秀才你就看不出来了。"

姥爹用力地眨了眨眼睛，终于从这位老婆婆的言语神态中找到了蛛丝马迹，往前跨出一步，惊喜道："铁小姐！你怎么来了！"

老婆婆的眼眶里立刻盈满了泪水，她也顾不得去擦，任由泪水从眼角爬了出来，在皱纹里分流。她长吁了一口气，像是终于释怀。

"你不是在东北吗？怎么到这里来了，铁小姐？"姥爹也激动不已。

老婆婆摆摆手，说道："别前一个铁小姐，后一个铁小姐了。你看我也这个岁数了，叫铁小姐会被人笑话的。"

姥爹不知该如何叫她了，顿了顿，说道："你不让我叫铁小姐，我还真不知道怎么叫你了。"

听姥爹这么一喊，小米也认出这位老婆婆，她可不顾这么多，欣喜地跑到老婆婆面前，抓起了老婆婆的手，"铁小姐铁小姐"地叫唤个不停。

老婆婆便点点头，算是承认了这个称呼。她一眼就看出这个小米是什么人。她与斗灵打交道那么多年，这点眼力还是有的。看出这小米是谁，又知道姥爹的过往，她就知道这其中大概又发生过什么，不用姥爹再费力解释。

她摸了摸小米的头发，忍不住又叹息一番。

姥爹急忙邀请铁小姐去画眉村坐一坐，说道："真是做梦都想不到此生还能见到你，快到我家里去坐坐吧。原来的宅院被人烧毁了，现在住的是泥砖房，还请不要介意。"

铁小姐也感慨道："你的宅院没能保留下来，我的斗灵场也是一样。现在我连一个斗灵场都没有了。不过你家里我就不去了，我只是路过这里，想到你们，就来这里瞧一瞧，我们还有事情要办。"

她身后那个女孩连连点头，表示铁小姐说的不假。

小米却道："怎么可能？你刚才都说了，你已经连一个斗灵场都没有了，怎么会只是路过这里呢？"

铁小姐尴尬一笑，眨了眨眼，说道："我们真的还有事要办。我们是来捉秤掀蛇的。你看她手里的秤杆。"

铁小姐身后女孩手里的秤杆上有一根可供提拿的绳套，刚才女孩一直提着绳套。铁小姐说了之后，那女孩将绳套一松，秤杆从半空落了下来。

小米惊叫一声，以为秤杆会摔坏。

那秤杆"啪"的一声落在地上，秤杆没有摔坏，却蠕动起来，蛇身顿时变大，变成了一条粗壮的秤掀蛇。秤掀蛇的尾部伤痕累累。

小米瞪眼道："这就是我遇到的那条秤掀蛇啊！你们抓它干

什么？"

铁小姐听小米这么说，也惊讶不已，不敢置信地问道："你遇到过它？那它怎么还活着，你也安然无恙呢？"

小米便将她遭遇秤掀蛇的事情说了出来。

铁小姐感叹道："你居然让秤掀蛇改变了心思？"

姥爹在旁说道："我也感到非常意外。"

"你原来能将水客感化，现在将秤掀蛇度化也不算太出乎意料了。"铁小姐说道。

小米问道："铁小姐，你捉秤掀蛇干什么？"

铁小姐说道："哦，我就是路过这里的时候听人说这里有秤掀蛇，便想将它捉走，免得它在这里害人。另外，斗灵场全部关闭之后，我们铁家没了经济来源，就开始以捉蛇为生。什么毒蛇我们都捉过，但是从来没有捉到过秤掀蛇，我想如果能捉到这种蛇的话，肯定能卖个好价钱，所以来这里之后顺道就捉了它。"

小米笑道："铁小姐，你刚才说是顺道来看我们，现在又说是顺道捉秤掀蛇，你到底哪个才是顺道啊？莫非……你千里迢迢就是奔着这条蛇来的，然后顺道看看我们？"说完，小米斜睨了姥爹一眼。

姥爹打哈哈道："不论是为什么，来者就是客嘛，何况是这么远来的稀客！既然来了，就不要这么着急走，去我家休息一会儿也好。"

"不必了，看到你们安好，我也就放心了。我刚才听到你们说话，为小米将来发愁。我说我有方法，这是真的。其实呢，我几天前就来到这里了，只是没有去见你们。我在周边先打听你们的消息，知道了你们的情况。当然了，这里人不知道小米你真实的身世，但是我听人说马秀才跟冯俊嘉家里来往非常密切，又说是为了救一个可怜的女孩子，我就有了七八分把握。何况你的名字又叫做小米。我想，这名字肯定是马秀才取的。"

姥爹打断铁小姐的话，说道："这你可就猜错了，这个名字还真不是我取的，是她爷爷取的。恰好她爷爷要表达的意思就是'小米'二字，跟她原来的名字契合。"

铁小姐笑道："原来是这样。"

"不过所有的巧合都是冥冥之中早就安排好了的。这名字也一样吧。"姥爹补充道。

"嗯。我打听到你们的大概情况之后，才来这里碰一碰你们，刚好又听到你们说了这一番话。"铁小姐说道。

"你怎么不直接来找我呢？"姥爹问道。

铁小姐低了头，勉强一笑，说道："近乡情更怯，不敢问来人。"

姥爹"哦"了一声，不再说话。

铁小姐也沉默了。

小米也沉默了。

几个人在奇怪的氛围中沉默了许久，终于铁小姐打破了沉默，说道："我还是说说我的建议吧。小米既然想在十多年后跟着马秀才一起离开阳世，那就现在应该开始修炼自己的魂魄，争取早日能够灵魂出窍。这是其一。其二，既然你们都不想让冯俊嘉夫妻太过悲伤，那就必须有个合适的魂魄来接替小米。别的魂魄很难跟小米合二为一，但是她自己的魂魄总可以吧？"

"你说的是小米的魄？"姥爹终于开口。

"是啊。"铁小姐点头道。

"魄回到小米的身体不是不可以，不是不合适，但是魄是恶的，回到她的身体了也会后患无穷，还不如不回。这个我们不是没有想过。"姥爹摊手道。

铁小姐道："你说的有道理。但是对于魄这种恶灵，我是最熟悉不过了。我管理斗灵场的时候，每个斗灵人都希望自己的斗灵越恶劣越好，怨念越重越好。他们手里的斗灵虽然有魂有魄，但一点儿也不比其他的魄逊色。我知道如何提升鬼魂的恶，也知道如何压制鬼魂的恶。当然了，弱郎大王那种程度的，已经超出我的能力范围。但是小米流落在外的魄还是小孩子状态，要压制这种小鬼并不是难事，就怕你下不了这个狠心。"

姥爹见铁小姐说得有理有据，忙回答道："只要能成，我没有什么下不了狠心的。要怎么做，你尽管说吧。"

"那就行。这个待会儿再说，我还有第三点建议没有说完。"铁小姐说道。

"还有第三？"

"第三，得让冯俊嘉再得一子。"铁小姐说道。

"让我多个弟弟？"小米问道。

姥爹却频频点头。

铁小姐身后的女孩掐住在地上蜿蜒梭行的秤掇蛇的七寸处，将它拎起来。那秤掇蛇又变成了一杆笔直的秤。

铁小姐恳切地说道："让你父母再得一个孩子，他们的注意力就会转移到你弟弟身上去。这样的话，你就可以偷偷修炼魂魄，不被他们发现。再者，万一按照我说的方法也没能将小米的魄改变，而你那时候仍然要跟马秀才走，你父母至少还有一个孩子，还有一个寄托。你说是不是？"

小米也点头，心中惭愧不已，铁小姐都知道要给她父母留下慰藉，自己却一心想着要走，没有考虑这么细致。

姥爹感激道："真是谢谢你，你考虑得太周全了。"

铁小姐笑道："事情还没有成呢，谢我干什么？小米的魄虽然小，也不是那么好改变的。冯俊嘉夫妇掉了好几次胎，孕育能力受损，要再得一个孩子的难度也比较高。所以呢，能不能成，绝大部分还看你们自己。"

姥爹道："你有什么应对之法吗？"

铁小姐道："对付小米的魄，你以后要完全改变方式，不能再以宽容来对待她，要以恶制恶。她认为你还向着她，所以有可能恃宠而骄，将恶的一面展现得淋漓尽致。我听说附近有好几家的小孩子曾经被魃孢鬼带走魂魄，应该都是小米的魄作祟吧？小米的魄就如一个小孩子，你不给她点脸色看看，她就会越来越放肆，像被溺爱坏了的孩子一样。"

"我要凶狠地对她？"姥爹问道。

"嗯，越凶越好。用最恶劣最厌恶的方式对待她，让她以为你非常非常讨厌她恨她。"铁小姐说道。

一旁的小米不忍道："那她该有多伤心啊。"眼前的小米是魂衍生出魂魄而来，心地善良，总为他人着想，何况铁小姐说到的小米的魄对她来说就如自己的双胞胎姐妹一般。

"我尽量做到。"姥爹说道。

"不是尽量，是一定要做到，不然成功不了。"铁小姐加重了语气，而后轻叹一声，又说道，"不过不是要你一直对她这样。等时机成熟，你将她抓住，然后禁锢起来，以秽物压住她。之后便可以苦口婆心劝解她。这叫做恩威并施。"然后，铁小姐给姥爹说了一些应该注意的细节。

"至于如何让冯俊嘉夫妻再得一子，也不是太难。蛇即龙子，这秤掫蛇本是灵通之物，现在已经被小米度化，炽心已改，那就可以让它的魂魄来进入冯俊嘉妻子的体内，使之孕产。"铁小姐说完，转身从那女孩手里要过那杆秤，朝小米递去。

小米不知道该不该接，犹豫不定。

姥爹点点头，小米便接了。

铁小姐说道："你将这秤拿回去，放在你父母的卧室里。不过你要记得，千万要将这秤杆上的绳套用绳子系住悬挂，这样秤掫蛇便不会变成蛇跑掉或者伤人。马秀才，你可以帮小米一下，给冯俊嘉家里人解释说，这秤杆挂在卧室里的意义。当然了，这就不用我说是什么意义了，你随便编造一个借口即可。只要此事一成，冯俊嘉妻子半年内必定受孕。"

"这倒容易多了。"姥爹说道。

铁小姐道："看似容易的不一定容易。好了，我能说的也就这么多。现在该交代的都交代了，我们就此别过吧。"

姥爹依然苦苦挽留。

铁小姐有了一丝犹豫，但依然下定决心要走。分别时，铁小姐和姥爹走在前面，小米拎着那杆秤和那女孩走在后面。铁小姐见和小米的距离拉开了，便对姥爹说道："如果这里是我的家乡故土，我就留下几天或者更久，可这里毕竟只是我路过的地方。小米问我到底是顺道来看你，还是顺道来捉秤掀蛇，其实对我来说，这都是顺道。你也是我生命中顺道经过的人，虽然我希望你不只是顺道经过的人，但是你一直有你的家乡故土，无论那时候你在定州还是东北，你都不会停留太久，你终究是要回到画眉村来的。你一直有你要找的人，无论你遇到了赵闲云还是花姐抑或是其他人，你也不会停留下来，你终究是要回到小米身边的。这是没有办法改变的事。我很感激你在我要走的路上出现过，但你既然是过路人，我不能做太多停留，虽然我很想。"说到这里，铁小姐看了姥爹一眼。

虽然铁小姐已经不是当年那个铁小姐了，但她的眼睛漆黑明亮。那一眼看得姥爹心中不是滋味，却又感到温暖。

"知道你现在过得还可以，我也就放心了。既然放心了，我还要重新上路，不能眷恋。你知道我说的意思吗？"铁小姐以往看姥爹一眼即会收回，这次问完，她却一直盯着姥爹。

姥爹不敢直视她，略微躲避地点头道："我都知道。"

铁小姐突然说道："对了，我在来这里的路上，好像看到了罗步斋。"

姥爹一惊，忙问道："你看到了他？在哪里？什么时候？"

"就在岳州城。当时街上人太多，我只看了他一眼，认为是罗步斋。那时我还不知道罗步斋已经离开了画眉村，以为他是来岳州城置办东西，所以想上前打个招呼。可是他转身就走了，不知道是有什么急事，还是他也看到了我，故意躲避我。我追了过去，但是没能追上他。"

"你确定没有看错吗？"姥爹急切地问道。

"我们这么多年没有见面，不能完全确定就是他，但是太像了。也就是见他这样，我才感觉到时光迁移，人非以往，才不敢直接去找你，而是先打听你的近况，免得唐突。"铁小姐说道。

"哎，要真是他就好了。"姥爹遗憾道，"他离开的时候说要去萝卜寨，但是离开之后没有回过信，我不知道他是不是已经到了萝卜寨，不知道他过得怎样。余游洋的家里我去过几次，他们家里人问起，我只能搪塞。他们两人何尝不是我的家人？我何尝不想知道他们的真实情况？"

铁小姐侧头想了想，问道："马秀才，你说有没有可能他们没有去萝卜寨呢？或者说，他们去了萝卜寨，但是又折返回来了，然后就住在岳州附近？"

姥爹一愣，说道："不会吧？"

铁小姐说道："他们会不会像小米的前世一样，或者像现在的竹溜子一样，在你看不到找不到但是近在咫尺的地方？他们应该像你不想离开他们一样不想离开你，但是由于种种原因，又不得不离开，所以不如找个能看到你但是你看不到他的地方留下来。如果我是他的话，我会这么做。对他来说，这里就是他的家乡故土。这点跟我还不一样。"铁小姐在小米说起竹溜子救她的时候追问了几句竹溜子的近况，这才知道竹溜子已经不在姥爹身边了。

姥爹的眼神里满是迷惑。

铁小姐见姥爹陷入深思，又改口说道："我毕竟只是我自己，各人想法不同。他不一定就按我这种想法做，我在街上看到的也不一定就是罗步斋。你不要想太多。"

姥爹点点头。

四人又走了一段距离，然后铁小姐站住了，朝那女孩招招手。那女孩飞快地跑到她的身边。

铁小姐对姥爹和小米说道："如果最终不是朝着同一个方向，那就有'送君千里终有一别'的时候，你们就送到这里吧。"

姥爹和小米站住了。姥爹微微一笑。

铁小姐也一笑，然后转身离去。

姥爹和小米看着铁小姐离去，直到她的背影变成了一个圆点，然后消匿不见。

小米回到家里就将那杆秤悬挂在父母的卧室里。冯俊嘉自然要问小米为什么将一杆秤挂在家里。小米便说是马秀才要他这么做的。

冯俊嘉等姥爹去他家的时候又问姥爹是不是有这回事。

姥爹自然说是。姥爹还解释说，你家房子主梁的人气被梁上仙带走，需要新的东西来带福气镇宅。你命中是该还有一子的，应该就在近两年，所以弄了这杆秤来挂在屋里。

冯俊嘉问，听说过贴符供神来护宅镇宅，但是没有听说过秤还有这个作用。

姥爹道，这是你不了解这杆秤，这杆秤是鲁班发明的，他根据北斗七星和南斗六星在杆秤上刻制十三颗星花，定十三两为一斤，后来秦始皇统一六国，添加"福禄寿"三星，加上原来十三星，总共十六星，改一斤为十六两，并颁布统一度量衡的诏书。秦始皇这么做是因为有些商家缺斤少两，添加"福禄寿"三星是用咒语惩罚这些商家——缺一两少福，缺二两少禄，缺三两少寿。

冯俊嘉道，嚯，原来这么多门道讲究！

姥爹继续说道，是啊，别人家的秤都放地上，不起什么作用。

但是一旦悬挂起来，就如屋里多了北斗七星和南斗六星，还有福禄寿三星。人家在房梁的悬布或者墙壁的牌匾上写一个"福星高照"或者"三星高照"，想借点福气，实际上不如悬挂一杆秤来得直接简便，又更有功效。

姥爹虽然是为了按照铁小姐的提议来让冯俊嘉信服，但他说的杆秤的传说和功效却不是信口胡诌。

那时候虽然杆秤已经改为十两一斤，但是一些十六两的老杆秤仍在使用，人们按照一斤的刻度自觉地分出十等分的距离。

那杆秤在冯俊嘉的睡房里挂了几天，颜玉兰有些受不了了。有一次姥爹来她家的时候，她拉住姥爹说道："我感觉那不是一杆秤。"

姥爹问道："不是秤那是什么？"

颜玉兰神色有些慌张地说道："我感觉那是一条蛇。"

姥爹心中一惊，心想这颜玉兰的直觉也太准了，但是姥爹不能被她识破，于是假装不疼不痒地问道："怎么会是蛇呢？你看错了吧？"

颜玉兰说道："我晚上能听到它的声音。咻咻咻的，好像是它吐出舌头的声音。我还看见它弯弯曲曲的，好像要爬过来。我好怕。"

姥爹安慰道："不要怕。你看，它没有弯曲，是笔直的。你肯定是看错了。"

又过了几天，颜玉兰半夜醒来，发现悬挂着的杆秤不见了。她急忙推醒身边的冯俊嘉，惊慌地说道："你看，那杆秤不见了。"

冯俊嘉迷迷糊糊地醒来，拉开了灯。那时候灯的开关还是拉绳的。灯光一亮，那杆秤赫然入眼，秤的影子落在地上和墙壁之间，仿佛被人一脚踩断了。冯俊嘉指着那杆秤，问道："不是在那里吗？怎么就不见了？"

颜玉兰哆哆嗦嗦道："没开灯之前它确实不在那里。"

冯俊嘉打了一个呵欠，说道："没开灯当然看不见，你别闹了，好好睡觉吧。"

颜玉兰还是害怕。她紧紧抱住冯俊嘉，嗫嚅道："我睡不好……"

他们夫妻两人共同生活了十多个年头，早已没有了新婚那时候的新鲜劲儿，平时睡觉的时候很少这样亲昵地抱住了，有时是各自裹着各自的被子睡觉的。有时候冯俊嘉偷偷从自己的被子里钻到颜玉兰的被子里去，还会被颜玉兰赶回去。哪怕是伸一只手过去，也会被打回来。太久没有亲昵了，偶尔在匆匆亲昵之后还是各自缩回各自的被子里。

可是这个晚上，颜玉兰舍弃了她自己的被窝，主动钻到冯俊嘉这边来了，还像爬柱子一样勾在他的身上。

冯俊嘉看了看颜玉兰，眼神里闪烁着多年前才有的兴奋之光，说道："你是想要了吧？"

颜玉兰眼睛的余光关注着那杆秤，没有回答他。

冯俊嘉以为她是默认了，于是更加兴奋。他一个翻身，将颜玉兰压在下面，然后就去解她仅剩不多的衣服。

颜玉兰这才将目光转移到丈夫的身上来，她问道："大半夜的，你这是要干什么？还睡不睡觉了？"

冯俊嘉的手不停，喘着气说道："睡觉？是你不让我睡觉的吧？别羞涩了，老夫老妻了，还假装干什么？"

颜玉兰也不抗拒，她怕丈夫又沉沉地睡去，让她一个人在漆黑的夜里面对那杆奇怪的秤。

冯俊嘉将颜玉兰的衣服尽数脱去，又将自己身上的衣服剔除干净。

自此之后，他们夫妻俩如同进入了一个全新的世界，从未开拓的世界。他们曾经因为怀一胎掉一胎而对这种事情也心生畏惧，两人之间也有了难以觉察但无形胜有形的隔阂。而现在，那些东西都一扫而光了。他们两人仿佛刚刚新婚时那样激动那样好奇那样不知疲倦，甚至比新婚时还要激动，还要好奇，还要不知疲倦。

颜玉兰的气色越来越好了，容光焕发，精神抖擞，做什么事儿都高高兴兴的，洗衣洗碗的时候哼着小曲儿。

冯俊嘉则呵欠连连，脸色晦暗，总是一副要瞌睡的样子。

别说姥爹了，就是村里的其他人都看出了他们两人的变化。村里男人见了冯俊嘉就开玩笑道："我以前就说了吧，女人三十如狼，四十如虎。看看你这样子，肯定是扛不住了！女人都是吃人不吐骨头的狼虎啊，你可要悠着点！"

冯俊嘉连连摆手，自然不肯承认。

可是不承认也没有用，年近四十的颜玉兰很快就知道自己怀孕了。她将这个惊喜告诉了冯俊嘉。冯俊嘉惊讶不已，认为姥爹说的话灵验了。

颜玉兰的肚子一天一天大起来。村里人纷纷道喜道贺。

第二年，颜玉兰果然生下了一个胖小子。

生下胖小子的那天，那杆秤就不见了。

由于生孩子时家里比较忙乱，冯俊嘉根本没有注意到秤不见了。等他想起家里还有一杆秤的时候，已经是胖小子满月的时候了。

有了小儿子，冯俊嘉和颜玉兰的注意力果然集中到小儿子身上去了。除了偶尔帮忙抱一抱弟弟之外，小米得了许多空闲。

姥爹在小米空闲的时候跟她一起学习灵魂出窍的方法。由于姥爹和小米都有基础，所以学习起来进展非常快。

在灵魂出窍的初期，小米的魂魄不能离开躯体太远，就如在苦海中泛舟的人不能离开船太远一样，怕回不来。

姥爹灵魂出窍的进展比小米要快很多。

有一次，姥爹在堂屋里的老竹椅上睡觉，睡醒之后突然对马岳云说道："你洪家段的父亲来了，已经走到了老河那里。你快去将放出去的鸡捉一只回来做菜，招待客人。"马岳云的老丈人是洪家段的。

马岳云那时候并不知道姥爹能灵魂出窍了，惊讶道："你是不是做梦梦见的？这梦当不得真啊。"

姥爹十分肯定地说道："你听我的，准没错。"

尚若然小里小气，阻拦道："岳云，别听你爹胡说。他今天早上就没有离开这把老竹椅，怎么知道洪家段的亲戚会来？"

姥爹并不生气，笑道："好，好，好，你们待会儿看到就相信了。"

过了不一会儿，果然马岳云的老丈人走到门口来了。

还有一次黄昏过后，姥爹一觉醒来就往外走。

马岳云见他这样，还以为他突然想起了什么重要的事情，便跟在他后面。

他走到村南边一户人家门前，叫那户主出来。户主出来之后，姥爹对户主说道："你家后院里的狗以后拴好，别让它到处跑。"

那户主莫名其妙道："您是怎么知道我家的狗关在后院又没有拴住的？再说了，它乱不乱跑也是在后院里，不会伤到别人，为什么要拴住呢？"

姥爹道："你爹半夜想从后院翻进来看看你们，但是恶狗在后院守着，又没有拴住，所以你爹不敢进来。"

那户主目瞪口呆。他父亲早已去世，坟墓就在离后院不远的地方。并且最近接连几夜他确实听到后院里的狗吠叫不止，并且有跑动的声音。他以为有小偷，听到狗的吠叫和跑动声，急忙爬起来到后院看，可是什么都看不到。

"我爹半夜要来看我们？"户主虽然口头这么问，实际已经相信了姥爹的话。

姥爹信誓旦旦道："嗯。我刚才碰到了他，他这么跟我说的。"

在旁听他们说话的马岳云惊讶不已。

"你可以不信我的话，但是今晚你可以试一试，把狗拴到前门，在后门的门槛上立一个筛子，第二天你就知道我说的是不是真的了。"姥爹说道。

那户主按姥爹说的做了。

第二天，户主跑到姥爹家里来，说昨晚狗没有叫，但是后门的筛子跑到前面的堂屋里来了。而他自己听到了父亲生前的脚步声。那脚步声在屋里响了一圈，似乎是生前的父亲失眠，爬起来在屋里走了一圈，看了一圈。

姥爹道："你父亲要去转世投胎了，所以想回家来看一看。现在他看过了，可以安心地去了。"

那户主忙问他父亲去哪里投胎。

姥爹道："这个你父亲没有说，也说不得。"

又过了一段时间，姥爹和小米两人灵魂出窍的能力都得到了非常大的提高。

据马岳云后来回忆说，姥爹那时候经常好长一段时间不去冯俊嘉家里，他在老竹椅上睡得非常死，旁人喊他，他都不应。马岳云猜测那时候应该是姥爹和小米的离魂能力大幅提高的时期。马岳云当时还不明白姥爹为什么长时间不去看小米，以为他们俩的感情终于趋于平淡了。后来马岳云才知道，他们以另外一种方式见面了。

那时候姥爹也不知道这样的见面方式非常危险。

有一次，姥爹事先说好那天会早点去小米家里，但由于去的路上碰到了故友，两人聊了许久，姥爹那天傍晚时分才到冯俊嘉家里。

姥爹进门的时候，冯俊嘉和颜玉兰正围着新生儿团团转。小米出生的时候，他们的父母还能帮忙照看，基本没有他们什么事。现在他们的父母已经垂垂老矣，照顾自己都困难，更别说帮忙带孩子了。而他们两人由于之前没怎么管孩子，现在经验不足，显得手忙脚乱。

由是，冯俊嘉见姥爹进来便将手往里屋一指，说道："小米在睡觉。"

姥爹微微惊讶，这都什么时候了，她居然睡觉？

姥爹独自走进里屋，果然看到小米和衣躺在床上，两只脚悬在床沿外，可能是她没有打算睡太久，就没有脱鞋。

"小米……"姥爹叫了一声。

小米没有任何反应。

姥爹顿时感觉不妙。他轻轻地走了过去，见她呼吸平稳，双眼闭着，又稍稍放下心来。他已经见过几次小米灵魂出窍了，知道她这是魂魄出去了还没有回来。

姥爹在她身边坐下，静静等小米的魂魄回来。不过他还是有些担心冯俊嘉或者颜玉兰进来。

于是，听到外面新生儿的哭声越来越大时，姥爹倒越放心。

姥爹以为小米过一会儿就会醒来。

可是过了一会儿，小米发出梦呓一般的哼哼声，似乎特别难受，眼睛紧紧闭着，要睁开又无法睁开。

姥爹赶紧过去凑到小米的耳边轻声呼唤："小米……小米……快点回来……"

姥爹喊了好几声，小米牙关紧咬，发出"嗯嗯"的声音，双手战抖，能看出来她似乎要用劲儿做点什么。

姥爹猜测小米的魂魄在外面遇到了什么危险，于是急忙先将房门闩上，防止冯俊嘉夫妇突然进来，然后坐回床边，盘上双腿，大拇指捏着食指，轻放在膝盖上，闭上眼睛，平静心绪。

然后，姥爹以观想的自己奋力一跃，就从自己的身体里跃了出来。

回头一看，自己稳稳当当地坐在呓语的小米旁边，姥爹知道自己已经灵魂出窍，于是从窗口跳出，去寻找小米的魂魄。

在正常的灵魂出窍步骤中，出窍者必须先打坐，平息心神，然后才能顺利出窍。这是要调节全身的念想之力脱离自己的躯壳。

但事无绝对。有些人本来就有强烈的念想，无须这一套依旧能灵魂出窍。

被尪㹀鬼引得走家的小孩子其实就是灵魂出窍的一种。小孩子童心未泯，玩心太大，所以无须打坐宁神就可灵魂离体。当然了，小孩子魂魄尚浅也是原因之一。

有些人晚上睡觉了，但心中想的还是白天的事情，或者想着心头一直牵挂的事情，也会灵魂出窍，去他想去的地方走一遭。而魂魄经历的种种景象，会让他以为不过是一场梦。

姥爹知道，小米刚才灵魂出窍应该是在无意识下形成的。她或许是等姥爹等得太久了，心里又盼着姥爹早点来，所以在无意识的情况下灵魂脱壳而出，先去前面望姥爹去了。或许是小米打了岔，没看到姥爹。也或许是两人走的不同小路，恰好错过了。

出窍之后的姥爹就如身在梦中一般，刚才来这里的时候虽然天色稍晚，但远近还能看得清，但此时姥爹所见之处烟雾缭绕，又如秋雾朦胧，那些烟雾将所有房屋树木遮挡得影影绰绰，迷迷糊糊。如同仙境，又如同炼狱。

这还算不错了。如果是大白天出来的话，所见之处都是蒸汽腾腾，魂魄会受不了。如果不及时回到躯壳里去，魂魄也会被蒸融。

姥爹顺着大路往村口走去，浑身轻盈，但如同鹅毛，如同雪花，如同棉絮，脚步踏在地上的时候没有稳重感，让人心里不踏实，好像随便一阵风过来，自己就会扶摇而上，无法落地。

姥爹之所以要灵魂出窍出来寻找小米，是因为亲自出去找的话，即使碰到小米也看不见她。自己也是灵魂之体，就可互相看见。

走到村口之后，姥爹还是没有找到小米的魂魄。姥爹心想，莫非她走到村外去了？

于是，他干脆离了村子，往更远的方向走去。

走了半里多路，姥爹忽然从朦朦胧胧的烟雾之中看到一个人躺在前面的路中央。看那身形，跟小米极其相似。

姥爹一慌，急忙朝前奔去。由于魂魄轻飘飘，奔跑的时候速度也比平时要慢很多，并且十分费力。

待再靠近一些，他看到离小米不远的地方有个人站在那里，那个人头戴一顶斗笠，脚下还有一条狗的影子。由于魂魄看到的情景如同梦境，又如同雾中，姥爹看不清那个人的模样，也不知那条狗是谁家的。

姥爹赶到了小米身旁，急忙将小米扶起。

这时，那条狗惨烈地吠叫起来，仿佛是谁在它头上抽了一闷棍。姥爹转头看去，那个人并没有打狗，而是用一个陶罐一样的东西将那狗头盖住了。那人往下一蹲，那个不及汤碗大的陶罐居然将那条狗装了进去！

然后，那人站了起来，用手抚了抚斗笠，提着陶罐转身就走。

小米虚弱地睁开了眼睛，看了看那个戴斗笠的人的背影，急忙扯住姥爹的胳膊说道："罗步斋……罗步斋……"

姥爹以为自己听错了，将耳朵凑到小米的嘴巴，问道："你说什么？"

小米顿了顿，说道："那人是罗步斋……"

姥爹一惊，暂且放下小米，朝那人追去。大概是四十年前，姥爹看到罗步斋的时候，罗步斋的手里也是提着瓶瓶罐罐。铁小姐之前也给姥爹提过一次醒，说是罗步斋可能就在岳州城，像竹溜子一样躲在不近不远之处。这么一想，姥爹觉得那人确实很像罗步斋。于是，姥爹的脚步迈得更快。

可惜的是，姥爹此时是出窍的魂魄，奔跑起来就如双膝过水一般艰难。

而那人似乎有意躲避姥爹，也加快了脚步。

不一会儿，姥爹就落下了一大截，那人消失在一片雾气之中。

姥爹面对着茫茫大雾发了一会儿愣，赶紧回到小米身边来。

小米还是非常虚弱。

姥爹问："你这是怎么了？"

小米道："我见你没有来，不知不觉就灵魂出窍了，走到了村口，还是没有看到你的影子，我就继续往前走，没想到遇到恶犬的魂魄了。这恶犬紧跟着我，要咬我。我怕魂魄受伤，吓得赶紧跑，差点吓得魂飞魄散。要不是刚才那个人帮我拦住那恶狗，我恐怕回不去了。那人虽然戴着斗笠，但是我认得他，他就是罗步斋。"小米虽然有前几世的积累，但魂魄毕竟不如躯壳。如果将躯壳比作石头，那么刚学会离体不久的魂魄就如鸡蛋一般脆弱。以前白先生能吃掉墙壁上的厉鬼，而经不起弱郎大王一脚，也是这个原因。

因此，离体的魂魄在实力不济的时候去外面游荡是非常危险的。太阳落山之后，出来游荡的游魂千奇百种，有人有兽，有善有恶，一如人间丛林。

姥爹问道："你确定吗？"

小米犹豫了一下，说道："反正我的直觉告诉我，那人就是罗步斋。他好像不想让我看到他的真面目，有点躲避，所以我不能完全确定。"

姥爹抬头朝罗步斋消失的方向看了一眼，说道："他也不想让我看到他的真面目。"

"那更应该是罗步斋了。"小米也朝那个方向望去。

"但愿他就是罗步斋。"姥爹说道。

姥爹和小米朝那个方向望了许久，姥爹终于叹了一声，说道："回去吧，房门我还倒闩着呢。要是你父母看到我们两人睡得怎么也喊不醒，那就危险了。他们说不定就知道我在教你这些东西了。"

"嗯嗯。"小米点头道，急忙跟着姥爹往回赶。

姥爹和小米走到冯俊嘉屋前的时候，听到冯俊嘉正在敲门大喊："开门，开门，你怎么把门闩上了？"

姥爹和小米急忙从窗户处跳入屋里。

姥爹和小米几乎同时醒来，但小米魂魄受了惊讶，脸色难看，精神不足。

于是，姥爹急忙去开门。

冯俊嘉见姥爹开了门，问道："小米是不是不好了？"他一边说，一边朝小米那边瞥了一眼。

姥爹点头道："她好像受了点惊吓，闩上门让她好好休息一下。"

冯俊嘉见小米脸色非常难看，相信了姥爹的话。他关切地问小米："不舒服？要不要喝点红糖水？"

不等小米回答，姥爹先回答了："好的，好的，喝点糖水会好得快点。"

冯俊嘉充满歉意地说道："最近我和你妈都没有时间关照你，对不起。"

小米同样充满歉意地摆摆手。她心中有愧，她就是希望他们不要管她，就是希望他们把时间都花在弟弟的身上。这样她才有时间预备跟马秀才一起离开。

喝过了红糖水，又靠着椅背休息了一会儿，小米还是没有好过来。

这时候外面已经月光普照。姥爹悄声对小米道："我带你去尝尝月光吧。"

小米脸上露出迷惑，但还是很快就微笑回答道："好呀。"她几世之前曾是寄生草，但也没有吸食过月光，吸食的是山间精华和阳光。即使如此，她仍然相信姥爹。

于是，姥爹扶着小米从屋里走了出来。

外面月光如洗，大地洁白一片，仿佛打了霜一般。小米将脚踏上去的时候小心翼翼，害怕将霜一样的月光踩坏了。

"好美的月光。"小米赞叹道。

姥爹微微一笑。

小米问道："这么美的月光，味道一定很好吧？"说完，她双眼望着姥爹，眼睛如水井一般，月光在水面上荡漾。

姥爹点点头。

小米思索道："我记得一本古书里面写过，'昆吾陆盐周十余里，无水，自生末盐，月满则如积雪，味甘；月亏则如薄霜，味苦；月尽则全尽。'说的是有个地方产盐，月亮圆的时候盐地里的盐就像雪一样厚一样多，味道也很好；月亮缺的时候盐地里的盐就像霜一样薄一样少。"

姥爹哈哈笑道："不尽然是这样。不同地方，不同时间，不同的人，就有不同的感受。你闭上眼睛。"

小米闭上了眼睛。

"轻轻呼吸。"姥爹轻声说道。

小米调整了一下呼吸，气息渐渐平稳。

"张开嘴巴。"

小米将嘴微微张开。她的嘴唇饱满而湿润，如同夜间盛开的花瓣一般，让人心软，让人心碎。

"细细体会一下月光，感觉它的存在。你只有感觉到了它的存在，才能吸食。用你的细腻和敏锐去捕捉它……"姥爹轻声说道。

小米露出一副陶醉的表情。她集中了所有的注意力，利用味觉，听觉，嗅觉去细细体会月光的存在。

姥爹又道："你试着轻轻吸一口，慢一点，再慢一点，少一点，再少一点。不要贪心，要循序渐进。"

小米轻轻吸了一口，露出了微笑。

姥爹问道："你笑什么？"

小米仍旧是笑，闭着眼睛不回答。

"你吸到了吗？"姥爹问道。

"我没有吸到。但是我感觉比吸到了还要好。"小米笑着说道。

"我想用月光的能量来补充你魂魄的能量，这是为你好。你怎么不听呢？没吸到就是没有作用啊，怎么会比吸到了还要好？"姥爹虽然感到遗憾，但拿这个不听话的小米没有办法。

小米仍旧是笑，抑制不住。她终于睁开了眼睛。

"你怎么不听我的话呢？"姥爹轻声责备道。

"你叫我怎么做，我就怎么做了呀。怎么没有听你的话呢？"小米说道。

"那你笑什么。"

"哎，马秀才，你现在还是顽冥不化。我哪需要这月光的能量？只要有你这番话，有你这番关心，我就什么都好了。"小米说道。

姥爹仔细看了看小米，果然觉得她气色好了许多。

小米趴在姥爹肩头说道："我的月光不在天上……"

这时，冯俊嘉的声音响起："小米，来帮你妈妈抱一下弟弟。"

小米将后面的话咽了回去，回头对冯俊嘉道："好的，好的，我就来。"

冯俊嘉又对姥爹说道："马秀才，您今晚就在我们家这边休息吧？您看天色都这么晚了。"

姥爹摆摆手，说道："不必了，不必了，月光这么好，看得清路。"

于是，姥爹向小米和冯俊嘉告别，然后踏着霜一样的月光往画眉村的方向走。刚刚走出村口，姥爹看见前方不远处站着一个黑影子。姥爹一眼就看出来，那是小米的魄，是经常诱惑小孩子魂魄的魁孢鬼。

姥爹从地上捡起一颗石子，朝小米的魄扔去，骂道："快走！别跟着我！"

那黑影子一闪就不见了。

姥爹又心疼不已。

后来他跟马岳云说，每次看到小米的魄，按照铁小姐的要求去责骂的时候，他仍然非常心疼。即使是小米的魄，即使她是恶的，姥爹也不愿意这样对待她。

不过这种效果还挺好。小米刚开始似乎不太相信姥爹会这样对她，被骂之后还站在那里不走。于是姥爹做出更凶狠的表情。渐渐地，小米越来越怕姥爹。只要姥爹一开口凶她，她立即如受了惊的耗子一样溜走。

马岳云问姥爹为什么不将小米的魄捉起来。姥爹说，时机还未到。

可是小米的魄不是姥爹家后园里的菜，可以等到时机成熟的时候任意采摘。就算是后园里的菜，姥爹也得弄一捆刺堆在菜园门口，不让鸡鸭猫狗闯进去将菜踩坏。即使如此，还是有机灵的猫和狗进去，将后园里的辣椒青菜啄坏抓坏。

后来在姥爹的葬礼上，有一个美若天仙的女子前来悼念，吸引了许多人的注意。

按照习俗，前来悼念的人会跪在草簿上对着姥爹的灵位磕三个头，然后坐到地坪里去。可是那天那位引人注目的美丽女子磕完头之后冲到了棺材前，抱住棺材哭得梨花带雨，吓得旁边吹吹打打的道士们忘记了吹号念经。

尚若然见了非常不高兴，在旁嘀咕道："你又不是马家的人，怎么可以抱住棺材哭呢？你让我面子往哪里放？"

五六年之后，那个抱住姥爹棺材哭的美丽女子英年早逝。

很多人说她是五六年前冲撞了马老秀才的灵位。

但是据当时在场的人说，那女子抱着姥爹的棺材大哭的时候，将耳朵紧紧贴在棺材上，似乎在听棺材里的人说话。在那一刻，她似乎跟棺材里的人达成了什么约定。在众人将她从棺材上拉开时，她破涕为笑。

姥爹去世的第二年，后园里埋着小米的地方长出了一株草。马岳云在那个地方种了黄瓜秧苗，开始还以为那也是黄瓜秧苗其中的一株，所以没有管它。等到秧苗长大了一些，这才发现那株草跟黄瓜秧苗不一样。

马岳云一看，惊喜不已地说："父亲的预言实现了。"

到了冬天，那草枯萎了。马岳云不知道怎么回事，但是没有办法。

来年春天，那草居然又长出来了。马岳云又欣喜不已。

歪道士听说了此事，也去后园里看。看了那株草之后，歪道士说道："岳云，你知道这是什么草吗？"

马岳云摇头。

歪道士道："这是月光草。"

马岳云道："月光草？我父亲在世时说过，这里会长出点什么东西来的，但是没有说是月光草。"

歪道士道："这月光草是由无止境的暗之力孕育而生。它能吸收月光，是一种拥有灵魂的草，也是一种拥有记忆的草。这种草一生只开一次花，开一次花之后会结三枚果子，结果之后立即会死去。三枚果子中白色的果子是圣药，听说可以起死回生；黑色的果子是奇毒，中毒者无药可医；还有一枚果子则宛如月光凝聚而成，是延续生命的种子。因此，月光草本身是由生命、魔力、灵魂构成的，死去时三者分别以果实的形态保留下来。因此月光草的记忆不会随着它的死亡而消失，它可以传承下来。在古代的花语中，月光草代表了一种刻骨铭心的记忆。"

马岳云感慨道："如此说来，这月光草简直就是小米的魄的化身啊。但是她长成了月光草又有什么作用呢？"

歪道士摇头道："我也不知道。或许你父亲早已考虑好了，我们只要好好照顾她，就别想太多了吧。"

姥爹去世五六年之后，冯俊嘉夫妇催促小米嫁人，找了许多媒人给小米介绍合适的人来家里见面。

小米也不反对，只要父母安排了，她就去见。但是无一例外的是，她见了之后就不满意。冯俊嘉夫妇问哪里不满意，她就说出几个非常牵强的理由来。冯俊嘉夫妇怎么讲怎么说，小米却是一个字也听不进去。

有一天，小米突然来到画眉村，找到马岳云，说是要去马岳云的后园里看一看。

马岳云便领着她进了后园。

小米走到那株月光草旁边。

这月光草在这五六年里春发冬枯，却一直还在。

让马岳云意外的是，当小米走进后园里的时候，那株月光草不知什么时候已经开出了三朵花来。那三朵花一朵黄，一朵粉，一朵白。

小米指着那三朵花，问马岳云道："岳云，你知道这三朵花的寓意吗？"

马岳云想起歪道士说的话，回答道："我不知道。但是有人说，月光草代表了一种刻骨铭心的记忆。"

小米既没有肯定也没有否定地说道："这是在回忆之上开出的花。这三朵花中一朵寓意过去，一朵寓意现在，一朵寓意将来。"

马岳云好奇道："哪朵寓意过去？哪朵寓意现在？哪朵寓意将来？"

小米微笑道："我也不知道呢。不过这有那么重要吗？你父亲在世时跟我说，过去即是现在，现在即是将来，三者难以区分，互相依存。不过，它们都靠回忆的养分活着，它跟我是一样的。"

"回忆的养分？"

"一个最重要的人离开之后，另外一个人只能靠回忆的养分活着，靠着它想着过去，过着现在，望着将来。不然的话，它也不知道为什么要活。"小米幽幽地说道。

马岳云知道小米的意思，不再说话。

小米道："再过七天，它就会长出三个果实来。七天之后我会再来一趟。到时候我会摘走一个。第八天的时候，你要记得带剩下两个果实去找我，给我喂下。"

马岳云愣了一下，随即点头。

第七天，马岳云发现那月光草果然结了三个果子，一个浑白如棉花，一个漆黑如木炭，一个透明如月光。小米如约来了马岳云的后园，摘走了黑色的那个果子。

第八天，马岳云摘了剩下两个果子去了冯俊嘉家。

还没有到冯俊嘉家，马岳云就听到了呼天抢地的哭声。

走到冯俊嘉家里，马岳云看到小米已经躺在堂屋里的门板上了。只有亡故的人才会被放到门板上去。

马岳云顿时明白了。小米已经将那奇毒的果子吃下。

冯俊嘉见马岳云来了，哭得更加伤心。他必定是想到了马老秀才原来经常来这里的情景。

小米的弟弟已经长大，也站在门板旁边掉眼泪。

小米的母亲更是哭成了泪人，瘫坐在小米旁边，像一摊稀泥，小米的弟弟怎么扶她都扶不起来。

小米的爷爷奶奶几年前已经过世，所以不在这里。

马岳云见此场景，忍不住身冷心寒，心想要是小米的魂魄能看见，必定不忍离去。马岳云不禁在屋里看了一圈，寻摸小米的魂魄现在所在的位置。可是马岳云什么也没有看到。

马岳云走到小米的身边，将手里的两颗果子塞入小米的口中，然后问小米的弟弟："家里有没有温水？你帮我弄一杯来。"

小米的弟弟见马岳云往他姐姐嘴里塞东西，已经猜出个大概，急忙抹掉眼泪去弄温水。

冯俊嘉走了过来，问道："你这是给她吃什么？"

马岳云道："你别管这么多，我也不一定能将她救活过来。"

马岳云的名声虽然不及姥爹，但是一则他确实传承了姥爹一些本领，又做过许多为人称赞的好事，二则因为他是姥爹的儿子，多少借了一些姥爹的光环，所以知道姥爹的人多多少少知道马岳云，也相信他。

冯俊嘉见马岳云这么说，也不问这是干什么了，站在一旁焦躁不安地看着小米。

小米的弟弟将一杯温水端来。马岳云接过温水，将小米的嘴稍稍扒开，如同喂药一般将温水从小米的嘴里缓缓倒入。

一杯水全部倒完，马岳云将杯子交还小米的弟弟，然后坐在门板旁边。

冯俊嘉夫妇生出一线希望来，询问马岳云道："小米能救活过来吗？"

马岳云看着小米的脸。虽然父亲身前留下种种暗示，小米也说过那番话，但是他心里没有底。

冯俊嘉夫妇见马岳云不说话，便安静下来，陪着马岳云一起坐在小米旁边，等候小米醒过来。

可是他们等到天黑了，门板上的小米没有任何动静。

他们都有点耐不住了，可是都还静静地等待着，不发出一点声音，就是挪动身子都刻意轻轻悄悄，不像是要小米醒来，反而像是怕吵醒了她。

颜玉兰悄悄地离开了堂屋，过了半个小时回来，轻声对冯俊嘉说道："饭已经做好了，人是铁饭是钢，先吃点饭吧。岳云也没有吃饭，你不吃他也不好意思吃。"

冯俊嘉点头道："大家一起吃吧。岳云都没有办法的话，那就没有办法了。明天我们就开始办丧事吧。"

于是，他们几人一起离开堂屋去吃饭。小米的弟弟不去，被冯俊嘉强行拖走了。

几个人一声不吭地吃完饭，又返回到堂屋里来。

　　冯俊嘉刚刚跨进堂屋，就被满屋的烟味呛得涕泪直流。他忙用手掌在鼻子前面扇动，咳嗽了几声，说道："屋里怎么乌烟瘴气的？难道发了火不成？"

　　颜玉兰他们也呛得咳嗽连连。

　　马岳云却非常熟悉这种烟味。烟熏中带一点淡淡的香。这是他曾经在画眉村的铁匠铺里闻到的烟味。那个铁匠打出来的铁具都带着这种古怪的气味。

　　马岳云抢先走到前面去，果然看到一个脸型瘦长的人坐在小米的门板旁边抽烟。虽然他坐着，但是能看出他身高远远超过一般人。他一身青色长袍，仿佛私塾先生，手里拿着一个长烟斗，嘴巴在烟斗嘴上吸个不停。烟雾就是从他嘴巴和鼻孔里呼出来的。浓烟滚滚，仿佛他的肚子里着了火一般。

　　马岳云听铁匠铺的师傅说起过这个马脸的人，之前更是听父亲说起过这个人，于是忙打招呼道："原来是您？"马岳云不知道该怎么称呼他，只好这么问。

　　那马脸长袍从浓烟中抬起头来，看了马岳云一眼，并不见外，感叹道："你都这么大了！当年你父亲的父亲去世的时候，你父亲比你还小呢。"

"您怎么来了？"马岳云问道。

马脸长袍又吸了几口烟，吐出许多烟雾，然后悄声回答道："我能不来吗？你父亲在黄泉路上等她等了五六年，要是她这当口出点差错，那可怎么办？"很明显，他像马岳云一样不想让冯俊嘉他们知道事情的真相。

"你是来……"马岳云看了看门板上躺得僵直的小米。

马脸长袍点点头。

这时，冯俊嘉他们几人才走到近前来。冯俊嘉问道："请问您是哪位？"

马岳云摆摆手，说道："他是我父亲的老朋友。"

冯俊嘉惊喜道："是不是马老秀才早就知道这一天，所以去世前已经托付了您来救我们家小米？"

马脸长袍一边喷出烟雾一边道："算是吧。"说完，他抬手一招。一个鸟影子从外面飞了进来，落在他的肩膀上。

"梁上仙？"冯俊嘉惊讶道。

那只鸟他太熟悉了，虽然已经隔了许多年，但他还是记得。让他妻子怀一胎掉一胎的罪魁祸首，他怎么可能不记得？

马脸长袍将手放到肩膀前。梁上仙跳到了他的手上。

"它夺走了你们家主梁的人气，活了这么多年，现在是该还给你们的时候了。"马脸长袍看了看冯俊嘉，又看了看梁上仙。

"布谷——布谷——"梁上仙一边晃头一边啼叫，似乎是回应马脸长袍的话。

"还给我们？"冯俊嘉又咳嗽了几下。

马脸长袍点头道："是啊。"

"怎么还？"冯俊嘉问道。

马脸长袍站了起来，将烟斗叼在嘴里，他的头几乎撞到房顶的房梁上。马岳云和冯俊嘉他们都要将头仰起来才能看到他的下巴。他的长袍上有暗纹一明一灭，仿佛镶嵌了金箔一般。他又俯下身将手放在小米的额头上，默默地感受小米的体温。

冯俊嘉和颜玉兰以及小米的弟弟看到这个高耸到屋顶的人，觉得非常恐惧。可是源于他们对小米的爱和关切，他们没有吓得拔腿就跑，而是将恐惧硬生生咽进肚子里，哆哆嗦嗦地看着马脸长袍的一举一动。

马脸长袍将另一只手一挥，那梁上仙立即腾空而起，拍了几下翅膀，然后像发现猎物的老鹰一般往下俯冲。它朝小米冲去，一下撞进了小米的口里，从小米的口里消失。

"布谷——布谷——"梁上仙的声音从小米的身体里传出来。

但是那声音越来越小，仿佛越来越远。好像小米的身体是无边无际的另一个空间，梁上仙正从小米的口中飞到无穷远的地方去。

渐渐地，梁上仙的声音消失了。

马脸长袍坐了下来，一手将烟斗拿了出来，在小米的门板上敲了敲。咚咚咚，仿佛他要敲开那扇已经卸下了的门。

马岳云他们静静看着马脸长袍所做的一切，不敢说话打扰他。

马脸长袍敲了敲门之后，一手扶着门板，将耳朵贴到门板上去，仿佛要听门后是不是有人的脚步声，是不是有人要来给他开门。

他伏在门板上听的时候，表情异常认真严肃。以至于马岳云和冯俊嘉的心也吊了起来，也跟马脸长袍一样变得认真严肃，仿佛下一刻那门板就会被下面一股力量掀开，然后从门板下面走出一个什么东西来。

马岳云心里还想着那个梁上仙。马岳云知道，它身上确实带着许多人气和人的敬畏。这是它偷来的。这梁上仙从小米的口里钻进去的时候，马岳云想起姥爹曾经说过的一种叫"入内雀"的怪物。姥爹说，那是他在定州的时候从赫连天那里听来的，赫连天则是在日本留学时听说的这种怪物。这种入内雀会活在人的身体里，有时候会从人体里飞出来。有人说入内雀会把人的内脏作为食物，最后吃空了才会从人体里飞出来。也有人说入内雀只是寄居在人体内，跟人相依为命。

马岳云心想，这梁上仙或许变成入内雀了，它应该不会吃空小米的内脏，应该会跟小米相依为命。

马脸长袍听了一会儿，眉头紧皱，似乎没有听到门后有什么响动。他将烟斗塞进嘴里吧嗒吧嗒地猛抽了几口。屋里的烟雾更加浓重了。

他将烟斗从嘴里抽出来，又在门板上敲了几下。这次他敲得更加用力，门板被震得几乎要跳起来。

敲完之后，他又将耳朵贴了过去。

他的耳朵刚刚贴上去，门板就仿佛被谁从底下踹了一脚，门板跳了起来，然后重重落下。

冯俊嘉他们吓了一跳，忍不住往后退了几步。

小米也被这剧烈的一下震得弹跳起来，然后落在门板上。

"哎呦……"

一个声音响起。

众人都呆住了，包括马脸长袍也呆住了，仿佛他只知道敲门，没想到过这扇门会真的有反应。

小米在门板上蠕动了一下，然后将手缓缓移到脑后搓揉。刚才剧烈的震动让她的脑袋重重地撞在了门板上。

首先反应过来的是颜玉兰。她大叫了一声"小米我的儿啊"，然后朝小米扑了过去。随即是冯俊嘉扑了过去，然后小米的弟弟走了过去，将他们一家人抱住。

马脸长袍看到他们抱在一起，露出了欢快的笑容。

马岳云悄声对马脸长袍说道："谢谢你。"

马脸长袍问道："谢我干什么？"

马岳云道："谢谢你给他们一家带来意外的幸福。"

马脸长袍脸上的笑容消失了，问道："你是谢我这个？"

马岳云一愣，反问道："那……那该是谢谢你什么呢？"

马脸长袍从椅子上站了起来，走到堂屋的门口，然后佝偻下身子，非常费力地从门口将脑袋伸了出去，然后将身子从里面挤了出来。马岳云跟在他后面。

冯俊嘉一家还沉浸在对小米失而复得的巨大惊喜中，没有注意到马脸长袍走到了大门外。

马脸长袍回头看了屋里抱在一起的几个人，说道："如果是谢谢这个的话，那真没有谢谢的必要。悲欢离合，生离死别，酸甜苦辣，这都是人生的常态。现在欢喜，以后还有悲伤。得失之间，其实没有什么值得欢喜没有什么值得悲伤的。得了之后，还是会失去的，什么东西都是这样。所以不要欢喜，也不要谢我。"

马岳云道："你刚才看到他们惊喜的样子，不是也露出了笑容吗？难道你不为他们感到快乐和欣慰？如果像你说的那样，你为什么来救小米呢？"

马脸长袍又露出笑容，说道："我露出笑容不是因为他们一家重聚，而是想到你父亲终于可以和小米一起踏上黄泉路，一起去那边，一起再投胎转世，再续前缘。我是不会为其他人或喜或悲的。人生在世，如白马过隙，如蜉蝣一梦，瞬息之间而已。得了又怎样，失了又如何？"

马岳云一时之间找不到辩驳之词。

"绝大部分人生来没有任何记忆，死去不带走任何记忆，虽然有生生世世，转世投胎，虽然说前世今生，今生来世，其实前世的他跟今生的他已经断了联系，哪怕今生的果是源于前世的因，可是也如两个毫不相关的陌生人一般，也如戏台上的前一出戏和后一出戏。"马脸长袍又回头看了一眼，"戏台上的悲欢离合都是虚假的，缥缈的，我为什么要为他们而悲喜？"

"那……我的父亲呢，你为什么要为他感到高兴？他也是生生世世，转世投胎，跟别人没有什么两样。"马岳云问道。

马脸长袍站住了，说道："我为他高兴，一是因为他的种子识生生世世苏醒，虽然他也前世今生，转世投胎，但是前世今生如同旧梦新梦，并无多大区别；二是因为他曾救过我……"

马岳云诧异道："我父亲救过你？"

这时，冯俊嘉跑了过来，向马脸长袍道谢。

马脸长袍道："不用谢我，要谢就谢马老秀才吧。"

冯俊嘉道："马老秀才已经去世五六年，我如何向他道谢？"

马脸长袍拉长了脸，说道："那还不简单，等你命归西天之后不就可以当面向他道谢了？哦，如果那时候他还在那边的话你才可以。"

冯俊嘉被他这一番话弄得不知所以，愣愣地站在一旁，笑也不是，哭也不是，走也不是，留也不是。

马岳云忙给他解围，拍拍冯俊嘉的肩膀，说道："小米刚刚死而复生，身体虚弱，魂魄不稳，你去照顾她。这位高人是我父亲的旧友，我来照顾就可以了。"

"哦，哦。"冯俊嘉点点头，朝马脸长袍和马岳云各鞠了一个躬，然后噔噔噔地跑回屋里去了。

马脸长袍见冯俊嘉走了，继续说道："是啊。你父亲曾在两千多年前的长城边救过我。"

"两千多年前？"马岳云问道。

马脸长袍说道："对你来说那或许非常遥远，对我来说那简直就像昨天。那时候想要统治万世的皇帝派蒙将军修万里长城，意欲凭借天险关卡来抵御剽悍的匈奴人。"

"你……是修长城的人？"马岳云猜测道。

"不是。我是蒙将军的战马。"马脸长袍的脸上露出苦楚之色，"我随蒙将军南征北战、驰骋沙场多年，没有功劳也有苦劳，可是后来修筑长城时遇到一次蛮族人的偷袭，我年迈体衰，奔跑速度不如以前，让蒙将军陷入重围。蒙将军拼死杀敌，终于从重围中杀出一条血路，回到本营。回营之后，蒙将军便要将我宰杀，是你父亲的前世救了我，他劝说蒙将军放过我，并将我养到老死。"

"原来你们之间还有这段渊源。"马岳云感慨道。马岳云听姥爷说起过他跟赫连天的渊源，从而知道赫连天两千多年前遇见过姥爷，没想到这马脸长袍居然也是那时候就有交集。

马脸长袍道："我死之后，不愿投胎转世，担心将生前的记忆遗忘，从而不能报答你父亲的救命之恩。我无法像你父亲那样生生世世将种子识唤醒，又无法像人精一样长生不老，所以暗暗下定决心，要一直不投胎转世，要永远偷偷潜伏在你父亲周围，暗中帮助你父亲。"

"长沙猪崽的魂魄是您帮忙找回来的吧？"马岳云想起长沙猪崽走家的事情来，于是这样问道。

马脸长袍道："算不得帮忙。将手指甲和脚趾甲还有头顶头发以及生辰八字丢入强火之中融化，这本是一种召唤术，不仅仅是召唤走家的人魂魄归来，也召唤看不见的力量帮忙寻找走失的魂魄。"

"召唤？"

"是啊。我还有另外一重身份，便是你们常说的牛头马面。"

马岳云惊讶道："您是勾魂的牛头马面？"

马脸长袍笑了，说道："是啊。你的粮官爷爷去世时，就是我来勾魂的。由于我一直没有投胎，渐渐对阴间越来越熟悉，所以这勾魂使者的差事便落在了我的头上。不过你别因为我而认定牛头马面就是一个牛头一个马面。其实牛头马面不一定是我这样，每个地方都有属于那个地方的牛头马面，跟土地公公一样。恰好那段时间我的管辖范围就在这里，所以一方面是关注你父亲，另一方面是职责所在。"

"原来是这样！"

"当然了，我之所以来这里，是因为知道你父亲时日不多了。我提前来这里照顾他的身后事，免得出差错。后来果然你父亲提前几年去世了，一直在黄泉路上徘徊等待。如果他是正常归天，我想他身后不会有这么多不确定因素，但是既然赶着去世了，身后事他虽然早有安排，但是难免要出纰漏。所以我暗暗守在附近。我昨天得知月光草的果实被小米摘走，知道她算好了时辰，要追随你父亲而去了。她做得并没有错，先吃那黑色果实，会中毒而死，再叫你带来另外两个果实，又将她救活。那果实是小米的魄生长而成，且小米的魄经过秽物压制，已经温顺了许多，所以三个果实都吃下之后，不但她可以起死回生，还能让小米的魄顺利进入小米的身体，避免小米活过来之后仍然只是行尸走肉。"

马岳云打断道："可是我给她喂下两个果实之后，她也不见活过来啊。这是怎么回事？"

马脸长袍道："魂魄交接要在那人恰恰死去的瞬间完成。小米吃完毒果死去，第二天才有起死回生的果实，时间上已经拖得太久。小米的血液已凝，气息已断，四肢已僵。对于小米或者其他的孤魂野鬼来说，这个躯壳是一幢已经倒塌的房屋，即使没有本身的魂魄驻守居住，他们也无法占据。你想想，被鬼附身的人要么是身体虚弱，要么是精神萎靡，要么是将死未死之间，要么是在阴气极盛的恶地。只有两种情况，身体未死或者死尸聚气。这也是为什么世间有如此多孤魂游鬼，又有如此多坟墓亡尸，却不见那些尸体被其他鬼魂附身的原因。"

马岳云连连点头。

马脸长袍赞赏道："不过你想到了这一点，给小米喂下温水。温水虽然可以给尸体带来温度，可是仅仅这样是不够的。所以我带来了梁上仙，将它身上的人气交给小米，使得她的尸体获得人气，从而复苏。如此之下，小米的魂能离开小米，追随你父亲而去，小米的魄能占据小米，继续在这边活下来。"

马岳云问道："小米即使能和我父亲汇合，可是去了那边之后转世投胎由不得人，谁知道以后他们是否能再次相逢呢？"

马脸长袍道："他们在世之时就能灵魂出窍，死后对魂魄控制也已十分娴熟，不会像其他新亡人一样飘飘荡荡，渺渺茫茫。何况竹溜子也会给他们指引。我也会在他们转世之后制造机会让他们相遇，让他们的种子识再次苏醒。"

马岳云连忙说道："真是太感激你了。"

马脸长袍摆摆手，说道："这是我的使命。我依靠这点使命感而存在。你的父亲最厉害的地方其实不是玄黄之术，而是他能让我们心甘情愿地守护他，帮助他。好了，我还有事要办，西边那个村子里还有两个人等着我去勾魂夺魄，现在快到时辰了。就此别过吧。哦，对了，小米的魂已经将小米的记忆带走，小米的魄附体之后醒来，会什么都不记得了。你告诉她父母，叫他们不要惊慌，好生看管调养。"

马岳云给他鞠躬，他也不顾不管，哈哈一笑，绝尘而去。

马岳云见他离去，又回到冯俊嘉屋里来，见小米两眼无神，精神恍惚，果然跟马脸长袍说的一样，见谁都是一副茫然的样子。

"小米，小米，你看看我，我是你妈妈呀。"颜玉兰抓住小米的胳膊说道。

马岳云上前劝解，说道："她刚刚醒来，你就不要打扰她休息了。毕竟是死而复生，可能会有一些异常，你们要有心理准备。"

冯俊嘉点点头。

颜玉兰连忙去弄了一些热汤来，用一个小汤匙给小米喂。

小米一边喝汤一边看身边的人，看了冯俊嘉看颜玉兰，看了颜玉兰看她弟弟，最后才将目光落在马岳云身上，久久不能离开。

颜玉兰用汤匙给她喂，她一口一口地喝，但是她一点也不关心汤是不是烫，汤是不是会从嘴边流下来。她就如一个庙里的木头菩萨一样看着马岳云，看得马岳云浑身不舒服。

汤喝完，小米突然问马岳云道："你是马秀才？"

马岳云浑身一震，头皮发麻。

刚才马脸长袍还说小米的记忆已经被小米的魂全部带走，没想到这死而复生的小米开口第一句就是这句话！马岳云想起姥爹说过的小米剪的纸人……

颜玉兰以为她喂的汤起了作用，欣喜道："你看，你看，她记起来了！虽然她说错了名字，但是岳云跟他父亲有几分相像，她应该是记起一些了！"她将汤碗汤匙放下，用力地搓手，不知道该怎么表达自己的欣喜之情。

冯俊嘉连连点头，又朝小米招手引起她的注意，说道："那你再看看我们，能想起来吗？"

小米不搭理冯俊嘉，眉头皱起，又对马岳云说道："你又有几分不像他。"

她歪着头上上下下将马岳云打量一番，脸上露出悲伤的表情，幽幽地说道："糟糕，我记不起他到底是一副什么模样了！但我知道你身上有几分他的影子。"

马岳云的鼻子一酸。将小米的全部记忆带走，这似乎对小米的魄有些残忍。

马岳云安慰道："不要急。你刚刚恢复过来，好好休息，休息好了，说不定就能记起来了。"

小米摇摇头，似乎灰心丧气，缓缓说道："不会的。我感觉他已经走了。就在刚才，他来到了这里，把我带走了。我好像看到了他和我的背影。"

小米的目光从马岳云身上挪开，朝马面长袍消失的方向看去……

马岳云见了小米的眼神，心中一惊，心想，莫非刚才马脸长袍不是独自来的？不然小米的魄如何能看到父亲和小米的背影？何况马脸长袍也说了，父亲和小米生前已经修炼过离魂之术，不会像其他亡魂一样飘飘荡荡，渺渺茫茫，他们能比较自如地控制魂魄。

马岳云还是心有存疑，如果父亲的魂魄来了，为何不跟他打一个招呼？不过马岳云又给自己寻了一个答案。葬礼上如果有人哭得过于伤心，就有人在旁劝道："不要哭得这么伤心，你这样子，亡人都舍不得走了，耽误了上路的时辰！"或许亲人再见难免缱绻留恋，父亲不想这样。

不明就里的冯俊嘉安慰小米道："孩子，你在说胡话呢，你明明就在这里，怎么可能被马老秀才带走呢？"

小米不听冯俊嘉的劝，双目凝视大门的方向，竟然落下泪来。

半年之后，小米寻到了香严山，香严山上有这块地方出了名的尼姑庵。尼姑庵里的住持是一个非常有善心的出家人。这个住持偶尔还回生养她的俗世家里看看，照顾她尚在尘世的父母和兄弟姐妹。倘若她在路上碰到捉鱼捉虾捉螃蟹的小孩子，便会掏出几毛钱来，要求小孩子将捉到的生灵放走，如果小孩子听了她的话，便会给小孩子一些钱。如此几次之后，很多小孩子故意事先抓了小鱼小虾小螃蟹，然后在她要路过的时候假装撞上去。她便会将小孩子手里的生灵一一救下，而小孩子们的贪心得到满足，拿着钱欢天喜地地回家。

小米认为香严山的住持如此心善，必定会答应她的请求，留她在香严山出家。

冯俊嘉和颜玉兰早知道了小米的打算，千劝万劝，可是劝不住。

小米是半夜启程去香严山的。香严山相隔她家有四十多里。她要在住持和尼姑们开庙门之前赶到那里，跪在庙门前，以证明她的诚心。她听说很多想遁入空门的人慕名而去，可是几乎全部被住持拒绝，说那些人诚心不够。

那天，当一个清瘦的尼姑打开庙门的时候，她看到外面的石阶上跪着一个年轻貌美的女子。那女子的头发上结满了颗颗粒粒的露水，仿佛是从几百年前一直就在这里的石像。

尼姑立即去告诉住持。

不一会儿，住持就来到了庙门前。

那住持见了小米，问道："你有何事相求？"

小米道："我要出家。"

住持问道："你为何要出家？"

小米回答道："因为觉得世无眷恋。"

"既无眷恋，活着就是了，不是非得出家。"

小米觉得自己说错了，于是改口道："我要跟着师父学习经文，普度众生。"

住持道："普度众生更不能出家了。你还是回去吧。"她一扬手，然后转身要离去。

小米忙追问道："为什么普度众生更不能出家？那师父您出家又是为了什么？"

住持已经转身，背对着小米，她沉默了片刻，回答道："出世在于度己，入世在于度人。进这个门的，都只能普度自己而已。"

小米的魄的性情掩饰不住了，辩道："出家人五大皆空，应该是觉得世无眷恋才遁入空门，为什么您说活着就是了，不是非得出家呢？"

住持回答道："遁入空门并非世无眷恋，五大皆空并非心如磐石。出家人眷恋的是万物生灵，空的是自己。等你明白了这个道理，再来找我吧。"

小米回到了家里，终日吃素，诵读经文。又过了半年，小米再次要去香严山。

这次她没有半夜出发，而是跟冯俊嘉他们一起吃饭的时候提起的。小米的饭菜跟家人的饭菜是分开的。她的面前只有用菜籽油炒的青菜。冯俊嘉他们该喝汤就喝汤，该吃肉就吃肉。

小米将碗里的最后一粒饭吃完，然后淡淡地说道："爸，妈，弟，我还是要去香严山。"

冯俊嘉他们已经习惯了小米吃斋念佛，所以听到她再次提起的时候没有一点惊讶。他们的心态也发生了转变，没有以前那么抗拒反对。

冯俊嘉放下筷子，问道："你打算什么时候去？"

"这就去。"小米看着空无一物的碗，说道。

"上次你是半夜出发的，怕那里的住持不收你，这次是不是更应该表现得虔诚一些？"冯俊嘉建议道。

颜玉兰不说话。她知道丈夫已经同意女儿出家了才会说出这样的话。她心中还有不乐意，可是知道这样下去也不是个事儿。

她的弟弟站起来，闷声道："姐姐，那我去帮你收拾一下东西。"

小米摆摆手，说道："不用了。我这就动身，不用算好时辰，也不用带什么东西。此时想好了，此时就去。"说完，她放下了碗筷，拍了拍衣服，然后站了起来，一脸的平静，仿佛她要去的是一个熟识的朋友家，去去就来，所以没有必要弄得那么隆重。她朝她的每个家人笑了笑，然后跨门而去。

冯俊嘉和颜玉兰还有小米的弟弟愣愣地看着小米远去。等到小米的身影消失不见之后，颜玉兰流下泪来。冯俊嘉轻声安慰道："别哭，这或许才是她最好的归处。"

小米的弟弟也安慰道："说不定香严山的住持还是不收姐姐，姐姐还会回来的。"

可是小米再没有回来过。

她在傍晚时分走到了香严山。香严山的尼姑们正在吃晚饭。小米坐了进去。住持看到小米来了，便叫尼姑给小米打了一份饭。小米接过饭碗就开始吃。

从那之后，小米便一直住在香严山了。

如此过了两年，住持终于给小米剃度了。

冯俊嘉他们有时间会去香严山看看小米，小米并不拒绝，粗菜淡饭招待他们。

如此过了八年，住持身体日渐不支。

一晚，住持将小米唤至床边，问道："十年之前，你是怎样突然开悟的？你第二次来跟第一次完全不一样。第一次来，你虽然说世无眷恋，其实还有眷恋执念。你虽然说五大皆空，其实是斩不断情缘。你要表现诚心，故意清早来到这里，跪在门前，其实诚心何须刻意表现？你第二次来是随心而至，无须刻意，我才确认你是开悟了，才收下你。我虽然知道你转变了，但是为何转变，我却不知道。"

小米答道："以前我是将他当做人，如今我是将他当做佛。心境自然就不一样了。"

住持欣然一笑，在枕头上颔首道："我的衣钵有人可接了。"

小米大吃一惊，连忙跪在床边，说道："我修为不够，您万万不可这么说，这是要折煞我。这里还有许多资历高于我的人，您另择贤才吧。"

住持抚摸小米的头，慈祥地说道："修行哪里是时间长短来判断高低的？一念成魔，一念成佛。人的境界高低是顷刻之间的事。你的一念之转变，足够常人一生去参悟，就连我这么多年都未能想通，足可见你的修为！你不要担心，其他的人我会逐个去说的。"

"万万不可。"小米连忙磕头。

住持伸出手，说道："快起来。"

小米以头触地，俯身不起。

住持叹了一口气，说道："唉，死到临头，我也可将我的往事说给你听了。你听完就知道我为何要将衣钵传于你了。"

小米一愣，抬起头来。

住持目光幽幽，如风中烛光，随时会熄灭。她说道："我来这尼姑庵，起初也是跟你一样。我年轻时在省城师范学堂读书，有一年遇上一个药商的儿子，我以为遇到了我此生想要寻找的人，于是放弃学业，跟他结了婚。后来，我跟着他去各地收药贩药。大概是一年之后，我有一回跟着去了南京，在一次盛大的酒会上遇到一位军官。我看到那位军官的第一眼就情不自禁地哭了。当时我身边很多人在跳舞喝酒，灯红酒绿，喧闹不堪，可我的心里安安静静地开出了一朵花。我的种子识在那一刻苏醒。我记起上辈子我最心爱的人就是他。虽然他的容貌有所改变，但我能确定他才是我真正想要寻找的人。"

小米坐了起来，眼神涣散。

"我走了上去，问他是否记得我。他看了我许久，摇头说不记得。但是我没有就此放弃，我找了借口在南京留下来，一直围绕在他身边，偷偷与他幽会。我希望我们在缠绵恩爱的时候能让他记起些许前世的情景，可是他一直没有记起。我的丈夫没有发觉，接下来他去了别的地方做药材生意，把我一个人留在南京。于是我更加大胆，将他接到家里来。我跟他说，我要跟他而去。他说我丈夫的父亲跟军中关系不一般，军队的军费和医药需要我丈夫的父亲援助，如果事情泄露，他会被他的长官处罚甚至暗杀。"

"你们可以逃走啊。"小米说道。

住持摇摇头，说道："我可以放弃一切，但是他不能。他还贪恋官位和权力。他没有想起前世的事情，对于他来说，我就是一个陌生而多情的女人罢了，不值得他放弃一切。所谓前世情缘，对记起来的人来说就是心中的根，或是命里的痛，对已经忘却的人来说就是一个梦，一个睁眼醒来即已忘却的梦。梦确实在昨夜梦过，但是你已忘却，那个梦到底还存在不存在呢？"住持在枕头上侧过头来，像是问小米，又像是问自己。

后来小米当上香严山的住持，附近许多信男信女上山道贺，马岳云自然也去了。小米跟马岳云说了自己是如何被住持选中的，也说了住持临终前的那番话。马岳云听到小米说那忘却的梦时，想起了马脸长袍的那番话。他不为世人悲欢离合或喜或悲，应该就是将所有的悲欢离合当做是容易忘却的梦吧？

世上绝大部分人，都是梦中人。

可是那些梦醒的人怎么办？

马脸长袍不愿投胎转世，或许就是为了不做这些虚幻的梦而已。莫非一直待在那边，反而让他有种"醒着"的感觉？

马岳云无法回答。

小米也无法回答住持的问话。她只好问道："后来呢？"

"后来……"住持眯起眼睛，似乎已经把后来的事情忘记了，要重新记起来非常困难。似乎那段往事也是她做过的一场梦。

"对啊。后来您怎么来了这里呢？"小米问道。

"后来我们的事情被我丈夫发现了，不知道是我丈夫胁迫他，还是他自己害怕了。他跟我说，以前跟我在一起并不是喜欢我，只是逢场作戏罢了。我不相信他的话，还死皮赖脸地要跟他走。他却抛下我走了，再也没有来找我。他有意避开我，我再也没能找到他。

我丈夫对我非常宽容，我知道我丈夫是真心爱我的人。我丈夫还想原谅我留下我，可是丈夫的父亲坚决要将我扫地出门。于是，我丈夫给了我一笔数额可观的钱财，让我回到了娘家。我用这笔钱在香严山修了这座尼姑庵，在这里修行。你第一次来这里的时候，我说'出世在于度己，入世在于度人'，说的不只是你，也是我自己。可是我这一生仍然没能将自己普度，而你已经超凡解脱，你的修为远在我之上，这住持的重任除了交与你之外，我想不到第二个人选。"住持说道。

住持的床边燃着一根檀香。住持的话刚说完，檀香刚刚燃尽。

"现在……你可以答应我了吗？"住持问道，她也瞥了一眼那已经熄灭的香，上头的烟灰还在倔强地保持原来的形状。

小米点点头。

住持脸上舒展出一个笑容，如同晦暗的檀香被点燃了一般，但是它又迅速暗淡下去，笑容不见了，脸上如同蒙了一层灰。

床边的檀香灰突然掉落到地，摔成了粉末。

住持圆寂了。

自那之后，小米便成为了香严山的住持。

小米在香严山当住持当到第五年，马岳云再去香严山的时候，小米已经不太认得马岳云了。由于之前小米的魂已经将绝大部分记忆带走，她对马岳云的记忆本不太深，要不是出家前见过面，小米根本认不出马岳云是谁。马岳云说起自己是从画眉村来的，以前在小米家里如何如何见过面，这位香严山的住持才"哦"了一声。

马岳云想起小米刚当上住持时他来这里道贺的情景，想起那时候小米说的话。马岳云心想，或许对于现在的住持小米来说，那些往事已经渐渐淡化为一个虚无缥缈的梦了。

小米充满歉意地对马岳云说道："我一心念佛，快把以前的事情忘记了，还请您不要见怪。"

马岳云连忙说道："不会，不会。"

小米手指捻动佛珠，眨了眨眼，问道："你说你是从画眉村来的，我前不久见了一对夫妇，他们说也是从画眉村来的。那对夫妇是老妻少夫，老妻老得好像八十多岁了，少夫年轻得只有三四十岁的样子，好生奇怪！不知道你是不是认识？"

马岳云心想画眉村没有年纪这么悬殊的老妻少夫，便说道："你是不是记错了？我们画眉村不曾有这样的老妻少夫。"

小米不信，说道："他们不会骗我吧？骗我又有什么用呢？不过我也觉得奇怪，那男的说他姓罗，还像刚才你问我一样询问我是不是记得他。你我能记起来，他我想了好久也没能记起来。"

"他说他姓罗？"马岳云问道。

小米道："是啊。"

马岳云道："不会吧？我们画眉村的人都姓马呢。"这话刚刚说完，马岳云就呆住了！

小米见马岳云呆住了，忙问道："怎么啦？"

"老妻少夫……莫非是……"马岳云头皮发麻。他想到了罗步斋。马岳云曾听姥爹讲过一些关于罗步斋的事情，知道罗步斋和姥爹的交情，也知道他是身外身。

"是已经忘却的熟人？"小米问道。

何止是熟人？简直是亲人。但是马岳云不想在小米面前说这些，免得她好不容易才忘记的事情又被想起。

马岳云连忙细问小米是如何见到那对老妻少夫的。

小米道，她那天正在禅房里抄写心经，忽然一对夫妇走了进来。香严山的庙不大，可是香客多，所以突然闯入的情况不少发生，小米已经习惯。

小米刚开始以为是一位老母亲带着儿子来这里拜佛，可是一看那亲昵模样和眼神，却有几分相亲相爱的味道。

那看上去三四十岁的男人见了小米，悄悄对那看上去八十左右的女人说道："小米正在抄写经书呢，我们待会儿再来吧。"

小米上山之后，除了以前极为熟悉的亲人之外，别人都叫她做"师父"，没人叫她小米。小米虽有法号，但是这里的人不习惯叫出家人的法号。

小米听他们说到她名字时的口吻就如亲人一样，觉得有些奇怪，便放下手中的笔，问道："你们以前认识我吗？"

那对老妻少夫对视了一眼，有些惊讶又有些惊喜。那少夫悄悄说道："看来她是真的忘记了。"

那老妻说："这样也好。"

小米想了想，想不起在哪里见过他们，但有一种莫名的亲近感。小米想起前任住持去世前说的心中安安静静开出一朵花的感受。她感觉自己的心中也有什么东西蠢蠢欲动，似乎要破土而出。

可是她感觉自己心中那个要出来的东西不是一朵花，而是一个恶魔。它一旦破土而出，就会具有极大破坏力。

小米闭上眼睛，连连念佛。她心中的那块地方才恢复了平静。

"我们是画眉村的人，我姓罗。"那位少夫说道。

"哦。来庙里所求何事？"小米简单地回答道。

那位少夫道："没有所求，就是来看看老朋友过得好不好。"

那位少夫说这话的时候，那位老妻已经抑制不住了，迈着蹒跚的步子走到小米面前，紧紧抓住小米的手，一双眼睛盯着小米的脸看，好像看着失散多年的自己的孩子一样。看了一会儿，那位老妻居然泪水涟涟。

小米见她如此动情，居然也跟着有了一丝伤感。小米自己都不知道自己为何会有这种悲伤的感觉。

那位少夫见状，忙拉着老妻往外走，一边走一边说道："来之前不都说好了吗？不要太激动，不要掉眼泪，看看就走。现在她不是挺好的吗，你还掉什么泪水？"

小米记得那天的阳光很好。她看着那对夫妇从她的禅房走出去，走到了外面的阳光下。她突然有种不舍的情绪涌上心头，她忍不住从后面追去，追到门口的时候停了下来。因为她不知道自己追过去干什么，明明是不认识的人。

她站在门口看着那对夫妇越走越远，忽然发现那对夫妇落在地上的影子深浅不一。那个老妻的影子正常，那个少夫的影子有些浅，淡淡的如同即将蒸干的水印一样。

"他应该不是人。"小米对马岳云这么说道。

那对夫妇走后，庙里的尼姑们还讨论了好几天，都猜测那对夫妇为何年龄差距会这么大，并幻想他们背后的故事。

马岳云听小米说完，忍不住从小米的禅房往外看，似乎他能打破时间的界限看到那对夫妇的背影一般。

马岳云心里清楚，那少夫并不是真正的人身，或许衰老的速度非常缓慢，而那老妻是普通人，时光催人老。那少夫没有骗小米，他确实是画眉村的人，确实姓罗。但是小米低估了他的实际年龄。

"或许像以前的住持说过的那样，他们是我前世见过的人吧？他们还记得我的前世，可是我已经不记得他们了。"小米说道。

那是马岳云最后一次听到罗步斋的消息。

又过了三年，一个年纪轻轻颇有气质的女孩来到了香严山，找到了小米，说要出家。

这些年里，有过不少人想要来这里出家，小米像之前的住持一样拒而不收。

那个女孩像牛皮糖一样黏着小米，非得要在这里待下来。她主动帮忙干活儿，帮尼姑们洗衣，大清早扫地。

一天早晨，小米见她在庙门口扫落叶，想起当年自己跪在这里的石阶上请求住持收留的时候，于是心中一动，主动问那女孩道："你为什么非得出家不可？"

那女孩道："是一个梦指引我来到这里的。"

"梦？我也常做梦，可是我不认为它们能给我什么指引。"小米说道。她确实经常做梦，梦到许许多多的事情，可是那些梦就如昨晚被风吹落的树叶一般，清晨醒来，便被负责打扫的人用扫帚扫走了，出门一看，石阶干干净净，仿佛昨晚什么都没有发生过。但是看到石阶旁树上的叶子没有昨天那么茂密，又觉得缺少了什么。

"我的梦不同。"

那女孩要将石阶上的最后一片落叶扫掉，小米拦住了她，然后弯下腰去，将那片残缺的落叶捡起来。那片叶子已经被虫吃坏，但还脉络清晰，如同怪物的手爪。

小米看着那片烂掉的叶子，说道："世界上没有同样的两片叶子。梦也是。每个人的梦都不一样，不只是你的梦不同。"

小米松开手，那片烂叶子如同再一次从树头跌落。

"可我分不清到底我是那片叶子，还是梦才是那片叶子。"那个女孩看着那片叶子说道。

这句话让小米颇为意外。她问道："哦？那你说说你的梦看看。"

"说来您一定不信。因为您也在我的梦里出现过。我其实认识您。"那个女孩说道。

"你认识我？"小米当然不信她的话，小米在此之前从来没有见过这个女孩。

那女孩手握扫帚，说道："是的。我从小时候记事起就开始做梦，做连续的梦。我梦见自己出生在另一个地方，过另一种完全不一样的生活。梦里的时间好像快一些，在我十岁的时候，梦里的另一个我就二十多岁了，后面梦里的时间越来越快。"

小米道："梦和现实的时间不是同步的，有人黄粱一梦，梦里一辈子的事情不过一个晚上就能做完。"

那女孩点头道："是的。我在不到十岁的时候，就梦到自己去了省城读一个师范学堂，读到快毕业的时候，忽然遇到了一个公子哥，那公子哥是药商的儿子。那时候我还不懂男女之事，但是在梦里的时候跟那公子哥没有一点羞涩地做那些事情，兴奋得不能自已。以前我就不敢将自己的梦说出来，我尝试说过，但是被人说成是神经病。十岁左右的时候我更加不敢说了，因为在那时的我看来，梦里那些东西难以启齿。要是一个不到十岁的女孩子跟人说她梦里跟一个成年男子做那交合的事情，恐怕最亲的人也会认为她不知廉耻吧？"

小米吃了一惊。她当然还记得前任住持说的那些话，记得住持说她曾经在师范学堂读书，并且遇到药商的儿子的事情。小米安慰自己，或许这个女孩的梦只是一个巧合，刚好梦到她在师范学堂读书，也遇到一个公子哥而已。

那女孩继续说道："这种梦我做了三四个月，然后在梦里遇到了一个英姿飒爽的军官。梦里的我看到那个军官便不能自已。现实中的我虽然涉世未深，但是我的价值观里自然而然认为一个女人应该从一而终，向往那种一见钟情并且白头偕老的美丽爱情。可是梦中的我完全不一样，梦中的我立即背弃了那位公子哥——梦中的我已经跟他结婚了，并且办过一场盛大的婚礼。我无可救药地爱上了这个驻扎在南京的军官，甚至把他带到我的家里来做那种事情。每次我从梦中醒来，我扪心自问我为什么会做这样的梦，可是找不到解答。我在现实中看到男孩子都会害羞，看到身穿制服的人会莫名其妙地紧张。有时候我想，是不是我在现实中太谨慎小心了，所以才在梦里那么放肆。"

小米惊呆般地看着这个女孩。

一阵晨风吹过，树叶沙沙地响起，又有一些叶子落了下来，落在石阶上。这些叶子是扫不完的。

"我在清醒的时候常常告诫自己不要做这样的梦，即使梦里没有约束，没有人看见，没有人听到，我也不应该这么做。可是到了梦里我就不由自主了，我疯狂地渴求那位军官，即使他几乎是用虐待的方式对待我，我也在所不惜。而在醒来之后，我常常质疑梦中的自己——那个军官明明是不喜欢我的，他只是为了得到我的肉体而已，我为什么要抛弃爱我的丈夫而乞求他的爱抚呢？

"果然，一番春梦过后，梦中的我在跟那军官翻滚在一起的时候，我的丈夫闯了进来。他发现了我和那位军官之间的秘密。他赶走了军官，却在我面前跪了下来，乞求我不要离开他。我想既然已经被他知道了，何不干脆跟了那军官呢？可是等我去找那军官的时候，那军官消失了。

"我梦中的丈夫依然希望将我留下来，可是我公公死活不愿留下我，要将我逐出家门。无奈之下，我只好离开了那里，回到了生我养我的地方。我那痴心的丈夫还偷偷送来一笔钱，怕我在外面受苦。

"梦里的我觉得心灰意冷，于是用那笔钱在一座山上建造了一个尼姑庵。这座山就叫香严山。"

"你一定认为我是胡言乱语吧？你从来没有见过我，我从未来过这里，我就说这座山上的尼姑庵是我花钱建造的，你肯定不信。"那女孩对发愣的小米说道。

"后来呢？"小米问道。她心里已经是波涛澎湃，但脸上依然波澜不惊。

"后来你来了这里，跪在这块石阶上，求我收留你。第一次我没有答应。半年之后你又来了，然后在这里留了下来。梦中自从我住进这尼姑庵之后，梦里的时间过得飞快。或许是出家之后心境淡然了，事情也少了，所以时间显得没那么漫长，转眼即逝。收留你之后，我只用不到一年的时间将后面的梦全部做完了。我梦见我快不行了，叫你到身边来，要将住持的位置交给你。"

此时，小米从最初的震惊中回过神来。她认为这个女孩可能是在别处听到了前任住持的生平，所以用这样的话来骗她。或者这个女孩并不想骗人，但是她听说前任住持的生平之后，将那些事情幻想成了自己的梦。

人的记忆并不是稳定的，有时候会将别人说的话或者自己的幻想加入到记忆中去，久而久之，就会以为那是自己的记忆的一部分。

小米说道："当然，谁都知道前任住持要将这个位置交给我，有些人也听说过前任住持的生平事迹。我想你或许是把真实与虚幻混淆了，把别人的记忆当做了自己的记忆。要不是前任住持将这个位置交给我，我现在也不可能是住持啊。"

那女孩听小米这么说，摇头一笑，说道："我就知道你会这么说的。但是我还没有说完。"

小米道："好，那你继续。"

"我在梦中看见你跪在我的床边，拒绝接受住持这个位置。"那女孩说道。

小米浑身一颤。在她刚刚接任住持的时候，这个尼姑庵里不是没有人质疑她，甚至几乎所有的尼姑都怀疑是她苦苦哀求住持将位置传给她。因为有人看到小米跪在住持的床边，从而认为小米在那里乞求得到住持的位置。她们认为住持是心太慈，所以答应了小米。

没有人相信小米曾经拒绝过住持。因为这尼姑庵里没有人不觊觎这个位置。

可是这个女孩却说小米曾经拒绝接受住持的位置。

不但如此，这个女孩还说出了当时小米和住持的对话。住持是如何将一生经历说给小米听的，而小米是如何转变过来的，她说得清清楚楚。

小米不得不惊讶了！

这段对话除了她自己和已经过世的住持之外，没有第三个人知道！

这个女孩又说道："梦中的我说完话的时候看了看床边燃烧的

檀香，檀香刚好燃尽，我知道我大限来临，于是咽了气。在我咽气的刹那间，我的六根无比清净，尤其耳朵的听力超乎我自己的想象，因为我听到了香灰落地的声音，噗哒一声，声音响得很。"

此话一出，小米再也没有办法怀疑这个女孩说的不是自己的感受了。

"师父……"小米忍不住轻声喊了出来。

这女孩舒展出一个笑容。

"你的怀疑我一点儿也不见怪，因为我自己也常常怀疑自己。有时候我真的像你说的那样，弄不清真实和梦幻之间的界限。有时候我觉得我的真实生活才是梦，而我的梦才是真实的人生。我想我现在的生活是不是另一个我所做的梦，或者两个都是梦，一个梦做完了，一个梦还没有做完。"女孩的脸上有了些许落寞。"我梦到自己去世之后，就再也没有做梦了。我想弄清楚，所以找到这里来了。没想到这里的情景跟我梦中的一模一样！"

女孩抬起头来，看着眼前的尼姑庵和树木。

良久，女孩问小米道："你相信我说的话吗？"

小米沉默许久，然后回答道："我相信我在梦中。"

女孩原以为小米不会相信的，听到小米的话，有点反应不过来。

小米如实奉告道："前任住持去世前，确实将我唤至床边，说了那番话，跟你复述的几乎一字不差。"

女孩目瞪口呆。她来这里之前确实打听过前任住持的生平事迹，她打听这些不是为了欺骗小米，而是为了印证自己的梦。她也曾怀疑自己是听说了类似前任住持这样的故事而将之幻想成了梦。她来这里确实是寻找答案的，她虽然坚持要留在这里，但心底对这种似梦似幻的答案并没有抱很大的希望。她嘴上说的坚信，其实只是为了防止他人将她误当成欺骗而已。

再肯定的东西，在所有人都怀疑的时候，也容易变成一个不确定的东西。

而当几乎所有人都怀疑，但有一个人肯定的时候，那个被肯定的人或许一时之间反而接受不了。

小米说道："你做的是梦，是一个真实的梦，是一个照进现实的梦。前任住持的一生，就是在你的梦里度过的。这么说也许不对，毕竟是住持先去世，你后做梦的。但是谁知道呢？梦里的时间是没有界限的，没有前后的。"

"我的梦……真实存在过？"一直很坚定的女孩此时有些动摇了。

"她是你梦里的人，梦里的你。"小米也找不到一个恰当的说法。

"您说……她是不是晚上也常梦到我？白天像我的梦里一样生活，晚上梦里却像我一样生活？"女孩眼神迷茫。

"对不起，她没有跟我说过。"小米抱歉地说道。

"如果是那样的话，我们到底谁是谁的梦中人？"女孩惊慌失措。

小米脸上掠过一丝苦笑，说道："或许我也只是某个人的梦中人吧？"

女孩见她这么说，忙先撇下自己的迷惑，问她道："您……为什么说这样的话？"

小米道："我曾大病一次，醒来后忘记了生病之前的事。但是醒来的那一刻，我记得我曾有个非常非常重要的人，我想记起他，可是他像烟一样消散了，此后他在我脑海里的记忆越来越模糊，最后我只知道自己有个对我来说非常重要的人，可是我不知道那个人是谁了。听了你的这番话这个梦，我想或许我从病中醒来的那一刻就是梦的开始。这世界还有一个我，她正在做梦，我所经历的一切，就是她梦到的一切。她仍然记得那个重要的人，陪伴在重要的人身边，但是梦里的我迷迷糊糊，混混沌沌，无法记起这些了。"

小米看了看地上的落叶，说道："是不是那个做梦的我突然醒来，才知道此时的我经历的一切都是梦？而那时我发现那个重要的人还在身边？"

那个女孩愣住了。

小米哈哈一笑，说道："从今以后，你可以留在这里不走了。"

后来马岳云再次去香严山，小米跟马岳云说起了这个女孩的事情。小米也说隐隐之间觉得马岳云能让她觉得亲近，所以喜欢将自己的一些所见所想说给马岳云听。

如此又过了一年，小米在一天傍晚向所有尼姑宣布，将住持的位置让给那个女孩。当时小米坐在草蒲之上，宣布这个决定之后说了一句在大家听来是莫名其妙的话："好了，我的梦做完了。"

说完，小米便闭上了眼睛。

有人叫她的时候，她不再睁开眼睛。

一个尼姑急忙走上前去，在她耳边呼唤了几声，以为她昨晚没有睡好，此时打瞌睡了。可是小米无动于衷。那尼姑轻轻一推，小米就噗通一声倒在了地上。尼姑庵里顿时炸开了锅！小米去世得太突然了！

只有当初那个女孩非常冷静，叫人去烧热水，叫人将小米抬回房间，然后她给小米擦洗身子。

这寺庙里的尼姑原本对小米的决定不太服气，为何这个刚来尼姑庵一年的年轻女子能当住持呢？可是大家此时见那女孩处变不惊，指挥得有条不紊，顿时暗暗敬佩起小米的慧眼识人来。

香严山的住持去世，山下自然有很多人来祭拜。马岳云更不用说。

小米入土后不久，尼姑庵的人便发现小米的坟头出现了一个很大的老鼠洞。尼姑们惊讶不已，不知道这是为何。

消息传到了山下，传到更远的地方。没有人能解释这是为什么。

只有马岳云知道其中缘由。

在小米入土之后消息传来之前的一个夜里，马岳云突然被老鼠吱吱吱的叫声吵醒。马岳云睁开眼来，看到房梁上有一只胖胖的老鼠，那胡须就如钢针一般又长又直。

"竹……"马岳云正想叫它，它却刺溜一下从房梁溜了下来，然后朝门口跑去。它明显比以前胖了好多，但是马岳云还是能将它认出来。

马岳云急忙起床，顾不得披衣服就跟了过去。

竹溜子看起来很胖，却能自如地从门缝里挤出去。它一直往外跑，从睡房的门缝里挤出去之后，跑到了堂屋里，大门的门缝比较大，它更加轻而易举地溜了出去。

马岳云打开房门，又打开大门，一直追到了地坪里。

可是到了地坪里之后，竹溜子不见了踪影。

天上一轮明月如玉盘，大地被清冷而明亮的月光照耀，几近白昼。

马岳云站了一会儿，觉得浑身寒冷，便要退回屋里去。

马岳云刚刚转身，就听到身后一个陌生的声音响起。

"岳云兄，别走啊。"

马岳云转过身来，看到一个飘逸精瘦的年轻男人，下巴略尖，眼睛放光，看起来有些贼眉鼠眼，但居然不令人讨厌。

"你是……"马岳云问道。

不等那人回答，马岳云已经看到他背后的影子。他虽然是人形，影子却是老鼠的影子，老鼠尾巴高高翘起，甚至连钢针一般的胡须的影子都清清楚楚。

"在下姓竹，名溜子……"那年轻男人面带笑容，用打趣的口吻说道。

马岳云惊喜不已，忙说道："原来是你！那你刚才叫我岳云兄，可是越了辈分了！你跟我父亲是一辈的！"

那年轻男人笑道："不，没有越辈，我虽然跟你父亲是同一时期的，可是我做人的时间还不如你，所以叫你做岳云兄是应该的。"他回头看了看自己的影子，说道："你看，我现在其实还算不上人，我只是能幻化成人的样子，实际还是老鼠一只。"

马岳云为他感到高兴，说道："你已经可以幻化成人，说明比以前要好很多了嘛！我父亲的坟墓出现老鼠洞的时候，我就知道你来过了。你这次来是要干什么呢？"

年轻男子说道："这次来是看看香严山的小米，将她带到黄泉路上来。"

"你是要让她也跟我父亲一起走吗？"马岳云立即追问道。那次小米一醒来就说他身上有父亲的影子，他就改变了对小米的魄的看法，他心中希望小米的魄也能跟随父亲而去，像她的魂一样。

年轻男子摇摇头，说道："不会的。她是不可能跟你父亲一起了。小米的魂离开躯壳之后不久，你父亲就跟她一起投胎转世了。"他抬起手来算了算，继续说道："时间好快！如今算算，你父亲和小米已经有十多岁快二十岁了吧。他们转世在相隔非常近的地方，从小便是青梅竹马，并且很早就互相认出了对方……嗯……我的意思是，他们认出对方在前世见过。"

"你是怎么知道的？"马岳云问道。

年轻男子将脖子一缩，嘻嘻笑了两声，其神情就如一只得意的老鼠。他说道："老鼠的消息比人可要灵通多了，当年我不会说人话，就猜出小米在'君山'转世，故意翻动写了'山有木兮木有知，心悦君兮君不知'的书卷，可惜你父亲没有注意到。你父亲和小米一起转世之后，我很快找到了他们，暗中守护他们。是我故意现身，引得你父亲来捉我，而我又在小米面前现身，引得小米来追我，从而让他们碰在一起的。不然他们就没有这么快熟悉彼此，也没有这么快唤醒种子识。当然了，他们也记起了我，虽然我比原来胖了许多。"

他的脸上又换上一副严肃的表情，不无遗憾地说道："要是你父亲在世时，小米的种子识苏醒得再早一些，他们两人也不一定会错过。"

他看了马岳云一眼，抱歉地说："不过那样的话，你就不会站在这里了。"

他说话的时候，地上老鼠影子的尾巴不停地变换姿势。得意的时候摇来晃去，遗憾的时候蜷缩起来。

很快他又换上欢快的笑容，说道："现在就不用操心啦，他们在恰当的年纪遇到了恰当的人。所以现在我能放心地离开他们，来护送小米的魄。"

"太谢谢你了。"马岳云说道。

"哎，何必道谢，这不是见外了吗？我真正的修炼是从你父亲这里开始的，要不是你父亲，我恐怕早已阳寿耗尽，又转世为一只小老鼠或者猫猫狗狗了。再说了，我跟罗步斋一样已经是画眉村的人了，是亲人，怎么可以谢来谢去的？"

马岳云问道："我父亲和小米转世的地方离这里近吗？我是否可以去看看他们？"

年轻男子道："你父亲不让我告诉你，免得你们挂念。你也不用去看他们，他们曾经来看过你们，只是你们不知道罢了。"

马岳云惊讶道："他们来过这里？什么时候？我怎么一点儿也没有发觉？"

年轻男子点头道："是啊，不过我不能告诉你他们是什么时候来的，不然你还是可以顺藤摸瓜找到他们，到时候我就不好向你父亲交差了！其实啊，一些种子识苏醒的人都会回到前世生活过的地方看一看。有些小孩子因为苏醒的记忆不是很多，往往小时候就说了出来，既让生父生母为难，也打扰了前世一起生活过的人。还有些聪明的人，他们在前世记忆苏醒之后，不会轻易说出来，而会偷偷地回到原来的地方看一看，不打扰惊动别人。你父亲和小米就是这样。"

马岳云很想知道父亲的近况，可是听年轻男子这么一说，觉得有道理，只好遗憾地摇头。

"他对你们还是十分想念的，仍然会在你们觉察不到的地方看着你们，保护你们平安。哦，你还是把他当做已经过世的人来看待吧，我该说，他会保佑你们的。你父亲说，他生前做的一些事情泄过天机，逆过天意，不过幸亏不多，但是仍然会给他的子孙后代带来一些隐患，但是你们不用担心，他会在恰当的时候让你们逢凶化吉。"

"那小米呢，她转世之后怎么办？"马岳云心里还是放不下小米，总觉得对她亏欠许多。这也是几乎从来不进庙的马岳云偶尔去香严山的原因之一。

年轻男子身后的尾巴蔫了下来，像春季里的一根蕨菜。

"她恐怕与你父亲无缘了。她会忘记一切，重新开始生活。"年轻男子道。

马岳云轻叹一声。

年轻男子安慰道："何须叹息，各人有各人的骨重，各人有各人的命运，或许小米命该跟你父亲有缘无分，现在魂魄分离，小米的魂占了'有缘'，小米的魄占了'无分'吧。这未必不是最好的结果。"

马岳云点头。

"好啦。我该走了。小米的魄还等着我呢。"年轻男子的影子的尾巴左右摆动。

"你以后还会来吗？"马岳云依依不舍。

"或许会，或许不会。"年轻男子笑道，然后转身离去。

待年轻男子的影子不见了，马岳云才感觉到身上的冷意，急忙回了屋关了门。

第二天早晨，马岳云看了看睡房里的房梁，又走到地坪里四处张望，想找到一点竹溜子昨晚留下的痕迹，可是房梁上一条抓痕都没有，地坪里一个脚印也没有。马岳云自言自语感叹道："竹溜子不是给我托的梦吧？"

马岳云问家里人昨晚有没有听到什么动静。

家里没有一个人听到什么动静。

在那之后，马岳云再没有姥爹和小米以及罗步斋竹溜子的任何消息。

（全文完）

图书在版编目（CIP）数据

画眉奇缘.4 / 童亮著. -- 成都：四川文艺出版社，
2023.2

ISBN 978-7-5411-6507-8

Ⅰ.①画… Ⅱ.①童… Ⅲ.①长篇小说－中国－当代
Ⅳ.①I247.5

中国版本图书馆CIP数据核字(2022)第242817号

HUAMEIQIYUAN.4

画眉奇缘. 4

童亮 著

出 品 人	张庆宁
责任编辑	邓　敏
封面设计	弘果文化
内文设计	小　T
责任校对	段　敏

出版发行　四川文艺出版社（成都市锦江区三色路238号）
网　　址　www.scwys.com
电　　话　010-56421373 (发行部)　028-86361781（编辑部）

邮购地址　北京市朝阳区慧忠北里临甲11楼金利大厦413室　　100020
印　　刷　三河市国新印装有限公司
成品尺寸　145mm×210mm　　　　开　本　32开
印　　张　12　　　　　　　　　　字　数　320千
版　　次　2023年2月第一版　　　印　次　2023年2月第一次印刷
书　　号　ISBN 978-7-5411-6507-8
定　　价　49.00元